RESTART

Die Begegnung

von Mela Wagner

IMPRESSUM:

Alle in diesem Roman vorkommenden Personen, Schauplätze, Ereignisse und Handlungen sind frei erfunden.
Etwaige Ähnlichkeiten mit lebenden Personen oder Ereignissen sind rein zufällig.
1. Auflage 2013
Cover: Johannes Kernmayer
Lektorinnen: Dorrit Koeger & Ingrid Steindl
www.restart-story.com
(Informationen über das Buch und die Autorin)
www.facebook.com/restart-story
ISBN 13: 978-1493661749
ISBN 10: 1493661744

Für T. S. und M.
Ich liebe Euch

Prolog

»Leni, atme ... hörst du mich, du sollst atmen!« Sie rüttelt heftig an meinen Schultern. Gedämpft nehme ich ihre Stimme wahr, ich sehe sie, ich spüre sie, doch nichts davon kommt bei mir an. Hilflos wie ein kleines Kind starre ich vor mich hin. Ich bin ein Kind! Gerade einmal siebzehn Jahre alt. Da kann man noch nicht von einem Erwachsenen reden. Ich sitze auf dem zugedeckten Klodeckel in dem Bad meiner besten Freundin. Die weißen Fliesen mit den akzentweisen bunten Luftballons darauf beeindrucken mich in diesem Moment und ziehen meine volle Aufmerksamkeit auf sich. Für Ellis Alter vielleicht etwas kindlich, doch sie kleben dort sicherlich schon seit fünfzehn Jahren. So lange ich Elli kenne. Alle Luftballons schweben in eine Richtung. Am Ende der Schnur hängt immer ein kleiner, lachender Teddybär. Starr bleibt mein Blick auf der verspielten Zeichnung haften. Zum ersten Mal betrachte ich die altmodischen Verzierungen. Der Wasserhahn neben der Toilette tropft und hinterlässt ein dumpfes, hartes Geräusch. Klack, klack, klack ... Langsam, ruhig, monoton. So wie mein Herzschlag. Eigentlich sollte ich ausflippen, durchdrehen, verzweifelt schreien, heulen, schluchzen, und das alles zugleich, ohne mich dafür schämen zu müssen. Jeder verstünde in dieser Situation meinen Gefühlsausbruch. Stattdessen sitze ich hier und befinde mich in einem seltsamen Ruhemodus, der mich verunsichert. Doch ich kann an meinem Zustand nichts ändern.

Beharrlich bleibt mein Interesse an den Fliesen hängen, die mich auf seltsame Weise in den Bann gezogen haben.

Sollte man sich in diesem Moment nicht freuen? Wenn ich es mir eingestehe, kommt dieses Gefühl auch für einen Wimpernschlag auf, doch zugleich mahnt mich meine Vernunft, mein Gewissen, den gesellschaftlichen Normen zu entsprechen, und verurteilt meine Freude völlig.
»Bitte sprich mit mir, du machst mir Angst ...«, höre ich Elli auf mich einreden.
Ihre Stimme klingt so lieblich und einfühlsam, leise und verständnisvoll und zugleich schwingt so viel Furcht und Mitleid mit. Ich merke, wie sich eine Träne in meinem Augenwinkel bildet, darauf wartet, bis sie groß genug ist, um sich still und leise den Weg über meine Wange zu bahnen. Um meinen Hals schnürt sich ein Band, das meine Atmung immer langsamer werden lässt. Ganz von selbst rutscht es zu meinem Herzen hinunter und zieht sich immer fester zusammen. Es ist kein normales Band, dessen Kraft und Enge schon ausreichen würde, um meinem Herzen Schaden zuzufügen. Es fühlt sich mehr wie ein Stacheldrahtband an, das sich mit jeder scharfen Spitze in mein Herz hineinbohrt – es zum Bluten bringt und ihm dabei große Verletzungen zufügt. *Wie soll ich atmen, wenn es sich immer enger zusammenzieht?*
»Soll ich Paul holen?« Sie kniet sich vor mich, hält meine Hände und schaut mich fragend an. Paralysiert starre ich auf die Teddybären mit den Luftballons und höre das Wasser im Hintergrund, wie es auf das Keramikwaschbecken klopft. Klack, klack, klack ... Erst als sie mich wieder kräftig schüttelt, wage ich, in ihre Augen zu schauen.
Doch ihre feinen Züge, der liebliche Schwung ihrer Lippen, ihre kleine Stupsnase und die feinen blonden Haare, die ihr Gesicht sonst immer so schön umschmeicheln, verschwimmen und tauchen sie in einen Nebel. Ich senke meine Wimpern und merke, wie die Tränen hinunterlaufen.
Selbst wenn ich es versuche sie anzuschauen, gelingt es mir nicht, da das Wasser in meinen Augen die Sicht trübt. »Leni. Bitte rede mit mir ... du machst mir Angst.«
Panik – die sich wie ein dunkler Mantel über meinen Körper legt und mich lähmt. Ich will ihr antworten, doch ich bin

stumm. »Ich hole jetzt Paul ...«, meint sie energisch und will aufstehen.
»Nein!« Mit belegter, rauer, kehliger, doch deutlich hörbarer Verneinung packe ich sie am Handgelenk.
»Dann rede mit mir ... wie kann ich dir helfen?«, sie kniet sich erneut nieder und wartet auf meine Reaktion – vergeblich!
»Ich weiß nicht ...«, flüstere ich gequält. »Ich weiß nicht ...«, wiederhole ich mich. Schniefend schaue ich auf meine Hände, »... ich weiß nicht, was ich machen soll!«
»Ihr schafft das schon. Hey, ihr seid Leni und Paul! Was kann schon zwischen euch kommen?« Sie versucht mich aufzumuntern, gibt mir einen kleinen Stoß mit ihrem Ellbogen, doch nur die Worte Leni und Paul kommen bei mir an, die in meinem Kopf wie ein Mantra ablaufen. *»Leni und Paul, Leni und Paul ... Leni und ... Leni ... Was soll ich nur machen?«*

Eins

»Frau Ames, wie geht es Ihnen heute?«
»Nicht anders als letzte Woche!«, antworte ich emotionslos.
»Beschreiben Sie ihre Stimmung ...« *Wie ich diese Sitzungen hasse. Jede Woche dieselben Fragen.* Ich fühle mich wie hinter einem Panzerglas eingesperrt. Vor mir spielt sich alles ab – und auch wieder nichts. Ich bin die Zuschauerin meines eigenen Lebens. Eine Beobachterin. Die Leute unterhalten sich hinter dieser Glasscheibe, die jegliche Wahrnehmung dumpf erscheinen lässt. Sie reden mit mir, stellen mir Fragen, doch alles, was ich registriere, sind phlegmatische Aneinanderreihungen von Worten. Leise, unantastbar, belanglos – sie erreichen mich nicht. Es berührt mich nicht, noch kratzt es an der Oberfläche, oder weckt Interesse – oder die Emotion, die das Gesprochene auslösen sollte. Jedes Gespräch, jede Begegnung in meinem Leben kommt mir so geisttötend und gehaltlos vor. Ich bin teilnahmslos und desinteressiert, um nicht zu sagen apathisch.
Ich bemerke die Veränderungen um mich, doch ich reagiere nicht darauf.
Ich funktioniere, und das schon seit einiger Zeit. Ein Gefühl, als würde ich an der Oberfläche des Wassers schwimmen – den Blick zum dunklen Nachthimmel gerichtet, die Ohren unter dem kühlen Nass.
Um mich sind Stimmen, doch das Einzige, was mich daran erinnert am Leben zu sein, ist das Herz, das kräftig in meiner Brust schlägt und alles andere übertönt. Ein schwebendes, schwereloses Dasein.

Etwas in mir wehrt sich vehement dagegen, schreit in mir – will mich wachrütteln.
Wach – endlich – auf!
Mein Leben zieht an mir vorbei und ich bekomme es nicht einmal mit. *Was hält mich in diesem Zustand? Die Ruhe, die Abgeklärtheit, die Schutzmauer vor Verletzungen – das Schweigen!* Sie sind die Wächter meines Seelenfriedens. Doch um mich drängen sich Menschen, Worte, Erinnerungen, Begebenheiten. Sie wollen meinen Seelenfrieden stören. Stellen mir unangenehme Fragen, die ihnen Einlass gewähren sollen.
Mit Oberflächlichkeit habe ich mich meistens über alles hinweggerettet. Die Menschen wollen nur alltägliche, inhaltslose und flüchtige Antworten haben. Ein Theater von Protagonisten auf der Bühne, die einem das Leben, die Liebe und die Freude vorspielen. Keiner interessiert sich für das, was dahinter versteckt ist. Den Hass, die Angst und den Zweifel. Sie haben nichts in meiner Welt zu suchen. Darum begnügen sich alle mit der Antwort: »Danke, es geht mir gut.« Wer um Gottes Willen will hören: »Ich lebe und wache jeden Tag auf – ob ich will oder nicht!« Deshalb gebe ich ihnen, was sie wollen. Oberflächliche Antworten.
Ich blicke desinteressiert aus dem hohen Altbaufenster in den grauen, tristen Himmel hinaus. Spielend drehe ich den Ring an meinem Finger. Mein Plan bislang hat gut funktioniert. Kein einziges Mal in den letzten zehn Jahren habe ich nur in Betracht gezogen, dass ich jemals in die Enge getrieben werden könnte. Diese zehn Jahre haben mich reifen lassen – auf die Art und Weise, wie ich es für mein Leben als richtig erachte – und mich zu dem gemacht, was ich heute bin. Eine toughe, karriereorientierte, selbstdisziplinierte und ehrgeizige Geschäftsfrau. Doch Dr. Goldmann treibt mich nun wieder in die Enge.
Er weiß genau, welche Fragen er stellen muss, und drückt die richtigen Knöpfe, die die Mauer vor mir mit jeder Begegnung, jeder Sitzung etwas mehr schwinden lassen. Ich bin in seiner Gegenwart hilflos, schutzlos ausgeliefert und sollte eigentlich fliehen.
Flucht ist ein Urtrieb von uns Menschen. Manche kämpfen ... ich flüchte. Ich flüchte schon mein ganzes Leben.

Oder zumindest die letzten zehn Jahre, was das Zulassen von belanglosen Gefühlen angeht.
Meine Emotionen habe ich vor langer Zeit auf ein Minimum heruntergefahren.
Ich überlege kurz.
»Ich bin ungeduldig, habe Angst und fühle mich nutzlos ...«
Das ist eine gute Antwort. Nur nicht zu viel verraten.
Dr. Goldmann mustert mich und überlegt sich seine nächste Frage. Der Seitenscheitel, die Hornbrille und sein akkurater Modestil schenken ihm einen vertrauenswürdigen, gepflegten Eindruck. Er verkörpert das Paradebeispiel eines Therapeuten. Dunkle, altmodische Kleidung, glatt rasiert, ein dezentes, herbes Rasierwasser und eine farblich abgestimmte Füllfeder mit einem Notizbuch. In Braun gehaltene, luxuriöse, massive Möbel, ein gigantisch großer Schreibtisch und eine gemütliche Sitzgruppe aus schwerem, gemustertem Stoff machen seine Praxis zu einem Ort, der einladend und angenehm wirken soll. Alles in dezenten Tönen, um nicht die Aufmerksamkeit der Patienten zu stören. Er sitzt mir, wie jedes Mal, in einem schwarzen, großen Ledersessel gegenüber. Das warme Licht der Schreibtischlampe verschafft dem Raum die nötige Stimmung.
Die Beine übereinandergeschlagen, mit seinen Schreibunterlagen in der Hand – bereit, alles zu notieren, was aus meinem Mund kommt. Seine Praxis befindet sich in einer Fußgängerzone im Herzen von Wien mit Blick über die alte Oper.
Jedes Mal mit meinen High Heels hierherzukommen wäre eigentlich schon Herausforderung genug. Noch dazu befindet sie sich im obersten Stockwerk eines Altbaus mit einem in die Jahre gekommenen Aufzug, den ich nur mit vorgehaltener Pistole betreten würde, und dann noch diese unangenehmen Fragen, denen ich mich jede Woche stellen muss.
»Warum haben Sie Bedenken?«, reißt er mich aus den Gedanken. *Was meint er damit?*
Vielleicht, weil ich Angst habe, niemals schwanger werden zu können! Weil ich an mir zweifle! Alles ist ein Schein!

Ein Leben aneinandergereihter Tage, die mal heller und mal dunkler sind, doch niemals das Wahrhaftige, das Leben in seiner Schönheit und Vielfalt zum Ausdruck bringen. Es ist nicht so, dass ich nicht weiß, was meinem Leben fehlt. Ich durfte es mit meinem Herzen spüren, was es zu bieten hat. Die Sonnenseite, die Leichtigkeit und Freude. Doch das ist schon lange her – so lange, dass es sich gar nicht mehr wie etwas anfühlt, das ich erlebt habe, sondern wie die Erinnerung an etwas, was man als Außenstehender mitverfolgt hat. Aus einer gewissen Entfernung.
Tief in mir weiß ich, dass ich etwas ändern sollte. *Doch wie zum Teufel soll ich das meinem Verstand begreiflich machen?*
»Ich fürchte mich vor der Zukunft …«, gebe ich sehr bedacht und überlegt von mir. Vorsichtige und sorgfältig ausgewählte Antworten – um ja nicht zu viel Emotion in die Sache hineinzulegen.
»Was fürchten Sie denn?« Innerlich verdrehe ich meine Augen. *Warum müssen Therapeuten immer mit einer Gegenfrage antworten? Ich würde mir viel Geld sparen, wenn ich jeden meiner Gedanken einfach hinterfragen würde, und das so lange, bis ich zu einer ernüchternden Erkenntnis komme: Ich will diese Fragen gar nicht beantworten.*
Ich säße nicht hier, wenn mein Mann mich nicht dazu nötigen würde.
Wir versuchen seit fünf Jahren ein Kind zu bekommen. Viele Untersuchungen, die schlussendlich nur dazu führten, dass ich mich jetzt beim Therapeuten mit unangenehmen Fragen plagen muss. Die Ärzte meinten, organisch wäre alles mit uns beiden in Ordnung. *Warum klappt es dann verdammt noch mal nicht?*
»Weil mein Körper unfähig ist, ein Kind zu empfangen …«, gebe ich genervt von mir.
Bei der vielen Arbeit, die in meinem Büro auf mich wartet, ist mein Gemütszustand auch kein Wunder. Ich verliere durch die Sitzungen hier jedes Mal mindestens zwei Stunden, die ich nützlicher verbringen könnte.
»Frau Ames, ich versteh Ihre Wut und den Zweifel. Vielleicht können Sie mir auf einer Skala von eins bis zehn Ihren Gefühlszustand beschreiben. Wo befinden Sie sich heute?«

»0«, schießt es aus mir heraus. »An manchen Tagen vielleicht zwei oder drei ...« Ich habe Dr. Goldmann selten sprachlos gesehen, doch anscheinend war es nicht die Antwort, mit der er gerechnet hat.
»Frau Ames, sind Sie sich bewusst, dass die Zahl Null den Gefühlszustand beschreiben soll, an dem man am Ende seiner Kräfte ist, und ...«, er stoppt kurz.
»... nicht mehr leben will ...«, beende ich seinen Satz. »Dann ist *Null* passend.«
Er räuspert sich, atmet tief durch, während er seine Sitzposition ändert und mit seinem Kugelschreiber auf den Notizblock tippt.
»Hatten Sie schon einmal Suizidgedanken?«, stellt er seine nächste Frage – für mein Verständnis etwas zu plötzlich, sodass es mich etwas aus dem normalerweise so sorgfältig einstudierten Konzept bringt. Ich habe einfach nicht mit einer so direkten, indiskreten Frage gerechnet. *Wer fragt schon jemand anderen, ob er sich schon mal umbringen wollte?*
Doch anscheinend geht der Plan von Dr. Goldmann, mich aus der Fassung zu bringen, um eine Reaktion zu provozieren, auf. *Was soll die Frage? Natürlich nicht nur einmal! Kann ich das laut sagen? Oder sperrt er mich dann gleich in die Klappsmühle?*
Ich blicke auf meine mit Diamanten eingefasste Armbanduhr. Ein Weihnachtsgeschenk meines spendablen Mannes. Noch dreißig Minuten. Ich atme tief durch. *Wie soll ich nur die Zeit mit ihm überstehen?*
»Wie kommen Sie darauf?«, gebe ich schnippisch von mir. Eigentlich geht ihn das gar nichts an. Er schenkt mir ein leichtes Lächeln. *Ich weiß, ich weiß, keine Gegenfragen.* Nur, wie soll man sich sonst verhalten, wenn man mit seinem dunkelsten Geheimnis konfrontiert wird?
»Weil Patienten sich normalerweise bei drei oder vier einpendeln.« *Warum muss er immer so gefasst reden?*
»Bin ich deswegen jetzt nicht normal?«, gebe ich bestürzt von mir. *Wenn ich vorher gewusst hätte, dass ich nicht im Durchschnitt liege, hätte ich eine andere Zahl genannt.*
»Das will ich nicht sagen, doch wir sollten beginnen, offen darüber zu reden, warum Sie sich auf einer *NULL* befinden.«

Er legt seinen Kopf schief, betont dabei die Zahl besonders hart und mustert mich, ohne dabei seine Miene zu verändern. *Aus ihm wird man einfach nicht schlau.*
»Ja! Ich hatte schon manchmal diese Gedanken.« *Zufrieden? Kann ich jetzt wieder gehen?*
»Wann?« *Mindestens einmal im Jahr. Manchmal sogar zweimal.*
»Ich war noch ein Teenager ...«, gebe ich beiläufig von mir und versuche dabei so gelangweilt wie nur möglich zu wirken, um mich nicht bei meiner Lüge erwischen zu lassen. Ein erneuter Blick auf meine Uhr verrät mir, dass ich ihm mit einer Antwort so schnell nicht auskommen werde. *Langsam finde ich das hier nicht mehr lustig.*
»Was ist damals passiert?«
Ich atme tief aus und stöhne dabei genervt. »Dr. Goldmann, das ist schon so lange her. Ich kann es Ihnen nicht sagen, denn ich erinnere mich nicht mehr.« Man muss kein Therapeut sein, um zu erkennen, dass ich ihm gerade nicht die Wahrheit sage.
»Sind die Erinnerungen zu schmerzhaft?«
»Ich weiß es nicht mehr ...«
»Frau Ames, wenn Sie nicht versuchen etwas zu kooperieren, wird sich diese Sache sehr in die Länge ziehen. Wenn Ihnen das recht ist, ist es für mich in Ordnung. Doch so kommen Sie nie an Ihr Ziel ...«, er fixiert mich eindringlich.
Mein Ziel. Was ist mein Ziel? Der Gedanke daran lässt meine Augen feucht werden. Ein kleines Mädchen mit blondem Haar und grünblauen Augen. Eine Wunschvorstellung, die niemals Realität werden wird. Heimlich, ohne das Wissen meines Mannes, habe ich mich schon bei einer Adoptionsvermittlung informiert. Mein derzeitiger Zustand ist nicht mehr auszuhalten.
Ich ertrage den Anblick schwangerer Frauen, die mir an jeder Straßenecke glücklich strahlend entgegenkommen und lachen, nicht mehr. Sie haben dieses ganz bestimmte Lächeln im Gesicht. Ein Gemisch aus Freude, Hoffnung und unsagbar großer Liebe. Mein Herz verkrampft sich jedes Mal und ich kann nur neidisch auf ihre wachsende Kugel blicken.

»In einer Woche ist mein zehnjähriges Klassentreffen ...«, gebe ich seufzend von mir, um vom Thema abzulenken.
»Gehen Sie hin?«
»Ich glaube nicht. Ich war bei keinem Klassentreffen.«
»Warum nicht?«
»Weil ich keine Lust hatte ...«
»Haben Sie diesmal Lust?«
»Ich glaube nicht ...«
»Vielleicht ist es gar keine schlechte Idee, dort hinzugehen.«
»Warum?« Ich bin verwirrt. *Was will er damit sagen?*
»Vielleicht sollten Sie dort hingehen, um sich mit Ihrer Vergangenheit zu versöhnen.«
Versöhnen? Warum müssen diese Psycho-Docs immer mitten ins Schwarze treffen?
»Das ist nicht so einfach ...«
»Wollen Sie mir davon erzählen?«
»Ich weiß nicht, was ich erzählen soll.« Ich merke, wie sich mein ganzer Körper verspannt.
»Es ist anscheinend etwas passiert, das Sie bis heute belastet. So viel ist klar. Wenn Sie nicht beginnen, sich zu öffnen, und Ihre Gefühle von damals zulassen, bleiben Sie an der gleichen Stelle stehen.« *Er beginnt, sich zu wiederholen!*
»Vielleicht ist die Stelle, an der ich mich befinde, gar nicht so schlecht.«
»Frau Ames, ich weiß, das Zulassen und Sich-Öffnen, um etwas an sich heranzulassen, kann oft sehr schmerzhaft sein, begleitet von dem Gefühl der Machtlosigkeit, die Zügel des eigenen Lebens aus der Hand geben zu müssen. Doch zugleich kann es auch sehr erleichternd und befreiend sein.«
Vielleicht hat er recht!? Warum sollte ich mich meiner Vergangenheit nicht stellen. Es sind viele Jahre vergangen und ich bin reifer geworden. Ich lasse mich nicht mehr so schnell aus dem Konzept bringen.
Ich bin eine Geschäftsfrau. Eine verdammt gute! Ich sehe es als reine Verhandlung an, eine Schlacht, in die ich ziehe und aus der ich als Siegerin herauskommen werde. Ich bin stark und niemand wird daran zweifeln.
»Ich überlege es mir, ob ich hingehen werde ...«

»Das finde ich gut. Wir sind heute einen großen Schritt weitergekommen ...«

Zwei

Was zum Teufel mache ich hier? Bin ich jetzt vollkommen durchgedreht? Es war ein Fehler, herzukommen. Ich hätte mich nicht von Dr. Goldmann dazu überreden lassen sollen. Eigentlich hat er mich gar nicht überredet. Doch irgendwie fühlt es sich besser an, ihm die Schuld für mein verrücktes Handeln zu geben, als einzugestehen, dass ich hier aus eigenen Stücken bin.

Ich habe es selbst entschieden, doch nur, weil ich am Ende meiner Kräfte bin. Jeder Versuch, schwanger zu werden, ist kläglich gescheitert, und so befinde ich mich nun an der letzten Haltestelle, bevor ich aufgebe und das Handtuch werfe. Es ist wie ein Grashalm, an dem ich mich verzweifelt versuche festzuhalten, doch der schon zu knicken beginnt, bevor ich die Türen meiner Vergangenheit öffne. Es war naiv, zu glauben, dass ich hier hineinspaziere und denke, dass sich meine Probleme in Luft auflösen. Ich kann nur den Kopf über mich selbst schütteln. Was habe ich mir verflucht noch einmal dabei gedacht?

Fest an Christian, meinen Ehemann gedrückt, betreten wir mein altes Schulgebäude. Ein ehemaliges Kloster, das zu einer Schule umfunktioniert wurde. Im Laufe meiner Schulzeit wurde es immer wieder renoviert und der Charakter ging leider verloren. Heute erinnern nur noch der Grundriss und einzelne Stellen an die Geschichte dieses modernisierten Betonblocks.

Hier habe ich den Unterschied zwischen Kohlenstoffmonoxid und Kohlenstoffdioxid, den Lösungsweg von Ableitungen, Funktionen und Gleichungen, den Aufbau unseres Sonnensystems und Charles Darwins

Evolutionstheorie gelernt. Nichts davon habe ich im Ansatz bei meiner Ausbildung auf der Uni oder in meinem heutigen Beruf gebraucht. Trotzdem musste ich mich als junges Mädchen durch jedes dieser mühselig erarbeiteten Fächer quälen.

Es riecht noch genauso wie vor zehn Jahren – nach Putzmittel und abgetragenen Schuhen. Ein paar Schilder weisen uns den Weg zum Klassentreffen im Turnsaal. Wir gehen an der Garderobe mit den verschließbaren Metallkästchen vorbei, passieren die Konferenzräume der Lehrer und zweigen bei der Cafeteria ab. Mein Herz beginnt zu rasen. Jeder Platz hier weckt Erinnerungen, die sich nicht mehr wie meine eigenen anfühlen. So als würde man sich einen alten Film ansehen. Man kennt den Ort, an dem er spielt, man kennt die Personen, die vorkommen, man kennt die Handlung, doch man fungiert nur als Zuschauer.

Gespenstische Ruhe, die nur durch den beängstigenden Hall, der durch das Klacken meiner Absätze verursacht wird und durch das Pochen in meiner Brust durchbrochen wird. Kein lautes Kindergeschrei oder das Schrillen der Pausenglocken, die einen erahnen lassen, wo man sich gerade befindet. Stille um mich und ein erschütterndes, donnerndes Erdbeben in mir. Je näher wir dem Turnsaal kommen, desto schneller schwindet die Stille um uns und wird von lauter Musik abgelöst. Jeder Schritt, jede Annäherung an meine Vergangenheit, lässt die Betonwände um mich enger werden. Kalt und schwer schieben sie sich immer näher an meinen Körper. Versuchen mich zu erdrücken, lassen meine Atmung schneller werden und kreisen mich ein. Eine unüberbrückbare, meterhohe Wand bäumt sich vor mir auf. Nur durch Christians bestimmende und nichts ahnende Schritte gelenkt, setze ich einen Fuß vor den anderen, obwohl sich alles in mir sträubt. Ich gehe weiter in eine Welt, die ich eigentlich nicht mehr betreten wollte.

Beim Empfang steht ein Begrüßungskomitee von Leuten, die mir zwar bekannt vorkommen, doch die ich namentlich nicht benennen könnte.

Sie drücken mir ein Namensschild mit »Steinberg« auf die Brust – mein Mädchenname – und ein Glas Sekt in die Hand.

Ich bemerke die musternden Blicke der bereits anwesenden Menschen. Fest greife ich nach Christians Hand und ziehe ihn an seinem Oberarm ganz nahe zu mir. Ich hoffe, er merkt nichts von meiner Nervosität. Er streicht mir mit seinem Daumen im Kreis über meinen Handrücken und schenkt mir einen liebevollen Blick.
»Alles in Ordnung, mein Schatz?« Alles in Ordnung? Wie könnte alles in Ordnung sein? Ich möchte weglaufen, fliehen, mich unsichtbar machen, doch stattdessen stehe ich hier und versuche meinen Mann davon zu überzeugen, dass alles in Ordnung ist. Contenance bewahren, Lena! Ich bin zehn Jahre älter. So schnell bringt mich nichts mehr aus der Fassung. Ich schenke ihm ein gezwungenes Lächeln und nicke. Er ist wundervoll. Er liebt alles an mir. Selbst wenn ich keine Kinder bekommen kann. Er liebt meine kalte und distanzierte Art. Er hat sich in die toughe Geschäftsfrau Lena Steinberg verliebt. Knallhart, ohne viel Emotionen. Erfolgreich im Beruf. Ehrgeizig. Doch ich merke mit jedem Schritt, den ich hier mache, dass meine Fassade zu bröckeln beginnt. Was habe ich mir nur dabei gedacht? Nicht schwach werden, Lena, sei stark. Ich schaffe das. Doch was, wenn Christian mein altes Ich nicht mag? Geschichten werden ans Tageslicht kommen. Geschichten, von denen er nichts weiß. Die nicht zu meinem neuen Ich passen. Unsinn … er wird nichts davon erfahren. Das werde ich zu verhindern wissen. Wozu mache ich mir darüber Gedanken?
Wir schätzen unseren Lebensstil. Andere würden den Kopf schütteln, wenn sie unseren Alltag miterlebten. Einen Alltag, den wir uns geschaffen haben, doch der den Partner nicht wirklich miteinbezieht. Es macht mir nichts aus, wenn Christian tagelang auf Geschäftsreise ist. Wir kommen am Abend erschöpft nach Hause und stellen keine unnötigen Fragen.
Wir essen, wir schlafen, wir sind einander Partner. Repräsentieren uns gegenseitig bei Veranstaltungen, bohren jedoch nicht in der Vergangenheit des anderen. Christian respektiert meine Verschwiegenheit, und das schätze ich an ihm.

Hier hat sich seit meiner Schulzeit nichts verändert. Die gleichen Turngeräte hängen von der Decke. Der Geruch von abgenutzten Matten, vermischt mit Metallgeruch, Plastik und Schweiß, strömt in meine Nase und weckt plötzlich verdrängte Erinnerungen. Als Teenager haben wir unsere Pausen hier unerlaubt verbracht. In Gruppen von fünf Leuten saßen wir versteckt, sodass uns niemand sah, und haben von unserem Leben geträumt. Ein paar Erinnerungen sind okay. Ich kann mir doch selbst nichts vormachen, als hätte ich diese Zeit nie erlebt. Und ich darf auch nervös sein. Okay, ich bin sogar sehr nervös.

Am liebsten würde ich umdrehen, doch zu sehr bäumt sich der Wunsch in mir auf, mit allem aus meiner Vergangenheit abzuschließen und mir selbst zu beweisen, dass ich alles hinter mir gelassen habe. Ich bin stark und ich bin selbstbewusst und lasse mich dabei nicht von Nervosität und Erinnerungen stören.

Aus den Lautsprechern schallt laut »One way or another« von Blondie. Wie passend. Ich kann mir ein Augenrollen nicht verkneifen. Sie spielen die Lieder aus unserer Jugend. Ob ich will oder nicht, meine Gedanken schweifen schon wieder ab. Verdammter Mist – wo ist meine Contenance?

In der Mitte der Halle stehen viele Tische und am Rand ist ein üppiges Buffet aufgebaut. Zehn Jahre ist es her, dass ich diese Menschen gesehen habe. Zehn Jahre sind eine lange Zeit. Jetzt komme ich mir noch dazu alt vor. Ich habe zwar noch nicht meinen Dreißiger gefeiert, doch als ich in diese vielen bekannten und doch so fremden Gesichter blicke, fühle ich mich wie in einer anderen Welt. Eine Welt, die ich vor langer Zeit verlassen habe. Wie durch einen Tunnel, den ich zugeschüttet habe und der sich jetzt wieder öffnet, um mir den Weg in mein altes Leben zu weisen.

Meine Atmung geht unregelmäßig und abgehackt. Was ist los mit dir? Reiß dich verdammt noch einmal zusammen. So schwer ist das nicht.

Die Furie in mir beginnt heftig mit meinem schwachen, alten Ich zu schimpfen.

Durch meinen Job bin ich bei vielen Partys und treffe unzählige Menschen. Ich habe keine Berührungsängste, weil ich normalerweise alle auf Distanz halte. Oberflächlichkeit!

Ich rede das Nötigste, lächle aus Höflichkeit – das auch nicht immer – und bin emotionslos, was in meinem Job sehr wichtig ist, um nicht gleich unter die Räder zu kommen. Doch alles ändert sich, als ich zögerlich die Räume zu meiner Vergangenheit betrete. Einen Schritt vor den anderen, immer weitergehen. Ich schaffe das! Verwirrt blicke ich auf meine Füße, die sich anfühlen, als wäre Blei daran befestigt. Anscheinend hat das zerbrechliche, kleine Mädchen in mir die Überhand gewonnen. Wo steckt meine toughe Emanze, wenn ich sie brauche? Sie war zehn Jahre meine treue Begleiterin. In meinem Hals steckt ein riesiger Kloß, den ich unmöglich hinunterschlucken kann. Besorgt greife ich an meinen eingeengten Hals. Wir gehen an einer Gruppe von Frauen vorbei. Auf einmal höre ich einen lauten Aufschrei.

Nein, vielmehr ein aufgeregtes Gequietsche. Ich ahne, was nun auf mich zukommt, und lasse meinen Blick durch die Menge schweifen.

»Leni, bist du das?« Ich habe das »i« in meinem Namen schon lange gestrichen. Emma Bach kommt auf mich zugerannt. Sie umarmt mich stürmisch und löst Christians Arm – mein letzter Anker in der Gegenwart und in dieser Flut an Emotionen. Nun bin ich verloren. Ich fühle mich überrannt und doch lasse ich mich auf die Umarmung ein. Höflichkeitshalber. Wir lösen uns und mustern einander ganz still. Ihre dunklen Haare hängen traurig und trostlos herunter. Sie trägt weder Rouge noch Wimperntusche. Ihre Augen wirken müde. Nur noch wenig ist von dem quirligen Mädchen übrig, das mit mir die Nächte unsicher gemacht hat.

Doch ihr Duft ist noch immer der gleiche wie vor zehn Jahren. Süßlich, frisch geduscht und eine Mischung aus Waschmittel und Haarconditioner.

Mit meinen schwarzen High Heels bin ich um zehn Zentimeter größer als sie, obwohl wir uns mit unseren kleinen Einmeterfünfundsechzig immer auf gleicher Augenhöhe befanden. Meine damals beste Freundin nimmt mich fest an meinen Oberarmen und blickt mich mit Tränen in den Augenwinkeln an. »Leni, du bist hier. Ich kann es kaum fassen ... es ist so lange her!«

Als wir uns eingehend mustern, kommen so viele gelebte Gefühle in meine Erinnerung zurück, und ich bemerke, wie sehr ich sie vermisst habe. Jetzt bloß nicht sentimental werden. Erst jetzt merke ich den Ring um mein Herz, der sich langsam, aber spürbar zuzieht. Aua, dieses Gefühl hatte ich schon lange nicht mehr.
»Emma, du siehst ...« Sie zuckt mit den Achseln und macht eine abwertende Handbewegung.
»Ach hör auf ... ich weiß, ich bin keine achtzehn mehr. Doch ich habe mich ganz gut gehalten für drei Kinder und eine Scheidung ... was meinst du?«
Drei Kinder. Die Glückliche!
»DU siehst toll aus! Wahnsinn. Ich hätte dich fast nicht mehr erkannt. Nichts ist mehr von der schüchternen, burschikosen Leni zu sehen. Du siehst bezaubernd aus!« Ich freue mich über das Kompliment. Ich verbringe meine Freizeit im Fitnessstudio, obwohl ich sie hundert Mal lieber gegen Windelnwechseln und Spaziergänge im Park tauschen würde. Doch diese Ansicht behalte ich lieber für mich, da sie auch bei den Müttern in meinem Büro nicht gut ankam.
»Danke, Emma, ich arbeite in der Modebranche, da muss man gezwungenermaßen ...« Wie muss man eigentlich sein? Ausgehungert, abgestumpft und abgebrüht wären die besten Wörter, die beschreiben, wie man sein sollte. Bevor ich den Satz beenden kann, fällt sie mir ins Wort.
»Ich weiß, du kleines Biest arbeitest bei dieser internationalen Modezeitschrift als Chefredakteurin. Ich beneide dich.
Dein Leben muss einfach aufregend sein. Partys, Jetset, Modeschauen ...« Sie seufzt übertrieben hörbar. »Wenn ich zu Hause bei meinen Kindern sitze und abends sticke, lese ich deine Zeitschrift durch, während du gerade New York und Paris unsicher machst.
Ich beneide dich, das kannst du mir glauben. Dein Leben muss der Wahnsinn sein. Ich bin stolz auf dich, wenn ich Berichte von dir lese.«
Sie hat recht, mein Leben – oder besser gesagt mein Job – ist spannend. Ich bin kaum in meinen eigenen vier Wänden.

Doch nach getaner Arbeit komme ich nach Hause, esse mit meinem Mann und gehe schlafen. Ich lerne viele Menschen kennen, doch privat treffe ich nur eine Handvoll. Mein Leben ist mein Job und etwas Christian. Wenn ich die beiden nicht hätte, wäre es eine jämmerliche Abfolge von tristen und düsteren Tagen. Also lebe ich von Tag zu Tag in meiner geschaffenen Welt und hoffe darauf, dass sie niemals zusammenbricht.
»Es hört sich besser an, als es ist«, versuche ich mein Leben abzuwerten. Doch ich bin mir der Bedeutung meiner Arbeit sehr bewusst. Ein lebenserhaltendes Mittel. Das Öl in meinem Motor. Die Ruder auf meinem Boot.
Mein Mann räuspert sich. Oh mein Gott! Wo bleiben meine Manieren?
»Entschuldige, das ist Emma Bach. Sie war in meiner Schulzeit eine gute Freundin. Emma, das ist Christian, mein Mann ...« Sie reichen einander die Hände und Emma schaut mich misstrauisch an.
»Das ist wohl die Untertreibung des Jahres. Wir waren unzertrennlich. Und jetzt hasse ich dich noch mehr. Du hättest mich vorwarnen können, dass du deinen Mann aus dem Katalog bestellt hast ...« Sie verpasst mir einen kleinen Stoß in die Rippen.
Christian grinst und freut sich über das Kompliment. »Hallo, ich bin Emma. Lenis beste Freundin ... damals waren wir das zumindest«, fügt sie noch hinzu.
»Hallo Emma, schön, dich kennenzulernen.« Er begrüßt sie freundlich. Emma zieht ihn gleich an sich und klopft ihm auf die Schulter.
»Komm, ich zeige dir, wo du etwas für dich und deine Frau zu trinken bekommst.« Sie schlingt ihren Arm um seinen Ellbogen und nimmt ihn zur Bar mit. Bevor sie verschwunden sind, flüstert sie mir noch ins Ohr.
»Nenn mir den Katalog, wo du ihn her hast. So einen bestelle ich mir auch.« Ich kann nicht anders und beginne zaghaft zu grinsen. Christian folgt ihr und wirft mir noch einen Hilfe suchenden Blick zu. Es dauert nicht lange, da kommt eine dunkelhaarige Frau auf mich zugestöckelt.

Ihre Stirnfransen sind millimetergenau fassoniert, und mit den glatt frisierten, schulterlangen Haaren könnte man glauben, dass sie eine Perücke trägt. Der rote Lippenstift verfehlt seine alarmierende Wirkung nicht. Während sie noch auf mich zusteuert, zieht sie die Wangen in ihrem Gesicht ein, als ob sie an einem Strohhalm trinken würde, und es fällt mir wie Schuppen von den Augen: Jana!

»Hallo Leni …«, freundlich, doch fiktiv schenkt sie mir eines ihrer Lächeln. Es ist Lena! Leni gibt es nicht mehr!

Sie streckt ihre Hand aus, um mich möglichst reserviert zu begrüßen. Jana, die gute alte Jana! Ich habe kein Problem, mich genauso distanziert zu verhalten. Unentwegt lächelt sie mich an, während sie mit ihrer kritischen Begutachtung meines Äußeren begonnen hat. Manche Leute besitzen die Gabe, dies dezent – im Verborgenen – auszuführen. Doch zu diesen Menschen zählt Jana nicht. Ich konnte sie noch nie leiden, doch das beruht auf Gegenseitigkeit. Etwas in ihren Augen hat mich damals schon davor gewarnt, ihr zu vertrauen. Ich bemerke ihren musternden Blick, der über mein eng anliegendes Designerspitzenkleid – der absolute Trend in diesem Sommer –, über mein spärlich vorhandenes Dekolleté bis hin zu meinen Schuhen wandert.

Jana lächelt zuckersüß, doch ich weiß, was sie sich gerade denkt. Alles nur Masche, die ich damals schon durchschaut habe. Sie spitzt ihren Mund und kann ihren hasserfüllten Ausdruck nicht verstecken. Mit Schwung wirft sie ihre schwarzen Haare – die durch die Glätte eher jenen einer Chinesin gleichen – hinter die Schulter und zieht mit den Händen das eng anliegende Kleid über ihrer wirklich dünnen Figur nach. Wie automatisch wandert mein Blick an ihr herab, was sicherlich ihr Beweggrund dafür war. Unglaublich, sie hat ihre üppigen Kurven komplett verloren. Nichts würde darauf hindeuten, dass sie jahrelang mit ihrem Gewicht zu kämpfen hatte. »Du hast abgenommen, oder?«, stelle ich mich dumm.

»Ja«, grinst sie wie ein Honigkuchenpferd. »Ein wenig …«, piepst sie noch weiter. Dabei zieht sie wieder die Innenwand ihrer Backen mit ihren Zähnen in den Mund, um noch schmaler zu wirken. Anscheinend hat ihr noch nie jemand gesagt, dass dies einfach nur lächerlich aussieht.

Sie hat wenige Worte für mich übrig, und ich wundere mich, warum sie mich überhaupt begrüßt hat. Der Grund dafür dürfte auf ihre veränderte Figur zurückzuführen zu sein. Ein unangenehmes Schweigen breitet sich zwischen uns aus. Emma entschärft die Situation, als sie wieder mit Christian zu uns kommt. Höflich, wie mein Mann ist, begrüßt er Jana respektvoll. Er weiß doch nichts über sie. Jana klimpert mit ihren falschen, viel zu langen Wimpern. Jetzt beginne ich mich auch daran zu erinnern, wie versessen sie darauf war, den Mädchen ihre Freunde auszuspannen, nur um ihnen damit eines auszuwischen. Damals war es ärgerlich. Heute ist es nur noch lächerlich.
»Leni, Jana, dort ist Professor Schneider ... lasst uns ihn begrüßen.« Ich werfe Christian einen fragenden Blick zu. Er nickt verständnisvoll und ich gehe den beiden nach.
Professor Schneider war unser Mathematikprofessor. Ich habe ihn geliebt. Nein, nicht auf diese Art und Weise. Er mochte mich und ich mochte ihn. Ich habe mich durch die Mathematikprüfungen geschummelt und er hat es wortlos übersehen. Seine Augen weiten sich, als er uns drei sieht.
Jana streift sich ihr schwarzes Haar wieder einmal über die Schultern und setzt ihr laszives Lächeln auf, was bei mir nur ein sarkastisches Grinsen auslöst. Diesen Blick hatte sie schon in der fünften Klasse drauf, doch so recht konnte sie damit nicht punkten. Emma fasziniert alle mit ihrem fröhlichen Wesen. Sie hat ihre Natürlichkeit nicht verloren. Ich beneide sie. Sie hat von uns dreien am meisten erreicht. Jana und ich können daneben nur verblassen.
Jana spitzt ihre Lippen, zieht die Backen wie üblich ein und begrüßt Professor Schneider als Erste. Ich könnte kotzen, wenn ich sie dabei beobachte.
Er scheint erfreut zu sein, uns zu sehen. Seine Schläfen sind ergraut und er wirkt deutlich älter. Obwohl seine Augen müde erscheinen, hat er noch immer einen enthusiastisch-jungenhaften und wissbegierigen Blick. Er hat versucht uns mit viel Liebe Mathematik näherzubringen. Kurz nach seinem Abschluss an der Uni hat er als junger Professor in unserer Klasse begonnen zu unterrichten und war damals nicht viel älter, als wir jetzt sind.

Wir unterhalten uns eine Weile. Er erzählt uns von seiner Familie, seinen Kindern und der Arbeit.

Immer wieder streift mein Blick durch die Menge. Christian unterhält sich an der Bar mit Tim – einer meiner damaligen Mitschüler. Doch er ist es nicht, nach dem ich Ausschau halte. Emma zupft an meinem Kleid und deutet mir, ihr zu folgen. Jana nutzt die Gelegenheit und bequatscht Professor Schneider mit einem Loblied über sich selbst. Der arme Professor Schneider!
Als wir ein paar Meter von den beiden entfernt sind, fordert Emma wieder meine Aufmerksamkeit, indem sie mich anstupst.
»Leni, schaue nicht so besorgt, er hat nicht zugesagt ...« Kann sie Gedanken lesen? Das ist kein Grund, warum er nicht dennoch auftauchen könnte. Ich habe mich schließlich auch erst gestern angemeldet.
»Emma, ich heiße nicht mehr Leni ... bitte nenn mich Lena.«
»Ja klar!« Sie verdreht die Augen. »Und ... bist du nur wegen ihm hier hergekommen?«, sie klingt etwas verärgert. Ist es so offensichtlich?
»Nein, ich bin nicht wegen ihm hier. Ich wollte euch alle wieder einmal sehen ...« Warum bekomme ich nicht einmal einen höheren Puls, wenn ich lüge? Vielleicht weil mein Leben ein Gerüst aus Lügen ist?
Sie lächelt mir so kindlich naiv zu, dass ich nicht anders kann und ihr liebevoll übers Haar streiche, sie nochmals an mich drücke und mich dann auf den Weg zu meinem Mann mache.
Ihr in die Augen zu schauen und sie anzulügen geht sogar an meinem kalten Herzen nicht spurlos vorüber. Ich sollte so schnell wie möglich wieder verschwinden. Jetzt wäre es noch nicht zu spät.
»Wahnsinn, du hast sie echt bändigen können, mein Lieber ... Sie trägt sogar einen Ring an ihrem Finger ...« Tim pustet lauthals los, als ich mich ihnen nähere. Seine Anwesenheit bereitet mir Kopfzerbrechen, denn sie lässt Personen vor meinem Auge erscheinen, die ich mit ihm in Zusammenhang bringe.

»... Ja, ja, ich sage nur stille Wasser ...« Die Leute drehen sich um und ich merke wie die Röte in mein Gesicht schießt. Tim – unser Klassenclown. Er hat die langweiligen Stunden erst zu dem gemacht, was sie durch ihn waren – viel Spaß. Ich umarme ihn, während er Christian bewundernd auf die Schulter klopft. »Mich wollte sie nicht. Ich meine, ich habe mich um sie bemüht. Doch sie hatte immer nur Augen für ...« Scheiße, mein Herz ist mir gerade in die Hose gerutscht. Hat er das gerade wirklich gesagt? Tim, bitte hör auf zu reden. Christian weiß gar nichts von meiner Vergangenheit. Er räuspert sich, als ich meine Augen entsetzt aufreiße und ihm einen vernichtenden Blick zuwerfe. Ich versuche die Situation zu entschärfen und verwickle Tim in ein Gespräch.
»Bist du Anwalt geworden, wie du es dir immer erträumt hast?«
»Na klar, Süße. Vor dir steht einer der besten Staatsanwälte der Stadt.« Er öffnet seine Hände einladend.
»Ich habe mich gerade mit deinem Mann unterhalten. Dass du dir auch einen Anwalt an Land gezogen hast. Wenn ich das gewusst hätte ...«
»Hör auf ...« Ich zwicke ihn in seinen Bauch. Er ist nicht mehr der athletische Junge von damals. Um seine Taille haben sich einige Kilos zu viel angesetzt.
»Lass meinen Speck in Ruhe!« Seine Hand wandert schützend darauf. »Ich versuche schon die ganze Zeit ihn vor dir zu verstecken. Demonstrativ zieht er den Bauch ein und bläst seine Brust dabei auf.
»Doch nachdem du meine Schwachstelle bemerkt hast, kann ich aufhören, die Luft anzuhalten.« Er atmet gequält aus und eine kleine Kugel kommt wieder zum Vorschein. Ich schmunzle und erinnere mich an die lustige Zeit mit ihm. Er schiebt seine Hornbrille an seinem Nasenrücken hinauf. Seine zerzausten Haare stehen ihm zu Berge. Er trägt ein kariertes Hemd und Jeans.
»Du schaust wie ein Nerd aus.«
»Ich weiß, meine Brille verleiht mir das gewisse Etwas, oder? Einen Professorenbonus. Jetzt schaue ich mindestens so schlau wie Schneider aus ...« Tim hat mich schon immer zum Lachen gebracht. Als ich beschwingt grinse, schaut mich Christian verwundert an.

Meine Mundwinkel bewegen sich sofort wieder nach unten und ich bemerke selbst, wie ungewohnt dieses Gefühl ist. Das ist Christian sofort aufgefallen. Es ist so spontan und einfach und fühlt sich zugleich fremd an.
»Bist du noch mit Toby befreundet?«
»Klar, er ist auch hier ...«, er zwinkert mir lächelnd und wissend zu. Natürlich erinnert er sich daran, dass Toby und ich einmal ein Paar waren.
»Schön, vielleicht sehe ich ihn noch ... wenn ihr zwei mich entschuldigt, ich gehe mal schnell eine rauchen.« Tim wirft mir einen fragenden Blick zu und Christian rollt mit den Augen. Er mag es nicht, wenn ich rauche, doch es beruhigt meine Nerven, die es gerade dringend nötig haben. Tim umarmt mich flüchtig und streicht mir über den Rücken.
»Es ist so schön, zu sehen, dass es dir gut geht ... du siehst wunderbar aus.« Bei seinen leisen, geflüsterten Worten läuft mir die Gänsehaut über meinen Körper. Wenn du wüsstest! Ich gebe Christian einen flüchtigen Kuss auf die Wange. Besitzergreifend zieht er mich an meiner Taille zu sich. Er war noch nie der große Romantiker. Seine Geste verunsichert mich. So wie alles andere hier. Christian sieht in seinem schwarzen Anzug zum Anbeißen aus. Seine dunklen Haare sind wie immer streng mit Gel nach hinten gestylt.
Er ist glatt rasiert, was ihn noch eleganter wirken lässt. Seine hell gebleichten Zähne strahlen mich an.
Wenn ich es nicht besser wüsste, könnte man meinen, dass italienisches Blut in seinen Adern fließt. Die beiden Männer vertiefen sich wieder in Anwaltsgequatsche. Ich gehe zum Ausgang.
Meine Frauenärztin hat mir zwar empfohlen, mit dem Rauchen aufzuhören, doch nachdem ich drei Jahre lang nicht schwanger geworden bin, habe ich wieder damit angefangen. Am Weg hinaus lasse ich nochmals meinen Blick durch die Menschenmenge schweifen. Es deutet nichts darauf hin, dass er hier ist. Erleichtert atme ich auf. Sobald ich ihn sehe, werde ich Christian bitten, mich nach Hause zu bringen, und es auf meine Migräne schieben. Das ist mein Plan.

Ich klacke mit meinen High Heels an einer Gruppe von Frauen vorbei, die sofort zu tuscheln beginnen. Ich brauche dringend eine Zigarette!

»Leni?« Jemand hält mich am Ellbogen fest. Ich blicke auf die mich umfassende Hand, bevor ich aufschaue, da ich normalerweise jeglichen Körperkontakt mit Fremden vermeide. Doch es ist kein Fremder.
»Tobias ... ich habe gerade von dir gesprochen ...« Wir umarmen uns kurz und flüchtig, bevor wir uns beide zu mustern beginnen. Er hat noch immer kurze, zerzauste Haare und wirkt in seinen weiten Hosen und seinem Hemd bodenständig und zugleich chaotisch. Seine rehbraunen Augen lachen mich an. Ich weiß noch, wie ich mich als junges Mädchen in den Blick seiner treuen Augen und das schelmische Grinsen verliebt habe.
»Schön, dich zu sehen. Wahnsinn, du hast dich vielleicht verändert!«
»Ist das jetzt gut oder schlecht?« Er schaut an mir hinunter.
»Naja, an die Leni von früher erinnert nicht mehr viel. Jetzt bist du eine Modepuppe ...«
»Lena.«
»Wie?«
»Ich will nicht mehr Leni genannt werden. Die Zeiten sind vorbei ...«
»Ah ... okay ...« Seine Worte klingen wenig verständnisvoll und etwas amüsiert. Warum nimmt mich hier keiner ernst?
»Spielst du noch Gitarre?«, ändere ich schnell das Thema.
»Ja! Ich bin in einer Band, aber es ist nur ein Hobby. Wie früher schon.«
»Singst du noch?«, fragt er interessiert.
»Oh mein Gott ... nein!« Ich schüttle meinen Kopf und lache belustigt.
»Das ist schade ...«
»Nein, nicht wirklich. Aber ich glaube, Maggy singt noch ...« Etwas beschämt über das Zusammentreffen und meine Gedanken an früher senke ich den Blick.
»Ja, ich habe gehört, dass sie in Amerika recht erfolgreich sein soll.« Wir lächeln uns kurz an.

Wenn ich daran denke, wie ich ihn angeschmachtet habe, als er auf der Bühne stand und die Akkorde auf seiner E-Gitarre gezupft hat. Ich habe mit Maggy gesungen, während er im Hintergrund die Töne von »Creep« von Radiohead gespielt hat. Jedes Mal, wenn ich das Lied im Radio höre, denke ich an diese Zeit.

»Was machst du beruflich?«

»Ich arbeite bei der Modezeitschrift Ela als Chefredakteurin.«

»Das klingt interessant …« Der Zynismus in seiner Stimme ist unüberhörbar. Ich weiß, dass Toby von diesen Dingen nie viel gehalten hat.

»Mhh.« Irgendwie beginne ich mich zu schämen, da ich mit ihm viele lustige, intensive und wunderschöne Momente verbracht habe. Ich war sehr verliebt. Jetzt bekomme ich keine drei Sätze, die unsere beiderseitigen Interessen betreffen könnten, über meine Lippen.

»Was arbeitest du?«

»Ich bin Webdesigner, aber die meiste Zeit trampe ich durch die Weltgeschichte.« Er hat noch das gleiche spitzbübische Lächeln wie damals.

»Das hört sich gut an …« Unsere Blicke treffen sich erneut, wir nicken einander zu und beginnen beide belustigt zu grinsen, als wir merken, dass wir zwei komplett unterschiedliche Leben haben. Aber so war es schon immer. Ich passte damals nicht in seine Welt und er nicht in meine. Trotzdem haben wir uns immer zueinander hingezogen gefühlt.

»Ja, es ist ein abwechslungsreicher Job«, er fährt sich an den Hinterkopf, spielt dabei mit seinen Haaren, während sich dieses bezaubernde Lächeln um seine Lippen bildet. »Und du hast geheiratet, habe ich gehört …«

»Ja! Christian ist auch hier …« Ich deute auf den großen Mann mit dem schwarzen Anzug. Toby sieht auf und nickt schmunzelnd.

»Verstehe …« Seine dunklen, mysteriösen Augen blicken mich forschend an. Wenn er mich so ansieht, habe ich das Gefühl, ihm nichts vormachen zu können.

»Und du?«

»Nein ...« Er räuspert sich – unangenehme Stille. Die Situation ist zum Aus-der-Haut-Fahren. Ich sollte mich wieder auf den Weg machen.
»Na gut, ich wollte nur schnell vor die Tür, um eine Zigarette zu rauchen ...« Sein Grinsen wird breiter.
»Okay, ich will dich nicht aufhalten ... man sieht sich ...« Ich will schon weitergehen, als er noch einmal nach meinem Arm greift und mich aufhält. »Lena, es war schön, dich wiederzusehen.« Ich blicke an mir herab, spüre seine Hand, die mich sanft umfasst und leichte Gänsehaut die seine Berührung auslöst.
»Ja, das war es ...« Obwohl ich es im Ranking der peinlichsten Begegnungen ganz weit oben einreihe.
»Für dich noch immer Toby, ich fühle mich noch nicht so erwachsen. Alles andere klingt so streng.« Er drückt freundschaftlich seine Faust an meine Schulter und ich grinse leicht. »Leni Steinberg«, flüstert er mir zu und zwinkert frech, bevor er sich umdreht. Wenn ich ehrlich bin, merke ich jetzt, wie sehr ich diese Menschen vermisst habe.

Auf dem Weg nach draußen begegnet mir noch meine ehemalige Deutschprofessorin, Frau Waldmann. Ihre gelbbraunen, falschen Zähne springen mir sofort wieder ins Auge.
Sie hat noch immer eine Dauerwelle, wie sie vor dreißig Jahren modern war. Ein kurzer, oberflächlicher Smalltalk, der ihre Verwunderung über meine Karriere als Chefredakteurin bei einer Zeitung deutlich zum Ausdruck bringt.
Ich konnte zwar ihre Liebe zur deutschen Literatur teilen und war sicherlich in dieser Hinsicht eine ihrer Lieblingsschülerinnen, doch meine Legasthenie machte mir bei meiner Rechtschreibung so einige Probleme und die daraus resultierende Deutschnote nicht wirklich vorzeigbar. Umso mehr freut es mich, heute vor ihr zu stehen und das Gegenteil beweisen zu können. Sie hat mir mein Leben phasenweise zur Hölle gemacht. Doch ihr Interesse an meiner Person hält nicht wirklich lange und sie beginnt mir von ihren Katzen zu erzählen.

Mit diesen Geschichten hat sie immer die Zeit totgeschlagen und dachte, uns damit in ihren Unterrichtsstunden unterhalten zu können. Tim und Paul haben sie damals schon immer damit aufgezogen, doch ihr war nie bewusst, dass sie sich über sie amüsiert hatten und es nicht am Erzählten lag. Der Wunsch nach einer Zigarette wird immer größer. Ich beende daher das Gespräch nach der Geschichte vom Vierbeiner, der Selbstmord beging und sich vom Balkon ihrer Wohnung in die Tiefe gestürzt hat.
Wahrscheinlich waren die Katzen von ihren Geschichten auch schon genervt. Ich weiß, das ist gemein, doch ihre Erzählungen sind heute genauso wenig interessant wie damals.
Ein kühler Septemberwind bläst durch meine blonden Haare, die ich mir im Nacken zu einem festen Knoten gebunden habe. Vor drei Jahren entschied ich mich, sie wieder wachsen zu lassen, nachdem sie unmittelbar nach der Schule einem wirklich kurzen Haarschnitt Platz machen mussten. Alles schrie förmlich nach einer äußerlichen Veränderung und meine Haare mussten als Erstes daran glauben. Danach wurden einige Stellen an meiner Haut mit Sünden alkoholischer Nächte gebrandmarkt oder tätowiert – doch das ist eine andere Geschichte. Glücklicherweise auch eine Geschichte, die ich gut verstecken kann.
Bei dem Gedanken daran schiebe ich den Ring an meinem Finger zurecht und streife mir mein Haar hinter mein Ohr, um die dunkle Stelle zu verdecken.
Ich streiche mir ein paar Mal über meine nackten Unterarme und ziehe das Zigarettenpäckchen aus meiner Tasche. Verdammt ist es hier kühl. Meine Finger zittern, als ich das Feuerzeug an die Zigarette halte und den ersten Zug mache. Ist es wirklich die Kälte oder die Nervosität, die meinen Körper zum Beben bringt? Der aromatische Tabakgeruch trifft meine Nase und erzeugt in meiner Lunge ein wohliges, entspanntes Gefühl. Endlich! Ich atme ein paar Mal tief ein und aus. Die Luft ist herrlich. Meine Nerven entspannen sich. Ich blicke in den dunklen Nachthimmel, der immer wieder hinter dem Zigarettenrauch verschwindet, während ich den Kopf in den Nacken lege und tief ausblase.

Die Sterne leuchten prachtvoll und ein gelassenes Seufzen entrinnt meiner Brust. Leise dringt die Musik aus der Turnhalle. Ich schließe die Augen und genieße den Moment, in dem ich hier ganz alleine stehe und mich wieder zu entspannen beginne.

Drei

Durch einen kleinen Windstoß kann ich ihn riechen, bevor ich seine Stimme höre. Wie ein Schauer erfasst mich seine Duftwolke und legt sich wie ein Nebel über mich. Er hat anscheinend noch immer dieses wahnsinnig betörende Parfüm. Jahrelang habe ich jede Person mit dem gleichen Parfüm verflucht, doch niemals hat es jemand nur annähernd geschafft, so zu riechen wie er. Ein süßlicher und doch so männlich-herber Duft dringt mir in die Nase und stellt alle Härchen meines Körpers auf. Eine Mischung aus Zitrus- und Moschusduft, vermischt mit der Einzigartigkeit seines eigenen Körpergeruchs. Einmalig. Nicht in Worte zu fassen. So gut, dass ich unbewusst meine Augen genüsslich verdrehe. Meine Fingerspitzen beginnen zu kribbeln, sodass ich fast meine Zigarette fallen lasse. Ein Frösteln erfasst mich – wobei ich mir immer noch nicht sicher bin, ob es der kühle Wind oder seine jetzige Anwesenheit ist. Ich spüre ihn hinter mir, doch wage es nicht, mich umzudrehen. Vielleicht verschwindet er wieder. Vielleicht erkennt er mich gar nicht mehr. Eine längst vertraute, doch verbannte Angst kriecht in mir hoch. Ich möchte am liebsten weglaufen. Alleine seine spürbare Gegenwart bringt mich komplett aus der Fassung. Ich darf mir nicht vorstellen, was sein Anblick bei mir auslöst.

»Seit wann rauchst du?« Seine markante, tiefe Stimme, erweckt Erinnerungen und legt sich wie ein Ring um mein Herz.

Ein bekanntes Gefühl. Ich wage es nicht, mich umzudrehen. Wenn ich so tue, als hätte ich ihn nicht gehört, vielleicht verschwindet er dann wieder.
Wie oft habe ich ihn in meinen Träumen zu mir reden hören, und mit jedem Jahr, das verging, habe ich seine Stimme etwas mehr vergessen – bis sie irgendwann nur noch ein Konstrukt meiner Sehnsüchte war, die ich tief in mir vergraben habe. Doch jetzt, wo ich sie höre, klingt sie so vertraut, so nahe und gewohnt, als wäre es das Natürlichste auf der Welt.
»Leni-i-i?«, fragend und unnötig in die Länge gezogen, spricht er meinen Namen aus. *Nein, bitte du nicht auch noch! Ich weiß nicht, warum alle diesen Kosenamen verwenden.* Es bleibt mir nichts anderes übrig, als mich umzudrehen. Er hat mich erkannt. Ihn jetzt zu ignorieren wäre kindisch und ich bin jetzt erwachsen. Ich bin zehn Jahre älter. *Ich bin tough – ich bin Lena Ames. Was soll mich jetzt noch aus dem Konzept bringen?* Mit eiserner Miene, in einer innerlichen Angriffsposition – zum ersten Schlag bereit – drehe ich mich langsam und vorsichtig um, damit ich nicht die Balance verliere, setze ich einen Fuß vor und verlagere mein Gewicht so, dass ich mich auf meinen Fußballen umdrehen kann. Es soll eine elegante Bewegung sein, doch ich merke, wie ich leicht ins Wanken komme. *Hilfe, warum ist mir so schwindelig?* Ich breite meine Arme aus, um mein Gleichgewicht wiederzufinden, was mir in seiner Anwesenheit fast unmöglich erscheint.
Als ich aufschaue, umfängt mich sein Blick, der mich magisch fesselt. Wie ein Schlag gleichzeitig ins Gesicht und in die Magengrube überrascht mich seine Nähe. Er hat sich verändert. Er ist kein Teenager mehr. Vor mir steht ein Mann. Ein bildhübscher, athletischer und gut riechender Mann. Um seine Wangen zeichnet sich ein getrimmter Bart ab, was ihn männlich, unglaublich verrucht und cool wirken lässt. Wie gebannt starrt er mich an und wartet auf eine Antwort. Die Luft zwischen uns beginnt augenblicklich zu vibrieren. Nach all den Jahren.

Ich will mich zwingen, meinen Blick von ihm abzuwenden, doch ich starre ihn gefühlte zehn Minuten fassungslos an.

Innerlich habe ich mich so oft auf diesen Moment vorbereitet, doch keine meiner Fantasien kommt nur annähernd an das heran, was ich gerade fühle. Seine grünblauen Augen funkeln mich an, treffen mein Inneres wie ein Blitz. Kleine Lachfältchen bilden sich um seine Augen. Seine Haare, die er nun leicht auf die Seite frisiert trägt, sind kürzer. Unter seinem weißen Hemd zeichnet sich ein durchtrainierter Körper ab, der nicht mehr jungenhaft wirkt, sondern wie der eines erwachsenen Mannes. Wahrscheinlich macht er noch immer Ausdauertraining und spielt Fußball. Er steckt seine Hände in die Jeans, die durch einen braunen Ledergürtel gehalten, tief auf seiner Hüfte sitzen, und mustert mich. In der Öffnung der ersten beiden Knöpfe seines weißen Hemdes, kann man ein dünnes Lederhalsband erahnen. Ein flüchtiges Lächeln huscht über seine Lippen, während ich erstarrt bin, völlig überfordert, als hätte mir jemand einen eiskalten Kübel über meinen Kopf geleert. Eine Schockstarre. Ich schaffe nicht einmal mein einstudiertes Höflichkeitslächeln. Nichts. Außer dass ich merke, wie mein Mund sich langsam öffnet, um einen Ton hervorzubringen, doch alles, was ich in dem Moment sagen will, bleibt in meiner Kehle stecken, als hätte man sie zugeschnürt. Mein Herz pocht wild in meiner Brust und es droht jede Sekunde aus mir herauszuspringen. Meine Atmung wird unregelmäßig, und ich merke, wie ich nicht mehr genügend Kraft aufbringe, um meine Lider offen zu halten und mich auf meinen Beinen zu halten. Fassungslos schaue ich an mir herab, um zu prüfen, ob ich noch auf den Füßen stehe. *Was passiert mit mir?* Ein nebulöser Schleier lässt alle Konturen um mich verschwimmen. Stechende Schmerzen breiten sich in meiner Brust aus und ziehen mich in ein tiefes, schwarzes Loch. Ich spüre noch den harten Boden unter mir, bevor ich wegkippe. *Scheiße, ich will nicht umfallen! Schon gar nicht vor PAUL! NEIN!*

Als ich wieder zu mir komme, höre ich aufgeregte Stimmen um mich.

»Sie hört nicht auf zu zittern, gibt mir mal jemand etwas, das sie wärmt?« *Ich zittere? Scheiße. Ich zittere – und wie.*

Mein Körper schüttelt sich unkontrolliert. Ich kann es nicht unterdrücken. Langsam nehme ich die gedämpften Stimmen um mich wahr und einen dumpfen Schmerz in meinem Kopf. Ich spüre seine Anwesenheit genau über mir. Die Wärme, die von seinem Körper ausgeht, und seinen verdammt guten Geruch. *Wie kann man nur so gut riechen? Das gehört verboten!* Er lehnt sich über mich, als wollte er mich schützen. Und der Wunsch, von ihm in seinen Armen gehalten zu werden, wird immer größer. *Was passiert hier mit mir?* Ich habe meine Gedanken nicht mehr unter Kontrolle. Doch Kontrolle ist in meinem Leben das Wichtigste. Ich fühle mich wie ein kleines Kind, das beschützt werden muss und sich nichts sehnlicher wünscht, als einfach gehalten zu werden.

Der spürbare Druck auf meiner Brust wird mit jedem Atemzug stärker.

Seine Hände, die nach meinem Körper greifen, um mich zu beruhigen, lösen genau das Gegenteil aus. Ich möchte heulen, ihn zugleich umarmen, an mich ziehen, mich an seine Brust legen, ihn nicht mehr loslassen. *Kann mir irgendjemand helfen!*

Er lehnt sich so dicht über mich, dass ich wieder den Duft seiner Haut riechen kann, und der Drang, meine Nase an seinen Hals zu schmiegen, damit ich noch mehr davon wahrnehmen kann, überwältigt mich beinahe. Seine Hände greifen nach meinem Handgelenk. Mit zwei Fingern presst er gegen meine Pulsader und verbrennt mich beinahe.

»Ihr Kreislauf ist ziemlich am Boden ...« Als ich es wage, zu blinzeln, blicken mich seine wunderschönen, grünblauen Augen an. Wie das frische Frühlingsgras, das sich in der Morgensonne in einem blauen See spiegelt.

Ich habe nie wieder nur ansatzweise so eine Augenfarbe mit dieser Farbintensität und diesem Leuchten gesehen. Als wäre er nicht von dieser Welt. »Hey ...«, flüstert er über mir, kaum hörbar für die Leute um uns herum, doch Musik für meine Ohren.

»*Hey*«, will ich zurücksagen, doch obwohl sich meine Lippen öffnen, entschlüpft ihnen kein Wort. Ich bin von seinem Anblick noch immer sprachlos.

Um ihn zeichnet sich die Dunkelheit der Nacht ab, doch seine Augen funkeln wie die Sterne. Ein Engel schaut auf mich herab. *Mein Engel. Mein Paul!* Mir wird kalt und heiß zugleich.
Ich habe jedes noch so kleine Detail in seinem Gesicht verdrängt, sodass ich nun alles wie ein vertrockneter Schwamm in mich aufsauge. »Du bist umgekippt. Atme ruhig und gleichmäßig ...« Mein Magen rebelliert heftig, und ich bekomme das Gefühl, mich gleich übergeben zu müssen, doch seine Worte klingen so einfühlsam und beruhigend, dass ich am liebsten einschlafen würde.
»Beruhige dich, Leni ...« *Warum muss er an meinen Namen immer dieses »i« heften. Diese Verniedlichung hasse ich. Nein, ich verabscheue sie. Ich heiße nicht mehr so. Warum will das keiner verstehen?* Ich möchte schluchzen und weglaufen, doch mein Körper fühlt sich schlapp an und ignoriert diesen Drang komplett. Mein Herz rast noch immer und mir ist schlecht. Ich versuche lang und gleichmäßig zu atmen. So wie er es mir gesagt hat. *Atmen. Ein und aus. Ein und aus.*
»Wir können froh sein, dass sie neben Paul umgekippt ist. Da ist sie wenigstens in guten Händen ...« Ein junges Mädchen beugt sich über mich und streicht mir über meine Hand. Wenn ich es nicht besser wüsste, würde ich glauben, sie ist die jüngere Ausgabe von mir. *Sie ist die jüngere Ausgabe von mir! Vielleicht ist sie gerade mal – achtzehn?* Während sie sich zu mir beugt, fallen ihre langen, blonden, glatten Haare über ihre Schultern und rahmen ihr Gesicht lieblich ein. Nur zwei Spangen halten sie davon ab, ihr gesamtes Gesicht zu verdecken. Obwohl sie sehr schmal wirkt, zeichnet sich in ihrem Gesicht noch ein kindlicher Babyspeck ab.
Ein süßlicher Duft, vergleichbar mit dem eines Zuckerwattegeschäfts kommt mir entgegen, vermischt sich mit seinem und erzeugt einen widerlichen Gestank, der mich nur schwer meine Übelkeit unterdrücken lässt. *Ich glaube, ich muss mich wirklich gleich übergeben.*
Die Leute um mich beginnen zu tuscheln.
»Sei ganz unbesorgt, mein Paul weiß, was er tut. Er ist Arzt!« *Paul ist Arzt! IHR Arzt! Bitte, lass mich in den Erdboden verschwinden, ich möchte unsichtbar sein, mich*

wegzaubern, augenblicklich in Luft auflösen – überall anders sein, nur nicht hier.
Als Kind dachte ich immer, wenn ich nur fest daran glaube und meine Gedanken auf nur eine Sache lenke, könnte ich mich sogar an einen anderen Ort zaubern. Ich blinzle verzweifelt, in der Hoffnung, erhört zu werden.
»Vielleicht hat sie einen epileptischen Anfall. Sie zuckt so komisch mit den Augen«, meldet sich das junge Mädchen neben Paul zu Wort. *Nein, ich versuche mich gerade wegzuzaubern, du blöde Kuh!* Warum soll es jetzt klappen, wenn es damals auch noch nie funktioniert hat? *Paul ist Arzt! Ihr Arzt! Ich möchte gleich wieder ohnmächtig werden, damit ich von dem, was gerade um mich passiert, nichts mitbekomme.* Er legt seine Hand auf meine Schulter und richtet mich behutsam auf. »Vorsichtig …«, flüstert er ruhig und streicht dabei über meinen Rücken.
Die Stelle, an der er mich berührt, beginnt augenblicklich zu brennen, und ich zucke zusammen. Überrascht von der Reaktion, die seine Berührung bei mir ausgelöst hat, wirkt er auf einmal ebenso verunsichert wie ich.
»Geht's wieder?« Ich nicke nur leicht, da der hämmernde Schmerz und die Übelkeit meine Sinne trüben. Mir hat es die Sprache verschlagen. Stumm senke ich meinen Kopf. Ich schäme mich und bin gleichzeitig wütend. Einen besseren Auftritt hätte ich nicht hinlegen können. Die dumme Lena kippt um, sobald sie auf ihre Jugendliebe trifft. *PAUL!*
Alleine sein Name in meinem Kopf verursacht einen Rausch an unterdrückten Gefühlen. Ich höre schon die Leute, die wieder nichts Besseres zu tun haben, als sich ihren Mund darüber zu zerreißen. Aufgeregt kommt Christian zu uns.
Er kniet sich neben mich und umarmt mich heftig. Paul weicht sofort zurück und löst seine schützenden Hände von mir. Ich falle. *Nein, bitte nicht. Nicht schon wieder dieses Gefühl.* Christian hält mich fest in seinen Händen, doch diese angsteinflößenden Empfindungen bleiben.
»Liebling, was ist mit dir passiert?« Er tätschelt mich und dreht meinen Kopf von der einen zur anderen Seite, so als wolle er mich begutachten. Als er mir aufhilft, greife ich an meinen Kopf, der ziemlich schmerzt.

»Sie sollte ins Krankenhaus, damit jemand ihre Platzwunde verarzten kann …« *Ich habe eine Platzwunde? So ein Mist. Ich habe eine Platzwunde! Wie ist das passiert? Ach ja, ich konnte mich nicht mehr auf den Beinen halten, als ich ihn gesehen habe. Wie dumm kann man eigentlich sein?* Der prüfende Griff an meinen Kopf verheißt nichts Gutes. Es schmerzt fürchterlich und bei dem Blick auf meine Finger sehe ich Rot. *Ist das Farbe? Mir wird schwindelig.* Durch den plötzlichen Adrenalinschub beginne ich zu zittern. Das Blut rauschte hörbar durch meine Ohren.
»Schatz, das kannst doch du machen, du hast doch im Auto deine Sachen …«, piepst es hinter Paul. Dieses kleine, blonde, viel zu junge Mädchen schmiegt sich an seine Seite und wie eine unausgesprochene Aufforderung legt er seinen Arm um sie. *Mir wird schon wieder schlecht.* Der Ring an ihrem Zeigefinger blendet mich und der an meinem Herzen verengt sich deutlich.
»Ich weiß nicht, ob Leni das möchte …« *Ob ich das möchte? Nein, verflucht nochmal! NEIN! Er soll mich nie wieder berühren. Ich möchte es hinausschreien, doch meine Stimme ist verschwunden. Ich habe sie irgendwo beim Fallen verloren. Außerdem bin ich nicht LENI. Warum mag das keiner verstehen?* Bevor ich etwas antworten kann, kommt mir Christian zuvor.
»Sind Sie Arzt?« Seine Stimme wirkt besorgt, doch wie immer sehr bestimmend.
»Ja, Chirurg.« *Paul ist Chirurg!* Ich wage es nicht, meinen Blick zu heben, um ihn anzusehen. Christian gibt ihm einen auffordernden Blick und Paul verlässt das Geschehen. Ich hasse es, wenn Christian mit den Leuten herumspringt, als wären sie seine Angestellten.
»Komm, lass uns reingehen. Hier holst du dir noch den Tod.« Er hilft mir, legt seine Hand um meine Taille und ich folge ihm. Als ich im Schulgang ankomme, begegnet mir Emma.
»Wenn wir dich brauchen, rufen wir dich.« Mit einem Mal hat sie Christians Griff gelöst und lässt ihn verdattert hinter mir zurück. Dankbar sinke ich auf die Holzbank in der Mädchengarderobe. Emma wusste schon immer, was ich am nötigsten brauche. *Jetzt ist es Ruhe!*

»War's so schlimm?« Ich nicke nur. Sie kann sich vorstellen, was da draußen passiert ist, und streicht mir tröstend über mein Haar. »Ich hätte dich vorwarnen sollen, als ich ihn gesehen habe. Doch da war es schon zu spät. Es tut mir so leid.« Ich nicke wieder, als ich die Nässe auf meinen Wangen bemerke, die sich langsam einen Weg abwärts bahnt.

Was ist das? Ein heißes Etwas. Bestürzt greife ich auf mein Gesicht und kann kaum fassen, was hier gerade passiert. Ich weine. Tränen. Ich kann sie spüren. *Ist es möglich*? Als es an der Türe klopft, wische ich sie mir schnell von meinem Gesicht und halte meinen Kopf weiter gesenkt. Sie laufen unentwegt über meine Wangen und über meine Nase hinab. Ich kann mich nicht daran erinnern, wann ich das letzte Mal geweint habe. Doch ich fühle mich unfähig, irgendetwas dagegen zu unternehmen. Ich fluche innerlich und zwinge mich, wieder Beherrschung zu bewahren.

Ich habe mich selbst normalerweise immer unter Kontrolle, sodass mich nichts aus der Bahn wirft. *Doch jetzt?* Ich werde aus meinem Schleudersitz geworfen und kann mich nirgendwo festhalten. Hoch katapultiert es mich hinaus.

Ohnmacht, Hilflosigkeit, Angst und eine wachsende Wut auf mich selbst breiten sich in mir aus. *Wut ist gut, sie lässt die Tränen versickern.*

»Wir sind hier …« Emma öffnet die Tür, und ich weiß, ohne dass ich hochblicke, wer den Raum betritt. »Ich lasse euch mal alleine …« *Nein Emma, bitte nicht!* Ich werfe ihr einen flehenden Blick zu, doch sie ist schneller aus der Garderobe, als mir lieb ist.

Paul stellt seine Tasche neben mich auf die Holzbank, auf der ich sitze. Das Holz wirkt abgenutzt und sie hat die besten Zeiten schon hinter sich.

Hier haben wir uns immer für den Sportunterricht umgezogen, und hier haben die Jungs versucht, uns dabei zu beobachten. Sogar dieser Raum ruft Erinnerungen hervor. *Ich halte es nicht mehr aus.*

»Hallo Leni!« Ich wage es nicht, meinen Kopf zu heben, noch ihn zu begrüßen, streife meine High Heels von den schmerzenden Füßen, höre das Geräusch, das sie beim

Aufschlag auf den Boden verursachen, und starre weiter wie gebannt auf die Schuhe.
»Lass mich einmal sehen …« Er führt seine Hand unter mein Kinn. Dann zieht er meinen Kopf hoch, überstreckt meinen Nacken, sodass ich ihn anschauen muss. Ich zucke zurück, um eine Berührung mit ihm zu vermeiden. Das würde mich nur noch mehr aus dem Konzept bringen.
»Leni, ich muss mir deine Platzwunde anschauen. Sei nicht so stur … es ist in Ordnung …« Er nimmt meine Reaktion nicht ernst und zwingt mich, erneut zu ihm aufzuschauen. Diese Situation muss für sein Ego wahnsinnig bereichernd sein. *Und was genau ist an der Situation in Ordnung?*
Der Blick ist auf die Platzwunde gerichtet, doch ich merke, wie er mich immer wieder verstohlen beobachtet. Seine hochgewachsene, kraftvolle Silhouette bäumt sich vor mir auf, sodass ich mich wieder wie siebzehn fühle. *Verdammter Mist …* Ich schließe die Augen, während diese verräterischen Tränen meine Wangen hinunterlaufen. Aus meiner Brust kommt ein kleines, unterdrücktes Schluchzen. Ich möchte mich so gerne an ihn schmiegen, um seinen Duft aufzunehmen. Als ich meine Augen wieder öffne, sehe ich seine musternden Blicke. Erst jetzt verringert er die Distanz zwischen uns, indem er sich vor mir niederkniet, um auf meiner Augenhöhe zu sein. *Wie komme ich aus dieser Situation unbeschadet wieder heraus? Ich glaube, dazu ist es sowieso schon zu spät.*
Er neigt seinen Kopf leicht und erwischt mich anscheinend bei meinen Gedanken. Zwischen seinen Augenbrauen bildet sich eine Falte, die mir neu erscheint.
»Es ist nicht so schlimm. Ich werde es kleben … und in ein paar Wochen wirst du nichts mehr sehen.« *Vielleicht hat er in seinem Koffer auch noch einen Kleber für mein Herz?*
»Bist du immer so stumm?« Wenn ich nicht bald etwas sage, glaubt er, ich habe mehrmals mit meinem Kopf am Boden aufgeschlagen. Doch in seiner Gegenwart meine Stimme wiederzufinden erweist sich als gar nicht so einfach.
»Es tut mir leid, dass ich dich nicht aufgefangen habe …« *Wie viel Ironie kann in Worten stecken?* Ich wische mir die Tränen von meinen Wangen und schmecke das Salz in meinem Mund.

»Es war nicht so schlimm.« Meine Worte klingen mehr wie ein Flüstern, Piepsen und Krächzen zugleich, und ich bin mir nicht sicher, ob er mich verstanden hat. Ich räuspere mich und bekomme eine Wut auf mich selbst, da ich in seiner Gegenwart immer dieses zerbrechliche, kleine Mädchen sein muss. Er erweckt in mir etwas, das ich schon lange nicht mehr sein will.
Schwach und verletzbar. Die Kälte kriecht meinen Rücken hoch, und ich bemerke, wie naiv ich war, hierherzukommen. *Was habe ich erwartet? Dass ich ihm und meiner jüngeren Version die Hand schüttle und wir beste Freunde werden?* Paul stülpt sich weiße Arzthandschuhe über und beginnt meine Wunde am Kopf zu säubern. Er wirkt routiniert.
Während ich seine männlichen Züge, die er damals nur ansatzweise hatte, betrachte, schenkt er mir ein schwaches Grinsen. Ich ärgere mich über meine eigene Tollpatschigkeit. Ich kann mich nicht mehr erinnern, wann ich jemals so ein erdrückendes Gefühl in mir gespürt habe. Er kommt einen Schritt näher an mich heran. Als ich seinen Atem an meiner Stirn wahrnehme, zucke ich zusammen.
Seine Lippen verziehen sich zu einem verführerischen Lächeln. *Er ist ein Kotzbrocken. Anscheinend amüsiert ihn diese ganze Situation hier.* Sanft streicht er mir mein Haar zurück. Bei seiner Berührung schließe ich automatisch die Augen.
Behutsam wischt er das Blut von meiner Schläfe und tupft sorgsam über die Wunde. Irgendetwas in mir wartet nur darauf, seine Lippen endlich auf meinen zu spüren. Eine höchst angespannte Situation, die ich schnell entschärfen muss. Während er sich aus seiner Tasche die nötigen Utensilien holt, wage ich es wieder, meine Augen zu öffnen.
Als mich seine funkelnden Augen einfangen, beginne ich nach Luft zu schnappen. Der Anflug eines kleinen Lächelns umspielt seine Lippen und löst ein heftiges Ziehen in meinem Magen aus. Ertappt schaue ich auf mein Kleid hinunter und streiche es mit ein paar fließenden Bewegungen glatt.
»Wann hast du dich entschieden, Arzt zu werden? Hat dein Vater nicht lockergelassen?«, krächze ich.

»Es war meine Entscheidung«, meint er trocken. Ich stoße ein sarkastisches Lachen aus. Das ist gelogen. Er wollte nie Arzt werden.
Ich weiß noch, wie oft er sich mit seinem Vater gestritten hat, als dieser für ihn Pläne schmiedete. Wir wollten um die Welt reisen und uns mit Gelegenheitsjobs über Wasser halten. Über verlassene Strände wandern, die Tiefen des Ozeans erkunden, den heiligen Berg Kailash in Tibet umrunden, mit Schildkröten in Comores tauchen gehen und Bananen auf einer Plantage in Australien pflücken.
Wir überlegten, zuerst die Welt zu sehen, bevor wir uns Gedanken über unsere Zukunft machen wollten. *Woher kommen diese ganzen Erinnerungen*? Die längst verheilt geglaubte Narbe in meinem Herzen reißt ein kleines Stückchen mehr auf. Pauls Anwesenheit tut mir einfach nicht gut. *Beruhige dich!* Leichter gesagt, als getan. Als er mir mit einem brennenden Tupfer über die Wunde fährt, zucke ich zusammen und werde in die Gegenwart zurückgeholt.
»Tut mir leid.« Irgendetwas gibt mir das Gefühl, dass ich es verdient habe.
»Ist schon gut ...«, sage ich leise, ohne Kraft in der Stimme.
»Irgendwann holt einen die Realität ein und das Erwachen macht so einiges klar ...«
»Und wann hattest du die Erleuchtung, Medizin zu studieren?« Ich stoße einen abgehackten, undefinierbaren Ton aus, was die Lächerlichkeit seiner Aussage zum Ausdruck bringen soll.
»Dich hätte ich auch nicht in dieser oberflächlichen Modebranche erwartet.« Er will mich herausfordern, was ihm gut gelingt.
»Wie hast du mich denn gesehen? Als Hausfrau?« Ich wende meinen Kopf demonstrativ von ihm ab und verschränke die Hände vor meiner Brust. Mein Herzschlag beschleunigt sich automatisch, und ich hoffe, dass er davon nichts mitbekommt. »Außerdem ist Oberflächlichkeit gut. Sie lässt einen besser arbeiten.« Er zwingt mich, wieder zu ihm aufzuschauen.
Vorsichtig beginnt er meine Wunde zu kleben und wirkt dabei sehr konzentriert.

Ich versuche mich von dem Schmerz, der mir offensichtlich ins Gesicht geschrieben ist, abzulenken, indem ich fest auf meine Unterlippe beiße.
»Wenn du dieser Ansicht bist ...« Prüfend leuchtet er mir abwechselnd in beide Augen, um die Reaktion meiner Pupillen zu überprüfen.
Als er fertig ist, klebt er mir ein riesiges Pflaster über die Wunde.
»So, fertig.« Ich mache einen Blick in den Spiegel, sehe meinen verschmierten Mascara und ein riesiges Pflaster an meiner Stirn kleben.
»Geht es vielleicht noch etwas größer? So kann ich mich nicht im Büro blicken lassen ... geschweige denn wieder zum Klassentreffen gehen.« Mit offenem Mund starre ich auf mein Spiegelbild, fasse auf das weiße Ding, das die Hälfte meiner Stirn bedeckt, und beäuge es von allen Seiten.
»Du wirst es verkraften, einmal nicht die Schönste zu sein ...«, meint er kurz, während er alles wieder in seiner Tasche verstaut.
»Fick dich!«, zische ich sarkastisch. Wie kann er es wagen.
»Danke, das übernimmt jemand anderer ...«, gibt er emotionslos zurück und beginnt zu schmunzeln.
Was will er mit seinem provozierenden Verhalten nur bewirken? »Ach ja, ich vergaß, die jüngere Ausgabe von mir ...« Seine Miene verändert sich schlagartig und er schüttelt genervt den Kopf.
»Marlene ist nicht deine jüngere Ausgabe. Sie ist meine Verlobte.« Die Stimme klingt so belehrend und hart, als müsse er sie vor mir verteidigen. *Autsch, der Stich tat weh. Sehr weh.*
Ich hätte es wissen müssen, nachdem ich diesen riesigen Klunker gesehen habe. Er zieht sich seine Handschuhe aus und wirft sie in den Mistkübel.
»Schön für dich.« Ich schnappe mir meine Handtasche. »Bist du fertig?« Er hat seine Hände in seiner Hosentasche und nickt, während er den Kopf neigt und mich nachdenklich mustert. Seine wunderschönen Augen fixieren mich. Ich bin so wütend. Es schnürt mir die Kehle zusammen. *Paul, bitte hör auf, mich so anzuschauen.* Ich schlüpfe in meine hohen Schuhe und versuche wieder mein Gleichgewicht zu finden.

Das hätte ich besser unterlassen sollen. Kurzfristig wird mir schwindelig. Ich taste nach der Wand, die in weite Ferne entschwunden scheint, und spüre plötzlich, wie seine Hände mich auffangen. Er zieht mich so nah an sich, dass ich seinen Atem in meinem Haar wahrnehmen kann. Für einen ganz kurzen Moment halte ich inne, kann wieder seinen Duft wahrnehmen und wie automatisch beginnt mein Herz zu rasen. Ich atme tief und hörbar ein. *Wie unprofessionell ich mich verhalte! Schluss jetzt!!* Ich bin nicht der flatterhafte Typ. Das Adrenalin schießt durch meinen Körper und ich schiebe ihn von mir. »Fass mich nicht an!«, fauche ich und stoße ihn von mir. Sofort lässt er mich los.
»Leni, es tut mir leid, ich wollte nicht ...« Ich schüttle genervt den Kopf, während ich verächtlich schnaufe. *Was wollte er nicht? Mir zu nahe kommen? Das hätte er sich einmal früher überlegen sollen.*
»Was wolltest du nicht? Und hör auf, mich Leni zu nennen. Es gibt keine Leni mehr. Sie ist vor langer Zeit verschwunden ...« Erschreckt stelle ich fest, was für ein Miststück ich gerade bin.
Doch für mich gibt es keinen anderen Weg, ihn von mir fernzuhalten, als meine Krallen auszufahren.
»Das merke ich ...«
Ich schäume vor Wut.
»Du merkst nichts. Hast du noch nie und wirst du auch nie.«
»Leniii!« Er betont das »i« am Ende des Namens besonders deutlich.
»Was verstehst du an meiner Bitte nicht?« Ich merke, wie meine Kraft wieder zurückkommt und sich die frustrierte Emanze in mir aufbäumt. Meine Beschützerin, bei allem, was zu nahe an mein Herz will. Sie ist meine tägliche Begleiterin und das Hassobjekt meiner Mitarbeiter.
»Ich werde dich nicht Lena nennen. Auch wenn du vielleicht jetzt gerade nur die Hülle von Leni bist. Ich weiß, irgendwo da drinnen ist meine Leni ...«
»Was heißt hier *DEINE* Leni? Spinnst du total? Hast *DU* eine auf den Kopf bekommen?«
»Vielleicht ...« Ich hasse dieses jungenhafte Lächeln, das seine Lippen immer umspielte und ein kleines Grübchen an seiner rechten Wange auslöste, wenn er mich provozieren

wollte. Er stellt sich in der gleichen Pose vor mich hin und ahmt mich nach. »Lass diesen Scheiß!«, gifte ich ihn an. Je mehr er zu lächeln beginnt, desto mehr hasse ich ihn.
»Was meinst du?«, reizt er mich absichtlich.
Lautstark stöhne ich auf. »Paul, ich weiß nicht, warum du das machst. Ich bin nicht mehr Leni und ich werde es auch nie wieder sein. Je schneller du das kapierst, desto besser.« Ich versuche mich an ihm vorbeizuschummeln, doch er stellt sich mir in die Quere. »Was willst du noch?« *Bitte lass mich einfach gehen und mach dem hier ein schnelles Ende. Ich weiß nicht, wie lange ich das noch ertrage.*
»Es ist schön, dich wiederzusehen. Es ist lange her ...« Er streicht mir über meinen nackten Oberarm. Seine Stimme ist augenblicklich so ruhig, als versuche er mich damit zu besänftigen. Es ist keine freundschaftliche Berührung, sondern eine verzehrende, ausgehungerte. Ich weiß nicht, ob das nur ich in diesem Moment so empfinde. Die Schmetterlinge beginnen heftig in meinem Bauch zu tanzen, doch zugleich kommt mächtige Angst auf, die mich zwingt, die vergrabenen Erinnerungen wieder zuzulassen. Wütend trete ich einen Schritt zurück und funkle ihn zornig an.
»Du kannst mich nicht mehr mit dieser ›Macho Paul bekommt alles, was er will‹-Masche herumkriegen. Die Zeiten sind vorbei. Früher hat das vielleicht geklappt, aber heute nicht mehr. Also lass deine Finger von mir. Und ja, du hast recht! Es ist schon lange her. So lange, dass ich mich nicht einmal mehr daran erinnere ...« Meine Augenlider beginnen zu flattern. *Verdammter Mist.* Entsetzen spiegelt sich in seinen Augen, als ich ihn mit meinem verachtenden Blick strafe.
»Du lügst – deine Augenlider zucken.« Er tritt wieder einen Schritt näher an mich heran. *Was hat er vor?*
»Was heißen schon zuckende Augenlider, Herr Doktor?«, sage ich abfällig.
»In deinem Fall, dass du lügst ...« Ich lache unecht auf und schaue sofort wieder ernst.
»Komm von deinem hohen Ross runter ...«
»Wenn du es auch tust ...«, grinst er mich unverschämt spitzbübisch an.

»Geh mir jetzt aus dem Weg ... du ... du Idiot. Ich muss jetzt zu meinem Mann. Er wartet sicherlich schon auf mich.«
»Ach ja, der Mann aus der Werbung.« *Warum glaubt jeder, er sei ein Model? Er schaut gut aus. Doch Paul ist auch kein Model und könnte durchaus als eines durchgehen.*
»Er ist wenigstens in meinem Alter ...«
»Und ein Model – wie passend ...«
»Er ist kein Model. Er ist Anwalt ... und jetzt lass mich vorbei.« Wütend versuche ich ihn wegzustoßen, um den Weg freizubekommen. Er macht keine Anstalten und bleibt stur vor mir stehen. Ich resigniere und schüttle meinen Kopf.
»Paul, bitte ...«, flüstere ich verzweifelt. »Was willst du von mir?« Plötzlich hält er mich am Unterarm fest. Verwundert schaue ich auf seinen festen Griff.
»Wir sollten einmal reden. Du kannst nicht dein ganzes Leben vor mir davonlaufen«, flüstert er mir so nahe an mein Ohr, dass die Gänsehaut wie ein Tornado über meinen Köper hinwegfegt.
Was passiert hier gerade? Ich sollte dem schleunigst ein Ende machen.
»Das tue ich nicht. Ich habe dir nur einfach nichts mehr zu sagen«, gebe ich seufzend und achselzuckend von mir.
»Vielleicht habe ich dir etwas zu sagen ... zehn Jahre, Leni!« Seine Stimme klingt belegt, mit einem kleinen Anflug von Wehmut, was mein Herz krampft, und dennoch scheinen seine Worte so distanziert und sachlich, als ob sie ihn selbst gar nicht berühren. Vielleicht hat er alles hinter sich gelassen und will nur noch einmal freundschaftlich plaudern? *Das kann er vergessen!*
»Zehn Jahre, Leni ...«, wiederholt er melancholisch.
»Dafür ist es jetzt zu spät. Wenn du etwas Sinnvolles zu sagen gehabt hättest, dann wäre der richtige Zeitpunkt vor zehn Jahren gewesen ...«, fauche ich entsetzt.
Warum verliere ich in seiner Gegenwart die Kontrolle über mich?
Ich kann nur beobachten, wie er die Siebzehnjährige in mir erweckt, und es macht mich innerlich verzweifelt und zornig.
»Leni, ich war jung ...«

»Das war ich auch. Jung, verliebt und sehr alleine. *SEHR* alleine. Verstehst du!? Du hattest deine Chance. Ich habe dir nichts mehr zu sagen.« Wütend tippe ich mit meinem Zeigefinger auf seine Brust. »Geh zu meiner jüngeren Ausgabe, bekommt zehn Kinder und werdet miteinander glücklich. Und jetzt lass mich sofort los oder ich schreie hier die ganze Schule zusammen und du hast eine Klage am Hals!«
»Leni, warum tust du das?« Plötzlich ist alles Neutrale aus seiner Stimme verschwunden und ich höre etwas Verwundbares.
Ich kann mir mein sarkastisches Grinsen über seine Worte nicht verkneifen, beiße mir auf die Lippen und schüttle den Kopf. »Wach auf!
Wenn zehn Jahre zu kurz für dich waren, um zu begreifen, dass ich nicht mehr die Gleiche bin, dann tust du mir echt leid.«
»Was hat dich so kalt gemacht?« Bitterkeit schwingt in seinen Worten mit.
»Ha!« Ich lache fast schon hysterisch auf.
»Dreimal darfst du raten, du Mistkerl.« Meine Stimme bekommt einen Ton, der mich selbst erstaunt. »Ich wünschte, ich wäre nie hierhergekommen. Ich wusste, warum ich zu jedem von euch den Kontakt abgebrochen habe. Du warst das schwärzeste Kapitel in meinem Leben.« Eine Träne rollt mir schon wieder über die Wange und macht mich noch wütender. *Was ist mit mir los?* Seit zehn Jahren habe ich kein einziges Mal geweint, und sobald ich ihn sehe, kann ich meine Tränen nicht mehr halten.
Ich wische sie ab und blicke gedemütigt zu Boden.
»Bist du jetzt glücklich?«, schreie ich ihn aufgebracht und unbeherrscht an.
»Leni, ich ...«
»Ich heiße, *LENA! L-E-N-A-A-A.* Wann bekommst du das endlich in deinen Kopf?«
Ich ziehe meinen Namen mit einer deutlichen Betonung auf dem »A« in die Länge. Ich bin so unglaublich zornig.
»Okay, Lena – es ist mir ein großes Bedürfnis, mit dir zu reden.« Er kommt mir wieder bedrohlich nahe, sodass ich ihn riechen kann.

Er hebt seine Hand und streicht mir eine Strähne aus meinem Gesicht. Ich atme kurz und abgehackt und schnappe wie ein Fisch, dem man das Wasser entzieht, nach Luft.
»Du hast dich so verändert … du bist so …«
»Nein!! Sag es nicht!«, stöhne ich verzweifelt, schupse ihn zur Seite und gehe zur Tür.
»Paul, ich kann dir gar nicht sagen, wie egal mir *DEIN* Bedürfnis ist. Dich zu verlassen war die beste Entscheidung in meinem Leben. Also wage es nicht, wieder einen Fuß in mein Leben zu stellen. Die Tür wurde vor langer Zeit geschlossen und wird auch nicht mehr geöffnet. Finde dich damit ab. So wie ich es tat.«
»Ich hoffe, dass wir uns irgendwann mal wiedersehen«, antwortet er enttäuscht. Als ich zum Ausgang stürme und diesen wutentbrannt aufstoße, glotzen mich Dutzende neugierige Augen an. Sarkastisch schnaufend drehe ich mich zu ihm um, »Vergiss es!«, und knall die Tür fuchsteufelswild hinter mir zu.
Christian kommt auf mich zu und umarmt mich. »Lass uns nach Hause gehen«, flüstert er mir ins Ohr. Ich kann nur zustimmend nicken. Er legt seine Hand um meine Taille. Ich verabschiede mich noch schnell von ein paar Leuten, tausche mit Emma die Handynummern aus und sehe im Augenwinkel Paul, wie er mich dabei beobachtet. Kopfschüttelnd verlasse ich den Raum. *Was will er von mir?* Seine durchdringenden Blicke verwirren mich. Tief in meinem Inneren weiß ich, dass er recht hat und wir über alles, was passiert ist, reden sollten. Ich habe ihm ausdrücklich klargemacht, dass ich ihn nicht mehr sehen will, doch etwas in mir wünscht sich genau das Gegenteil. Nicht nur seine grünblauen Augen haben mich an Paul, meine große Liebe, erinnert.
Seine Gesten, seine Mimik, sein Duft rufen wieder Erinnerungen hervor. Vertrautheit. Momente.
Doch sie sind Trugbilder. Er ist nicht mehr der Junge von damals und ich bin nicht mehr dasselbe Mädchen. Er hat sich genauso verändert. *So viel zur Aufarbeitung!* Alles, was diese sinnlose Begegnung hervorgerufen hat, ist Verwirrung, die mich nun nach Hause begleitet.

Beim Hinausgehen höre ich eine Gruppe von Leuten über den Vorfall reden.
»Sie ist in seine Arme gekippt …«
»Nein, das glaube ich nicht«, piepst eine Frau entzückt.
»Ja, Leni hat Paul gesehen und ist in Ohnmacht gefallen …« Sie lachen und ich fühle mich gedemütigt. Sie haben es schon immer geliebt, sich den Mund über mich zu zerreißen. Warum soll es jetzt anders sein?
»Das ist schon sehr skurril, oder?«, meint eine andere.
»Du sagst es …« *Wie ich diese Rederei hasse. Wieder einmal sind wir Gesprächsthema Nummer eins. Ich könnte kotzen … Es war ein Fehler, herzukommen.*
Als wir in der Limousine sitzen, greift Christian nach meiner Hand.
»Alles in Ordnung, mein Schatz?« Er wirkt besorgt.
»Ja«, antworte ich kurz.
»Was ist passiert? Warum bist du umgekippt?«
»Ich weiß es nicht. Mir wurde plötzlich schwarz vor den Augen. Wahrscheinlich der Kreislauf. Dort drinnen hatte es eine drückende Luft«, gebe ich genervt von mir. Ich will in Ruhe gelassen werden.
»Wie war es, deine alten Freunde zu sehen?«, erneut versucht er ein Gespräch aufzubauen.
»Komisch«
»Komisch gut oder schlecht?« *Was soll ich darauf antworten, und wann kapiert er, dass ich jetzt einfach nicht reden will?*
»Ich weiß es nicht …«, schnaufe ich.
»Soll ich dich doch lieber ins Krankenhaus bringen? Du wirkst etwas verwirrt.«
»Nein. Ich will nach Hause …« Ich will mich verkriechen – in die hinterste Ecke meiner Wohnung. Ich will die Decke über meinen Kopf ziehen und flüchten. Nur durch die Begegnung mit ihm fühle ich mich plötzlich wieder verwundbar. Ein Wort, eine Geste von ihm genügt und öffnet ein schwarzes Loch, das mich mitzieht zu dem Abgrund und mich erneut in die Tiefe reißen will. Mit letzter Kraft, gestärkt durch den Zorn, die Wut und den Ärger in meiner Brust, bäume ich mich auf. Kämpfe an gegen diese aufkommenden Gefühle, die in meinem Leben nichts mehr zu suchen haben.

Ich werde es nicht zulassen, dass er zu dem vordringt, was tief in mir verborgen ist.
Meine schützende Mauer begann beim Betreten der Schule zu bröckeln. Doch so einfach wird das nicht passieren. Ich kenne die Beschaffenheit und die Stärke, aus der ich sie gebaut habe. Mit aller Gründlichkeit und Vorsicht gegen Feinde, die mir etwas anhaben wollen. Feinde, wie Paul einer ist. Es benötigt mehr dazu als ein Zusammentreffen mit ihm, um sie einstürzen zu lassen. Ich bin nicht mehr das schwache Mädchen von damals. *Stark sein. Stark sein. Reiß dich zusammen.* Ich drehe meinen Kopf zur Seite und schaue hinaus in die schwarze Nacht, die mir in der gleichen Farbe erscheint wie meine Seele.
Ich erkenne mein Spiegelbild in der Fensterscheibe der Limousine.
Lautlos läuft mir eine Träne über meine Wange. *Wie albern war der Gedanke, dass ich mit einem Blick in meine Vergangenheit etwas an meiner Situation verbessern könnte.*

Vier

»Frau Ames, wie geht es Ihnen heute?«
»Beschissener als letzte Woche!« Er räuspert sich und ich schäme mich für meine Ausdrucksweise. *Ich habe mir gedacht, dass ich hier so sein kann, wie ich will, und mich nicht an Etiketten und Höflichkeiten halten muss.* Nervös beiße ich an meinen Fingernägeln herum, allerdings ermahne ich mich selbst bei dieser kindlichen Geste. Diese Angewohnheit kann ich mir einfach nicht abgewöhnen.
»Beschreiben Sie Ihre Stimmung ...« *Fällt ihm nichts anderes ein, um eine Sitzung zu beginnen?*
»Ich bin wütend, so unglaublich wütend.«
»Was macht Sie so wütend?« *Die Tatsache, dass ich meine erste große Liebe seit zehn Jahren wiedergesehen habe und er so getan hat, als wäre nie etwas passiert. Sein Leben ist komplett normal verlaufen. Warum hätte er sich auch Gedanken über die Vergangenheit machen sollen? Warum hätte ihn unsere Vergangenheit fast an den Rand des Wahnsinns treiben sollen? Warum wohl? IHN doch nicht! Er will nur reden. Als ob irgendetwas mit reden zu verändern wäre. Er wollte mich nicht. Er wollte uns nicht. Mein Herz beginnt schneller zu schlagen und ich spüre, wie mir die Tränen in die Augen schießen. Warum kann ich es nicht einfach hinter mir lassen?*
Warum fällt IHM das so leicht? Alles wurde hinter eine dicke Betonmauer verpackt und niemand konnte die junge, verängstigte Frau dahinter sehen. Sie ist weg und ich bin froh darüber. Warum zum Teufel ist es allen so wichtig, dass ich mich mit ihr versöhne?

»Ich bin wütend auf mich, weil ich mich überreden habe lassen, auf das Klassentreffen zu gehen.«
»Wer hat Sie überredet? Sind Sie nicht aus Ihrem freien Entschluss hingegangen? Wollen Sie mir erzählen, was passiert ist?«
»Ich bin hingefallen und habe mir eine Platzwunde am Kopf geschlagen.«
»Und deshalb sind Sie so wütend?« *Der kapiert rein gar nichts.*
»Nein ...«
»Weshalb dann?« Seine Stimme erhebt sich.
»Weil ...« Ich atme tief aus. »... weil der Mann, der für meine Platzwunde verantwortlich war, mich bedrängt hat.«
»Er hat Sie bedrängt?« Dr. Goldmann schaut mich entsetzt an.
»Nicht so, wie Sie glauben. Er hat mich genauso bedrängt, wie Sie es die ganze Zeit machen.«
»Sie haben das Gefühl, dass ich Sie bedränge? Was wollte er von Ihnen?«
»Mit mir reden!«
»Okay, das will ich auch ... Warum wollen Sie nicht mit *uns* reden?«
»Weil ich ihm nichts mehr zu sagen habe ... aber *er* hat mir anscheinend noch etwas zu sagen.
Alle wollen mit mir über meine Vergangenheit reden, doch was, wenn *ich* das nicht will? Ich habe gelernt, mich damit zu arrangieren, und lebe auf eine Art und Weise, die mir guttut. Warum ist es allen so wichtig, darüber zu reden? Es geht mir gut, also warum das Ganze?«
»Frau Ames, was, glauben Sie, will er Ihnen sagen?« Ich versuche mir eine Geschichte zu überlegen, doch so schnell fällt mir nichts Glaubhaftes ein.
»Es ist mir egal, was er zu sagen hat. Er hatte die Möglichkeit, mit mir zu reden, doch er hat sie verabsäumt.«
»Vielleicht sollten Sie ihm eine weitere Chance geben?«
»Warum?«
»Haben Sie sich jemals ausgesprochen?«, hakt er unermüdlich nach.
»Nein.«
»Warum nicht?«

»Weil ich fortgegangen bin«, antworte ich unterkühlt.
Die Stunde zieht sich in die Länge, und ich weiß, dass wir uns im Kreis drehen. Ich habe kein Interesse, Dr. Goldmann meine Lebensgeschichte zu erzählen, wenn ich mich selbst kaum daran erinnern kann oder es gut verdrängt habe. Die letzten fünf Jahre sind bei mir abgespeichert. Ich kann ihm jeden Ort und jedes Geschehen dieser Zeit nennen. Also warum muss ich weiter in meine Vergangenheit zurückgehen? *Warum muss ich noch mal an den dunkelsten Platz in meinem Leben zurückkehren?*
»Frau Ames, Sie sind nun schon seit bald einem halben Jahr bei mir in Behandlung. Ich konnte mir von Ihnen schon ein gutes Bild machen. Menschen mit PTBS haben oft den Eindruck, dass nichts Traumatisches in ihrem Leben passiert ist, oder vermeiden mit aller Macht, dort hinzuschauen.«
»Was meinen Sie mit ›Menschen mit PTBS‹?«
»Posttraumatische Belastungsstörung«, erklärt er mir den Fachbegriff.
»Ich habe eine Störung?« Erschrocken über seine Diagnose, die mich eigentlich nicht verwundern sollte, ziehe ich entsetzt die Augenbrauen hoch.
»Menschen mit PTBS haben etwas sehr Belastendes oder eine außergewöhnliche Situation erlebt, die sie tief erschüttert, traumatische Erlebnisse, massive Bedrohungen, die einen in eine Situation der Hilflosigkeit, Verzweiflung und Machtlosigkeit bringen. Der menschliche Körper ist schlau und speichert diese Erlebnisse oft fehlerhaft – in Bruchstücken – ab oder löscht sie fast gänzlich aus. Doch die seelischen Verletzungen bleiben. Sie kommen dann anders zum Vorschein, wie zum Beispiel Suizidgedanken, Schlafstörungen, Angstzustände oder Essstörungen.«
»Nur weil ich einmal den Gedanken hatte, mich umzubringen, wollen Sie mich gleich in diese PTBS-Lade stecken? Ich habe keines von den Symptomen, die Sie gerade erwähnt haben.« Wenn meine Nase jedes Mal, wenn ich lüge – wie bei Pinocchio –, etwas länger werden würde, käme ich durch keine Tür mehr.
»Frau Ames, ich will Sie in keine Schublade stecken.

Ich versuche nur mit Ihnen einen Schritt in Ihre Vergangenheit zu gehen, damit wir gemeinsam an den Ort kommen, wo alles begonnen hat.«
»Und wenn ich dort nicht mehr hinwill?« Es sollte eine Feststellung sein, doch ausgesprochen klingt es mehr wie eine Frage eines eingeschüchterten Wesens, das verängstigt in einer Ecke kauert.
»Ich werde Ihnen helfen, vertrauen Sie mir!« *Vertrauen?* Ich bin verwirrt und möchte am liebsten die Sitzung abbrechen. So viele Dinge gehen mir im Kopf herum.
»Frau Ames, was ist damals passiert?« *Hilfe! Es fällt mir auf, dass die Wände seiner Praxis bedrohlich nahe kommen, und die Gefahr, dass sie beim nächsten Wimpernschlag zusammenbrechen, fühlt sich beängstigend an.*
»Ich weiß nicht, was es damit zu tun hat, schwanger zu werden ... Ich bin hier, weil ich schwanger werden will und nicht weil ich mit Ihnen eine Zeitreise machen will!« Gott sei Dank kommen mir die Wörter wieder mit der bekannten Härte über die Lippen. Er seufzt leise auf, da er sich unserer ergebnislosen Sitzungen bewusst wird, doch er schenkt mir ein aufmunterndes Lächeln, um mir zu zeigen, dass nicht alle Hoffnung verloren gegangen ist.
»Sie haben mir gesagt, dass physisch mit Ihnen alles in Ordnung ist, und eingewilligt, den psychischen Aspekt anzuschauen.«
Ich nicke bekräftigend, »Da wusste ich noch nicht, dass Sie mich zu meiner Vergangenheit löchern werden ...«, und versuche meine Verschlossenheit zu rechtfertigen.
»Ich will Sie nicht löchern. Ich will Ihnen helfen.«
»Was, glauben Sie, ist in meiner Vergangenheit passiert? Ich habe alles hinter mir gelassen.«
»Anscheinend sehr viel. Dieser Mann, von dem Sie gesprochen haben, waren Sie ein Paar?«, startet er einen neuen Versuch.
»Wenn man das so nennen kann ...«, schulterzuckend antworte ich gelangweilt.
»Wie wollen Sie es nennen?«
Ich lache zynisch und verdrehe die Augen genervt.
»Dummheit zweier junger Menschen.«

»Okay, auch wenn es Dummheit war, haben Sie diesen Mann geliebt?« *Ich verzweifle hier langsam.*
»Ich weiß es nicht mehr. Ich habe es verdrängt.« Eine Träne rinnt schon wieder meine Wange hinunter.
»Scheiße!«, fluche ich nun doch. Er reicht mir ein Taschentuch.
»Ich habe seit zehn Jahren nicht mehr geweint und seit diesem blöden Klassentreffen könnte ich die ganze Zeit heulen.«
»Warum lassen Sie es nicht zu?«
»Weil ich in meinem Leben genug geweint habe. Ich dachte, ich besitze so etwas wie Tränen nicht mehr. Alles verbraucht«, lache ich leicht hysterisch auf.
»Anscheinend doch. Vielleicht hilft es Ihnen.«
»Dr. Goldmann, ich weiß, ihr Therapeuten seid *sehr* clever, um an euer Ziel zu kommen. Doch glauben Sie mir, an diesen Ort werde ich mich nie wieder begeben. Nur über meine Leiche ...«
»Ich will, dass Sie wissen, dass Sie mir nichts erzählen müssen, was Sie nicht wollen, doch ich garantiere Ihnen, wenn Sie beginnen sich zu öffnen, wird es Ihnen besser gehen ...«

Ich sollte schon vor einer halben Stunde bei meinem Geschäftsessen mit der Modedesignerin Anna Winlay sein. Sie zeigt mir Bilder von ihrer neuen Kollektion. Ich bin immer auf der Suche nach jungen, talentierten Künstlern und ermögliche ihnen eine Fotostrecke in unserer Zeitschrift. Dadurch haben schon einige den Durchbruch geschafft. Eine Erwähnung in unserem Magazin genügt oft und deren Shops werden gestürmt.
Die Septembersonne strahlt noch einmal mit ihrer letzten Kraft vom Himmel und ich spüre, wie ich zu schwitzen beginne. Ich blicke auf meinen hellen Designerfummel. *Bei dieser Hetzerei bekomme ich sicherlich noch Schweißflecken.*
Ich laufe über den Stephansplatz in Wien und renne beinahe in eine Touristengruppe, die nichts Besseres zu tun hat, als die Köpfe in die Luft zu strecken, um *DAS* Wahrzeichen von Wien in seiner vollen Pracht zu bewundern.

Genau in dem Moment, als ich den menschenüberfüllten Platz überquere, an dem sich dicht gedrängt Reisende, Straßenkünstler und genervte Wiener tummeln, läutet die riesige Glocke im Stephansdom und soll mich davon abhalten, durch die Gegend zu hetzen. Doch ich denke nur daran, dass ich nicht rechtzeitig zu meinem Termin komme. Sollte ich jemals dort ankommen, werde ich wahrscheinlich komplett verschwitzt und außer Atem einfach umkippen. Ich hätte mir vielleicht doch ein Taxi nehmen sollen, doch zu dieser Tageszeit ist man zu Fuß um einiges schneller. Noch dazu klingelt mein Handy in einem nervenden Dauerton das Lied »Don't rain on my parade«. So sehr ich Barbra Streisands Stimme auch bewundere und ich diesen Song liebe, geht sie mir in diesem Moment mit ihrem Gesang nur auf die Nerven. Normalerweise würde ich in dieser Situation einfach nicht reagieren, doch nachdem Barbra schon zum dritten Mal ihr Bestes gibt, wird mir bewusst, dass ich es hier offensichtlich mit einem sehr beharrlichen Anrufer zu tun habe, der anhaltend und unermüdlich meine Nummer wählt.

Die Nummer kenne ich nicht. »Ja, bitte ...«, schnauze ich ins Telefon. Wer schon so hartnäckig nicht akzeptieren kann, dass ich gerade nicht erreichbar bin, soll sich dessen auch bewusst sein.

»Hallo Lena, hier ist Emma«, stottert sie überrascht. *Emma, das hätte ich mir gleich denken können. Früher hat sie auch keine Ruhe gegeben, bis sie erreicht hat, was sie wollte.*

Vielleicht war es doch keine so gute Idee, ihr meine Nummer zu geben. Doch wer hätte wissen können, dass sie mich gleich am nächsten Tag anruft?

Noch dazu habe ich gerade überhaupt keine Zeit, mich mit ihr über das Klassentreffen zu unterhalten. »Oh, hallo«, presse ich gestresst hervor.

»Ich wollte mich nur schnell bei dir melden, da wir uns gestern nicht wirklich verabschieden konnten.«

»Ähm ... ja«, räuspere ich mich. »Es tut mir leid, ich wollte nach meinem Missgeschick nur noch nach Hause ...« Gerade als ich davon beginne zu reden, schmerzt die Stelle auf meinem Kopf.

»Das verstehe ich.«
Ich schaue auf die Uhr und beginne mein Tempo zu erhöhen. Das erweist sich angesichts der Tatsache, dass ich meine Tasche in der einen und das Telefon in der anderen Hand halte, als nicht wirklich einfach. Immer wieder kreuzen Menschen meinen Weg. Ich verstehe deren Begeisterung für diese Stadt. Sie sind von den Renaissancebauwerken mit den wunderschönen Rundbögen, den ausgewogenen Proportionen, der Symmetrie und der Harmonie mit den verspielten Details fasziniert. Nirgends auf der Welt findet man einen Ort mit so einer Vielzahl an erhaltenen Kulturschätzen, einer bedeutenden Geschichte, herrlichen Bauwerken und einer alten Kaffeehaustradition, die einen in eine andere Zeit zurückversetzt. Nicht zu vergessen sind die Straßenbahnen, die sich durch die traditionsreichen Straßen ziehen und bei jeder erreichten Station ein klingelndes Geräusch von sich geben. Ich liebe Wien, doch wenn man hier lebt, gewöhnt man sich an die faszinierende Schönheit dieser Stadt. So wie die New Yorker den Times Square zur Rushhour meiden, scheue ich ebenso den Stephansplatz zu gewissen Zeiten, um nicht unnötig aufgehalten zu werden. Beim Vorbeilaufen stoße ich mit einer Frau zusammen, die wutentbrannt zu fluchen beginnt. Ich entschuldige mich schnell und hetze weiter. Die Wiener, zu denen ich mich zähle, sind ein spezielles Volk.
Oft missmutig, meistens schlecht gelaunt und immer in Eile. Noch dazu besitzen wir eine Art von Humor, die nur bei Gleichgesinnten ankommt.
»Emma, ich bin ziemlich im Stress, kann ich dich zurückrufen oder ist es sehr dringend?«
»Tut mir leid, ich wollte dich nicht stören …« Ihre Stimme klingt sofort traurig. Jetzt bekomme ich ein schlechtes Gewissen.
»Nein, du störst nicht. Ich habe nur jetzt gleich einen Termin und bin schon viel zu spät dran …« Abgehetzt und außer Atem bringe ich die Wörter hervor.
»Oh, okay. Ich möchte dich nur schnell fragen, ob du nächsten Donnerstag Lust hast, zu mir zu kommen.

Ich wollte mit ein paar Freunden grillen und dir natürlich meine Kinder vorstellen.«
Ich weiß nicht, ob das so eine gute Idee ist, doch wie soll ich ihr das schonend beibringen?
»Das ist sehr lieb von dir, Emma. Doch mein Terminkalender ist so unglaublich voll ...« Wenn ich ehrlich bin, war mir das Zusammentreffen letzte Woche schon zu viel, und ich habe keine Lust, mich so schnell schon wieder meiner Vergangenheit zu stellen.
»Das ist schade. Ich hätte mich so gerne mit dir unterhalten. Wir hatten kaum Zeit beim Klassentreffen.« *Ich weiß, und das ist auch gut so.* Außerdem kann ich erahnen, was mich erwartet, wenn ich mit ihr zu reden beginne. Sie fängt sicherlich an, über alte Zeiten zu philosophieren, von denen ich nichts mehr wissen will.
»Kannst du es nicht irgendwie einrichten?«
Als ich um eine halbe Stunde zu spät bei meinem Termin ankomme, bin ich völlig erschöpft. Emma hat noch immer nicht locker gelassen und Anne wartet darauf, mich begrüßen zu können. Ich deute ihr, dass ich noch einen Moment brauche. Egal was ich sagen werde, egal wie oft ich versuche ihr klarzumachen, keine Zeit zu haben, sie wird nicht aufhören, mich die nächsten Wochen auf ein Treffen zu überreden. Also sage ich zu – gebe nach – und lasse mich darauf ein. *Besser, ich bringe es schnell hinter mich.*
»Okay, schick mir die Adresse. Ich werde es schon irgendwie schaffen.«
»Oh, das freut mich sehr, Leni ... ähm, tut mir leid, Lena«, verbessert sie sich schnell.
»Also, ich muss jetzt echt aufhören ...«, versuche ich das Gespräch endgültig zu beenden.
»Ja, klar. Bis Donnerstag. Ich freue mich sehr auf dich.« Nachdem ich klein beigegeben habe, gibt sie sich zufrieden und lässt mich in Ruhe.
»Mach's gut, Emma!«
Erst nach zehn Minuten fühle ich mich in der Lage, mit Anne das Geschäftstreffen anzufangen. Sie begeistert mich mit ihren frischen und authentischen Ideen, und ich sichere meine Hilfe zu, ihre Kollektion zu vermarkten. Die Zeitschrift Ela, bei der ich arbeite, ist die größte in Wien.

Vergleichbar mit der Vogue in Paris, mit der einzigen Ausnahme, dass Wien keine so große Modemetropole ist. Ich liebe meinen Beruf. Nie hätte ich zu träumen gewagt, es bis zu dieser Position zu schaffen. Ich kenne die wichtigsten Leute in der Modebranche und sie schätzen mich. Nachdem ich meinen Abschluss in der Tasche hatte und mich durch so einige fragwürdige Jobs durchschlagen musste, habe ich hier zu arbeiten begonnen. Ich weiß, dass keine unserer Praktikantinnen ein leichtes Leben hat, denn ich war selbst genau an deren Stelle. Man muss sich eine ziemlich dicke Haut zulegen und tough sein. Ich habe mit zweiundzwanzig als Botenmädchen begonnen. Egal ob es darum ging, Kaffee zu holen, die Wege zur Wäscherei zu erledigen oder bis spät in die Nacht die Models mit Essen und Trinken bei Laune zu halten, ich war die Person, die es erledigen musste. Doch meine damalige Chefin hat meine Arbeitsmoral und ein schlummerndes Talent in mir erkannt und mich gefördert. Ziemlich schnell habe ich den Aufstieg zur Jungredakteurin geschafft. Als meine ersten Berichte in der Zeitung abgedruckt wurden, konnte ich es kaum fassen. Das Schreiben lag mir im Blut und ich hatte auch immer ein gutes Gespür für neue Trends.
Ich konnte kreative und witzige Geschichten verfassen, mit denen ich mich teilweise über die Oberflächlichkeit in dieser Branche lustig machte, aber dennoch immer die Ernsthaftigkeit meiner Arbeit hervorhob. Ich habe wirklich hart gearbeitet und es hat sich gelohnt. Nach sechs Jahren war ich Chefredakteurin der Modezeitschrift Ela. Mein Leben besteht jetzt daraus, die ganze Welt zu bereisen, die neuesten Trends und die Nachwuchsdesigner zu entdecken. Auch wenn ich vielleicht nicht die netteste Chefin bin, fordere ich genau die gleiche Arbeitseinstellung, die ich selbst an den Tag lege.
Christian habe ich vor sechs Jahren bei einem Geschäftsessen mit unseren CEOs kennengelernt. Er vertritt unsere Zeitschrift in allen Rechtsfragen. Als ich ihn das erste Mal sah, hielt ich ihn auch für ein Model mit italienischen oder spanischen Genen.
Seine arrogante und überhebliche Art hat mich nicht besonders beeindruckt.

Ich habe ihn keines Blickes gewürdigt, was ihm anscheinend noch mehr Grund gab, mich zu erobern. Doch etwas an ihm fand ich faszinierend. Er hat die gleiche Arbeitseinstellung wie ich und ist unglaublich konsequent, was das Erreichen seiner Ziele angeht.
Dass ich eines seiner Ziele war, wurde mir so richtig klar, als er mir jeden Tag nach unserem Kennenlernen einen roten Strauß Rosen in mein Büro schicken ließ. Ich habe es ihm nicht leicht gemacht. Erst nach einem Monat ließ ich mich auf ein erstes Date mit ihm ein. Er hatte die gleichen Vorstellungen vom Leben wie ich und die Wellenlänge passte prima. Christian legt mir die Welt zu Füßen, liest mir jeden Wunsch von den Augen ab und ist ein zuverlässiger Mensch.
Nach einem Jahr hat er um meine Hand angehalten. Es war eine riesige Hochzeit. Christian stammt aus einer reichen Familie, der es wichtig war, Gott und die Welt einzuladen. Ich habe mich nicht darum gekümmert, ob ich die Menschen um mich kannte oder nicht. Meine Familie bestand aus meiner Mutter, meinem Vater, meinem Bruder und meinen Tanten.
Ich war froh, als der Tag hinter uns lag und wieder Normalität einkehrte. Christian hat zwei jüngere Schwestern. Sie sind beide bildhübsch. Doch er hat kaum Kontakt zu ihnen. Ich habe sie erst kurz vor der Hochzeit kennengelernt und danach haben wir uns vielleicht einmal pro Jahr bei Familienveranstaltungen getroffen. Eigentlich finde ich die beiden sympathisch, doch das Verhältnis zu ihrem doch um einige Jahre älteren Bruder war nie sonderlich innig. Mit meiner distanzierten und reservierten Art habe ich ihnen nie wirklich einen Grund gegeben, um einander besser kennenzulernen. Dies liegt auch ganz im Interesse von Christian, der sowieso keine Lust hat, den Kontakt zu den beiden zu intensivieren. Manchmal bereue ich es, kein besseres Verhältnis zu ihnen zu haben, da ich mir immer eine Schwester gewünscht habe.
Nach der Hochzeit hatte der Alltag unser Leben schnell wieder dominiert.

Christian gab mir kurz nach unserer Vermählung zu verstehen, dass er nicht mehr länger auf Kinder warten wolle, und so habe ich zugestimmt, es zu versuchen.
Nach einem Jahr habe ich das erste Mal Dr. Pick, eine Spezialistin auf dem gynäkologischen Gebiet, aufgesucht. Niemand konnte sich erklären, warum ich nicht schwanger werden kann, denn alle diesbezüglichen schmerzhaften Untersuchungen endeten mit einem positiven Resultat. Wie vermutet waren auch die Befunde meines Mannes in Ordnung. Nach ein paar Jahren habe ich mich damit abgefunden, keine Kinder bekommen zu können, und ich gehe nur noch Christian zuliebe zu den Untersuchungen. Als wäre das noch nicht genug, habe ich mich dazu überreden lassen, Dr. Goldmann aufzusuchen. Doch genauso konsequent wie Christian in seinem Job ist, verfolgt er auch seine Ziele in unserer Ehe.
Wenn ich am Abend zu Hause ankomme, ist er meist noch nicht da. Sobald er nach seinem anspruchsvollen und stressigen Job nach Hause kommt, unterhalten wir uns nur über die Arbeit und finden beide Gefallen daran. Er weiß, dass ich ihm nichts über meine Vergangenheit erzähle, und er respektiert das. Unser Leben beschränkt sich auf die Gegenwart und die Zukunft. Wir haben uns ein Zuhause geschaffen und schätzen es beide.
Tief in mir weiß ich, dass ein Herz mehr fühlen kann, doch ich bin mir nicht sicher, ob es vielleicht auch nur der jugendliche Leichtsinn ist, der einem das vor Augen führen will. Er liebt mich und ich liebe ihn. Er will mit mir eine Familie gründen. Wir leben in einer Idylle und es fehlt uns finanziell an nichts. Christian und ich verdienen genug, um fünf Kinder ernähren zu können. Doch anscheinend reicht es nicht einmal für eines.
Im Geiste höre ich meinen Bruder Lukas mit mir schimpfen. Er würde meine Gedanken verachten und mir erklären, dass es im Leben nicht auf ein dickes Bankkonto ankommt, um glücklich zu sein und Kinder zu haben. Er reist in der Weltgeschichte herum, lebt in den Tag hinein, trifft jeden Tag neue Leute und tut das, was ihm gefällt. Ohne Bankkonto, ohne Kreditkarte, ohne Terminkalender und ohne festen Wohnsitz.

Mit Gelegenheitsjobs hält er sich über Wasser und hilft bei sozialen Projekten mit. Ich weiß, viele halten ihn für verrückt und können nur den Kopf schütteln. Doch er macht das, was ihm guttut, was die meisten Menschen nicht von sich behaupten können. Sein Leben ist der genaue Gegensatz zu meinem minutiös durchgeplanten, korrekten und stressigen Dasein. Er lebt und ist dabei glücklich. Ich beneide ihn.

Bevor ich den Weg der Geschäftsfrau eingeschlagen habe, hatten wir oft gemeinsame Träume, wie wir die Welt verbessern könnten. Heute muss ich über diese Gedanken lachen. Sie hatten nichts mit der Realität zu tun. Und so trennt uns nicht nur eine riesige örtliche Distanz, sondern auch unterschiedliche Wertvorstellungen. Wir sehen uns nur noch ein Mal im Jahr zu Weihnachten, was meistens in ein Desaster ausartet, weil jeder in meiner Familie einen anderen Zugang zum Feiern besitzt. Als Familie sind wir schon lange keine Einheit mehr. Mein Bruder kommt nicht damit klar, dass wir uns gegenseitig so reich beschenken, mein Vater überhäuft uns mit Geschenken, ich reagiere teilnahmslos und emotionslos, Christian fügt sich ein, und Mutter bekommt einen Weinkrampf nach dem anderen, da ihr klar wird, wie verkorkst wir alle sind.

Mein Handy klingelt und erinnert mich an den Termin bei Dr. Pick, der Gynäkologin. Ich habe diesen Termin seit fünf Wochen hinausgeschoben, da ich das Innere ihrer Praxis nicht mehr sehen kann. Schon langsam sollte ich mich wegen einem Stammkundenbonus informieren. Sie nimmt jeden Monat Blut ab, schaut, ob sich etwas an meinem Hormonhaushalt verändert hat, und jagt mir an den denkbar schmerzhaftesten Punkten eine Akupunkturnadel in die Haut. Heute ist wieder einer dieser Tage, an denen sich ein Termin an den anderen reiht, ohne eine einzige Verschnaufpause. Nach dem Treffen mit der Jungdesignerin Anne hetze ich zu Dr. Pick.

»Frau Ames, schön Sie wiederzusehen ...«, begrüßt sie mich mit ihrem faltenfreien Gesicht und den deutlich aufgespritzten Lippen, die geschwollen hervorstechen und an ein Schlauchboot erinnern.

Ihre blondierten Haare trägt sie zu einem fest hochgebunden Dutt, der vermutlich eine zusätzlich straffende Wirkung hat. Die Praxis ist hell, mit weißen Möbeln eingerichtet. Weiße Sessel, weißer Behandlungstisch, weißer Arztmantel – alles weiß. An der Wand hängen die einzigen Farbtupfer im Raum. Unzählige Geburtsanzeigen von Kindern – Mädchen, Jungs, Zwillinge, Drillinge –, denen sie auf die Welt geholfen hat. Deren Mütter haben sich darauf verewigt und ihre große Dankbarkeit über ihre Hilfe zum Ausdruck gebracht. Schon ein paar Mal habe ich mich selbst bei dem Gedanken erwischt, wie eine Geburtsanzeige meines Kindes sich dort machen würde. Selbst über die Worte, die darin stehen würden, habe ich mir schon den Kopf zerbrochen – *»Besser zu spät als nie, endlich geschafft! Ihre treueste Patientin«.* Meine Ironie ist oft der einzige Weg, um mit mir selbst ins Reine zu kommen.
»Es freut mich auch, Dr. Pick! Wie geht es Ihren Kindern?«, frage ich sie interessiert und nehme auf dem weißen Stuhl gegenüber ihrem großen – wie könnte es anders sein –, auch weißen, hochglanzpolierten Tisch Platz.
»Danke, ganz gut. Mein Größter bringt mich gerade an den Rand des Wahnsinns, seitdem er in der Schule ist, doch sonst läuft alles ganz gut.« *Wenn ich ein Kind hätte, würde ich mich nicht immer beklagen. Aber ich kann leicht reden, weil ich einfach nicht weiß, wie es ist, Kinder zu haben.*
Sie mustert mich und deutet auf den überdimensional großen Verband an meinem Haaransatz. »Was haben Sie sich am Kopf gemacht?«
»Ein kleiner, blöder Unfall ...«, murmle ich verlegen.
Sie verzieht ihre Lippen mitleidsvoll, widmet sich aber sofort wieder ihren Unterlagen.
»Ich habe mir Ihre Blutwerte angeschaut. Ihre Hormone sind zwar Ihrem Alter entsprechend, doch sie sind leider nicht schwanger ...«
»Okay.« Ich habe mir eigentlich nichts anderes erwartet.
»Wie schaut es mit Ihrem Gewicht aus? Hat sich daran etwas geändert?« Ich weiß genau, worauf sie anspielt. Unruhig tippe ich mit meinen Fingerkuppen auf mein Knie.

»Ich versuche meine Mahlzeiten einzuhalten, aber ich habe viel Stress, und es ist nicht immer leicht«, meine ich energisch. *Was geht es die auch an? Ich fühle mich wie beim Verhör – immer bedacht, nichts Falsches zu sagen.*
»Frau Ames, Sie wissen, wie wichtig es ist, ein normales Gewicht zu bekommen, um schwanger zu werden«, meint sie belehrend.
»Ich arbeite daran ...« *Warum muss ich dafür Rechenschaft ablegen?*
»Sind Sie in Therapie? So, wie wir es besprochen haben?«, fragt sie kühl und emotionslos.
»Ja.« Ich muss ihr nicht sagen, dass ich nicht deswegen in Behandlung bin. Dr. Pick übertreibt maßlos.
Ich fühle mich in meinem Körper wohl. Selbst wenn ich fünf Kilo mehr auf die Waage brächte, würde ich nicht schwanger werden – das ist Fakt.
»Haben Sie sich jetzt schon über die anderen Methoden, die ich Ihnen ans Herz gelegt habe, Gedanken gemacht?« Ich soll mich zwischen künstlicher Befruchtung und Adoption entscheiden.
»Nein, mein Mann und ich wollen es noch eine Zeit lang probieren.«
»Okay, Frau Ames. Dann sehen wir uns in sechs Wochen wieder. Lassen Sie sich einen Termin bei meiner Sprechstundenhilfe geben. Halten Sie aber bitte diesmal den Termin ein.« Ich nicke und verlasse den Untersuchungsraum. Im Wartezimmer sitzt eine junge, hochschwangere Frau. Neidvoll blicke ich auf ihre riesige Kugel. Vielleicht entscheide ich mich doch für die künstliche Befruchtung. Oder ich vergesse das Thema überhaupt.
Den restlichen Tag ärgere ich mich darüber, dass ich mich von Emma breitschlagen habe lassen, zu ihr zu kommen. Ich möchte keine Freunde von ihr kennenlernen und ich möchte auch nicht über Vergangenes reden.

Am Abend sitze ich mit meinem Mann bei einem Glas Rotwein und einem herrlich duftenden Steak an unserem wunderschönen Nussholzesstisch, der für mindestens zehn Gäste ausgerichtet ist.

Obwohl er nicht wirklich zu der sterilen Wohnung von Christian passt, habe ich ihn überreden können, dass er ihn ins Esszimmer stellt. Viel verändert habe ich bei meinem Einzug in die Wohnung nicht, da ich keinen Freiraum dafür bekommen habe. Er hat – auch hier – strikte Vorstellungen, wie seine vier Wände auszusehen haben. Außer ein paar Dekorationen und den herrlichen Blumen, die ich jede Woche am Markt kaufe, habe ich hier nichts verändert.
Doch es stört mich auch nicht, denn es spiegelt die Kälte meines Inneren und unserer Beziehung wider. Und so wie man sich bettet, so schläft man gewöhnlich auch.
»Wie geht es deinem Kopf?« Heute habe ich selbst entschieden, den Verband abzunehmen – nachdem viele Leute unangenehme Fragen gestellt haben –, obwohl ich einen Arzt aufsuchen sollte. Ich greife mir an die empfindliche Stelle, doch es scheint ganz gut zu verheilen.
»Es geht mir gut!« Wortlos sitzen wir einander beim Abendessen gegenüber. Christian blättert in seiner Finanzzeitung und ich scrolle durch meinen Terminkalender für morgen.
Herrliche Ruhe!
»Ich war heute bei Dr. Pick ...« Christian hebt erwartungsvoll seinen Blick. Es tut mir so leid, ihn jedes Mal aufs Neue enttäuschen zu müssen. »Ich bin nicht schwanger«, gebe ich beiläufig von mir, um dem Thema nicht noch mehr Beachtung schenken zu müssen.
Christian schaut mich mit einem dieser Blicke an, die ich am meisten hasse. *Mitleid! Ich brauche kein Mitleid.* Er schenkt mir Rotwein nach. Ich lehne mich in den Sessel und ergreife das Glas, um einen kräftigen Schluck zu nehmen. Ohne ein Wort zu wechseln, betrachten wir einander, bevor er die Stirn zu runzeln beginnt.
»Mein Schatz, sei nicht traurig, im nächsten Monat klappt es vielleicht.« *Wie kommt er darauf, dass ich traurig bin?*
Seit drei Jahren bin ich das nicht mehr, sondern habe es hingenommen, keine Kinder bekommen zu können. Zuckend hebe ich meine Schultern und vertiefe mich wieder in meinen Kalender.
»Ich glaube, wir sollten eine Pause einlegen ...«, gebe ich nebenbei von mir.

Als ich aufblicke, sehe ich den Ausdruck in seinen Augen, der sich von Mitleid in Verständnislosigkeit gewandelt hat.
»Hast du dich für eine Alternative entschieden?« Trotz der Lustlosigkeit in meiner Stimme hat er dennoch Hoffnung.
»Nein ...«, ich nippe an meinem Glas, »... ich habe kein Bedürfnis mehr, Mutter zu werden.« Ich senke meinen Kopf, um die bevorstehende Ansprache abzumindern.
»Du willst keine Kinder?« Etwas in seiner Stimme verrät mir, dass er entsetzt ist.
»Nicht jetzt! Ich habe es satt, darauf zu warten. Vielleicht soll es einfach nicht sein«, versuche ich mich zu rechtfertigen.
»Wann willst du Kinder? Du bist im perfekten Alter, und du weißt, wie sehr sich meine Eltern freuen würden ... Wenn wir noch ein paar Jahre warten, bist du über dreißig, und damit wird es nicht besser ...«, spielt er auf meine tickende innere Uhr an, was angesichts der Tatsache, dass heutzutage Frauen noch mit Mitte vierzig Kinder bekommen, leicht übertrieben scheint, doch Christian war in seinen Ansichten schon immer altmodisch.
»Ich weiß. Das höre ich nicht zum ersten Mal, doch, wie es scheint, können *wir* keine Kinder bekommen und *ich* will einfach nur einmal eine Pause, um von diesem Gedanken Abstand zu bekommen.« Ich merke, wie er zu grübeln beginnt. Nach ein paar Minuten des Schweigens schaut er mich an und redet etwas versöhnlicher.
»Vielleicht ist die Idee nicht schlecht. Meine Mutter meinte, wenn der Druck draußen ist, dann werden die meisten Frauen schwanger.« Bei den Worten *»meine Mutter meint«* könnte ich schon wieder in die Luft gehen.
»Na, wenn *deine* Mutter das meint, dann stimmt es sicherlich ...«
Ich kann den Sarkasmus in meiner Stimme nicht unterdrücken, stehe auf, nehme meinen Teller und verschwinde in der Küche. Er folgt mir leise.
»Lena, hör auf, sie meint es doch nur gut«, ruft er mir hinterher.
»Ich kann es nicht leiden, wenn du mit deiner Mutter über meine Empfängnisbereitschaft redest. Das kotzt mich an«, zische ich in seine Richtung.

»Ich weiß nicht, warum es dich aufregt, wenn ich mit meiner Mutter spreche«, kontert er gelassen.
»Sie mischt sich in Sachen ein, die sie nichts angehen«, knurre ich wütend.
»Sie will nur wissen, wie es uns geht«, verteidigt er sie.
»Erzählst du ihr auch, in welchen Stellungen wir es treiben? Vielleicht hätte sie auch diesbezüglich ein paar gute Tipps«, verhöhne ich seine Worte.
»Hör auf, lächerlich zu sein ...« Er will mich an sich ziehen, doch ich lasse keine Berührung zu und weiche ihm aus.
»Komm schon, sei nicht böse.«
»Ich bin nicht böse, ich bin wütend. So etwas macht man nicht, Christian!«, zornig fahre ich durch meine Haare. »Im Ernst. Vielleicht hat sie einen Tipp für uns, damit ich endlich schwanger werde.«
Er schüttelt schnaufend den Kopf. »Du verhältst dich kindisch.«
Ich schüttle genervt den Kopf, lasse meinem ganzen Missmut freien Lauf und ziehe scharf die Luft ein.
»Du bist das einzige Kind hier. Bald bist du dreißig und du telefonierst täglich mit deiner Mutter und hältst sie über alles auf dem neusten Stand. Sie weiß über jeden deiner Schritte Bescheid und auch über meine. Du sprichst häufiger mit ihr als mit mir. Am Abend kommst du nach Hause und gibst ihr einen Bericht über deinen Tag. Das ist krank, Christian.«
»Bist du eifersüchtig?«, meint er amüsiert. Ich funkle ihn erbittert an.
»Ich bin mir sicher, dass sie mehr über dein Leben weiß als ich«, sage ich so ernst, dass sein süffisantes Lachen verstummt.
»Du bist auf meine Mutter eifersüchtig?« Er versucht ernst zu bleiben, doch ich merke, wie seine Mundwinkel zu zucken beginnen.
»Nein!« Ich entsorge die Reste von meinem Teller, stelle ihn in das Abwaschbecken und lasse das heiße Wasser darüberlaufen.
»Was ist es dann?« Er lehnt sich gegen die Küchenzeile und verschränkt seine Hände vor der Brust.

»Ich habe keine Lust, mich zu rechtfertigen, für alles, was zwischen uns passiert. Das geht nur uns etwas an. Wir beide führen hier eine Beziehung und nicht wir drei ...«, ich deute demonstrativ zwischen uns beiden hin und her. »Wann verstehst du das endlich?«
»Nur weil du mit deiner Mutter keinen Kontakt hast, bedeutet das nicht, dass ich ihn auch zu meiner abbrechen muss.« Er will mich anscheinend provozieren, indem er das Verhältnis zu meiner Mutter anspricht. Ungeachtet dessen, dass er davon keine Ahnung haben kann, da ich es tunlichst vermieden habe, ihm davon zu erzählen.
»Das hat überhaupt nichts damit zu tun. Christian, du benimmst dich wie ein Teenager, der für alles den Rat seiner Mutter braucht – das nervt.« Mit einem Tuch trockne ich die Teller in Windeseile ab, um meine Wut etwas zu mindern, und stelle sie wieder ins Regal. Ich falte das Geschirrtuch zusammen und lege es sorgfältig auf die Tischplatte.
»Du übertreibst ...«, besänftigend redet er zu mir.
Als ich seine Umarmung an meiner Taille spüre und seine feuchten Küsse in meinem Nacken, fühle ich mich schlecht.
»Weißt du, was ich denke?« Seine Küsse gleiten zu meinem Kinn hinauf. »Du hast wahrscheinlich deine Tage und bist deshalb so gereizt ...« *Klar!*
»Du spinnst!« Er wandert mit seinen Küssen zwischen meinem Schulterblatt und meinem Hals hin und her, um mich zu beschwichtigen. Normalerweise klappt das auch, doch heute ist mir einfach nicht danach zumute.
»Und außerdem bist du viel zu dünn. Du hast das Essen kaum angerührt. So kannst du nie schwanger werden ... du musst mehr essen, wenn du schwanger werden willst.« Ich kann es nicht leiden, wenn er mir Vorschriften macht. Ich könnte schon wieder weinen. Wenn ich nicht heute bei Dr. Pick gewesen wäre, die eine Schwangerschaft ausgeschlossen hat, würde ich fast darauf tippen.
»Hat das deine Mutter gesagt?«, gebe ich schnippisch von mir und versuche mich aus seinem Griff zu befreien, doch er hat nicht vor, mich loszulassen.

»Sshhh.« Ich spüre, wie er mit seiner Zungenspitze über meine Haut fährt. Automatisch bekomme ich eine Gänsehaut.
»Ich habe leider nicht wirklich viel Zeit fürs Essen übrig und neben den vielen Models fühle ich mich sonst fett ...«, versuche ich ihm meine Situation zu erklären.
»Das ist doch krank, Lena. Du bist verrückt. Du musst dich doch nicht mit diesen Hungerhaken messen. Lass uns ein paar Tage wegfahren, damit wir beide einen klaren Kopf bekommen.« *Was würde ich für einen klaren Kopf geben.* Seine Hände streichen über meinen Bauch und wandern meine Oberschenkel hinunter. Es ist nicht schwer, zu erahnen, was er will. Langsam beginnt er die Knöpfe meines Kleides zu lösen und schiebt es mir von den Schultern. Mit einem leisen Geräusch fällt es zu Boden.
»Lass uns einfach wegfahren ... du und ich«, raunt er in mein Ohr.
Meinen Rücken ihm zugewandt, in Unterwäsche und Pumps stehe ich vor ihm. Er streift die Träger meines BHs hinunter, löst den Verschluss und greift fordernd nach meiner Brust. Stöhnend drückt er seinen Körper an mich und zieht mir mein Höschen hinunter. Ich spüre an meinem Rücken, wie seine Lust wächst. Es fühlt sich komisch an, mich von ihm berühren zu lassen, da die Stelle an meinem Kopf plötzlich wieder zu schmerzen beginnt. Es ist nicht die Wunde, die mir wehtut, sondern die Person, die sie mir zugefügt hat. Doch ich will ihn nicht enttäuschen, ich will nicht in diesem Moment an Paul denken müssen und mir selbst beweisen, dass ich alleine über meine Gedanken bestimmen kann. So lasse ich es geschehen und versuche all meine Gefühle auf meinen Ehemann zu lenken, um ihm eine vorbildliche Frau zu sein. Ich bin erleichtert, nachdem es zu Ende ist, doch ich merke sofort, wie mein schlechtes Gewissen an mir nagt, da ich nicht so fühlen darf.
Die heiße Dusche schafft nur etwas Abhilfe, doch eine Schlaftablette und ein Glas Wasser befördern mich schnell ins Land der Träume.

Fünf

»Frau Ames, wie geht es Ihnen heute?« Scheiße! Kann ich Scheiße sagen? Ich habe meine Tage bekommen und die dazugehörigen Stimmungsschwankungen. Außerdem habe ich keine Lust, mit ihm zu reden. Kann ich ihm das sagen? Scheiße könnte ich sagen, oder?
»Ich kann es kaum fassen, dass schon wieder eine Woche vorbei ist!«, gebe ich statt dem, was ich mir wirklich denke, von mir.
»Ja, das stimmt. Wie geht es Ihnen heute?« Er lässt nicht locker.
»Ich war mit meinem Mann ein paar Tage in Nizza ...«, sage ich schnell und hoffe, dass er sich damit begnügt und nicht weiterbohrt.
»Und wie geht es Ihnen?« Okay, er hat es nicht geschluckt.
»Ich glaube, ganz gut ... das Wetter war sehr schön, der Wein hervorragend und die Franzosen waren wie immer entzückend.« Das sollte an Information reichen und ist so allgemein wie möglich formuliert.
»Beschreiben Sie Ihre Stimmung ...« Das war klar, dass dieser Satz kommt.
Ich habe Christian versprochen, die Sitzungen mit Dr. Goldmann ernst zu nehmen, also gebe ich mein Bestes.
»Ich bin entspannt und zufrieden.«
»Ist etwas geschehen, dass diese Wirkung bei Ihnen ausgelöst hat?«
»Wir haben das Babythema verschoben ...«, dabei klinge ich schon etwas zu fröhlich.
»Fühlen Sie sich dadurch erleichtert?«

»Ja! Ich fühle mich wieder um zehn Kilo leichter ...«
»Hat Ihre Entscheidung etwas damit zu tun, dass Sie auf dem Klassentreffen waren?« Was hat er nur mit diesem Klassentreffen?
»Nein.« Meine Augenlider beginnen zu flattern. Gott sei Dank weiß er nicht, was das bedeutet.
Nervös streiche ich eine Haarsträhne hinter mein Ohr und ziehe mir die glatt ausgeföhnten, frisch blond gesträhnten Haare in die Länge. »Ich habe gerade so viel um die Ohren, dass ein Kind nicht in mein Leben passen würde«, versuche ich meine Entscheidung zu rechtfertigen. Dr. Goldmann beobachtet mich, bevor er mir die nächste Frage stellt.
»Sie wollten mir das letzte Mal etwas mehr über das Klassentreffen erzählen«, sagt er auffordernd.
»Ich wollte das nicht!« Er legt mir hier etwas in den Mund, das ich nie gesagt habe. Doch ich habe ihn durchschaut. Vielleicht mag manch anderer so dumm sein und auf diese Suggestion hereinfallen, doch nicht mit mir!
»Wollen Sie es heute?«
Meine Brust hebt sich seufzend. Ich gebe mein Bestes und versuche mich zu öffnen.
»Hab ich eine Wahl?«, sage ich genervt.
»Frau Ames, Sie haben immer eine Wahl – auch hier bei mir –, und Sie erzählen mir das, was Sie wollen, nicht, was Sie vermuten, was ich hören will.«
Ich überlege kurz. Doch dann erinnere ich mich an die Bitte meines Mannes, die Sache ernst zu nehmen. Ich werde versuchen seinem Wunsch nachzukommen.
Zögerlich beginne ich zu sprechen.
»Paul und ich waren einmal ein Paar, und es war nicht angenehm, ihn wiederzusehen.« So. Schön. Ich habe mich nun geöffnet, kann ich jetzt wieder gehen?
»Wie lange ist das her?«, hakt er nach.
»Zehn Jahre ... fast länger sogar«, ich beginne geistig die Jahre nachzuzählen.
»Seitdem haben sie sich nicht einmal gesehen?«
»Nein.«
»Warum nicht?«
»Es hat sich die Möglichkeit nicht ergeben«, meine ich schulterzuckend und hoffe, dass meine Worte so beiläufig

und gleichgültig wirken, wie ich es ihm versuche vorzuspielen.
»Hat sie sich nicht ergeben oder haben Sie es vermieden, ihn zu sehen?«, fragt er mich in einem therapeutischen, angenehm ruhigen Ton, dem er aber zugleich den nötigen Nachdruck verleiht.
»Beides. Ich bin nach Amerika gegangen, habe dort meinen Collegeabschluss gemacht und danach bin ich auf die Uni gegangen. Als ich zurückkam, habe ich viel gearbeitet und keine Zeit dafür aufbringen können. Ich habe nicht einmal meine Freunde getroffen«, füge ich noch rechtfertigend hinzu.
»Haben Sie nicht mit den Kollegen von dem Klassentreffen Ihren Abschluss gemacht?«
»Nein, ich bin ein Jahr früher von der Schule gegangen.«
»Haben Sie sich von ihm getrennt oder umgekehrt?«
Dr. Goldmann begibt sich der Grenze meiner Schutzmauer gefährlich nahe.
»Ich bin gegangen ...«, schießt es wie aus einer Pistole aus mir. Er beginnt in meinem Gesicht zu forschen und scheint jede Veränderung meiner Mimik zu deuten, um sie danach gegen mich zu verwenden und so mein gut behütetes Geheimnis zu lüften. Irgendwie ist er mir suspekt.
»Hat es einen Schlussstrich gegeben?«
Ich nicke bejahend. »Ja, den hat es gegeben. Für mich war auf einmal alles so klar, und ich wusste, was zu tun war, um weiterleben zu können«, seufze ich melancholisch.
»War dies der Tag, an dem Sie das erste Mal einen Selbstmordgedanken hatten?«
»Nein. Erst ein Jahr später.«
»Hm ...« Er klopft mit dem Kugelschreiber auf sein Notizbuch und sortiert sichtbar seine Gedanken. Gleich hat er mich durchschaut. »Was ist an diesem besagten Tag passiert?«
»Ich weiß es nicht mehr.«
»Versuchen sie sich daran zu erinnern ...«, ermutigt er mich.
Will ich das?

Heute ist Donnerstag und in meinem Terminkalender steht »Emma« als meine Abendveranstaltung. Ich spinne mir in meinem Kopf eine gute Ausrede zusammen.
Als wäre mir dieses Treffen nicht schon zuwider genug, hat mir Christian heute erklärt, dass er mir nicht Gesellschaft leisten wolle, da ihm ein wichtiger Termin dazwischengekommen sei. Er meidet prinzipiell Treffen, die meine Freunde miteinbeziehen. Also habe ich nichts anderes erwartet. Ich darf mich nicht beschweren, denn ich verhalte mich nicht anders. Sobald Christian mit seinen Freunden etwas unternimmt, leide ich unter Migräne, muss arbeiten oder bin anderweitig beschäftigt.

Ich sträube mich innerlich hinzugehen und erfinde immer wieder neue Ausreden, um Emma noch kurzfristig abzusagen. Kurz vor acht Uhr stehe ich vor der Eingangstür eines kleinen Reihenhauses in einem verschlafenen Außenbezirk der Stadt. Hier hätte ich ohne mein Navigationssystem nie hergefunden. Bepackt mit einem Geschenkkorb wage ich nicht, die Klingel zu betätigen. Wenn ich hier noch eine Weile stehe, könnte ich sagen, dass ich da war und mir keiner geöffnet hat. So hätte ich nicht einmal ein schlechtes Gewissen. Hinter der Tür läuft Musik und man kann lachende Menschen leise wahrnehmen. Bei dem Gedanken, mich mit ihnen unterhalten zu müssen, bekomme ich Beklemmungen. Gefühlte Stunden stehe ich davor und überlege mir, noch schnell kehrtzumachen. Meine Entscheidung wird mir von ein paar Freunden von Emma abgenommen, die sich zu mir gesellen, mir kurz zulächeln und die Klingel betätigen. Jetzt gibt es kein Zurück mehr. Emma reißt die Tür auf und lacht mich vergnügt an. Die Musik ertönt in einer für Nachbarn erträglichen Lautstärke.
»Lena!« Sie umarmt mich stürmisch. »Schön, dass du es geschafft hast!« Ja, nachdem du mir sonst keine Ruhe gegeben hättest. Ich lächle ihr höflich zu und überreiche ihr den Geschenkkorb.
Er ist bepackt mit exquisiten Weinsorten und einer Vielfalt von französischem Käse, den ich immer bei dem kleinen

Geschäft um die Ecke bestelle. Wein und Käse mag fast jeder – da kann man nie etwas falsch machen.
»Das ist ja nett! Danke!«
Danach wendet sie sich ihren Freunden zu, die sie genauso herzlich begrüßt.
»Kommt herein. Die Party ist schon in vollem Gange«, meint sie fröhlich.
Wie selbstverständlich ziehen ihre Freunde die Schuhe aus und werfen sie auf einen riesen Haufen mit anderen Schuhen. Ich schaue Emma fragend an und überlege mir, ob ich es ihnen gleichtun soll und meine teuren Designerschuhe dazustelle.
»Weißt du, mit Kindern muss man darauf achten, dass der ganze Dreck draußen bleibt. Ich habe Hausschuhe für dich, wenn dir kalt an den Füßen ist. Du kannst dir welche aus der Kiste aussuchen.« Hausschuhe? Ich soll mir zu meinem edlen Kleid Hausschuhe anziehen? Außerdem schaut die Auswahl in der Kiste nicht sehr vielversprechend aus. Ich kann mich zwischen Schuhen mit Bart-Simpson-Gesicht oder einem Pferdekopf darauf entscheiden. Beide haben schon längst ihr Verfallsdatum überschritten. Doch der Fliesenboden ist kalt und meine Strümpfe sind mir zu heikel. Ich schaue mich in ihrem Vorraum um, ziehe widerwillig meine Schuhe aus, verstecke sie in der letzten Ecke zwischen unzähligen Kinderschuhen und schlüpfe in die Pferdeversion der Hausschuhe. Mein Anblick ist einfach nur lächerlich. Ich folge dem Geräusch und finde in der Küche eine Gruppe von Menschen. Emma stellt mich ein paar ihrer Freunde vor.
»Hier findest du etwas zum Essen. Nachdem das Wetter nicht besonders ist, musste ich umdisponieren. Im Wohnzimmer stehen die Getränke.«
Plötzlich laufen zwei Kinder in einem Indianer-Outfit um uns im Kreis herum. Emma und ich bilden ihre Marterpfähle. Grölend springen sie auf und ab und lachen. Einer der beiden packt mich an meiner Taille und umkreist mich schreiend.
Wie selbstverständlich berührt er meine Beine und benutzt mich als Schutzwand vor dem anderen Jungen. Erschrocken zucke ich zurück.

»Stopp, Kinder! Begrüßt Tante Lena!« Emma zieht den kleineren der beiden Jungs in die Höhe und unterbricht ihr Spiel. Er windet sich, um so schnell wie möglich wieder loszukommen. »Hallo, Tante Lena«, schreit er mit einer verstellten tiefen Stimme, lacht mir kurz zu und hüpft Emma wieder von den Armen. Tante Lena? Seit wann bin ich Tante? Der andere schüttelt mir vergnügt die Hand, zieht daran und hüpft wie ein Gummiball herum. Dann stürmen sie aus der Küche.
»Kinder ...«, sagt Emma, macht eine kurze Handbewegung und atmet tief durch.
»Emma, wie schaffst du das?« Sie grinst mir zu und hebt die Schultern.
»Man gewöhnt sich an alles. Und das waren ja nur die zwei von meiner Rasselbande. Leo und Tim. Clara schläft. Sie ist die Jüngste und braucht noch mehr Ruhe. Willst du Clara auch sehen?« Will ich? Ich glaube nicht.
»Ich muss sowieso nach ihr schauen. Ich habe gerade ihr Fläschchen gemacht. Komm, begleite mich zu ihr.«
Was kann ich darauf sagen, außer: »Okay ...«. Emma schüttelt die Milchflasche, während wir die Treppe hinaufgehen. An der Wand hängen viele Kinderbilder. Im Gehen hebt sie die herumliegenden Teile auf, die die Buben beim Spielen verloren haben.
»Du darfst dich nicht zu viel umschauen. Ich kann den ganzen Tag zusammenräumen und es schaut noch immer aus. Die beiden halten mich schon ganz schön auf Trab.«
»Du machst das toll ... hast du jemanden, der dir hilft?«
»Anni kommt öfter vorbei. Eine Leihoma. Sie wohnt um die Ecke.
Aber von meinem Ex kann ich mir nicht viel erwarten. Ich bin froh, wenn er monatlich die Alimente überweist.
Wenn er wieder einmal versucht mir weniger zu überweisen, weil er seine Wut nicht in den Griff bekommt, ist es am Monatsende oft schwer. Aber wir schaffen das.«
Vorsichtig öffnet sie die Tür, an der die Buchstaben von Claras Namen hängen. Als wir das lieblich dekorierte Zimmer betreten, liegt ein kleines Mädchen im Gitterbett und strampelt wie wild mit den kleinen Armen und Beinen.

Sie freut sich beim Anblick von Emma, gluckst und lächelt vergnügt. Mein Herz zieht sich so heftig zusammen, dass ich ein hörbares Seufzen von mir gebe.
»Ich weiß, so geht es mir auch immer, wenn ich diese süße Maus sehe … Willst du ihr das Fläschchen geben?« Dass mein Seufzen tief aus meinem verletzten und traurigen Herzen kam und nicht aus Freude, bemerkt sie nicht. Emma hebt Clara aus dem Gitterbettchen und reicht sie mir. Mit weit aufgerissenen Augen starre ich das kleine Bündel vor mir an. Was soll ich jetzt tun? Ich habe noch nie ein Kind in den Händen gehalten.
»Nein, mach du das lieber. Ich kann das nicht …« Das Kind baumelt mit seinen Füßen in der Luft, während Emma sie mir entgegenstreckt.
»Da kannst du nicht viel falsch machen.«
»Doch, ich könnte sie fallen lassen.« Abwechselnd schaue ich Emma und das kleine Kind vor mir an. Ich bekomme beim Anblick des Babys Angst und beginne zu schwitzen. Meine Hände sind so nass, dass sie mir entgleiten würde.
»Quatsch. Setz dich hier in den Stuhl und ich lege sie dir in den Arm.« Ihre Stimme klingt so streng, dass ich ihr wortlos Folge leiste. Emma legt ein großes Tuch auf meine Brust, danach drückt sie mir das kleine Etwas in die Hände und reicht mir die Flasche. »Und jetzt?«, stelle ich mich blöd und schaue Emma verängstigt an.
»Jetzt steckst du ihr die Flasche in den Mund und das war's … so einfach.« Ihre Haut ist unglaublich weich. Gierig saugt sie an dem Silikonsauger und strahlt mich dabei mit leuchtenden braunen Augen an.
Ihre kleine Hand streicht mir über meine Brust, während sie genüsslich ihre Augen wieder schließt. »Sie ist wunderschön, Emma«, flüstere ich so leise, damit ich sie nicht wieder wecke.
»Danke … ja, meine kleine Prinzessin.«
Ich nicke, während sie ihr über ihr kleines Näschen fährt. Bewundernd streiche ich mit meinem Finger über ihre so winzigen Hände. Plötzlich schnappt sie sich meinen Finger und umfasst ihn fest. Ihre kleinen Lippen schmatzen kräftig an dem Fläschchen.

»Wollt ihr auch ...«, meint Emma, doch unterbricht mitten im Satz. Ich merke, wie sie sich auf die Lippe beißt und es bereut, doch mir ist klar, was sie fragen wollte. »... Ich meine ...«, versucht sie es erneut, doch zögert wieder.
»Ich kann nicht!«, antworte ich ihr leise, beantworte ihre unausgesprochenen Worte, betrachte die kleine Clara bewundernd in meinen Händen und versuche mir ein Lächeln abzuringen, als ich wieder aufschaue.
»Das tut mir leid.« Als sie mich mitleidsvoll anblickt, senke ich meinen Kopf auf das schlafende Bündel auf mir.
»Schon okay! Man findet sich irgendwann damit ab. Außerdem, wenn ich mir vorstelle, für so einen kleinen Menschen verantwortlich zu sein, dann verstehe ich, dass ich dafür nicht die beste Wahl bin. Wahrscheinlich ist es besser so ...«
»Quatsch. Glaubst du, ich hätte mir vorstellen können, drei davon zu haben. Man wächst mit der Aufgabe. Es gibt leider keine Anleitung fürs Muttersein. Es wäre zu schön, wenn man bei der Geburt eine Betriebsanleitung mitbekommen würde. Sie sind da, und man weiß vieles, einiges muss man sich erst aneignen, und ganz viel davon hat man erst kapiert, wenn es schon zu spät ist. Also, kein Meister ist vom Himmel gefallen ...«, ihre aufmunternden Worte verfehlen leider die Wirkung bei mir. Ich werde nie eine gute Mutter sein.
Das kleine Mädchen in meinem Arm bekommt ein seliges Lächeln. Ich schweife sofort mit meinen Gedanken ab. Vielleicht sollte ich nicht so schnell aufgeben, ein Kind zu bekommen.
»Hast du Paul noch mal gesehen?«, reißt sie mich aus meinen Hirngespinsten. Wie kommt sie plötzlich auf Paul?
»Seit dem Klassentreffen nicht mehr«, ich streiche die Haare von Clara gegen die Wuchsrichtung und bin amüsiert, wie sie sich zu einer Art Punkerfrisur aufstellen.
»Und wie war es, ihn nach so lange Zeit wiederzusehen?« Anscheinend lässt sie nicht locker.
»Seltsam ...« Wie soll es schon gewesen sein. Sein Anblick hat mich wortwörtlich umgehauen.
»So seltsam, dass du gleich umgekippt bist?«

»Ich bin nicht wegen ihm umgekippt«, gebe ich beleidigt von mir und werde dabei etwas rot, da ich mich ertappt fühle. Sie zieht ihre Augenbrauen hoch und schaut mich abschätzend an, während ich unentwegt über den kleinen Kopf von Clara streiche.

»Wirst du mit ihm reden?«

Ich kann mir mein Seufzen nicht unterdrücken.

»Nein.« Wie ein Wort so schnell und hart ausgesprochen werden kann, wird mir erst bewusst, als sich das kleine Bündel auf mir zu bewegen beginnt.

»Warum nicht?«

»Weil ich ihm nichts mehr zu sagen habe.« Ich spüre die aufsteigende Hitze in meinem Körper und die zunehmende Bedrängung, die von ihr ausgeht.

»Es ist aber nicht fair ... und das weißt du«, meint sie schnippisch. Höre ich richtig? Versucht sie hier für Paul Partei zu ergreifen?

»Erzähl du mir nichts von Fairness ...«, zische ich sie an. Mein Herzschlag erhöht sich binnen Sekunden. Während wir Blicke austauschen, merke ich, dass mein Tonfall ihr gegenüber sehr hart war, doch die Wut hat mich fest im Griff.

»Du hast recht. Es tut mir leid. Ich will mich da auch gar nicht einmischen.« Ich sehe, wie sie gekränkt ist.

»Dann lass es einfach. Ich will nicht darüber sprechen. Nicht mit dir, nicht mit Paul. Mit niemandem.«

Sie blickt traurig zu Boden und lehnt sich an den Wickeltisch gegenüber. Ich wollte sie nicht angreifen, doch ich fühle mich von meinem Umfeld so sehr in die Enge getrieben, dass ich ihre tadelnden Worte nicht ertrage.

Plötzlich höre ich Emmas Stimmung kippen und sie beginnt zu weinen.

»Ich hatte vor ein paar Jahren eine Fehlgeburt. Zwischen den Buben und der kleinen Maus hier«, schluchzt sie leise. Ich senke wieder meinen Blick auf das kleine Baby in meinem Arm und wie automatisch erwärmt sich dabei mein Herz.

»Tut ... tut mir sehr leid für dich, Emma.« Ich streiche Clara über ihre runden Bäckchen. Das ist genau einer dieser Momente, wo man einfach nicht die richtigen Worte findet.

»Es war noch nicht sehr weit fortgeschritten, doch in dieser Zeit habe ich so viel an dich gedacht …« Meine Kehle wird augenblicklich staubtrocken und mein Herz beginnt bedrohlich schnell zu klopfen.
»Ich habe auch lange Zeit mit niemandem darüber sprechen wollen, weil es sich dann einfach so angefühlt hat, als wäre es nie passiert.« Ich wage es nicht, einen Ton von mir zu geben und schlucke nur den großen Stein, der in meiner Kehle festsitzt, hinunter.
Die kleine Clara ist trotz meiner innerlichen Aufregung eingeschlafen und gibt ab und zu tiefe Seufzer von sich, doch alles an ihr wirkt entspannt, friedlich und gelöst. Beneidenswert.
»In dieser Zeit habe ich mich auch viel mit Paul getroffen und wir haben über das gesprochen, was damals passiert ist. Wir wurden wieder richtig gute Freunde …« Ich schweige sie weiter an. »Nach dem, was damals passiert ist, hat er sich komplett zurückgezogen und ich hatte bis vor ein paar Jahren überhaupt keinen Kontakt mehr zu ihm. Er hat mir viel erzählt«. Ich erwidere nichts und möchte meine Ohren vor ihren Worten verschließen. »Du weißt, dass Paul und ich sehr gute Freunde waren, und ich bin froh, dass wir es heute wieder sind.«
»Das ist schön für euch …« Ihr Gesprochenes stößt mir sauer auf. Zu wissen, dass die beiden die intimsten Sachen miteinander austauschen, ärgert mich.
»Ich weiß auch, wie sehr er sich ein Gespräch mit dir wünscht …«, fügt sie hinzu, wenngleich es mich nicht interessiert.
»Das mag schon sein.« Die altbewährte Empfindungslosigkeit breitet sich wieder in mir aus.
»Lena, er bereut so viele Dinge und möchte es dir einfach mitteilen«, versucht sie ihn zu verteidigen.
»Ist das hier eine Verschwörung? Hast du mich deshalb eingeladen?«
Bei dem Gedanken, dass Paul vielleicht auch hier ist und als Nächster ins Zimmer kommt, wird mir übel. Die Situation wäre perfekt. Ich, mit dem Kind in meinem Arm. »Oder hast du sogar etwas mit ihm am Laufen?«

»Nein, so ein Blödsinn …«, wehrt sie sich empört. »Paul und ich, du weißt, dass uns immer nur eine Freundschaft verbunden hat.«
»Was ist es dann?« Ich runzle die Stirn und kneife meine Augen zu.
»Ich wollte nur, dass du weißt, dass er einiges von damals bereut«, verteidigt sie sich.
»Davon kann ich mir auch nichts kaufen. Ich werde mich sicher nicht mit ihm treffen, damit er sein schlechtes Gewissen bei mir abladen kann. Das kann er vergessen.«
»Das will er doch gar nicht.« Sie seufzt tief. »Ich weiß es auch nicht. Es war ein Fehler, dir davon zu erzählen …« Das denke ich auch. »Ich möchte nicht, dass du auf mich böse bist und dich wieder in dein Schneckenhaus zurückziehst.«
»Das werde ich nicht«, gebe ich trocken mit einem Hauch von Zynismus von mir.
»Versprochen?«
»Ja …« Ich versuche es. Keiner von uns beiden weiß so recht, was er in diesem Moment sagen soll, und es entsteht eine unangenehme Stille zwischen uns.
»Wir sollten vielleicht wieder hinuntergehen. Die Gäste werden sich schon fragen, wo wir sind.« Sie lächelt mir aufmunternd zu, doch ich bin alles andere als erfreut. Am liebsten würde ich meine Schuhe aus dem riesigen Haufen suchen und mich auf schnellstem Wege verdrücken.
Die kleinen Arme von Clara schießen reflexartig in die Höhe, als Emma sie hochhebt und sich ihre Schlafposition verändert. Der leicht süße, milchige Geruch haftet an meinem Kleid, und ich kann sie noch riechen, als sie schon wieder in ihrem Bettchen liegt und schläft.
»Das hast du toll gemacht«, meint Emma aufmunternd.
Ich lächle kurz auf. »Danke, dass ich sie halten durfte … es war … es war schön.«
»Gerne, jederzeit wieder!« Sie dimmt das Licht, schaltet das Babyphone ein und schließt leise die Türe hinter sich.
Als wir wieder die Treppen hinuntergehen, ist mein erster Gedanke: Alkohol, viel Alkohol, um diesen Abend zu überstehen. Die Holztreppen knacken bei jedem Schritt. Von unten klingt leise Musik und die Leute lachen fröhlich und plaudern miteinander.

»Wo, hast du gesagt, finde ich etwas zu trinken?«
»Im Wohnzimmer ... warte, ich zeige es dir. Möchtest du vorher nicht noch etwas essen?«
»Nein danke, ich habe schon gegessen.« Ich habe zwar noch nichts gegessen, doch ich brauche Alkohol jetzt gerade dringender.
»Okay. Komm mit.« Sie packt mich an der Hand und zieht mich aus der Küche. Durch einen schmalen Flur kommen wir in ein kleines Wohnzimmer mit einer kleinen Couch und einem winzigen Fernseher. Die Möbel wirken abgenutzt und alt. Eine Gruppe von Leuten unterhält sich und lächelt uns zu, als wir den Raum betreten.
»Was möchtest du trinken?«
»Etwas Hochprozentiges ...«, gebe ich energisch von mir.
Sie schaut mich verwundert an.
»Oh, okay das ... das habe ich nicht. Ich kann dir nur ein Bier anbieten.« Bier ist der einzige Alkohol, den sie hat? Wie soll ich diesen Abend überstehen? Ich hasse Bier.
»Bier klingt toll.«
Emma grinst und reicht mir eine lauwarme Flasche. Erstaunt blicke ich drauf. Sie greift auch nach einer anderen Flasche, prostet mir zu und nimmt einen großen Schluck. Das Zusammenstoßen der Flaschen erzeugt ein dumpfes Geräusch. Ich schaue die Bierflasche an und tue es ihr gleich.
Es schmeckt entsetzlich, und ich muss mich sehr zusammenreißen, mir nicht anmerken zu lassen, wie mir vor diesem bitteren Geschmack graut. Dennoch leere ich sie mit einem Zug.
»Du hast aber einen Durst.« Ja, den habe ich. Ich nicke und schaue mich um.
»Wo kann ich rauchen?«, frage ich sie resolut.
»Du kannst dich auf die Terrasse setzen. Sie ist überdacht, aber dort ist ...« Weiter kommt sie nicht, da ich ihr auf die Schulter klopfe und mich auf den Weg mache.
»Danke. Ich komme gleich wieder.« So gerne ich sie habe, ich brauche ein paar »Emma-freie« Minuten. Ich schnappe mir noch eine Bierflasche, schiebe mich an ein paar Leuten, die im Flur stehen vorbei und öffne die Terrassentür.

Mit meinem Designerfummel bin ich hier völlig fehl am Platz und der Gedanke, dass ich besser nach Hause gefahren wäre, um mich umzuziehen, wird immer klarer. Ich schließe die Türe hinter mir und der Lärm verklingt.

Ein paar Leute stehen unter der Überdachung, doch ich schenke ihnen keine Beachtung, da ich mich gerade danach sehne, an einem Glimmstängel zu ziehen. Ich lehne mich an eine kleine Gartentruhe, stelle meine Bierflasche neben mir ab und krame in meiner Tasche nach einer Zigarette. Durch die Regennässe brauche ich ein paar Versuche mit dem Feuerzeug, bis sie brennt und ich den ersten Zug in mir aufnehmen kann. Wie automatisch lege ich meinen Kopf in den Nacken und atme tief aus. Ich nehme wieder einen großen Schluck von meinem Bier, obwohl mir vor dem Geschmack ekelt. Egal, runter damit. Erst jetzt bemerke ich einen Typen, der an der Hauswand lehnt, dabei mit einem Mädchen spricht und mich eingehend mustert. Meine Flasche rutscht mir aus der Hand und landet klirrend auf dem Boden, während das Bier aufschäumt und die Scherben in alle Richtungen springen.
»Scheiße!!«, fluche ich kaum hörbar. Automatisch bin ich im Mittelpunkt des Geschehens. Mist, ich hätte Emma aussprechen lassen sollen. Das ist es, was sie mir sagen wollte. Der Typ ist nicht irgendwer. Es ist natürlich Paul, der lässig an der Mauer lehnt. Mein Blick wandert an seinem Körper hinunter. Er trägt ein weißes Hemd, eine braune Chinohose und dazu einen dunklen, lässigen Gürtel. Er hat noch immer die gleiche aschblonde Haarfarbe mit vereinzelt hellen Haarsträhnen, die durch das Ausbleichen der Sonne immer zum Vorschein kommen.
Anscheinend muss er erst kürzlich in der Sonne gewesen sein, denn auch seine Haut hat einen wunderschönen gebräunten Teint. Um sein Handgelenk trägt er eine sportliche Edelstahluhr. Er ist unrasiert und wirkt dadurch verrucht und mysteriös, ohne dabei ungepflegt zu erscheinen. Seine Haare stehen zerzaust in alle Richtungen. Ich spüre, was er in mir auslöst, und versuche es vehement zu unterdrücken.

Er legt seinen Arm auf die Schulter des Mädchens, sie lacht und er verabschiedet sich. Nein, nein, nein! Komm nicht zu mir ... zu spät! Ich ziehe schnell ein paar Mal an meiner Zigarette, dämpfe sie abrupt aus und beuge mich hinunter, um die Scherben aufzusammeln. Als er sich genau vor mich stellt und ich nur seine braunen Mokassins vor mir sehe, ahne ich schon, was mir blüht. Er geht in die Knie, um mit mir auf gleicher Augenhöhe zu sein.
»Kann ich dir helfen?«, fragt er mich mit seiner tiefen, freundlichen Stimme, die mein Herz zum Stolpern bringt und mir das Atmen erschwert.
Ich schüttle heftig meinen Kopf, ohne ihn zu heben, und beginne die Scherben einzusammeln. Nur nicht in die Augen schauen! Beruhige dich, es ist nur Paul ... aber das ist es doch gerade! Seine Anwesenheit, sein Duft. Diese Anziehung.
»Das ist ja seltsam. Wir sehen uns zehn Jahre nicht und dann gleich zwei Mal in den letzten Tagen.« Von Zufall kann hier keine Rede sein. Emma sei Dank! Das haben sich die beiden aber schön ausgedacht. Doch die Rechnung haben sie ohne mich gemacht. Er hilft mir, die Glasscherben einzusammeln.
Eine Sekunde treffen sich unsere Blicke, bevor mich dieser schneidende Schmerz in meinem Finger von ihm ablenkt.
»Autsch ... Mist!«, fluche ich. Das kommt davon, wenn ich in diese tiefgrünblauen Augen schaue! Mein Gehirn ist nicht mehr fähig, einen klaren Gedanken zu fassen.
»Zeig mal her.« Ohne zu fragen und ziemlich genervt, nimmt er meine Hand und zieht sie zu sich. Regt ihn meine Tollpatschigkeit auf?
Das sollte eigentlich nichts Neues sein.
»Nein ...« Ich entreiße ihm wieder meine Hand und lutsche an der blutenden Stelle. »... lass mich in Ruhe«, maule ich ihn an.
»Hör auf damit, das muss man desinfizieren. Ich frage Emma, ob sie etwas hier hat.« Emma und Paul. Emma und Paul. Sie sind anscheinend beste Freunde. Oder vielleicht sogar auch mehr? Bin ich eifersüchtig auf sie? Nein, ausgeschlossen! Dennoch schmerzt der Gedanke, dass die beiden eine Vertrautheit teilen, die wir nicht mehr haben.

»Es geht schon.«
Er ignoriert mich und zieht mich an meinem Oberarm wieder ins Haus. Ich stolpere ihm wie ein störrischer Esel hinterher.
Wie macht er das nur immer? Schon wieder bin ich das kleine Kind, dem geholfen werden muss. Warum immer in seiner Gegenwart? Ich folge ihm, ohne mich zu wehren. Sie schickt uns in das kleine Badezimmer neben dem Eingang. Fragend schaut sie mir in die Augen.
»Soll ich mitkommen, Lena?« Jetzt ist es zu spät, Emma. Danke jedenfalls!
»Das schaffe ich schon alleine«, meint Paul bestimmend und zieht mich in den kleinen Abstellraum.
Ich komme nicht einmal dazu, ihr meinen Sarkasmus um die Ohren zu werfen, da knallt die Tür schon hinter mir zu.
»Das habt ihr ja toll eingefädelt«, gebe ich schnippisch von mir, als er von mir ablässt. Erst jetzt bemerke ich, wie fest sein Druck auf meinem Oberarme war.
»Aua ... du tust mir weh.« Erbost und übertrieben streife ich mir ein paar Mal über die Stelle.
»Was genau meinst du? Dass ich dich in eine Abstellkammer gezerrt habe oder dass ich mich schon wieder als dein Arzt beweisen darf?« Er kann sein schelmisches Grinsen nicht unterdrücken und hat keine Ahnung, was er damit bei mir auslöst. Paul kramt in einem Medizinschrank und holt ein Desinfektionsmittel und ein Pflaster heraus, während ich mich an die Waschmaschine lehne.
»Du bist nicht mein Arzt ...« Er nimmt meinen Finger und begutachtet ihn.
Prüfend dreht er ihn in alle Richtungen und verbringt meines Erachtens viel zu lange damit, ihn in Beschau zu nehmen.
»Das kann ich schon selbst machen ... so schlimm, wie du tust, ist es nicht.« Ich entziehe ihm meine Hand. In dem Moment weiß ich, dass ich mich wie ein kleines Kind verhalte. Warum weckt er immer wieder diese Seite in mir?
»Behandle mich nicht immer wie ein kleines Mädchen ...«, gebe ich trotzig von mir.
»Dann verhalte dich nicht immer so «, er greift nach meiner Hand und prüft die blutende Stelle.

»Und jetzt halte für die nächsten zehn Sekunden deinen Mund, falls das möglich ist.« Er wird schon frech!
Anscheinend ist er sich der Wirkung, die er auf mich hat, nicht bewusst. Schon sein Hautkontakt löst in mir ein Gefühl aus, das ich nur schwer verbergen kann.
Auch wenn er mir nicht befohlen hätte, den Mund zu halten, wäre ich sowieso gerade sprachlos. Unbeirrt kümmert er sich mal wieder um meine kaum sichtbare Verletzung. Ich kann mir mein Augenrollen nicht verkneifen. Er merkt es und ein Schmunzeln umspielt seinen Mund.
»Bist du noch immer so tollpatschig wie früher?«, meint er belustigt. Ich und tollpatschig? Der spinnt jetzt total!
»Was machst du hier?«, kontere ich mit einer Gegenfrage. Ich versuche schlau aus ihm zu werden und verfolge jede Geste in seinem Gesicht.
»Ich bin eingeladen, genauso wie du«, gibt er trocken zurück.
»Ach ja, ich vergaß, du bist ja ›best-friends‹ mit Emma.« Leider erkennt er den eifersüchtigen Ton in meiner Stimme, obwohl ich es sarkastisch klingen lassen wollte.
»Eifersüchtig?« Darüber kann ich nur kurz lachen und runzle dabei die Stirn.
»Klar! Was denkst du denn.«
Er kennt mich einfach zu gut und weiß, dass ich mich gerade um Kopf und Kragen rede.
»Vielleicht kannst du dich nicht mehr daran erinnern, doch wir waren alle sehr gut befreundet, und im Gegensatz zu dir halte ich meine Freundschaften aufrecht. Zumindest versuche ich das ...« Als sich unsere Blicke treffen, möchte ich ihm am liebsten eine Ohrfeige verpassen. Ich presse meine Zähne so fest zusammen, dass ich sie knirschen höre. Wütend funkle ich ihn an.
Er ist noch attraktiver als das letzte Mal beim Klassentreffen. Seine Züge sind kühl, verhärtet und abwartend.
»Du bist ein Arschloch«, zische ich ihn an.
»Danke.«, meint er belustigt.
»Bitte.«

Er schüttelt den Kopf und leert mir absichtlich reichlich brennendes Desinfektionsmittel über die Wunde, sodass ich aufschreie. »Aua ... du ...«
»Arschloch ...ich weiß schon.« Mir stößt ein verwirrtes Lachen aus der Kehle. Dann klebt er ein Pflaster auf die Wunde.
»So, fertig.« Sein Blick bleibt einen kurzen Moment auf meiner Hand hängen, als er den dunklen Schriftzug auf der Innenseite meines Ringfingers sieht. Für die meisten Leute ist dieser nicht sichtbar, doch Paul hat ihn entdeckt.
»Danke.« Ich entziehe ihm meine Hand und beäuge den verbundenen Finger.
»Wenigstens hast du dieses Mal ein kleines Pflaster verwendet und mir nicht gleich den ganzen Arm verbunden ...«
»Gern geschehen, du Zicke.« Sein Lächeln gehört verboten!
»Das nächste Mal, wenn ich dich sehe, nehme ich gleich meine Arzttasche mit.«
»Es wird kein nächstes Mal geben, du Idiot.«
Seine Augen schauen mich forschend an, und ich spüre, dass ihm viele Fragen auf der Zunge liegen. Er ignoriert völlig mein Desinteresse eines Wiedersehens.
»Was bedeutet das Wort?«
»Welches Wort?« Obwohl ich genau weiß, dass er die kleine Tätowierung zwischen meinem Ringfinger und meinem Mittelfinger meint.
»Das hier ...« Er greift nach meiner Hand und fährt mit seiner Fingerspitze zart und kaum spürbar - doch für mich in dem Moment ein Feuerwerk der Empfindungen - über die Buchstaben. Ich erschauere augenblicklich.
»moksha« steht in hauchdünner, kleiner, geschwungener Schrift dort. Entrüstet entziehe ich sie ihm. Normalerweise fällt niemandem diese Tätowierung auf. Seine Berührungen verwirren mich immer wieder aufs Neue.
»Eine Jungendsünde.«
»Das Wort heißt: ›eine Jugendsünde‹?« Ich weiß, dass er mich necken will. Ich schüttle den Kopf und rolle mit den Augen. »Nein, es war eine Jugendsünde! Eine feuchtfröhliche Nacht, die im Tattoostudio geendet hat.«
»Was heißt es?«

»Nichts Besonderes ... es ist nur ein Wort.« Ich habe keine Lust, weder den Grund noch dessen Bedeutung zu nennen. Anscheinend gibt er sich mit der Antwort zufrieden, doch ich bin mir sicher, dass es nur für den Moment ist. Prüfend lässt er seinen Blick über meinen Kopf und die Stelle, die er vor ein paar Tagen geklebt hat, wandern.
»Wie geht es deiner Platzwunde, alles gut verheilt? Trotz des großen Verbandes?« Als er meine Haare zur Seite streift, zucke ich zusammen. Mir schnürt es die Kehle zu und ich nicke nur stumm. Er räuspert sich, als er meine Reaktion bemerkt, und weicht einen Schritt zurück.
»Es ist schon fast nicht mehr zu sehen.« Schützend greife ich auf die Stelle, die, als er sie berührt, augenblicklich zu brennen beginnt.
»Das ist gut«, meint er in einem Tonfall, der dem eines Arztes gleicht. Ich kann nicht anders und beginne zu grinsen.
»Ja, das ist gut«, spreche ich ihm nach. Unbehagliche Stille.
Sein Lächeln ist so unbekümmert und jungenhaft, dass ich es nur erwidern kann, und die Schmetterlinge in meinem Bauch beginnen fröhlich zu tanzen. Vielsagende Blicke, ohne ein einziges Wort auszutauschen und zu wissen, was sich der andere gerade denkt. Diesen Umstand kenne ich zwischen uns, doch nun beängstigt er mich.
Seine Lippen verziehen sich zu einem verführerischen Lächeln, seine hellen Augen verdunkeln sich, während sie abwechselnd zu meinem Mund und wieder zu meinen Augen wandern. In diesem Moment weiß ich, dass zwischen uns noch so viel mehr ist, als ich zugeben will. Wie durch ein unsichtbares Band finden unsere Herzen wieder zueinander. Für einen Bruchteil von Sekunden bleibt die Zeit stehen. Wärme durchströmt meinen ganzen Körper. Gedanken und Gefühle machen sich zwischen uns breit. Sie erreichen mich und überwinden für einen kurzen Augenblick die Barriere der festen Mauer, die ich errichtet habe.
Ich bin diejenige, die diesen Moment zwischen uns beendet, indem ich mich hüstelnd wegdrehe. Diese erotische Anziehung ist unverändert zwischen uns zu spüren.

Doch im Gegensatz zu früher kann ich nicht zulassen, dass ich ihr nachgebe, obwohl mein Herz sich gerade nach nichts anderem sehnt. Verlegen blickt er zu Boden.
»Schöne Schuhe ...« Das Grinsen, das sich um seinen Mund bildet, treibt mich bald in den Wahnsinn. Unsere Blicke wandern zu den abgetretenen Hausschuhen mit Pferdemotiv. »Ich weiß, die sind jetzt gerade voll im Trend und wenn ich das sage ...«
»Du bist hier die Modeexpertin«, gibt er mir recht und bringt mich zum Schmunzeln. Wieder Stille und dieses verrückte Herzflattern vermischt mit der Sehnsucht, ihn endlich berühren zu dürfen.
»Vielleicht hast du irgendwann einmal Zeit für ein Treffen?« Ich schlucke hörbar. Das hätte er jetzt besser nicht gesagt, denn meine Stimmung ist schlagartig wieder dahin.
»Nein, Paul! Das habe ich nicht. Ich meine, ich habe schon Zeit, aber ich will mich nicht mit dir treffen.« Ich muss mich konzentrieren, stark zu bleiben. Er darf mich nicht mit seiner verführerischen Art um den Finger wickeln.
»Wir könnten auch wieder Freunde werden.«
Dieser Gedanke ist so absurd, dass er mir nur ein spöttisches Lachen entlockt. Ich will keine Freundschaft mit ihm.
Ich will nicht wissen, dass er viele weibliche Freunde hat und ich mich dann dazuzählen darf. Ich will ihm nicht beratend zur Seite stehen, wenn er wegen Beziehungsfragen zu mir kommt, was Freunde normalerweise machen. Es würde mich umbringen, bei seiner Hochzeit als Freund eingeladen zu werden.
»Nein, Paul, das können wir nicht.«
»Warum?«
»Weil die Basis einer Freundschaft aus Vertrauen, Wertschätzung und Ehrlichkeit besteht. Das sind alles Dinge, die nicht wiederhergestellt werden können. Wir können keine Freunde werden ...«
Er schiebt sich sein weißes Hemd an den Unterarmen hoch. Seine starken Arme kommen dabei zum Vorschein. Ich werfe einen verstohlenen Blick darauf.
Er räuspert sich und seufzt danach tief.

»Wenn ich dich hier so sehe, kann ich dir kein Wort glauben. Es fühlt sich so unwirklich an.« Er kratzt sich am Hinterkopf, hebt die Augenbrauen, runzelt die Stirn und schaut mich unsicher an. Ich erinnere mich an diese Geste, die entsteht, sobald ihm etwas unangenehm ist. »Du hast dich verändert. Du bist jetzt eine wunderschöne Frau ... doch ...« Kurz unterbricht er sich selbst und schüttelt den Kopf. »... bitte, versteh mich nicht falsch. Das warst du schon immer, doch deine Gesichtszüge sind nun anders – erwachsen, kühl und extrem bedacht. Einsam und traurig.
Dein Auftreten, deine Bewegungen, deine Haltung würden einen nicht erahnen lassen, welch aufgewecktes, lebendiges Mädchen du einmal warst. Jede Handlung wirkt einstudiert wie eine Rolle, aus der du versuchst nicht auszubrechen.«
Der Blick in seine Augen löst Gänsehaut aus, die sich über meinen gesamten Körper zieht. Ich will etwas erwidern und ihm sagen, wie falsch er liegt, doch als ich Luft hole und zum Sprechen ansetze, spricht er weiter.
»Doch deine Augen. Die funkeln wie eh und je. Überhaupt wenn ich dich provoziere. Darin sehe ich Leni, das Mädchen, in das ich mich unsterblich verliebt habe. Ich weiß, dass du da drinnen bist. Du versteckst dich hinter einer Maske. Ich kann sie spüren.
Ich schaue dich an und habe dieses seltsame Gefühl, dass sich zwischen uns nichts verändert hat, und der Gedanke, dass du jetzt ein anderes Leben führst, fühlt sich ... verdreht an. Doch dann sehe ich das Gesamtbild von dir«, er schüttelt den Kopf, »es verwirrt mich.«
Seine Hand liegt noch immer auf seinem Hinterkopf und ist nun zu seinem Nacken gewandert. Er blickt mich mit seinen wunderschönen Augen an, obwohl sein Kopf zum Boden geneigt ist. Wieder sind sie da – die Falten auf seiner Stirn – ein untrügliches Zeichen für seine Unsicherheit.
Ein vertrauter Stich in meiner Magengegend macht sich bemerkbar. Seine Worte schmerzen dort, wo ich mir normalerweise nicht erlaube, etwas zu fühlen. Mitten in mir. In dem sonst so kaltem Herz. Welch ungewohntes Gefühl.
»Paul, bitte hör auf ...« Ich habe solche Angst vor den nächsten Minuten, dass ich zu zittern beginne.

»Nein, das mache ich nicht.« Er funkelt mich wütend an und seine Stimme hebt sich. »Du wirst mir jetzt einmal zuhören.« Er schüttelt genervt den Kopf. »Du warst schon früher ein Sturkopf ... aber gegen diese Sturheit jetzt, war das damals nichts ...« Ich verdrehe die Augen und kratze mich an meiner Schläfe, da ich in dem Moment einfach nichts mit meinen Händen anzufangen weiß.
»Du wirkst immer so selbstbeherrscht.« Meint er jetzt gerade? Vielleicht nach außen. In mir fühlt es sich an, als würde ich jeden Moment die Kontrolle verlieren. Er legt den Kopf schief und mustert mich nachdenklich. »Sag mir nur eines. Wie hast du vergessen können?«
Ich habe nichts vergessen. Wie hätte ich nur einen einzigen Tag, ein Gefühl, einen Moment von uns vergessen können? Tränen füllen meine Augen und meine Brust hebt sich schnell auf und ab.
»Unterstelle mir nicht etwas, von dem du keine Ahnung hast ...«, reagiere ich zornig. Das ist zu viel. Ich schäume vor Wut. Wie kann er nur so etwas glauben?
»Ich unterstelle dir gar nichts ...« Seine Schultern zucken unschuldig in die Höhe. »... doch nachdem du mir nichts zu sagen hast, mache ich mir Gedanken, wie du alles hinter dir lassen konntest.«
»Es gibt Dinge im Leben, die man nicht mehr ungeschehen machen kann. Sie sind passiert, und je schneller man sich damit abfindet, desto besser ist es«, gebe ich kühl zurück.
»Du hast recht ...«, er nickt ein paar Mal, »... sich abfinden.« Er verschränkt die Arme vor seiner Brust.
»... und abschließen ...«, füge ich noch seinen Worten hinzu.
»Das klingt endgültig.«
»Das ist es.« Seine Züge verfinstern sich, und es scheint sich in ihm etwas aufzubauen, dessen Ausmaß ich mir erst bewusst werde, nachdem ich meine Gedanken ausspreche.
»Was willst du hören? Willst du ein Rezept?«, schnaufend hebe ich meine Schultern.
Seine Augen verdunkeln sich wie der Himmel kurz vor einem bevorstehenden Gewitter über einem grünen See.
»Schön, wenn du es wissen willst ...« Ich hole zu einem verbalen Schlag aus. »... geholfen haben mir die hirnlosen Besäufnisse jeden Abend und der viele Sex, bei dem sie mir

mein Gehirn und jegliche Erinnerungen hinausgef...« Er unterbricht mich, indem er die Hand hebt und mir deutet, zu schweigen.
»Was?« Ich hebe fragend meine Augenbrauen. »Du wolltest es ja wissen!«
Seine Kieferknochen knacken, als er die Zähne zusammenbeißt und die Farbe aus seinem Gesicht entweicht. Abwartend schaue ich ihn an und hebe dabei meine Augenbrauen.
»Du bist ein selbstsüchtiges Miststück. Weißt du das eigentlich?«, meint er abfällig, ohne mit der Wimper zu zucken. Ich reiße meine Augen auf, als mich seine harten Worte wie ein Faustschlag in den Magen treffen.
»Wie bitte?«, zische ich und presse meine Lippen zusammen.
»Du hast richtig gehört. Selbstsüchtig, kalt und ohne Seele«, meint er mit abwertender Stimme.
Als ich aushole, um ihm eine kräftige Ohrfeige zu verpassen, habe ich seine Schnelligkeit unterschätzt.
Er fängt mich am Handgelenk ab und zieht mich an seinen Körper, was mich in diesem Moment noch wütender macht.
»Lass mich los! Das muss ich mir nicht von dir anhören. Was bildest du dir eigentlich ein?« Ich versuche mich zu wehren. Unsere Nasenspitzen berühren sich beinahe, als er mich zornig am anderen Handgelenk packt und mich an sich zieht. Ein pikiertes Stöhnen entfährt meiner Kehle. Als er mich noch enger heranzieht, stößt meine Brust unvermeidbar gegen seine. Wir schäumen beide vor Wut und sind uns zugleich der Anziehung bewusst. Sein lodernder Blick bleibt nicht ohne Reaktion. Mein Herzschlag stoppt für einen kurzen Moment, um anschließend in einem heftigen Tempo – jenseits von gut uns böse – wieder einzusetzen. Kalter Schweiß bildet sich in meinem Nacken und breitet sich über meinem ganzen Körper bis zu meinen Handflächen aus.
Das hörbar heftige Aus- und Einatmen ist das einzige Geräusch. Wie angewurzelt stehen wir voreinander. Keiner wagt es, nur einen Ton von sich zu geben. Ich spüre seinen schnellen Atem in meinem Gesicht. Meine Knie sacken leicht zusammen und ein Wimmern entkommt mir.

Ich kann ihn riechen, kann den wunderschönen Schwung seiner Lippen in Gedanken mit meinen Fingern nachzeichnen und dabei noch die Wärme von seinem Körper fühlen, die mich umhüllt. Diesen wunderbar herben, maskulinen Duft seines Parfüms vermischt mit seinem eigenen. Ich schlucke hörbar, denn wenn er nun den nächsten Schritt machen sollte, werde ich mich nicht wehren. Wie sehr sehne ich mich danach, seine weichen Lippen auf meinen zu spüren.
Wir sind in einen Bann gezogen, der erst durch das Lachen der Gäste durchbrochen wird. Was passiert hier?
In dem Moment realisiere ich erst, was beinahe passiert wäre. Ich reiße mich los, greife mir meine Tasche und will ihn wegstoßen, um an ihm vorbeizukommen. Doch er weicht nicht einen Schritt zur Seite. Wie eine Wand baut er sich vor mir auf. Gegen diesen massiven Körper vor mir komme ich nicht an, egal wie sehr ich mich bemühe.
Verstohlen schweift mein Blick über seinen durchtrainierten Körper. Ich beginne vor Angst zu zittern, da ich mir sicher bin, dass er mich bald dort hat, wo er will.
»Lass mich sofort gehen!«, brülle ich ihn an.
»Nein«, sagt er trocken. Ich versuche mich zu lösen, doch er lässt mich nicht gehen. Wütend schlage ich auf seine Brust ein. Er lässt es geschehen, ohne sich zu wehren. Tränen schießen aus meinen Augen und ich beginne leise zu fluchen.
»Warum machst du das?«, klage ich verzweifelt und blicke ihn flehentlich an, mich endlich gehen zu lassen.
»Weil ich deinem Spiel nicht traue. Du ziehst hier eine Show ab. Doch mich überzeugst du damit nicht. Ich will eine Emotion von dir.« Meine Wangen glühen. Mein Herz schlägt in einer Geschwindigkeit, als ob ich einen Marathon laufen würde. Seine Lippen sind vor Schmerz und Wut verhärtet.
»Es ist kein Weg, jegliche Erinnerungen an die Vergangenheit einfach auszublenden und sie hinter sich zu begraben. Glaube mir, ich war an dieser Stelle selbst schon. Irgendwann holt es dich ein«, seine Stimme klingt so feinfühlig, während er die Hand ausstreckt, um mich zu berühren. Doch ich gebe ihm keine Gelegenheit dazu.

Unbeschreibliche Wut nimmt Besitz von mir und lässt mich verärgert schnaufen.
»Jetzt sage ich dir einmal was ...« Ich raffe mich wieder für den Gegenschlag auf. »Du glaubst, nur weil wir uns nach zehn Jahren wieder über den Weg laufen, mich zu kennen. Ja, wir hatten eine gemeinsame Vergangenheit. Doch ich habe mit dir abgeschlossen, sobald ich dieses Land verlassen habe. Akzeptiere das endlich. Ich habe dir nichts mehr zu sagen und jetzt lass mich los!« Beim letzten Wort überschlägt sich meine Stimme.
Er tritt wieder so nahe an mich heran, dass ich seinen Atem spüren kann. Ich drücke meine Hand abwehrend gegen seine Brust, um ihn von einem weiteren Näherkommen abzuhalten. Unausweichlich kann ich bei dieser intimen Geste seinen schnellen Herzschlag spüren. Ich schnappe nach Luft. Seine Augen wandern zu meinem Mund, der sich leicht geöffnet hat.
»Das, was du hier tust, grenzt an Belästigung ... ich beginne gleich zu schreien ...«, japse ich.
»Mein Engel, wir beide wissen, dass du das nicht machst. Ich will, dass du weißt, dass ich dich durchschaut habe.
Ich kann mich genauso verstellen, wie du das machst, wenn du das willst.« Aufgeregt hebt und senkt sich meine Brust.
»Ich verstelle mich nicht ...«, piepse ich kaum hörbar.
»Ja klar!« Sein höhnisches Lachen provoziert mich, während sich meine Augen verengen.
»Lass mich jetzt gehen!« Abrupt tritt er einen Schritt zurück und macht eine Handbewegung in Richtung Tür. »Mach das nie wieder.« Ich werfe ihm einen vernichtenden Blick zu, deute wütend mit dem Zeigefinger auf ihn und verlasse den Raum. Schnell wische ich mir die Tränen von den Wangen. Gerade als ich aus dem Zimmer komme, sieht mich Emma.
»Lena, da bist du ja, komm, ich möchte dir noch jemanden vorstellen ...« Sie nimmt mich sofort wieder in die Mangel. Ich entkomme ihr nicht mehr, obwohl ich gehofft habe, mich still und leise verdrücken zu können. Als Paul wieder die Küche betritt, lehnt er sich an den Kühlschrank und mustert mich. Wie aus dem Nichts erscheint meine jüngere Ausgabe und fällt ihm um den Hals. Entgeistert starre ich die beiden an.

»Sorry, Schatz, ich konnte nicht früher kommen.« Er scheint genauso verblüfft wie ich über ihren plötzlichen Auftritt zu sein. Sie verpasst ihm einen dicken Kuss auf den Mund und schlingt ihre Arme um seinen Hals. Er erwidert ihre Zärtlichkeit und legt seine Hände auf ihre Taille. Der Anblick ruft in mir Eifersucht hervor. Noch vor ein paar Minuten war er mir so nahe und jetzt liegen Kilometer zwischen uns. Gerade hat sein Atem noch mein Gesicht berührt, jetzt berühren seine Lippen die meiner Doppelgängerin. Sie wirkt wie ein Kind neben ihm. Eine Leni mit siebzehn Jahren. Die Ähnlichkeit ist verblüffend. Es ist, als könnte ich mich selbst mit ihm beobachten. Pervers. Paul ist pervers, sich einen Abklatsch von mir zu suchen.
Ich habe mir mit Christian genau das Gegenteil von ihm gesucht, um nicht tagtäglich an ihn erinnert zu werden. Was will er nur damit bezwecken?
Marlene kichert, als er ihr etwas ins Ohr flüstert und seine Hand mit ihrer verflechtet. Sie wirken vertraut und es versetzt mir einen Dolchstoß. Ich kann gar nicht beschreiben, welcher Körperteil an mir nicht schmerzt. Ich spüre einen kurzen, aber heftigen Stich in meiner Brust. Ihn zu beobachten, wie er sie gegen mich ausgetauscht hat. Sie ist es, die ihm nun durch sein weiches Haar fährt, die weiß, was er denkt und fühlt, die sich seiner Hände auf ihrer Haut sicher sein kann und seiner Küsse. Allein der Gedanke daran löst ein Kribbeln aus. Er will mich provozieren. Wie soll ich mir sonst sein provokantes und äußerst unsensibles Verhalten erklären?
Ich weiß nicht, ob ich es mir nur einbilde, aber ich sehe, wie er mir kurz zuzwinkert. Selbst er wirkt auf mich in diesem Moment wie ein Siebzehnjähriger, und ich fühle mich zurückversetzt in die Zeit, wo er mich mit diesem Verhalten zur Weißglut brachte. Er wusste genau, wie er mich eifersüchtig machen konnte und ich ihm dadurch noch mehr verfallen war.
Ich entkomme seinen durchbohrenden Blicken nicht und schaue immer wieder verstohlen in ihre Richtung. Das gegenseitige, wortlose Taxieren bringt mich an den Rand des Wahnsinns. Er küsst und neckt sie, wie es nur frisch Verliebte machen. Das muss ich mir nicht länger anschauen.

Ich drehe mich zu Emma und verspreche ihr, mich bald wieder zu melden. Ich nehme Christian als Ausrede und verabschiede mich von ihr. Ohne einen Blick auf das so glückliche Paar hinter mir zu werfen, verlasse ich schnell die Küche, gehe ins Vorzimmer, schlüpfe in meine High Heels und flüchte aus dem Haus. Ich ziehe meinen Mantel über den Kopf, um nicht nass zu werden.

Der Regen prasselt geradezu auf die Erde und erzeugt auf einer Metalltonne ein hämmerndes Geräusch. Die Dämmerung hat schon längst der Dunkelheit Platz gemacht. Eine herrlich feuchte, frische Luft weht durch mein Haar.
Ich beginne zu laufen und blicke mich suchend um, wo ich mein Auto geparkt habe. Verdammt! Bei Tageslicht, hat alles noch ganz anders ausgeschaut.
Der laute Regen lässt seine Stimme so leise erscheinen, doch ich weiß, ohne mich umzudrehen, dass er hinter mir steht. Mein Name aus seinem Mund klingt wie Musik in meinen Ohren. »LENI! Bleib stehen!« Als ich mich umdrehe, befindet er sich nur ein paar Schritte hinter mir. Der Regen läuft über seinen Körper und durchnässt sein weißes Hemd. Warum muss er nur so unverschämt attraktiv sein? Seine Haare klatschen an sein Gesicht, sodass er sie mit einer Hand nach hinten streifen muss, um mir in die Augen schauen zu können.
»Was ist, Paul?«, schreie ich in seine Richtung, da der Regen unsere Stimmen übertönt. »Was willst du noch? Geh zu deiner Freundin. Haben wir uns nicht schon alles gesagt? Lass mich endlich in Ruhe!«
»Nein! Ich konnte dir noch nichts sagen«, schreit er mir zu und nähert sich ein paar Schritte.
Ich lasse meinen Mantel sinken und spüre, wie das Wasser über mein Gesicht und meinen Hals hinunterläuft und sich den Weg über meine Brust in mein Kleid bahnt. Obwohl die Luft nicht warm ist und der Regen sich kühl auf meiner Haut anfühlt, genieße ich es. In dem Moment wirkt es reinigend und beruhigend.
»Dann sag es mir jetzt, denn wir werden uns nicht noch einmal sehen …«

Er kommt auf mich zu. Ich blinzle, da der Regen über meine Augen läuft und mir das Schauen erschwert. Als er vor mir stehen bleibt, spüre ich die Anziehung, die mir in seiner Gegenwart immer wieder bewusst wird.
Mein Atem geht schnell und stoßweise. Seine hohen, kantigen Wangenknochen kommen gerade noch mehr zum Ausdruck, als er tief durchatmet und die Luft anhält. Ich bin gefesselt von dem magischen und verführerischen Reiz, den er auf mich ausübt. Seine leicht geöffneten ausdrucksstarken Lippen sind markant und herzförmig geschwungen. Genau richtig, um sinnlich und zugleich männlich zu wirken. Ich kann meinen Blick von ihnen nicht lösen.
»Fühlst du wirklich nichts mehr?«, brüllt er mir durch den lauten Regen entgegen.
»Paul, bitte tu das nicht.« Meine Stimme klingt nur wie ein leises Piepsen, und ich bin versucht, mich einfach umzudrehen und zu gehen.
»Du redest mit mir, aber deine Wörter fallen durch mich hindurch. So als würdest du sie nicht zu mir sagen. Warum ist das so? Ich vertraue darauf, wer du warst, und traue dieser neuen Lena nicht.« Ich schaffe die restlichen Meter zwischen uns und gehe ein paar Schritte auf ihn zu. Der Regen prasselt unentwegt auf unsere Körper.
»Paul, was ich dir jetzt sage, könnte nicht stärker von meinem Herzen kommen.« Ich streiche ihm über seine Wange. In dem Moment fühle ich mich ihm so nahe, wie schon lange nicht mehr.
»Versuche mich zu vergessen, versuche alles, was mit mir zu tun hat, zu vergessen. Ich bin dunkel, hart und seelenlos, so wie du es vorher richtig erkannt hast.«
Er verdreht die Augen.
»Das habe ich nicht ernst gemeint.«
»Ich meine es aber jetzt umso ernster.« Ich ziehe wieder meine Hand von seiner Wange und blicke zu Boden.
»Es ist, wie ich es dir sage«, gebe ich kaum hörbar von mir. »Meine Seele ist schwarz und ich habe mich damit abgefunden. Ich will auf diese Art und Weise leben. Ich kann nur so leben. Versuche nicht etwas zu finden, was längst schon gestorben ist. Ich habe mich verändert.

Vergangenes hat mich geprägt und zu dem gemacht, was ich heute bin. Je schneller du das verstehst und dein Leben weiterlebst, umso besser ist es für uns beide.« Ich senke meinen Blick und schlucke den Kloß hinunter »Du scheinst glücklich zu sein. Genieße es. Du hast es verdient.«
Er streckt seine Hand nach meinem Gesicht aus, doch ich weiche einen Schritt zurück.
»Nicht ...«, mein Herz zieht sich heftig zusammen, doch ich weiß nicht, wie lange ich mich noch gegen diese Gefühle wehren kann.
»Du hast eine Frau an deiner Seite, die dich glücklich macht. Ich habe es gesehen.
Schätze diesen Menschen in deinem Leben.« Er nickt stumm, und würde es nicht so regnen, meinte ich Tränen in seinen Augen zu erkennen. »Du verdienst viel mehr, als ich dir jemals geben könnte ...«
»Das ist nicht wahr ...«, flüstert er leise und resignierend.
»Paul!«, krächze ich seinen Namen.
»Diese Worte aus deinem Mund schmerzen mich noch mehr, als wenn du einfach ›Lebe wohl!‹ gesagt hättest.«
»Es tut mir leid. Ich wünschte, ich wäre nie auf dieses Klassentreffen gekommen. Ich wünschte, wir würden jetzt nicht hier stehen. Ich wünschte, alles wäre anders passiert. Doch das sind Wünsche. Es ist geschehen und wir müssen es akzeptieren. Doch ich hoffe, dass du dein Leben lebst und glücklich dabei bist.«
»Und wenn ich das Gleiche für dich will? Du weißt, dass das nicht realisierbar ist. Es gibt Dinge im Leben, die selbst die Zeit nicht heilen kann, wenn man nie darüber spricht.«, spricht er traurig.
Ich lächle wissend, drehe mich um und entferne mich von ihm.
Nach ein paar Schritten bleibe ich stehen und blicke in den schwarzen Nachthimmel. Der Regen fließt über mein Gesicht, während ich die Augen schließe und tief durchatme. Ich öffne meine Arme und strecke sie weit zur Seite. Der Regen hämmert auf meine nackte Brust. Ich möchte schreien, weinen, doch ich bin unfähig dazu. Getrieben von meiner Vernunft und der Angst, die mich immer wieder zu Boden zwingt, spiele ich mein Spiel.

Ein Spiel, dessen Regeln ich erfunden habe und dessen Ende ich entscheiden kann.
Ich belüge ihn und mich selbst, und manchmal bin ich mir nicht mehr sicher, ob ich die Herrin dieses Spiels bin oder ob ich schon lange die Macht darüber verloren habe.
Der Regen durchnässt meine Kleidung, die an meiner Haut klebt. Ein letztes Mal drehe ich mich zu ihm um.
»Paul, es geht mir gut ...« Narre ich uns? Was sollte ich ihm anderes sagen?
»Warum glaube ich dir das nicht?«
Ich lächle, drehe mich um und verschwinde in der Dunkelheit. Tief in mir weiß ich, wie recht er hat, denn ich war schon lange nicht mehr glücklich. Wie oft haben mich Leute gefragt, wie es mir geht, und ich habe immer mit »Danke, es geht mir gut« geantwortet, doch kein einziges Mal war es nur ansatzweise ehrlich gemeint. Mein Herz sehnt sich nach ihm, nach seinen Berührungen, doch mein Verstand wehrt sich vehement gegen alles, was mit ihm zu tun hat. Zu tief sitzt der Schmerz, dass sich alles wiederholen könnte. Die Angst beherrscht meinen Körper und meine Gedanken. Paul wird nie wieder eine Rolle in meinem Leben spielen dürfen! Selbst wenn es das Einzige ist, wonach ich mich sehne. Würde ich nur einen Schritt in seine Richtung machen und mich ihm öffnen, würde ich damit uns beide vernichten. Ich habe gelernt, mit meinen Vorwürfen, Schuldgefühlen und diesem unsagbar großen Hass in meinem Herzen zu leben. Meine Seele ist schwarz und kalt.
Wie könnte ich ihm aufbürden, mit diesen Schuldzuweisungen herumzulaufen? Zu nah habe ich ihn schon wieder an mich herangelassen. Er hat wieder etwas in mir erweckt, was ich mir nicht mehr erlaubt habe zu fühlen. Es hat mir nichts Gutes gebracht. Ich darf diese Gefühle in mir nicht zulassen.
»Leb wohl, Paul.« Wieder erwacht der Ring um mein Herz zum Leben und zieht sich fest zusammen.

Sechs

Es wird kühler. Die Sonne versteckt sich heute hinter einer dicken Nebeldecke. Das Wetter verhält sich loyal zu meinen Gefühlen. Eine kühle, kriechende Kälte.

In meinem E-Mail-Postfach häufen sich die Anfragen, Postings und Terminvereinbarungen. Meine Assistentin Mia ist seit Mitte der Woche krank und ich muss Überstunden machen, damit ich ihre Arbeit erledige.

Heute wäre eigentlich ein Treffen mit ein paar meiner Kolleginnen im Spa-Tempel ausgemacht, das ich jetzt absagen muss. Dabei habe ich mich schon so darauf gefreut. Mein Rücken sehnt sich nach etwas Entspannung. Als es an meiner Tür klopft, gebe ich nur ein Brummen von mir. Lucie ist eine meiner Kolleginnen und die Einzige aus meiner Abteilung, mit der ich auch privat wirklich befreundet bin.

»Gehst du heute mit zur Massage?«, sie setzt sich unaufgefordert auf den Stuhl gegenüber von mir und streift sich stöhnend die Schuhe ab. Eine wirre Hochsteckfrisur, die aussehen soll, als wäre man gerade aus dem Bett gekommen, umschmeichelt ihre lieblichen Gesichtszüge. Ein Schlauchschal, dezente blaue Röhrenjeans, die durch matte Nieten von ihr aufgepeppt wurden, ein weit ausgeschnittenes Shirt, das lässig eine Schulter von ihr freilegt, mit der Aufschrift »très fatigué« und ein farblich passender bordeauxroter Nagellack vervollständigen ihr Erscheinungsbild.

Ich kann nur neidvoll auf ihren legeren und doch so hippen Modestil blicken.

Was würde ich in diesem Moment dafür geben, meine unbequeme Kleidung mit ihrer zu tauschen. Sie wirkt unbeschwert, gelöst und glücklich.
»Nein leider ... ich habe so viel Arbeit, nachdem Mia krank ist.« Ich beende noch die E-Mail, die ich gerade tippe, und wende mich ihr zu. »Gehst du?«
»Ja, ich werde gehen. Nachdem ich die letzten zwei Mal nicht konnte ...«
»Lass dich verwöhnen. Ich schaue, dass ich alles fertig bekomme«, seufze ich und schenke ihr ein kurzes, gezwungenes Lächeln.
»Kann ich helfen?« Ich schnaufe und streife mir auch meine Pumps von den Füßen. *Am liebsten würde ich sie auf den Tisch legen und sie hochlagern, doch was wäre ich dann für ein Vorbild? Außerdem erlaubt mir mein eng anliegendes, extrem unangenehmes und einschnürendes Kleid das nicht.*
»Ein Kaffee wäre toll«, murmle ich in mich hinein.
»Willst du auch einen Muffin haben?«, fragt sie mit ihrer hellen, vergnügten Stimme.
»Nein, danke«, abwertend ziehe ich meine Mundwinkel hinunter und schüttle den Kopf über ihre sich ewig wiederholende Frage, ob sie mir etwas zu essen bringen kann.
Nach ein paar Minuten kommt sie mit einem doppelten Café Latte herein, macht keine Anstalten, wieder zu gehen, und setzt sich erneut mir gegenüber auf den Stuhl.
»Ich beneide dich um dein Büro, die Aussicht ist der Wahnsinn ...« Sie blickt verträumt über die Dächer der Wiener Innenstadt.
»Mmmh ...« Ich lächle kurz und konzentriere mich wieder auf meine Arbeit.
Ich weiß, dass ich ein atemberaubend schönes Büro habe. Der Blick auf die alten Häuser, die sich schützend um den Turm des Stephansdoms legen und ihn fast klein erscheinen lassen, ist anfangs für jeden faszinierend, doch wenn man sich einmal daran gewöhnt hat, fällt einem diese Lage erst wieder auf, wenn man daran erinnert wird.
Meistens habe ich die dunklen Vorhänge geschlossen, um nicht die neugierigen Blicke der Nachbarn in den umliegenden Häusern auf meine Arbeit zu ziehen.

Es ist durchaus möglich, dass wir Anproben für eine neue Kollektion in diesen Räumlichkeiten machen und dann die Nacktheit der schönen Models zu bestaunen wäre.
Darüber hinaus bin ich nicht wirklich der Mensch, der, sobald die Sonne vom Himmel strahlt, Frühlings- oder Hochgefühle bekommt. Ich verkrieche mich bei einem Gewitter lieber zu Hause, öffne meine Fenster weit, um den Donner und den darauf folgenden Blitz zu beobachten. Das Bizarre daran ist, dass ich mich eigentlich vor Gewittern fürchte. Dennoch ist es wie eine Sucht, die Fenster weit zu öffnen, um den Wind, der die Vorhänge hereinweht, zu spüren und den Duft des Regens zu riechen.
Lucie hat recht, ich habe ein tolles Büro. Die dunklen Ledermöbel, die schweren Vorhänge und die extravaganten Kunstwerke an meiner Wand sind in meiner Branche eigentlich nicht üblich. Doch ich konnte diese hypermodernen, sterilen, weißen Hochglanzbüros nicht mehr sehen. Was früher Birkenholz war, ist das heutige Hochglanzweiß.
»Weißt du, ich hätte wieder einmal Lust, tanzen zu gehen … was hältst du davon?« Sie schlürft an ihrem Kaffee und grinst mir schelmisch zu.
Ich stoße einen Seufzer aus und lehne mich in meinen Sessel zurück, verschränke meine Hände ineinander und lege sie auf meinen Bauch.
»Ich weiß nicht, wann ich die Zeit dafür aufbringen soll.«
»Lass uns einen gemeinsamen Termin finden.« Bei ihrem Anblick kann man nicht anders, als zu lächeln.
»Mein Terminkalender ist die nächste Woche so gesteckt voll, das wird nicht einfach«, versuche ich mir eine Ausrede einfallen zu lassen.
Sie schnauft und steht wieder auf.
»Du musst auch einmal hinaus. Immer nur arbeiten macht einen fertig.«
Bei mir hat das viele Arbeiten eine andere Wirkung. Ich genieße es und komme auf diesem Weg nicht auf andere Gedanken.
Verträumt lasse ich meinen Blick aus dem Fenster schweifen, sinniere über das Treffen mit Paul, als mich der Signalton einer ankommenden Mail unterbricht.

Seitdem ich ihn wiedergesehen habe, hilft mir nicht einmal meine Arbeit, um endlich die Begegnung hinter mir zu lassen. Selbst in den kurzen Pausen schleicht er sich immer wieder in meinen Kopf und weckt angsteinflößende Gefühle.
Genervt verdrehe ich die Augen, werfe Lucie noch ein gestresstes Lächeln zu, bevor ich wieder auf die Tastatur tippe und so die Fische meines Bildschirmschoners ablöse. Mein Atem stoppt, als ich eine Nachricht von Paul in meinem Postfach finde. Lucie merkt, dass ich ihren Worten nicht mehr folge.
»Dann lasse ich dich wieder alleine«, meint sie etwas verärgert, was ich ihr nicht verübeln kann, da meine Aufmerksamkeit schon seit einigen Minuten nicht mehr ihr gehört.
»Mmhh«, gebe ich, ohne sie noch weiter zu beachten, von mir.
»Lena, alles in Ordnung?« Mit den Gedanken schon bei Pauls Mail schaue ich auf, lächle ihr freundlich zu und warte, bis die Türe hinter ihr ins Schloss fällt. Meine Augen überfliegen seine Worte und mein Herz bleibt stehen.

An: lena.ames@ela.com
Von: paul.franke@innerstaedtisches-kh-wien.com
Betreff: Wir müssen reden …

Im Betreff steht schon alles. Wann hast du Zeit?
Ich klicke die E-Mail gleich wieder weg. *Woher hat er meine E-Mail-Adresse? Ich treffe mich sicherlich nicht mit ihm. Das kann er vergessen.* Ich bin versucht, ihm eine Antwort zu schreiben. Doch irgendwann wird er glauben, dass er eine falsche Adresse hat, und sich nicht mehr bei mir melden.

Zu Mittag entscheide ich mich, mit Lucie etwas essen zu gehen. Mein vorheriges ignorierendes Verhalten ihr gegenüber treibt mich dazu, sie anzurufen, um mich mit ihr beim Italiener um die Ecke zu treffen. Man könnte es auch einfach schlechtes Gewissen nennen.
Geistesabwesend rühre ich in meiner Tomatensuppe, die schon längst ausgekühlt sein müsste.

»Du bist mit deinen Gedanken die ganze Zeit woanders. Was ist los?« Sie gibt mir einen kleinen, liebevollen Stoß, um mich aufzuwecken. Ich nicke und ziehe meine Lippen spitz zusammen.
»Tut mir leid, ich habe nur so viel zu tun. Mein Kopf zerplatzt beinahe.« Sie hat mich dabei erwischt, wie ich an Pauls E-Mail gedacht habe, was mir in dem Moment unglaublich peinlich ist. Die Schamesröte steigt mir ins Gesicht und das bleibt natürlich nicht unbemerkt.
»Was ist los mit dir? Gibt es Neuigkeiten, die du mir erzählen willst?« Um ihre Lippen zeichnet sich ein vergnügtes, wissbegieriges Lächeln ab.
»Wie schaut es mit eurem Babyplan aus? Gibt es etwas Neues?« Sie zieht sich den Schal von ihrem Hals und legt ihn über die Stuhllehne.
Ihre Augen sind dezent mit einem Kajalstift und etwas Wimperntusche geschminkt und unterstreichen ihre vielen Sommersprossen – die sich bis zu ihren freigelegten Schultern ziehen und die eiswasserblauen Augen noch besser zur Geltung bringen. Lucie arbeitet in meiner Abteilung als Juniorredakteurin. Sie ist fleißig und ehrgeizig. Attribute, die ich sehr schätze.
»Ja«, meine ich gedankenverloren und bin mir ihrer Frage nicht mehr bewusst.
Sie reißt die Augen auf, und erst jetzt wird mir klar, was sie denken muss.
»Nein, nein, nicht so, wie du meinst. Wir haben das Thema auf Eis gelegt«, füge ich schnell hinzu.
»Wie bitte?« Sie runzelt ihre Stirn. Ich nicke gedankenverloren.
»Es soll anscheinend nicht sein und ich brauche eine Pause«, eine kurze und emotionslose Aussage, die meine Gleichgültigkeit ausdrücken soll.
»Was meint Christian dazu?«, hakt sie nach.
»Das, was seine Mutter sagt«, meine ich spöttisch.
Sie lacht belustigt auf.
»Und was meint dein Schwiegerdrache?«
»Sie sagt, eine Pause nimmt den Druck heraus, also ist es für Christian auch in Ordnung«, wiederhole ich ihre Worte amüsiert.

»Na, dann können wir doch feiern gehen, Baby. Lass uns tanzen gehen und viel über unseren Durst trinken. Und bei viel meine ich *V-I-E-L.*« Sie reißt ihre Augen auf und schaut mich schelmisch an.
»Ich überlege es mir«, sage ich und bemerke ein leichtes Grinsen um meinen Mund.
»Überlege nicht zu lange ...« Ermahnend hebt sie ihren Zeigefinger, während sie verschwörerisch die Augen aufreißt und ein mädchenhaftes Lächeln ihren Mund umspielt.
»Du hast recht, wir sollten etwas trinken gehen!«
»Du sagst es. Nächste Woche?«
»Okay ...«
»Dann ist es abgemacht?«
Ich atme einmal tief durch. »Du wirst nicht lockerlassen, oder?«
»Nein.« Sie grinst mich siegessicher an.
»Na schön, ich schicke dir ein paar Vorschläge, dann werden wir einen gemeinsamen Termin finden ...« Tanzen ist zwar jetzt das Letzte, worauf ich gerade Lust habe, doch nun entkomme ich Lucies Vorschlag nicht mehr.
Als ich nach dem Mittagessen mein Postfach wieder öffne, erwartet mich erneut eine Nachricht von Paul.

An: lena.ames@ela.com
Von: paul.franke@innerstaedtisches-kh-wien.com
Betreff: Willst du mich jetzt ignorieren?
Das ist kindisch ... Leniiiii!

Ich und kindisch? Nur weil ich ihm nicht schreibe? Wütend haue ich die Wörter auf meine Tastatur.

An: paul.franke@innerstaedtisches-kh-wien.com
Von: lena.ames@ela.com
Betreff: Man könnte es auch Desinteresse nennen ... ich habe dir gesagt, dass es kein Treffen geben wird. Bitte akzeptiere das ... und lass mich ENDLICH in Ruhe!!!

An: lena.ames@ela.com
Von: paul.franke@innerstaedtisches-kh-wien.com
Betreff: Endlich, sie schreibt zurück!
Sieh an, du kannst mir ja doch antworten ... ☺
Also, wann hast du Zeit?

An: paul.franke@innerstaedtisches-kh-wien.com
Von: lena.ames@ela.com
Betreff: Was verstehst du nicht?
Desinteresse = kein Interesse

An: lena.ames@ela.com
Von: paul.franke@innerstaedtisches-kh-wien.com
Betreff: Das bist du mir schuldig! Sei nicht so eine Zicke ...

An: paul.franke@innerstaedtisches-kh-wien.com
Von: lena.ames@ela.com
Betreff: Ich bin dir gar nichts schuldig!

An: lena.ames@ela.com
Von: paul.franke@innerstaedtisches-kh-wien.com
Betreff: Doch! Viele Antworten ...

An: paul.franke@innerstaedtisches-kh-wien.com
Von: lena.ames@ela.com
Betreff: Vergiss es!

An: lena.ames@ela.com
Von: paul.franke@innerstaedtisches-kh-wien.com
Betreff: Ich werde dich so lange nerven, bis du zustimmst ...

An: paul.franke@innerstaedtisches-kh-wien.com
Von: lena.ames@ela.com
Betreff: Hast du nicht Patienten, denen du auf die Nerven gehen kannst?

An: lena.ames@ela.com
Von: paul.franke@innerstaedtisches-kh-wien.com
Betreff: Nicht in meiner Mittagspause ... :)
An: paul.franke@innerstaedtisches-kh-wien.com

Von: lena.ames@ela.com
Betreff: Ich habe den falschen Job. Lass mich in Ruhe, ich muss arbeiten!

An: lena.ames@ela.com
Von: paul.franke@innerstaedtisches-kh-wien.com
Betreff: Sobald du mir ein Datum und eine Uhrzeit nennst ...

An: paul.franke@innerstädtisches-kh-wien.com
Von: lena.ames@ela.com
Betreff: Werde ich nicht ... und was sagt deine Verlobte dazu?

An: lena.ames@ela.com
Von: paul.franke@innerstaedtisches-kh-wien.com
Betreff: Dass ich mich mit einer alten Freundin treffen will? Sie wird nichts dagegen haben ...

An: paul.franke@innerstaedtisches-kh-wien.com
Von: lena.ames@ela.com
Betreff: Alte Freundin? Hau ab und geh zu deiner jungen Freundin ... Wie alt ist sie, siebzehn, achtzehn?

An: lena.ames@ela.com
Von: paul.franke@innerstaedtisches-kh-wien.com
Betreff: Du bist wahnsinnig alt ...und sie ist wahnsinnig jung ... eifersüchtig? ;)

Ich kann nur meinen Kopf schütteln, als ich seine Zeilen lese und lache zynisch in mich hinein. *So ein Idiot!*
Es ist eine Woche vergangen, seitdem wir diesen seltsamen E-Mail-Kontakt hatten, doch Paul hat es geschafft, dass ich zu einem herumwandelnden, zickigen, unausstehlichen Nervenwrack mutiert bin, dessen Gedanken unentwegt nur noch bei ihm sind und seiner Bitte, mich wiederzusehen. Seit seiner letzten E-Mail habe ich nichts mehr von ihm gehört.
Jedes Mal, wenn der Signalton einer eingehenden E-Mail ertönt, beschleunigt sich mein Herzschlag, meine Handflächen werden nass und ich greife zitternd zu meiner

Maus, um zu erkennen, dass es nicht Paul ist. Christian ist seit vier Tagen in Bangkok auf Geschäftsreise und wird auch nicht vor Freitag zurück sein.
Nachdem Lucie mich jeden Tag aufs Neue gelöchert hat, wann wir zu dem besagten »Tanzabend« ausgehen, habe ich mich breitschlagen lassen.
Nach den ersten drei Cocktails – die zugegebenermaßen die besten hier in der Stadt sind – fühle ich mich nicht mehr imstande, mit ihr auf die Tanzfläche zu gehen.

Ich beobachte die tanzenden Leute vor mir und wie Lucie auf Tuchfühlung mit einem Typen geht und sich über seine Annäherungsversuche freut. Während die laute Musik aus den Boxen dröhnt und der Bass die Ohren betäubt, sodass man sein eigenes Wort nicht mehr hören kann, erwische ich mich dabei, wie ich immer und immer wieder meine Mailbox abrufe und mich darüber ärgere, dass er nicht mehr schreibt.
»Lena, komm schon, tanz mit uns …«, schreit mir Lucie lauthals zu.
Ich schüttle den Kopf und deute auf das halb volle Cocktailglas, das ich unter keinen Umständen hier stehen lassen will.
Nachdem, was man alles in der Zeitung liest, erscheint mir hier mein angeborenes Misstrauen nicht übertrieben. Früher wäre ich die Erste auf der Tanzfläche gewesen und hätte mich zu den Klängen von den vibrierenden Bässen, die den Takt angeben, bewegt. Ich liebte laute und gute Musik, zu der ich wie ein hüpfender Gummiball tanzte. Bis spät in die Nacht konnte mich keiner bändigen. *Doch jetzt suche ich lächerliche Ausflüchte.*
Paul kreist seit dem erneuten Zusammentreffen die ganze Zeit in meinem Kopf herum.
Als er mich das erste Mal – nach einer intensiven Zeit, in der wir nur Freunde waren – auf dem Schulball interessiert wahrgenommen hat, dachte er sicherlich, welches Mittel ich geschluckt haben muss, denn damals wirkten meine Tanzschritte eher wie ein holpriger Versuch, mich zu bewegen. Ich war erst siebzehn Jahre alt und in Bezug auf Burschen einfach unerfahren.

Weder wusste ich, wie man flirtet, noch hatte ich bis dahin die Nähe der Lippen eines Burschen gespürt. Ich war ein Mauerblümchen – unerfahren, schüchtern und für die Jungs in meinem Alter einfach nicht interessant. Sie wollten lieber mit den extrovertierten, sprunghaften und erfahrenen Mädchen zusammen sein, die sich nicht auf der Tanzfläche als hüpfender Gummiball zum Affen machten. Damals konnte ich nicht mit den weiblichen Raffinessen, einem gefälligen Aussehen und eindeutigen Blicken auftrumpfen. Ich war durch und durch ein naives, verträumtes Mädchen.
Dazu kam auch noch, dass sich wenig weibliche Rundungen an meinem Körper abzeichneten. So ging ich eher als halber Bursche durch. Mein Kleidungstil glich dem meines großen Bruders.
Ich kann mich noch ganz genau erinnern, welche Gefühle Paul damals schon in mir geweckt hat. Er war die Hauptperson meiner kühnsten Träume, die ich mit niemandem, außer meinen damals besten Freundinnen Eli und Emma, teilte. Sie wussten Bescheid, wie sehr ich mich danach sehnte, dass er mich endlich bemerkte. Doch Paul spielte in einer anderen Liga. Er war begehrt und sich seiner anziehenden Wirkung auf Mädchen bewusst.
Warum hätte er mich, ein verschlossenes, scheues und verklemmtes junges Ding – das sich nicht einmal zeitgemäß kleiden konnte –, auch nur anschauen sollen? Wir verbrachten gerne Zeit miteinander und hatten unheimlich viel Spaß dabei. Oft kamen wir einander für meine Verhältnisse sogar näher, als es für Freunde üblich war, doch sobald ich mich den Träumen in meinem Kopf hingab, holte er mich ziemlich schnell auf den Boden der Tatsachen zurück und brach mir mein Herz, indem er sich anderen Mädchen zuwandte. Paul wollte sich nicht binden.
Ich hatte die Wahl, mich entweder in die Reihe der ihn anschmachtenden Mädchen zu begeben oder ihm gegenüber einfach mein Missfallen über sein arrogantes Gehabe durch Desinteresse zum Ausdruck zu bringen, obwohl ich nichts lieber getan hätte, als in seiner Nähe zu sein. Nächtelang habe ich meine Fantasien über unser Zusammensein in mein Tagebuch verewigt und die passenden Herzen dazu gemalt.

Nachdem ich meine Gefühle ihm gegenüber anfangs versteckt hatte und mich nie dazu durchringen konnte, ihm zu sagen, wie sehr ich in ihn verliebt war, gab ich jegliche Hoffnung auf, jemals das Mädchen an seiner Seite zu sein. Enttäuschung, Wut und Hoffnungslosigkeit waren schließlich der Auslöser dafür, etwas an meinem verträumten und schmachtenden Verhalten zu ändern. Es war mir auf einmal klar, dass all die Gefühle für ihn verschwendet waren. Er wollte mich nicht.

Nein, besser gesagt, er wollte mich nicht auf die Art und Weise, wie ich ihn begehrte. Er zog es vor, sich nicht zu binden oder zu verlieben, da die Gefahr zu groß war, selbst verletzt zu werden.

»Lena, komm schon, wir sind zum Tanzen hier ...« Lucie reißt mich aus meinen Gedanken. Sie springt aufgeregt neben mir auf und ab und ich lächle ihr dabei vergnügt zu. Ein bisschen erinnert sie mich an das junge Ding, das ich selbst einmal war.

»Ich glaube nicht, dass ich nach den drei Cocktails noch tanzen kann«, antworte ich und bemerke, wie beschwipst ich schon bin.

»Ach, komm schon, sei nicht so eine Spielverderberin.« Hinter ihr taucht der Mann von vorhin auf, legt seine Hände um ihre Taille und fordert sie erneut zum Tanzen auf.

»Geht ruhig. Ich werde dann sowieso nach Hause gehen.«

»Ach, Lena!« Sie verdreht genervt die Augen und stemmt die Hände in die Hüften.

»Okay, damit du zufrieden bist, werde ich mit dir tanzen.« Sie scheint zufrieden zu sein und zieht mich auf die Tanzfläche.

Die Musik, der Alkohol und die vielen Leute um mich, tragen dazu bei, dass ich sogar jegliche Anspannung verliere und mich zu den Takten von Michael Jacksons »The way you make me feel« bewege.

Schon in meiner Jugend habe ich seine Lieder geliebt, die mich nun für einen kurzen Moment in meine Vergangenheit zurückversetzen. Die Gedanken an Paul werden dadurch noch verstärkt. Insgeheim wünschte ich, er wäre jetzt hier.

Nachdem ich eine Stunde mit Lucie das Tanzbein geschwungen habe, fahre ich mit dem Taxi nach Hause und falle todmüde ins Bett. Ich muss ehrlicherweise zugeben, dass es mir gefallen hat.

Sieben

»Frau Ames, wie geht es Ihnen heute?« Ich sitze schon wieder hier! Langsam habe ich seine Fragen satt. Ich bin seit einem halben Jahr bei ihm in Behandlung und es hat sich nichts verändert.

»Ja, ganz gut, danke.«

»Beschreiben Sie Ihre Stimmung heute?« Würg! Dr. Goldmann ist ein sehr kompetent wirkender Mann, doch schön langsam weiß ich nicht, ob mich immer wieder dieselben Fragen weiterbringen können.

»Ich bin wieder wütend ...«, knurre ich hervor.

»Warum das?«

»Weil er mich vor einer Woche mit E-Mails, die nur einen bestimmten ›Betreff‹ haben, genervt hat!«

»Wer ist er?«, runzelt er seine Stirn.

»Der Typ vom Klassentreffen!«, stoße ich aufgebracht hervor.

»Warum nervt er Sie?« Dr. Goldmann rückt etwas aus dem tiefen Ledersessel nach vorne und versucht sich sein zerknittertes Sakko zu richten. Ich sehe zum ersten Mal den goldenen Ring an seinem Finger. Dr. Goldmann ist verheiratet? Er bemerkt meinen fragenden Blick und lächelt mir zu.

»Er will sich mit mir treffen!«, beantworte ich aufgeregt seine Frage.

»Wissen Sie, warum er sich mit Ihnen treffen will?« Ausgeklügelte, wohlformulierte Aussagen aus Dr. Goldmanns Mund sind sein Spezialgebiet. Sein Gesicht würde in keinem Moment verraten, was er denkt.

»Weil er mit mir reden will.« Dabei schnaufe ich brüskiert.

»Und Sie wollen das nicht?«
»Nein! Um Gottes Willen, NEIN!« Ich schüttle demonstrativ meinen Kopf.
»Stellen Sie sich vor, Sie würden sich treffen, wovor hätten Sie Angst?« Jetzt beginnt das Spiel mit »Stellen Sie sich vor …«. Das hat mir gerade noch gefehlt.
Ich bewundere die antike dunkle Anrichte aus Nussholz. Die alten Beschläge fügen sich perfekt in die geschwungene Front ein. Darauf stehen einige Kristallflaschen mit dunklem Inhalt. Ich starre dieses wunderschöne Barockstück an.
»Er wird mich fragen, warum ich gegangen bin, ohne ein Wort zu sagen«, formuliere ich geistesabwesend.
»Warum sind Sie gegangen?« Mein Blick ist unverändert auf das Möbelstück gerichtet. Erinnerungsfetzen kommen in mein Gedächtnis und ich zucke entsetzt hoch.
»Weil ich es nicht mehr ausgehalten habe, in seine Augen zu blicken«, erwidere ich gedankenversunken.
»Hat er Sie verletzt?«, hakt er nach.
»Es ist nicht in Worte zu fassen, was ich fühle«, antworte ich mechanisch.
»Der Schmerz?«
»Alles«, schießt es aus mir heraus.
»Wollen Sie mir erzählen, was passiert ist?«, startet er einen neuen Versuch und bemüht sich dabei, so ungezwungen und locker wie möglich zu fragen.
»Nein, ich denke nicht«, antworte ich reserviert.
»Das ist in Ordnung. Sie können mir davon erzählen, wenn Sie sich bereit fühlen, doch vielleicht sollten Sie sich anhören, was er Ihnen zu sagen hat.« Schon wieder formuliert er eine Aussage wie ein Frage, damit er meine Antwort provoziert.
»Sollte ich?« Ich weiß, Gegenfragen sind nicht erlaubt. Die Fragen stellt Dr. Goldmann. »Er meint, ich sei es ihm schuldig …« Es kommt nur ein sarkastisches Hüsteln heraus und ich erwache wieder aus meinem Tagtraum.
»Treffen Sie ihn, was haben Sie zu verlieren?« Ach, wenn er wüsste. SO VIEL!
Meine hart aufgebaute Mauer um mich zum Beispiel. Es hat Jahre gedauert, bis ich sie so hatte, wie ich es mir gewünscht habe.

»Es sind zehn Jahre vergangen, Frau Ames. Sie sind reifer und können ihm gegenübertreten.« Er hat recht, wovor fürchte ich mich? So habe ich es noch nicht gesehen. Ich bin tough. Ich bin eine Geschäftsfrau und ich lasse mich nie von meinem Gegenüber unterkriegen. Und wenn das nötig ist, damit ich irgendwann schwanger werde, springe ich über meinen Schatten. Ich bin um zehn Jahre älter. Er hat nicht mehr die Macht über mich. Ich bin die Einzige, die entscheidet, wie weit ich ihn an mich heranlasse. Ich muss mein Schutzschild nochmals stärken. So nahe, wie ich ihn bei der Party herangelassen habe, wird er mir nicht mehr kommen. Ich treffe ihn an einem öffentlichen Ort. Ich habe keine andere Wahl, denn ich weiß, wie lästig Paul sein kann, wenn er sich etwas in den Kopf gesetzt hat.
Ich habe mich entschlossen, ihn zu treffen. Nach dem Gespräch mit Dr. Goldmann fühle ich mich gestärkt und gefestigt.
Bereit, es mit meiner Vergangenheit aufzunehmen – in den Kampf zu gehen. Ich habe keine Angst vor einem Treffen. Ich werde ihm sachlich klarmachen, dass es der einzige Weg für mich war, über Vergangenes hinwegzukommen, und wenn er damit ein Problem hat, gehört es ihm ganz alleine. Ich werde seine Fragen beantworten und danach trennen sich unsere Wege wieder. Ich bin um zehn Jahre älter. Ich habe so viel an mir gearbeitet. Ich lasse mich nicht mehr so schnell verunsichern. Wie ein Mantra wiederhole ich diese Sätze und fühle mich gestärkt.

An: paul.franke@innerstaedtisches-kh-wien.com
Von: lena.ames@ela.com
Betreff: Heute 12 Uhr Mittagessen. Im Restaurant Frank's. Kennst du das? Ich habe eine Stunde Zeit.
Mehr bekommst du nicht. Wenn du keine Zeit hast, ist es dein Pech.

An: lena.ames@ela.com
Von: paul.franke@innerstaedtisches-kh-wien.com
Betreff: Schön, von dir zu hören! Ich werde da sein ... (danke für deine kostbare Zeit)

Mein Herz klopft wie wild, als ich seine Nachricht lese. Die Uhr an meinem Handgelenk verrät mir, dass ich noch eine halbe Stunde Zeit habe, bevor wir uns treffen. Ich gehe in mein Badezimmer nebenan, ziehe meinen Lippenstift nach und kann kaum fassen, diesem Treffen zugestimmt zu haben. Aus meinem Spiegel schaut mir eine starke Frau entgegen, die meine Stütze sein wird. Energisch ziehe ich meine Schultern straff und blicke mich finster an. Ich lasse mich nicht so schnell unterkriegen. Lena, du schaffst das! Ich atme ein paar Mal tief durch, und mit jeder Minute, die ich auf mein Spiegelbild starre, schwindet das Vertrauen in die harte Geschäftsfrau. Lass mich jetzt nur nicht im Stich!
Verdammter Mist. Was habe ich mir nur dabei gedacht? Ich sitze hier in meinem Lieblingsrestaurant und werde gleich Paul sehen.
Mein Herz hämmert gegen meine Brust und ich merke, dass meine Handflächen feucht sind. Nervös trinke ich das Glas Chardonnay in einem Zug hinunter und bestelle noch eines. Er kommt fünf Minuten zu spät. Warum kann er nicht einmal pünktlich sein? Nach dem zweiten Glas merke ich, wie sich eine wohlige Wärme in mir breitmacht, und ich beginne mich langsam zu entspannen.
Ich sehe, wie er vor dem Lokal mit einer alten, weißen Vespa einparkt. Schon damals sprach er immer davon, sich so ein altes Gefährt zuzulegen. Ich lächle bei der Erinnerung daran verstohlen. Sofort ermahne ich mich selbst, nicht schon wieder mit meinen Gedanken abzuschweifen. Das tut mir nicht gut. Er nimmt seinen schwarzen Helm vom Kopf und fährt sich ein paar Mal durch sein blondes, zerzaustes Haar, bevor er einen kontrollierenden Blick in den Seitenspiegel wirft. Ich muss schmunzeln. Anscheinend hat er mich noch nicht gesehen.
Er sieht mal wieder unverschämt gut aus. Hastig öffnet er seine Jacke und betritt das Lokal. Ich kann nicht anders und muss in mich hineingrinsen. Ich genieße den Moment, ihn unbemerkt zu beobachten. Als er die Tür öffnet, erzeugt er einen kleinen Windstoß, und der Duft seines Parfüms, vermischt mit dem Benzingeruch, strömt mir in die Nase. Mein Herz beginnt zu flattern, doch ich versuche es zu ignorieren und knete mir die schmerzenden Knoten aus

meinem Nacken. Ich lächle ihm kurz zu – das einstudierte Höflichkeitslächeln –, als er mir gegenüber Platz nimmt, doch dann senke ich meinen Blick, um mit meiner Serviette zu spielen. Im Hintergrund gibt Eros Ramazotti mit seiner rauchigen Stimme sein Bestes.

»Du bist zu spät ...« , gebe ich so beiläufig wie möglich von mir. Nur keine Emotionen. So sachlich wie möglich wirken.

Durch seine Anwesenheit wirkt die Luft wie elektrisiert. Noch immer wage ich nicht, ihn anzuschauen. Er legt den Helm auf den Stuhl neben sich.

»Tut mir leid, ich hatte noch einen Patienten.« Er wirkt gehetzt und angespannt.

Ich zucke mit den Schultern und nehme einen großen Schluck. »Du wolltest mich treffen. Ich habe genau noch fünfundfünfzig Minuten Zeit. Also würde ich sie an deiner Stelle nutzen«, blaffe ich desinteressiert.

»Trinkst du immer um diese Uhrzeit?« Er blickt abschätzend auf mein Weinglas.

»Ich trinke, rauche und bin alt. Zufrieden?«, dabei reiße ich meine Augen auf und starre ihn genervt an. »Die sarkastische Zicke, hast du vergessen?«

Ein spitzbübisches Grinsen kommt in seiner Wange zum Vorschein, während sich unsere Blicke das erste Mal bewusst treffen. Ich darf mich nicht von seinen schönen Augen aus dem Konzept bringen lassen. Die kleinen Falten, die sich bei jedem Lächeln bilden, hatte er früher noch nicht.

Der Kellner kommt und bringt uns die Karte.

»Frau Ames, was darf ich Ihnen bringen?«, fragt er mich in seinem bekannt galanten Ton.

Ich winke dankend ab. Jetzt gerade bringe ich nicht einen Bissen hinunter. Mir ist schlecht und ich bekomme meinen zitternden Körper kaum in den Griff.

»Isst du nichts?« Stirnrunzelnd schaut er auf die Karte. Dabei schenkt er mir wieder einen Moment, in dem ich ihn, ohne dabei aufzufallen, beobachten kann. Sein ganzes Wesen, die Art, wie er sich bewegt, und die Tiefe seiner Stimme verwirren mich und stellen jedes meiner feinen Härchen auf meinen Unterarmen auf. Ich ertappe mich dabei, wie ich zu fantasieren beginne, ob er noch immer das

kleine Muttermal in Form eines Herzens neben seinem Nabel hat. Schluss jetzt! Reiß dich endlich mal zusammen!
»Nein. Ich bin nicht zum Essen hier«, versuche ich mich selbst wieder aus meinen utopischen Träumereien zu wecken. Lena! Was ist nur mit dir los? Du bist keine siebzehn mehr und er wird mit dieser charmanten, verführerischen Art bei dir nicht mehr landen.
Er schüttelt den Kopf und vertieft sich in die Karte.
»Hast du ein Problem damit?« Durch seine Reaktion bin ich sofort wieder bei der Sache und nicht mehr bei meinen Hirngespinsten.
»Wenn du so weitermachst, fällst du bald vom Fleisch … an dir ist so gut wie nichts mehr dran.« Er blickt kurz auf und schaut mich musternd an, bevor er sich wieder der Auswahl seines Essens widmet. Als ob ihn das etwas angehen würde.
»Danke, reizend …« Warum habe ich mich nur auf dieses Spiel eingelassen? Als der Kellner wiederkommt, bestellt er.
»Wir bekommen zwei Mal den Ceasers Salad …« Der Mann nickt und verschwindet so schnell, wie er gekommen ist.
»Erwartest du noch jemanden?« Während ich meine Zigarette anzünde, einen tiefen Zug mache und ausatme, schaue ich ihn mit hochgezogenen Augenbrauen an.
Mein Spiel, die herablassende, versnobte Diva zu mimen, fällt mir nicht schwer und geht augenscheinlich auf. Doch ich weiß einfach keinen anderen Weg, ihn von mir fernzuhalten.
»Nein, aber wir haben uns zum Mittagessen verabredet …«, gibt er nun auch etwas verschnupft von sich, » … und außerdem esse ich gerne in Gesellschaft, falls du das noch weißt.«
»Das dürfte mir entfallen sein. So wie vieles andere …«, antworte ich leidenschaftslos.
Seine schönen Augen blitzen gefährlich und ziehen sich dabei zusammen. Ich stoße einen tiefen Seufzer aus und schaue auf die Uhr. Fünfzig Minuten, das schaffe ich.
»Kannst du aufhören, auf die verdammte Uhr zu schauen? Ich habe schon kapiert, dass du keine Lust auf dieses Treffen hast und es ein Pflichtprogramm für dich darstellt«, reagiert er wütend. Ich verstehe nur zu gut, dass ihn mein arrogantes Benehmen ärgert.

Ich beiße auf meine Lippen und fühle mich ertappt. Beschämt senke ich den Kopf und zupfe von meinem Kleid Fusseln weg, die nicht vorhanden sind. Ich atme tief ein und schließe die Augen, um wieder Ruhe zu finden. Doch die Wut und der Zorn, die hier von beiden Seiten spürbar sind, schaffen eine explosionsartige Stille, die alles andere bewirkt, als meinen Puls zu senken. Ich seufze hörbar.
»Also, was willst du, Paul? Ich habe mir gedacht, wir hätten alles bei Emma geklärt. Warum musst du mich schon wieder sehen?« Ich wage es nicht, meinen Kopf zu heben, aus Angst, wieder an seinen Augen hängenzubleiben.
»Ich finde, wir haben einiges zu klären, und das Zusammentreffen bei Emma hat mir das nur allzu deutlich gemacht.«
Er sieht sagenhaft attraktiv aus, und ich bemühe mich, ihn nicht die ganze Zeit anzustarren. Seine Haare sind nicht wirklich kurz, doch gerade lang genug, um seine Krause, die immer entsteht, wenn sie nass sind, zu erkennen.
Er trägt eine dunkelbraune Lederjacke, darunter ein ausgewaschenes Diesel-T-Shirt, dunkelblaue Jeans und lässige Boots. Ich stoße ihn verbal von mir weg, doch die Nähe, die ich zu ihm fühle, ist beängstigend, obgleich ich noch immer versuche mir das auszureden.
»Okay, was willst du wissen? Bringen wir es schnell hinter uns«, stammle ich – verwirrt durch das Gefühlschaos.
»So schnell wie möglich ...«, wiederholt er meine Worte, und ich höre, wie ihn mein Verhalten deprimiert. »Du hast dich verändert«, meint er traurig.
Ich ziehe meine Mundwinkel hinunter und versuche ein höhnisches Lächeln zu unterdrücken.
»Was hast du erwartet? Die Leni von früher anzutreffen? Das dumme, naive junge Mädchen?«, stoße ich erbittert nach.
Er nimmt einen Schluck von seinem Mineralwasser. Typisch Arzt. Während ich mir die Drinks hineinschütte, nippt er am Wasser. Er betrachtet mich abschätzend und fixiert mich mit seinen Augen. Ich schaue ihn fragend an, während ich einen langen Zug an meiner Zigarette mache.
»Die Leni, die ich kannte, war weder dumm, noch naiv ...«

Meine Zähne beginnen zu knirschen, während ich mich zwinge, ruhig zu bleiben. Wenn er jetzt glaubt, mich mit seiner verführerischen Art anlocken zu können, hat er sich getäuscht. Darauf falle ich nicht noch mal herein. Außerdem sollte er sich schämen. Er ist verlobt und mit jedem seiner Worte kokettiert er mit mir. Ich tippe mit meinem Zeige- und Mittelfinger ungeduldig auf die Tischplatte. Er runzelt die Stirn und mir fällt sofort wieder die kleine Narbe auf. Es war ein Unfall, als er ein Bub war und mit einer Tür Bekanntschaft gemacht hat. Die Narbe ist nicht sehr groß und nur für Leute sichtbar, die schon einmal darüber gestrichen haben. Oh mein Gott, was ist nur los mit mir? Paul versucht ein Gespräch mit mir zu führen und ich kann nur an die verschiedensten Stellen seines Körpers denken. Er fährt sich über seinen gepflegten Dreitagebart und räuspert sich.

Oberflächlich betrachtet wirkt er genervt, doch ich kenne ihn zu gut, um darauf reinzufallen. Er will von seinem Unbehagen ablenken. Ich beginne innerlich zu grinsen. Wäre ich nicht so wütend, fände ich es charmant.

»Also gut. Wir haben uns vor zehn Jahren so schnell aus den Augen verloren, dass es sich lange Zeit für mich als nicht beendet angefühlt hat«, beginnt er zögerlich seine Ansprache, die wie einstudiert wirkt.

»Stopp!«, unterbreche ich ihn und er sieht fragend auf. Bevor ich zu einem Rundumschlag aushole, atme ich ein paar Mal durch. »Du verwechselt da etwas, Paul!« Ich muss mir Mut antrinken und nehme nochmals einen kräftigen Schluck. »Wir haben uns nicht aus den Augen verloren. Ich bin gegangen, ohne dir etwas zu sagen. Das ist ein großer Unterschied. Es war kein Zufall oder eine blöde Fügung – nein, es war eine gewollte, überlegte Entscheidung.«

»Einfach abzuhauen und mir kein Wort zu sagen nennst du überlegt?« Seine Augen verdunkeln sich und seine Stimme wirkt wütend, verletzt und leicht hysterisch. Es war keine gute Entscheidung, mich auf dieses Treffen einzulassen.

Ich bin so in Rage, dass ich ernsthafte Probleme mit meiner Atmung bekomme. Ich gebe abgehackte Töne von mir. Ein Gemisch aus Japsen und verzweifeltem Einatmen. Die Luft scheint durch seine Anwesenheit zu schwinden.

Reiß dich zusammen! Zwei tiefe Atemzüge helfen mir, meine Fassung wiederzufinden.
»Es war das Beste so«, gebe ich schnippisch von mir.
»Für wen?«, hebt er argwöhnisch die rechte Augenbraue.
»Für mich!«
»Na wenigstens bist du dir deiner egoistischen Entscheidung bewusst. Weißt du auch, dass du mein Leben damit zerstört hast? Also kann es nicht das Beste für mich gewesen sein«, frustriert und genervt seufzt er tief und wirft die Stoffserviette auf den Tisch.
»Paul, sei still, bevor …« Der Zorn treibt mir die Farbe aus meinem Gesicht.
»Was?« Er hebt seine Stimme und klingt verärgert, während meine immer mehr an Kraft verliert.
Als der Kellner kommt, fesseln wir uns gegenseitig mit unseren vernichtenden Blicken. Er ist sich bewusst, uns unterbrochen zu haben, doch seine Anwesenheit entschärft die explosive Stimmung.
Er stellt uns den Salat auf den Tisch und erkundigt sich, ob er uns noch etwas bringen darf. Ich bestelle noch ein Glas Chardonnay und beobachte Paul dabei, wie er zu essen beginnt. Mein Essen lasse ich unberührt vor mir stehen. Nicht, weil ich keinen Hunger verspüre, sondern weil er mir etwas aufzwingen will, was ich nicht bestellt habe. Es ist trotzig, kindisch und dumm. Doch jetzt will ich ihm erst recht beweisen, dass er mich nicht manipulieren kann, wie es ihm beliebt. Das konnte er vielleicht früher machen, aber heute nicht mehr. Er bemerkt meine demonstrative Geste.
»Stur wie eh und je. Da hat sich nichts verändert …«, er schüttelt den Kopf, beginnt aber dabei zu schmunzeln. Unentwegt starre ich ihn an, während er seinen Salat isst.
»Naja, kein kleines Mädchen mehr zum Herumkommandieren …«
»Diesen Eindruck hast du gehabt? Dass ich dich herumkommandiert habe?«, er hebt erstaunt seinen Kopf und blickt mich mit seinen grünblauen Augen fragend an.
»Was hast du dagegen zu sagen? Du hast es doch genossen, ein Mädchen an deiner Seite zu haben, das jeden deiner Wünsche wortlos erfüllt hat.« Er nippt an seinem Wasser. »Du hast mich geformt, wie es dir gepasst hat.«

Ich werfe den Kopf in den Nacken und stöhne leise und spöttisch auf. »Bedingungslose Liebe, ohne einmal über etwas nachzudenken. Du hattest Macht über mich und hast es ausgekostet ... gib es doch zu.« Als ich wieder zu ihm blicke, lehne ich mich etwas über den Tisch und flüstere in seine Richtung.
»Es hat dich angeturnt, dass ich dir verfallen war und alles für dich getan habe ... der große Desperado, der Frauenversteher, der Mädchenschwarm, der Macho hat die unerfahrene, naive, völlig unscheinbare, leichtgläubige, unbefleckte Leni bekehrt. Was für eine Heldentat!« Als ich meinen Satz zu Ende gebracht habe, lehne ich mich wieder in meinen Sessel zurück, verschränke die Hände vor meiner Brust und lächle ihn sarkastisch, mit zugekniffenen Augen an. Das Biest in mir ist erwacht.
»Der Zynismus steht dir nicht ... aber du hast recht, es hat mir gefallen, dich zu erobern«, grinst er mich verschmitzt an. Nein, nein, nein! Er verdreht mir die Worte komplett im Mund. Wie kann er in so einer Situation einen Spaß daraus machen?
»Ha!« Ich lache gekünstelt. »Stimmt, den Eroberer habe ich vergessen, und, nein, Paul, ich bin nicht zynisch ...«, verstelle ich meine Stimme, wie die eines kleinen Mädchens, »... ich bin nur ehrlich«, diesmal in einem harten und abgehackten Tonfall. »Tut manchmal weh, wenn man die Wahrheit so ins Gesicht geschleudert bekommt, oder?«, fauche ich wutentbrannt.
»Das brauchst du mir nicht zu sagen«, meint er verstimmt.
Ich stöhne genervt und verdrehe die Augen. Ich wusste von Anfang an, dass dieses Treffen ein Fehler war. Nach diesem verbalen Schlagabtausch seufze ich entkräftet und starte einen neuen Versuch, die Sache hier so schnell wie möglich zu beenden.
»Ich weiß nicht, was das bringen soll, Paul«, ächze ich angespannt. Er antwortet nicht und blickt starr auf sein Glas, auf das er rhythmisch mit dem Zeigefinger klopft. »Wir drehen uns im Kreis und stochern in alten, längst vergessenen Wunden.«

Während zwischen uns plötzlich Stille herrscht, lasse ich meinen Blick rastlos durch das Restaurant schweifen, um meine Nervosität herunterzuspielen.
Das Sonnenlicht, das gerade noch den Raum erhellt hat, ist verschwunden, und eine finstere, bedrückende Stimmung macht sich breit.
»Ich werde in drei Monaten heiraten«, stößt er unerwartet hervor – ohne einen Übergang, sodass ich mich beinahe verschlucke, als ich gerade an meinem Glas nippe.
»Schön für dich«, gebe ich so trocken wie möglich zurück. Keine Emotionen zeigen. Schon gar nicht, wie sehr mich seine Worte schmerzen. In drei Monaten? Schnell senke ich meinen Blick, um ihm nicht das beginnende Flattern meiner Augenlider zu zeigen.
»Leni, kannst du die Scheiße einmal lassen?« Als er wütend mit seiner Hand auf den Tisch knallt, schrecke ich hoch. Ich beiße nervös an meinen Fingernägeln herum, während mir ein Stein in den Magen plumpst. Tough sein. Reiß dich zusammen.
»Paul, ganz ehrlich, warum sollte mich das interessieren?«, gebe ich mit einem gelangweilten Unterton von mir. »Das mit uns ist zehn Jahre her. Ich bin verheiratet und wir wünschen uns ein Kind.« Ich weiß nicht, ob es gut war, ihm von meinem Kinderwunsch zu erzählen, doch seine Ankündigung zur bevorstehenden Hochzeit hat sich wie ein Dolch in mein Herz gebohrt. Natürlich hat es mein Ego nicht geschafft, darüberzustehen, sondern hat zum Gegenschlag ausgeholt.
Ich warte auf seine Antwort, doch es scheint, als hätten ihn meine Worte zum Nachdenken gebracht. Er lehnt die Ellbogen auf den Tisch, verknotet die Finger und tippt mit dem Daumen auf seinen Mund, während er mich eingehend mustert. Als ich in seine Augen schaue, sehe ich die Leere, die unsere Seelen vereint.
Doch er fängt sich schneller, als mir lieb ist.
»Das ist schön! Ich freue mich für dich!«, gibt er mit einer Kälte zurück, die mir gebührt. Mein Blut pumpt durch meine Adern. Seine grünblauen Augen funkeln mich an.
Wir schweigen uns eine Ewigkeit an. Jeder in seiner eigenen Welt, gefangen gehalten von verwirrenden Gedanken.

»Wie geht es deinen Eltern?«, fragt er beiläufig. Meint er diese Frage jetzt ernst?
»Willst du jetzt ernsthaft über meine Eltern sprechen?« Ich ziehe fragend meine Augenbrauen hoch und schaue ihn zweifelnd an.
»Ich dachte, ich entschärfe unser Gespräch etwas.« Ein schlechter Versuch ...
»Und da beginnst du mit meinen Eltern?« Ich starre ihn verständnislos an. Er kennt mich anscheinend überhaupt nicht mehr, sonst würde er mir nie so eine Frage stellen.
»Scheiße, Leni ...« Er wirkt verwirrt und fährt sich durch seine Haare. »Ich weiß auch nicht, was ich dir sagen soll. Ich kann dich nicht das fragen, was mir seit Jahren auf dem Herzen liegt, weil ich weiß, dass du sofort wieder untertauchst und ich dich nicht mehr zu sehen bekomme.«
»Das ist deine Chance, Paul. Eine zweite wirst du nicht bekommen. Also mach den Mund auf ...« Ich bin ein Ekel, eine gefühlskalte Schlampe, eine zynische, frustrierte Furie. Doch das ist für mich der einzige Weg, mich von ihm zu distanzieren. Ich muss mit meinem hoffentlich noch klaren Verstand einen Schlussstrich durch mein sich nach ihm verzehrendes Herz ziehen.
»Seit wann bist du so eine verfluchte ...« Anscheinend kann er meine Gedanken lesen. Er beißt sich zornig auf die Lippen und zischt wütend, bevor er sich räuspert. »Wie soll ich das in zehn Minuten, die du mir gnädigerweise schenkst, verpacken?«
»Wenn du nicht bald beginnst, ...« Seine Geduld mit mir und den gemeinen Aussagen, die ich ihm an den Kopf werfe, ist bewundernswert.
Ich leere mein Glas, als mir der Kellner das neue auf den Tisch stellt.
»Bringen Sie dem Herrn auch ein Glas, damit er lockerer wird ...«, zwinkere ich ihm zu. In seiner Gegenwart fühle ich mich ständig beobachtet, schwach und verletzbar, weshalb mein überzogener Zynismus mein ständiger Begleiter ist. Er hat so viel Macht über mich, derer er sich nicht einmal bewusst ist. Nur wenige Worte aus seinem Mund würden mein gesamtes Weltbild auf eine Art und Weise verändern, die ich nicht zulassen darf.

So entschlüpft mir eine ironische Bemerkung nach der anderen. Der Hass auf mich selbst wird dadurch nur noch größer, doch die Muster des Selbstschutzes haben sich in den letzten Jahren bei mir eingeprägt.
»Nein danke … ich habe mein Wasser«, er schüttelt den Kopf. Der Kellner nickt und verlässt unseren Tisch.
»Was ist mit dir? Was ist mit dem trinkfesten Paul passiert?«, stichle ich weiter, hebe das Glas und deute in seine Richtung.
»Willst du mit mir nicht auf unsere Vergangenheit anstoßen?«, dabei schenke ich ihm ein süffisantes Lächeln.
»Nein, will ich nicht!«, meint er trocken und kurz.
»Warum? Hast du Angst, dass ich dich unter den Tisch trinken könnte, oder hast du keine Lust auf unsere tolle Vergangenheit anzustoßen?« Ich hebe mein Glas erneut. »Auf Paul Franke und Leni-i-i Ames, ehemalige Steinberg, deren Leben nicht schöner verlaufen hätte können …« Ich ziehe meinen Vornamen deutlich übertrieben in die Länge.
»Leni, hör auf, der Alkohol spricht aus dir«, meint er abfällig.
»Und wenn schon.« Ich nehme einen Schluck. »Auch gut, dann trinke ich alleine«, füge ich schulterzuckend hinzu.
»Ich will mich mit dir nicht betrinken«, funkelt er mich wütend an.
»Früher hat es dich aber auch nie aufgehalten«, schieße ich ihn an. Während ich gekünstelt auflache, lehne ich mich wieder zurück und verschränke die Arme vor der Brust. »Früher hast du mich dazu animiert, es hat dir gefallen, ich wurde dann so …«
»Stopp, hör auf! Mach dich doch nicht lächerlich!«, unterbricht er mich »Das ist überhaupt nicht wahr. Ich konnte es nie leiden, wenn du betrunken warst.« Nun beobachte ich ihn, was ihn anscheinend nervös macht. »Ich will einfach keinen Alkohol mit dir trinken, okay?«
Er hebt seine Augenbrauen. »Und du solltest das Trinken und das Rauchen einstellen, wenn du schwanger werden willst«, sagt er in einem belehrenden Ton.
Der Faustschlag in die Magengrube hat gesessen. Augenblicklich wird mir schlecht und ich versuche mich nicht gleich hier zu übergeben. Hat er das gerade gesagt?

Ist das sein Ernst? Ist es der Alkohol, der alles um mich zum Drehen beginnen lässt, oder seine Worte? Als müsste ich mich erst von dieser verbalen Ohrfeige fangen, starre ich ihn fassungslos an. Nach all den Jahren gibt er mir Tipps, wie ich schwanger werden kann? Ich reiße die Augen auf, balle meine Hände zu Fäusten und spüre eine unglaubliche Wut in mir hochkommen und die Tränen, die sich in meinen Augenwinkeln bilden. Nicht schon wieder. Zornig knalle ich mit beiden Fäusten heftig auf den Tisch.
»Jetzt reicht's. Was bildest du dir eigentlich ein, wer du bist?«, schreie ich ihn hysterisch an.
»Um Himmels Willen, Leni, ich wollte nicht ...« Erschrocken über meine heftige Reaktion reißt er seine Augen auf und schaut mich bestürzt an. Um uns wird es still und wir sind im Mittelpunkt des Geschehens.
Es ist mir in dem Moment völlig egal. Ich wische mir die Tränen aus dem Gesicht. Dieses nasse Etwas kann ich jetzt überhaupt nicht gebrauchen. Als ich vom Stuhl aufspringe, knallt mein Glas zu Boden und zerbricht. Er erhebt sich, schaut mich brüskiert an und will mich aufhalten. »Ich hasse dich!«, schreie ich ihn an. Der Kellner schaut mich verdutzt an. Paul greift nach meiner Hand, doch ich gebe ihm keine Gelegenheit, mich wieder zu berühren.
»Fass mich nicht an, du Mistkerl«, fluche ich, bevor ich mich umdrehe und aus dem Lokal stürme.
Ich laufe so schnell, wie mich meine Füße in diesen viel zu hohen Schuhen tragen, und muss aufpassen, um nicht zu stolpern, bis ich mich völlig erschöpft auf eine Parkbank fallen lasse. Seine Worte quälen mich auf eine sadistische Art und Weise, die mir schier unmöglich erscheint, sie einfach zu ignorieren. Mir ist kalt, und mein Körper zittert so stark, dass meine Zähne ein komisches Geräusch erzeugen, als sie aufeinanderklappern.

In der Eile habe ich meinen Mantel vergessen und friere.
Keine einzige Träne vermag aufzukommen, denn sie wird vertrieben durch die ohnmächtige Wut, die meinen Körper beherrscht. Hysterisch japse ich nach Luft. Alarmiert lege ich die Hand auf meine Brust, um mich selbst zu beruhigen. Ich habe Angst, ohnmächtig zu werden.

Ich will nur weg von hier. Ich ringe verzweifelt nach Luft. Auf die Brust klopfend versuche ich den Schmerz in mir zu vertreiben. Geh weg. Lass mich in Ruhe. Ich ertrage dieses Gefühl nicht mehr. Atme, Lena, atme. Ich zwinge mich zu atmen, obwohl ich mich am liebsten fallen lassen würde.
Ich erstarre, als ich den wärmenden Stoff auf meinen Schultern spüre.
Er ist mir gefolgt und setzt sich neben mich. Ich wende mich von ihm ab, um mein schmerzendes Inneres vor ihm zu verbergen.
»Leni ...«, er spricht meinen Namen einfühlsam und bedauernd aus. Ich brauche kein Mitleid! Von ihm schon gar nicht! Ich wende meinen Kopf ab und wimmere in meinen Mantel. »Ich wollte dich nicht verletzen.
Heute nicht und auch nicht vor zehn Jahren«, fügt er anteilnehmend hinzu.
»Bitte, hör auf ...«, raune ich ihm zu, »... ich ertrage deine Anwesenheit nicht. Bitte, Paul, lass mir endlich meinen Frieden ... ich schaffe das nicht noch einmal.« Wenn er nicht gleich aufhört, kann ich mich nicht mehr beherrschen. Zu spät ... Ein tiefes Schluchzen steigt in mir auf. Ich kann es nicht mehr unterdrücken. Ein Tränenschleier legt sich über meine Augen und ich beginne zu zittern. Wie ein kleines Mädchen heule ich neben ihm. Ich verabscheue mich in diesem Moment zutiefst.
Kraftvoll dreht er mich zu sich, zieht mich an seine Brust und beginnt über mein Haar zu streichen. Ich versuche mich aus seiner Umarmung zu befreien, schlage ihm ein paar Mal auf seine Brust, gebe jedoch auf, als ich merke, dass er mich nicht loslässt. Zärtlich streicht er mir über den Kopf, den Rücken hinunter.
Bei dieser Geste brechen alle so gut aufgebauten Dämme, und ich weine nicht nur, ich schluchze aus tiefstem Herzen, noch immer fest an seine Brust gepresst.
Ich kann seinen Atem spüren, seinen schnellen Herzschlag, seinen vertrauten Duft riechen und seinen Körper fühlen. Als ich beginne mich zu fangen, umschließt er meinen Kopf mit seinen Handflächen und zwingt mich, ihn anzuschauen. Ich erkenne ihn nur hinter einem verschwommenen Schleier, da meine Augen mit Tränen überlaufen.

Sie bahnen sich ihren Weg über meine Wangen zu meinen Lippen, verweilen dort kurz, sammeln sich, um danach still und leise auf mein Kleid zu tropfen. Ich hasse mich und meine unbrauchbaren, nutzlosen und albernen Gefühle, die sich sang - und klanglos hier hereindrängen. Sie sind völlig fehl am Platz – haben hier nichts zu suchen und lassen mich zu dem werden, was ich zutiefst verabscheue. Mein schwaches, inneres Ich.

»Leni, schau mich an ...« Das tue ich doch. Er nimmt meine Hand und verschränkt unsere Finger ineinander. Sein Blick liegt auf meinen Lippen.

Als sich sein Atem beschleunigt, weiß ich, dass es nicht mehr lange dauern wird, bis er mich küsst. Seine Brust hebt sich schnell. Sein Blick wechselt von meinen Lippen zu meinen Augen. Vorsichtig kommt er mir näher, und ich beginne langsam zu realisieren, was gerade passiert.

»Paul, tu das nicht!«, gebe ich mit gequälter Stimme von mir. Er beißt sich auf seine Lippe. »Ich halte das nicht noch einmal aus ...«

Meine Worte sind gebrochen und weinerlich. Er nickt und lässt mich abrupt los, sodass ich zusammensacke, als würde er mir die letzte Luft zum Atmen entziehen. Er räuspert sich verlegen, während ich meine Hände schützend vor meinem Körper verschränke.

»Wir haben beide unser eigenes Leben. Unsere Geschichte hat vor vielen Jahren geendet.« Ich kann die Worte kaum richtig aussprechen, ohne dass mir dabei immer wieder die Stimme wegbricht.

»Ich weiß ...«, formen seine Lippen – kaum hörbar mit gesenktem Kopf – die zwei Worte, »... aber ich habe dir so viel zu sagen ...«

»Es war ein Fehler, hierher zu kommen, um mich wieder mit dir zu treffen. Ich hätte mich nie darauf einlassen sollen«, wimmere ich.

»Nein, das war es nicht«, sagt er mit einer Sanftheit, sodass ich meinen Kopf hebe, um ihn anzuschauen. In diesem Moment sehe ich, wie auch er mit seinen Gefühlen zu kämpfen hat.

Zögerlich stecke ich meine Hand nach ihm aus und streiche ihm über seine Wange. Er schließt die Augen.

Diese magische Anziehung wird für immer zu spüren sein. Das permanente Verlangen, ihn immer berühren zu wollen, wenn ich ihn sehe. Ich fahre langsam die Linien seines wunderschönen Gesichts nach und versuche mir jedes neue Detail genau einzuprägen. Seine weiche Haut fühlt sich zwar anders an als vor zehn Jahren, da sie jetzt dem Bart Platz gemacht hat.

Doch seine Gesichtsform und die Art, wie er mich ansieht, wenn ich ihn zärtlich streichle, haben sich nicht verändert. Sein Blick ruht in meinem. Ein Lächeln – das ich nicht richtig deuten kann – umspielt seinen Mund und wirkt beinahe wie eine Ermutigung.

»Ich weiß nicht, ob ich mich imstande fühle, wieder an diesen Ort zu gehen. Es ist so schmerzhaft. Es war die Hölle und ich konnte entkommen. Ich habe gelernt, mich damit zu arrangieren«, stammle ich, während meine Stimme zu kippen beginnt. Ich realisiere, dass ich ihn gerade auf eine Art und Weise berühre, die mir nicht zusteht, und ziehe sofort wieder meine Hand zurück, als hätte ich mich an ihm verbrannt.

Er nickt. »Ich weiß, was du meinst«, und senkt traurig den Kopf. Es wäre so viel zu sagen, so viel, was ausgesprochen werden sollte, doch wir schweigen, da jedes Wort nur alte Wunden aufreißen würde.

»Ich will nur wissen, ob es dir gut geht.« Wie in Zeitlupe hebe ich meinen Kopf und schaue in seine Augen.

»Es geht mir gut«, lüge ich ihn an. Was würde es ändern, wenn ich ihm etwas anderes sage?

»Sag mir die Wahrheit, Leni!«, erwidert er.

»Was willst du hören, Paul?«

»Die Wahrheit«, betont er streng.

Ich schüttle entmutigt den Kopf und senke ihn. Was passiert, wenn ich ihm die Wahrheit sage? »Ich will dich nicht mit Dingen belasten, die so lange her sind. Es wäre einfach nicht richtig!«

»Leni. Schau. Mich. An.« In seinen Augen liegt ein gequälter Ausdruck. »Wie geht es dir?«, probiert er es wieder.

Achselzuckend versuche ich die Tränen, die sich in meinen Augen sammeln, herunterzuspielen.

»Mein Herz ist vor vielen Jahren gebrochen. Ich habe gelernt, damit zu leben. Ich habe das Beste daraus gemacht. Ich lebe, Paul. Ich stehe jeden Tag auf, ich mache meine Arbeit, ich ... ich funktioniere. Das ist doch gut, oder?«
Bedrückt mustert er mich, bevor er mich an sich zieht und stürmisch umarmt.
»Leni ...«, seufzt er abgehackt. Ich merke, wie er seine Nase in mein Haar steckt und meinen Geruch laut einatmet. Es klingt verzweifelt, als würde er mich niemals mehr loslassen wollen.
Ich muss Kraft aufwenden, um ihn wegzudrücken. Zaghaft löst er den festen Griff.
Resigniert schüttle ich erneut den Kopf.
»Nein, Paul, du verstehst nicht. Ich habe beschlossen, dich zu verlassen ... ich habe mich für diesen Weg entschieden. Bitte versuche das zu akzeptieren«, flüstere ich ihm zu. Liebevoll streicht er über meine Wange. Alles an ihm ist mir vertraut, jede Geste, jede Bewegung, jeder Augenaufschlag, jedes Lächeln. Ich bin versucht, ihn zu umarmen, meine Hände in seinen Haaren zu vergraben, meine Nase an seinen Hals zu legen, um seinen angenehm vertrauten Duft einzuatmen. Ich will ihn an mich ziehen, um ihm zu sagen, dass alles in Ordnung ist. Dass ich ihn liebe und keine Minute meines Lebens damit aufgehört habe, wird mir gerade so richtig klar.
»Ich kann das nicht, worum du mich bittest.« Ich flüstere so leise, dass ich mir nicht sicher bin, ob ich es wirklich gesagt habe. Er fasst meine Hand, doch ich entziehe sie ihm. Mit heftig pochendem und weinendem Herzen laufe ich weg. Wieder einmal!
Als ich zu Hause ankomme, finde ich eine leere Wohnung vor. Die Kälte, die sie ausstrahlt, ist furchteinflößend. Sie umhüllt meinen Körper und vertreibt die restliche Wärme in mir. Christian ist noch im Büro. Ich flüchte in die heiße Badewanne.
Meine Gedanken kreisen um das Treffen und erzeugen einen stechenden Schmerz. Die Schreie meines Herzens werden immer lauter, und die tief vergrabenen Gefühle sind schwerer zu leugnen, als ich mir gedacht habe.

Wut und Selbsthass drücken heftig gegen mein Innerstes und ziehen mich, einem Anker gleich, tief in das dunkle Meer meiner Emotionen. Das Klopfen an der Tür erlöst mich aus meinen wirren Gedanken.
»Hallo Schatz, bist du noch gar nicht fertig?« Ach du Scheiße! Ich habe das Dinner mit einem seiner Klienten vergessen.
»Christian, mir geht es nicht gut. Macht es dir etwas aus, wenn ich heute einmal nicht mitkomme?« Ich muss nicht einmal meine Stimme verstellen, um krank zu wirken, denn sie scheint wie von selbst belegt zu sein.
»Was ist los mit dir? Bist du krank? Deine Augen sind so rot? Hast du Fieber?« Bevor er sich neben mich setzt, legt er ein Handtuch auf den Wannenrand, um seinen Anzug nicht nass zu machen. Er drückt seine Handfläche auf meine Stirn und schaut mich besorgt an. Auf die Idee, dass ich geweint habe, kommt er nicht. Warum auch? Ich habe kein einziges Mal, seitdem ich mit ihm zusammen bin, geweint.
»Vielleicht werde ich krank ...«
»Soll ich den Arzt anrufen? Willst du, dass ich das Essen absage?«
»Nein, ich lege mich gleich ins Bett und dann wird es mir morgen wieder besser gehen!«
»Bist du sicher?«, fragt er skeptisch.
»Ja, bitte geh zu dem Treffen.« Ich würde seine Gegenwart im Moment nicht ertragen.
»Okay. Ich schaue heute Abend noch nach dir. Ich werde im anderen Zimmer schlafen ...« Christian und ich schlafen, sobald einer von uns krank ist, in separaten Zimmern, damit wir uns nicht gegenseitig anstecken.
»Wenn ich einen Arzt anrufen soll, dann sag mir Bescheid.« Ich nicke nur und atme erleichtert auf, als die Zimmertür ins Schloss fällt. Das viele Weinen hat mich erschöpft. Ich will nur noch ins Bett.
Ich höre, wie Christian nach Hause kommt und nach mir schaut. Ich bin wach und spüre, wie er mir übers Haar fährt. Ich hasse mich in diesem Moment so sehr, denn es ist ihm gegenüber einfach nicht fair. Augenblicklich wird mir klar, dass ich ihn nie so lieben werde, wie ich Paul geliebt habe oder noch immer liebe.

Diese Erkenntnis lässt mir heiße Tränen über die Wangen laufen, die in meiner Bettdecke versickern. Niemand kann sie sehen, niemand kann sie hören, doch ich spüre in jedem Teil meines Körpers den Schmerz, die Ohnmacht und die Verzweiflung.

Acht

»Frau Ames, wie geht es Ihnen heute?« Ich beginne zu schmunzeln. Irgendwann werde ich ihn mit dieser Frage begrüßen.

»Ich habe ihn getroffen.« Er wirkt über meine Antwort überrascht. Mit dieser anfänglich euphorischen Offenheit hat er wohl nicht gerechnet.

»Wollen Sie mir davon erzählen?«, hakt er nach.

»Ich weiß nicht, wo ich beginnen soll?«

»Erzählen Sie mir das, woran Sie als Erstes denken.« *Ich denke nur daran, wie er mich küssen wollte. Kann ich ihm das erzählen? Er hat Schweigepflicht. Also ja!*

»Wir haben uns beinahe geküsst …«, gebe ich kleinlaut zu.

»Warum beinahe?« Ich schaue ihn fragend an. »Was hat Sie aufgehalten?«, fügt er noch hinzu.

»Mein Mann, der auf mich wartet …« Ich ziehe die Luft scharf zwischen meinen Zähnen ein.

»Also hatten Sie moralische Bedenken?«

»Ja, irgendwie schon.«

»Hätten Sie ihn gerne geküsst?« Ich überlege einen Moment und sehe Pauls grünblaue Augen vor mir. *Ja, dass hätte ich gerne getan. Nur ganz kurz, nur um zu spüren, ob es noch das gleiche Gefühl ist.*

»Ich glaube schon«, sage ich und fühle mich bei einer Sache ertappt, für die ich mich eigentlich schämen sollte. Nervös zupfe ich an meinem Kleid. Meine Antworten sind mir mehr als unangenehm.

»Beginnen wir von vorne. Warum haben Sie sich entschieden, sich mit ihm zu treffen?«

»Weil ich glaubte, mit dem Treffen alles hinter mir lassen zu können«, versuche ich mein Handeln zu rechtfertigen, obwohl ich weiß, dass es nicht der Wahrheit entspricht.
»Denken Sie nun anders darüber?«
»Es war sehr verwirrend.« Meine Gedanken schweifen wieder ab.
»Inwiefern?«, fragt Dr. Goldmann nach.
»Es sind diese Gefühle.« Wie soll ich es ihm erklären, ohne dabei die Empfindungen zu meinem Mann unter den Tisch zu kehren.
»Was für Gefühle?« Sein Blick ist abwartend.
»Gefühle, die ich lange unterdrückt habe, die tief in mir versteckt waren und nun mein Herz zum Explodieren bringen. Wenn ich ihn sehe, kommt alles wieder zurück. Jeder einzelne Moment, den ich mit ihm erlebt habe, wird auf einmal wieder so klar, so sichtbar. Ich fühle mich, als würde sich der Nebel um mich lichten. Er löst in mir Gefühle aus – Gefühle, die ich schon lange nicht mehr hatte.«
»Beschreiben Sie mir diese Gefühle.«
»Das kann ich nicht.« Allein der Gedanke daran würde bei mir schon ein schlechtes Gewissen auslösen. Die Wörter auszusprechen macht es nur noch realer.
»Fühlen Sie sich nicht wohl dabei?«
»Ja … nein …«, ich stöhne genervt. »Ach, ich weiß nicht …« Verhalten streiche ich mir über meinen Unterarm und versuche mich damit zu beruhigen.
»Treffen Sie ihn wieder?« Er gibt nicht auf, und ich finde es müßig, mich noch dagegen zu wehren.
»Nein!«, stöhne ich empört und schüttle heftig den Kopf.
»Warum nicht?«
»Weil ich seit unserem Treffen weiß, dass noch immer so viel zwischen uns ist. Ich dachte, wenn wir uns lange nicht mehr sehen würden, wären diese Gefühle erloschen. Doch mit jedem Wiedersehen denke ich mir, was für eine naive Vorstellung ich hatte, das zu glauben. Kann man dagegen ankämpfen, was einem das Herz versucht klarzumachen? Glauben Sie mir, ich versuche inständig all das abzuschirmen. Schon meinem Mann zuliebe. Ihn wiederzusehen wäre zu gefährlich.

Ich bleibe meinem Mann treu. Außerdem ist Paul verlobt. Wir haben beide neue Beziehungen.«

»Wollen Sie mir erzählen, warum Sie so tiefe Gefühle füreinander haben? Was hat Sie in der Vergangenheit so verbunden?« Er rutscht unruhig von einer Seite zur anderen und ich bemerke, wie er sich endlich dem Ziel näherkommen sieht.

»Er war meine erste große Liebe. Und auch die einzige.« Ich zögere und bin mir nicht sicher, ob ich ihm davon erzählen soll. Doch all diese Gefühle bringen mich beinahe zum Platzen. Irgendjemandem muss ich mich anvertrauen.

»Ich möchte nicht sagen, dass ich meinen Mann nicht liebe. Doch es ist einfach anders. Man hat so viel mit diesem Menschen erlebt, das so rein war, so unschuldig. Wir waren verliebt, wie man es nur als Teenager sein kann. Wir konnten die Finger nicht voneinander lassen ...«, ich kichere wie ein kleines Mädchen, »... wir haben uns geliebt und gestritten bis tief in die Nacht. Er hat mich angeschaut und wusste, was ich denke. Wir hatten oft dieselben Gedanken, und als sie der andere aussprach, waren wir verblüfft, zu merken, dass wir in diesem Moment wussten, was der andere denkt. Wir waren seelenverwandt.« Ich beginne zu lächeln und schwelge in Erinnerungen. »Und das Erschreckende ist, dass wir es noch immer sind ...« Ich blicke verlegen zu meinen Händen, die auf meinem Schoß liegen. »Ich kann ihm nichts vormachen, darüber, wie es in mir aussieht, und er lässt auch nicht locker ...«

»Erzählen Sie weiter ...«

»Er hat mein Herz berührt, wie es bisher keiner geschafft hat. Die Art, wie er mich liebevoll in den Arm nehmen konnte und mir das Gefühl gab, das Wichtigste in seinem Leben zu sein. Leidenschaft, Geborgenheit und Sehnsucht, dieses Kribbeln in meinem Bauch, alles hat sich neben ihm so gut angefühlt.

In seiner Umgebung war die Sonne heller, die Farben waren intensiver und mein Herz hat schneller geschlagen. Wenn wir mit Freunden unterwegs waren, hatte er nur Augen für mich.

Er war so eifersüchtig, so besitzergreifend, begierig, stürmisch und leidenschaftlich in seiner Zuneigung und zugleich so sanft, gefühlvoll und mit so viel Liebe erfüllt. Bei jedem seiner Blicke wusste ich, wie sehr er mich begehrte. Wenn wir zusammen waren, brauchten wir nur noch die Luft zum Atmen. Wir konnten uns nächtelang lieben. Zugleich haben wir uns gegenseitig bis aufs Blut gereizt. Oh mein Gott, wenn ich daran zurückdenke.« Ich lege den Kopf in den Nacken und ein Grinsen breitet sich in meinem Gesicht aus. »Wir waren wie zwei verrückte, wahnsinnige Teenager, die nie genug voneinander bekommen konnten. Oft sind wir uns aus dem Weg gegangen, um den anderen damit in den Wahnsinn zu treiben und um uns nur noch abhängiger voneinander zu machen. Unsere Emotionen waren so heftig, doch auch so echt. Er hat mich geliebt, so wie ich bin, mit jedem meiner Wutausbrüche und mit meinen Spinnereien. Wir konnten streiten und uns zugleich lieben.« Die Erinnerungen erwärmen mein Herz auf seltsame Art und Weise. Ich bin ihm gerade so nah, wie schon lange nicht mehr.

»Was ist dann passiert?« Er verpasst mir bei der Frage einen Stoß ins kalte Wasser.

Ich seufze und bin sofort wieder ernst.

»Ich wurde schwanger – Ende der Geschichte.« Seine Augen weiten sich. *Bravo, Dr. Goldmann, Sie haben es geschafft. Wie muss es sich für ihn anfühlen, endlich am Ziel zu sein? Ich bin es leid, ich kann nicht mehr. Ich will mich nicht mehr verstecken. Meine Kräfte sind aufgebraucht.*

»Was ist passiert?«

Gerade konnte ich aus dem kühlen Nass wieder hervorkriechen, so verpasst er mir mit seiner nächsten Frage wieder einen Stoß und ich falle zurück ins eiskalte Wasser.

Automatisch verkrampft sich mein ganzer Körper und das Blut in meinen Adern beginnt zu gefrieren. Mein Herz schlägt langsam und mein Atem wird ruhig. Alles in mir ist eiskalt. Mein neu erschaffenes Ich – die distanzierte, emotionslose Lena Ames – kommt zum Vorschein.

»Er wollte das Kind nicht. Er wollte uns nicht ... mehr gibt es da nicht zu sagen.« Ich ziehe mit dem Zeigefinger Kreise auf meinem Oberschenkel. »Er meinte, er fühle sich nicht bereit dafür. Meine Eltern haben mich zu dieser Klinik gebracht.«

Ich verziehe theatralisch die Mundwinkel, um die Ängste hinter meiner Maske zu verbergen.
»Was ist danach passiert?«
Ich zucke leidenschaftslos mit den Schultern, um den Rest meiner noch vorhandenen Mauern zu schützen. Doch schon jetzt fühle ich mich nackt – ausgezogen bis aufs letzte Hemd. Mein Schutzpanzer ist verschwunden – ich bin verletzlich und verwundbar.
»Ich habe ihn verlassen, so wie er mich verlassen hat und wie ich mich selbst verlassen habe. Seit diesem Tag bin ich nicht mehr ich selbst.
Es ist, als hätte man mir nicht nur mein Kind genommen, sondern alles, was mich glücklich machte. Alles, was das Leben lebenswert gemacht hat und jegliche Liebe für mich selbst und jeden anderen. Jetzt bin ich leer. Keine Freude, kein Glück, keine Liebe – es ist alles fort. Eine leere Hülle aus Fleisch und Blut.« Ich greife zu dem Glas Wasser, das Dr. Goldmann immer auf dem kleinen Beistelltisch bereitstellt, und nehme einen kräftigen Schluck, um mir Zeit zu verschaffen. Dr. Goldmann unterbricht mich nicht mit einer Frage, sondern sitzt abwartend mir gegenüber.
»Ich bin damals ohne ein Wort und ohne einen Abschied zu meiner Tante nach Amerika gezogen. Von heute auf morgen war ich weg. Nachdem ich von der Klinik kam, habe ich meinen Koffer gepackt und mich ins nächste Flugzeug gesetzt. Meine Eltern haben keinen Ton gesagt. Ich habe sie dazu gezwungen, ihm nichts von meinem Aufenthaltsort zu erzählen. Sie waren es mir schuldig und wussten, dass Distanz das Einzige war, was mich vielleicht noch davor bewahren würde, mich ...« Ich mache eine kurze Pause. »... mich umzubringen«, stottere ich verlegen.
»Wollten sie sich wirklich umbringen?«
Ich nicke beschämt und senke meinen Kopf, damit ich ihm dabei nicht in die Augen schauen muss.
Er lässt den gesprochenen Worten Raum, um sie setzen zu lassen und um weiteren Emotionen Platz zu schaffen. Er gibt mir Zeit, zu weinen. Still und leise, kaum zu hören. Er bedrängt mich weder mit gutem Zureden, noch mit einer aufmunternden Geste.

Ich weiß nicht, wie lange ich einfach nur hier sitze, bis sich der Kloß in meiner Kehle langsam auflöst und meine Tränen versickern.
»Wie ist es heute?«, er spricht leise, doch bestimmt.
»Ich weiß es nicht! Manchmal – um nicht zu sagen sehr oft – habe ich dieses selbstzerstörerische Gefühl in mir. Ich gehe darin auf, mich zu quälen«, stammle ich.
»Frau Ames, der Verlust eines Kindes ist eine prägende Situation für jede Frau, egal ob es sich um eine Abtreibung oder um eine Fehlgeburt handelt. Die meisten Frauen, die sich für einen Abortus entscheiden, leugnen ihre Gefühle und verbannen jegliche Empfindungen. Zuerst werden die Trauer und die Wut ignoriert, um eine gewisse Macht und Kontrolle über die negativen Gefühle zu bekommen. Doch diese Emotionen führen auch zur Unterdrückung von Freude, Glück und Liebe. Man plagt sich eine lange Zeit mit Schuldgefühlen, isoliert sich immer mehr von jeglichen Empfindungen und erlebt Beziehungen als belastend und eingefroren.« Ich nicke wissend. Meine Augen sind leer und meine Seele weint bei seinen Worten.
»Frau Ames ...« Er legt seine flache Hand auf meine und schaut mich so lange an, bis ich seinen Blick erwidere. »Wir sind heute einen großen Schritt weitergekommen. Ich danke Ihnen für Ihre Offenheit. Doch ich denke, dass es auch wichtig ist, sich anzuhören, was Ihr damaliger Freund dazu zu sagen hat.
Vielleicht können Sie dann besser damit abschließen und sich auch selbst verzeihen.«

Ich fühle mich erlöst und um Tonnen leichter. Zwar bin ich wie durch den Wind und gehe ferngesteuert nach Hause – lasse die Gedanken immer um die Worte von Dr. Goldmann kreisen –, doch das erste Mal verspüre ich seit langer Zeit eine Leichtigkeit und einen Funken Freude in meiner Brust.
So als hätte er einen riesigen Stein aufgehoben, um mir das Atmen zu erleichtern. Ich habe gelernt, darüber zu sprechen. Ich bin stolz auf mich. Ich bin reifer geworden. Alles scheint sich wieder in einer geregelten Bahn zu bewegen. Das Wiedersehen mit Paul hat mir die Augen geöffnet und gezeigt, dass es wichtig ist, über meine

Probleme zu reden. Auch wenn ich ihn nicht mehr treffen werde, hatte die Begegnung mit ihm auch etwas Positives. Ich habe mich Dr. Goldmann anvertraut, was sich erstaunlich gut anfühlt. Mut und Hoffnung erwärmen mein Herz.

Unterwegs bleibe ich beim Asiaten stehen und kaufe eine große Sushibox, die ich gemütlich zu Hause vor dem Fernseher verspeise. Daraufhin werde ich so müde, dass ich mich ins Bett lege und tief und fest einschlafe.

Heute steht endlich wieder eine Massage auf dem Terminplan, zu der ich die letzten Wochen aus zeittechnischen Gründen nicht gekommen bin. Als ich den Spa-Tempel betrete, fällt der letzte Stress von mir ab. Der Duft von frischen Lilien und Jasmin, der plätschernde Springbrunnen und die sanfte Musik im Hintergrund erfüllen den Eingangsbereich und lassen mich augenblicklich entspannen. Die Steinwände mit dem indirekten Licht, der helle Bambusempfangstisch und die duftenden kleinen Kerzenschälchen bringen einen in eine andere Welt.

Die kleine, zierliche italienische Masseurin Maria, der simulierte Wellengang aus den Boxen und die ätherischen Öle bewirken Wunder.

»Wenn zu fest, bitte sagen ...« Sie holt mich mit ihrem gebrochenen Deutsch aus dem gelösten Zustand.

»Mmmmh«, brumme ich, »perfekt, Maria, wie immer ...«, antworte ich etwas nasal, bedingt durch meine Position mit dem Gesicht auf der Massageliege.

»Sie heute verspannt«, stellt sie fest und knetet noch etwas intensiver meine Knoten aus dem Nacken. Nachdem ich relaxed – wie auf einer Wolke schwebend – die Räume des Spas verlasse, treffe ich mich noch mit der Frauengruppe auf den üblichen »Kaffee danach«.

»Lena, du schaust super aus! Wie geht es dir denn? Maria scheint ihren Job gut zu machen.«

Andrea und Vik sind auch in meiner Branche tätig. Sie wissen, wie anstrengend dieser Job sein kann.

»Danke gut. Ich fühle mich heute wirklich gut«, gebe ich gelöst von mir, als ich mich neben sie setze und dem Kellner ein Handzeichen gebe, damit er meine Bestellung aufnimmt.

»Ich bekomme bitte einen Espresso und ein Glas Wasser und ein Croissant.« Dabei werde ich von den Freundinnen gemustert, hebe meine Augenbrauen und verstehe die ausgiebige Inspizierung nicht.
»Was ist? Habe ich etwas im Gesicht?«
»Seit wann nimmst du etwas Kalorienhaltiges untertags zu dir?«
Ich zucke mit den Schultern. Was meine Zwänge betrifft, sind Vik und Andrea kein guter Umgang für mich. Ganz im Gegenteil. Sie fördern es und lästern über jeden Menschen, der gesund aussieht, und leiden selbst unter den harten Vorgaben, die die Modebranche ihnen auferlegt. Jahrelang habe ich mich in ihrer Gegenwart wohl und verstanden gefühlt. Wir haben über BMI, wahnsinnige und körperlich gesundheitsschädigende Methoden, um den Fettanteil im Körper zu verringern, philosophiert. Unsere Freundschaft lebt nur von diesen Gesprächen. Sinnlose Zeitvergeudung, wie mir erst jetzt klar wird.
»Ich versuche ein paar Muster zu lösen. Es geht mir gut«, versuche ich mich selbst dafür zu rechtfertigen, untertags Essen zu bestellen, was bei mir nur ein zynisches Lächeln hervorruft. Doch etwas an ihren Aussagen löst bei mir Selbstzweifel aus. Viel zu lange habe ich nach dem gelebt, was mir und meinem Körper am meisten schadet.
»Du wirkst anders ...«, erwidert Andrea.
»Was ist passiert, bist du schwanger?« Vik war schon immer neugierig. Ich verdrehe die Augen. »Das würde zumindest dein abnormales Essverhalten erklären«, fügt sie belehrend hinzu.
»Nein, bin ich nicht. Kann ich nicht einfach etwas Essbares zu mir nehmen, ohne schwanger zu sein?«, mürrisch greife ich nach meiner Tasche, um mein Handy hervorzukramen. Nachdem ich meine Handtasche einmal fast umgedreht habe, werde ich endlich fündig.
Drei Anrufe in Abwesenheit. Alle vom Büro.
»Nein, kannst du nicht. Ich meine, du tust es normalerweise nicht.« Andrea ist die Realistin unter uns. Wenn sie sich etwas denkt, spricht sie es auch schon aus. Ehrlich und ernst.

»Habt ihr schon gehört, dass sich die Mayers trennen?«, erwähnt sie nebenbei. Damit wären wir beim nächsten Gesprächsthema, das unsere Treffen ausmacht. Gibt es nichts mehr über das Gewicht zu sprechen, unterhalten wir uns über den neuesten Klatsch und Tratsch. Oberflächlich, stumpfsinnig und geistlos. Anders kann man diese Freundschaften nicht nennen.
»Sie haben sowieso nie zusammengepasst«, meint Andrea trocken und emotionslos.
»Andrea, hör auf, das ist gemein!« Vik verpasst ihr einen leichten Stoß.
»Das ist es, aber es ist wahr!«
Ich beginne zaghaft zu lächeln, doch als ich die beiden bei ihrer Unterhaltung beobachte, merke ich, dass es Zeit wird, mich von ihnen zu verabschieden.
Als ich den Spa-Tempel zwei Stunden später verlasse, gehe ich gedankenverloren zu meinem Büro zurück. *Ich werde heute Abend etwas Gutes für mich und Christian kochen. Ich werde mich schick für meinen Mann anziehen und dann werde ich mich meinen ehelichen Pflichten widmen. So wie es sein sollte ...*

Ein kühler Herbstwind bläst mir durch mein Haar und schüttelt die bunten Blätter von den Ästen. Ich liebe diese Jahreszeit. Der Himmel färbt sich in den schönsten Farben. Die Blätter verfärben sich zuerst in jedes erdenkliche leuchtende Rot, Gelb und Braun, bis sie irgendwann zu Boden fallen, um dem Winter Einkehr zu bieten. Dann erlischt jegliches Leben und Ruhe kehrt in diese turbulente Welt ein. So lange, bis der Frühling alles wieder von vorne beginnen lässt.
Ich fühle mich trotz der Kälte gelöst wie schon lange nicht mehr. Ich gehe durch eine Straße, an der sich an jeder Ecke eine andere Galerie befindet.
Keine lasse ich dabei aus. Ich habe ein Faible für alte Kunst, vor allem die Zeit des Impressionismus hat es mir angetan. Stundenlang könnte ich die Farbwahl und feinen Pinselstriche von Monet betrachten. Die Schönheit und Einzigartigkeit, die er in seinen stimmungsvollen Bildern einfängt, beeindrucken mich sehr.

Auch die zeitgenössischen Fotokünstler, die sich in den kleinen Gassen von Wien mit ihren Studios angesiedelt haben, haben es mir angetan. Ich biege um die Ecke und stoppe, als ich die klappernden Huftritte eines herannahenden Fiakers höre. Schnaubend kommt mir ein Zweiergespann von prachtvollen Schimmeln entgegen und versetzt mich für einen Moment in eine andere Zeit. Die Innenstadt von Wien bietet mit ihren alten Straßenbahnen, den nostalgischen Fiakern und den fantastischen Bauwerken eine Kulisse, wie man sie nur zur Kaiserzeit hatte. Einfach romantisch schön.

Beschwingt – wie schon lange nicht mehr – spaziere ich durch die Straßen. Voll Vorfreude, mein Leben wieder unter Kontrolle zu bekommen, blicke ich auch wieder zuversichtlich meiner Ehe entgegen.

Kurz bevor ich bei meinem Büro ankomme, reißt mich jemand zur Seite. Ich schreie erschrocken auf, wirble hektisch mit den Händen und versuche mich vor dem Angreifer zu wehren. Doch dann sehe ich, dass Paul vor mir steht.

Ich runzle die Stirn, freue mich einerseits, nicht überfallen worden zu sein, doch angesichts der Tatsache, dass es sich um ihn handelt, bin ich verunsichert.

Was will er schon wieder hier? Er zieht mich in einen kleinen Hinterhof, wo uns nur Schatten umgibt. Widerwillig reiße ich mich von seiner Hand los, die er um meinen Arm gelegt hat.

»Verdammt, was soll das, Paul? Du hast mich zu Tode erschreckt …«, schnaufe ich und bleibe abrupt stehen, um mein Missfallen zum Ausdruck zu bringen.

»Tut mir leid, Leni, doch deine Assistentin gibt mir weder deine Nummer, noch stellt sie mich zu dir durch.« *Ich sollte ihr eine Gehaltserhöhung dafür geben, meine Anweisungen so gut zu befolgen.*

Seine Jogginghose, die Laufschuhe und seine Trainingsjacke lassen mich darauf schließen, dass er gerade dabei ist, Sport zu treiben. Obwohl er verschwitzt ist, riecht er wunderbar.

Wie immer!

»Paul, was willst du? Wir haben uns schon alles gesagt. Warum lässt du es nicht endlich gut sein?«, frage ich genervt und ziehe dabei die Schultern fragend in die Höhe.
Er schüttelt verzweifelt den Kopf.
»*Du* hast vielleicht alles gesagt. Doch ich hatte keine Gelegenheit dazu.« Er fährt sich durch sein halblanges, blondes, verschwitztes Haar und blickt zu Boden, während er vor mir auf und ab geht. Mein Blick bleibt an seinem T-Shirt, das einen kleinen Einblick auf seine durchtrainierte Brust gewährt, hängen. Ich bin versucht, meine Hand zu heben, um sie daraufzulegen. *Was habe ich nur für verwerfliche Gedanken.* Peinlich berührt wende ich mich schnell ab. *Hoffentlich hat er nicht gemerkt, wie ich ihn angestarrt habe.* Er greift auf meine Schulter, dreht mich um und zwingt mich, ihn anzusehen. Unter seinen Augen liegen schwarze Schatten. Bei näherer Betrachtung sieht er nicht wirklich fit und ausgeschlafen aus.
Ein gezwungenes Lächeln huscht über seine Lippen, als er merkt, wie ich ihn mustere.
»Ich weiß, ich sehe schrecklich aus. Ich habe in der letzten Woche nicht viel Schlaf bekommen.« Ich spitze meinen Mund und verziehe ihn dabei schräg.
»Das tut mir leid. Musstest du viel arbeiten?« Es interessiert mich nicht wirklich, doch ich will höflich sein. Er schüttelt wieder den Kopf.
»Hast du Zeit für einen Spaziergang?«, fragt er vorsichtig. Sein Blick ist abwartend und freundlich, dennoch wirkt er distanziert. Ich schaue auf meine Uhr und seufze.
»*Paul!*«, gebe ich genervt von mir. *Warum lässt er mich nicht endlich in Ruhe?*
»Tu mir den Gefallen ... bitte, Leni!« Wenn er mich so anschaut, kann ich ihm keinen Wunsch abschlagen.
»Ich habe meinen nächsten Termin in dreißig Minuten und ...« Ohne mich ausreden zu lassen, schnappt er meine Hand und zieht mich hinter sich her.
»Lass uns gehen!«, meint er kurz, bevor er sich umschaut und mit mir Richtung Park rennt. Stolpernd hetze ich ihm hinterher.
»Lass mich, ich kann selber gehen!« Ohne Vorwarnung lässt er meine Hand los und ich versuche mein Gleichgewicht

wiederzufinden. »Warum musst du auch immer so hohe Schuhe tragen?«, faucht er mich wütend an. *Wie bitte? Muss ich mich jetzt für meine Schuhe rechtfertigen?*
»Willst du jetzt wirklich über meine Schuhe reden? In meiner Branche ist so etwas wichtig«, gebe ich zickig zurück.
Er schüttelt wieder den Kopf und lacht dabei. »Die passen einfach nicht zu dir ...« Mit einer abwertenden Handbewegung lacht er zynisch.
»Danke, sehr nett ...« Ich schenke ihm ein kurzes, gezwungenes Lächeln.
»Ich meine, du siehst toll aus. Doch ich mochte die Converse an dir lieber.« *Meine Chucks? Die habe ich ganz tief in meinem Schrank versteckt, sodass ich sie längst vergessen habe. Hat er gesagt, dass ich toll aussehe?*
»Paul ...« Ich bleibe demonstrativ stehen, blicke auf die Uhr und lasse meine Schultern fallen. »Wollen wir uns wirklich über meine Schuhe unterhalten?«, frage ich etwas belustigt.
»Es tut mir leid, ich schweife ab.« Er setzt sich auf eine Parkbank und wartet, dass ich es ihm gleich tue. Dankbar lasse ich mich neben ihn fallen. Meine Füße schmerzen jetzt schon. Abwartend schweige ich.
»Ich möchte die Sache, die uns passiert ist, aufarbeiten ...«
Aufarbeiten? Das klingt wie beim Psychiater. Ich lache, doch als ich aufschaue, merke ich den Ernst in seinen Worten. Sein Blick hält meinen stand.
»Wie bitte? Ich habe dir doch gesagt, dass ich das nicht will.« Misstrauisch hebe ich meine Augenbrauen. *Habe ich gerade richtig gehört. Er will es aufarbeiten?* Ich schüttle ablehnend meinen Kopf. *Nicht mit mir.*
»Ich weiß, du sträubst dich dagegen, doch es wäre mir wichtig.« Seine Stimme klingt fordernd und autoritär.
»Warum jetzt? Warum hast du dazu zehn Jahre gebraucht?«, fauche ich wütend.
»Weil ich dich die ersten verfluchten fünf Jahre nicht finden konnte.« Der Vorwurf in seinen Worten ist unüberhörbar. Mein Herz beginnt augenblicklich bis zu meinem Hals zu klopfen und das Croissant von vorher stößt mir bitter auf.

»Du warst wie vom Erdboden verschluckt. Keiner wollte mir sagen, wo du bist. Und als du zurückkamst, warst du auf einmal verheiratet. Dann habe ich mich nicht mehr getraut.«
»Du hast mich gesucht?« Ich bin verwirrt. *Warum haben mir das meine Eltern nie gesagt? Sie wollten mich sicherlich schützen, doch ich hätte selbst entscheiden können, ob ich mit ihm Kontakt haben will oder nicht.*
»Das wusstest du nicht?« Ein Ausdruck von kompletter Fassungslosigkeit liegt in seinem Gesicht.
»Nein ...«, antworte ich gedankenverloren.
»Ich dachte, du willst mich nicht mehr sehen.«
Wenn ich gewusst hätte, dass er mich sucht, hätte sich etwas geändert? Versunken in den Worten, die er gerade zu mir gesagt hat, versuche ich sie setzen zu lassen.
»Ich wollte dich auch nicht mehr sehen ... ich bin nach Amerika gegangen, um einen Schlussstrich zu ziehen. Meine Eltern haben mich geschützt oder wollten es. Ich habe sie darum gebeten, niemandem zu sagen, wo ich bin.« Ich senke den Kopf und starre vor mich hin. »Nachdem sie mir nie ein Wort darüber erzählt haben, dass du mich suchst, war es für mich klar, dass wir beide nun unser eigenes Leben haben, und ich habe mich damit arrangiert.«
»Ich habe deine Eltern angefleht, dir meine Briefe zu geben. Ich wusste, dass sie alles tun würden, um den Kontakt zu unterbinden.« Was ich in seinen Augen sehe, trifft mich unerwartet wie ein Faustschlag direkt ins Herz.
»Briefe?« Ich habe nie einen Brief von ihm bekommen.
»Du hast keinen Einzigen bekommen?« Ich schüttle den Kopf, starre weiter und bin vollkommen abwesend.
Kaum sind seine Worte bei mir angekommen, hebe ich meinen Kopf und blicke in seine unendlich grünblauen Augen, die traurig meinen Blick einfangen. Ich beginne zu zittern. Die mühsam zurückgewonnene Wärme ist schon längst wieder meinem Körper entwichen.
»Sie haben getan, worum ich sie gebeten habe«, versuche ich ihr Handeln zu rechtfertigen. *Jetzt klinge ich schon wie meine Mutter.*
»Warum, Leni?« Er klingt verzweifelt und ich fühle mich schuldig. Ich habe immer in dieser egoistischen Annahme gelebt, dass ich hier das Opfer sei.

Aber das bin ich doch! Beraubt meines Glücks, der Liebe und des Gefühls nach Geborgenheit. Alleine gelassen. Hoffnung und gleichzeitiger Verrat. Ich bin hier das Opfer. Nicht er! *STOPP! Was tue ich hier? Ich gewähre ihm schon wieder Zutritt. Besinne dich, verflucht noch mal. Ich war gerade auf einem guten Weg, alles hinter mir zu lassen!*
»Weil ich dir nicht mehr in die Augen schauen konnte.« Ich klinge bitter und hart.
»Ohne ein Wort?« Die Leichtigkeit von vorhin ist verschwunden und ich spüre die Schwere auf meinen Schultern lasten.
»Was hast du erwartet?«, merke ich brüskiert an.
»Alles, nur nicht das.« Als eine Gruppe Geschäftsleute an uns vorbeigeht, senke ich meinen Kopf noch tiefer, um nicht erkannt zu werden. Eine ganze Weile sitzen wir nebeneinander und keiner von uns beiden spricht ein Wort. In den vergangenen zehn Jahren habe ich mir oft diesen Moment herbeigesehnt, neben ihm zu sitzen und seine Gegenwart zu spüren. Auch wenn es immer nur ein Traum war, es hat mich in diesem Moment beruhigt, zu wissen, dass er da ist. Er hat die Leere in meinem Herzen für einen Moment gefüllt und die dunklen Farben in meiner Welt bunt erscheinen lassen.
»Wie stellst du dir das vor?«, flüstere ich in seine Richtung.
»Was meinst du?« Er hebt erstaunt den gesenkten Kopf.
»Das, was du vorhast. Wie stellst du dir das jetzt vor? Was willst du von mir?«, versuche ich die Frage erneut anders zu formulieren.
»Ich will einfach wissen, was damals passiert ist. Ich will, dass du mir deine Gefühle anvertraust und ich dir meine«, dabei kommt er mir wieder sehr nahe. Viel zu nahe für meinen Geschmack. Gefährlich nahe. »Es liegt mir seit Jahren auf dem Herzen und ich kann einfach so nicht heiraten ... lass uns jeden Tag zu Mittag treffen, und jeder erzählt das, was ihm wichtig ist und wofür wir nie die Zeit hatten.«
Heiraten ist das einzige Wort, das bei mir hängen bleibt.
»Also tust du es rein für dich? Um in deiner Ehe glücklich zu werden?«, zische ich sarkastisch. »Ich wusste, dass es wieder nur um dich geht.«

Verbittert stehe ich auf, doch er hindert mich daran. Zornig funkle ich ihn an und bekomme im Gegenzug die gleiche Wut zu spüren.
»Jetzt laufe nicht schon wieder weg, verflucht!«, er hält kurz inne, löst seinen festen Griff »Nein, Leni, ich will, dass es *uns* beiden gut geht.
Beim Klassentreffen und bei Emma ist mir klar geworden, dass du auch nie die Möglichkeit gehabt hast, mir deine Sicht der Dinge zu erklären, und ich habe gesehen, dass es für dich auch noch nicht beendet ist.«
»Ach komm schon, lass mich mit dem Mist in Ruhe«, knurre ich so wutentbrannt, dass meine Stimmbänder schmerzen.
»Leni, sei nicht so stur. Ich sehe, dass es dir nicht gut geht«, erwidert er.
»Wie bitte?«, meine Augen verdunkeln sich. »Wie kannst du nur so anmaßend und arrogant sein und über mein Wohlbefinden urteilen?« Mein Herz klopft mir bis zum Hals.
»Weil ich dich kenne, Leni. Und außerdem muss man dich nur anschauen, um zu sehen, dass es dir nicht gut geht«, versucht er sich zu verteidigen.
»Ha!«, während ich meinen Kopf schüttle, wende ich mein Gesicht von ihm ab
»Paul, ich weiß nicht, ob ich an diesen Ort zurück will. Da ist so viel in mir, was ich nicht wieder heraufbeschwören will. Erinnerungen die ...«, ich erstarre bei dem Gedanken, »... ich will das alles nicht mehr«, stoße ich verängstigt hervor.
»Bitte, Leni, lass uns einfach darüber sprechen. Ich will nichts anderes als reden«, seufzt er. »Seitdem du mir wieder über den Weg gelaufen bist, kann ich nicht mehr aufhören, daran zu denken. Ich will, dass du meine Sicht der Dinge verstehst.« Wieder eine Pause und ich überlege, was ich darauf antworten soll.
»Ich werde darüber nachdenken.« Als ich aufstehe, fasst er mich schnell am Handgelenk.
»Bitte, melde dich und lass mich nicht wieder so in der Luft hängen. Ich schaffe keine schlaflose Woche mehr.« *Er hat wegen mir nicht schlafen können?* Die Falte zwischen meinen Augen muss ihm klarmachen, dass ich ihm das nicht abnehme.

»Hör auf, mich zu drängen. Gerade fühle ich mich mit allem, was um mich passiert, überfordert und kann keinen klaren Gedanken mehr fassen.
Ich brauche Zeit Paul! Du hörst von mir ...« Ich löse mich von ihm und lasse ihn einfach stehen. Ich habe keine Lust, mich von ihm in die Enge treiben zu lassen, nur damit es ihm besser geht. Doch mein erster Gedanke ist Dr. Goldmann. Ich war zwar erst heute bei ihm, doch ich muss ihn wiedersehen. Mit wem soll ich sonst darüber reden?
Völlig durch den Wind betrete ich nach dem Termin im Büro die Praxis von Dr. Goldmann. Seine Sprechstundenhilfe Linda schaut mich verwirrt an.
»Frau Ames, wie kann ich Ihnen helfen? Haben Sie etwas vergessen?«, während sie aufspringt, legt sie ihre Sticksachen beiseite und wirft dabei fast den Sessel um.
»Nein, Linda. Alles in Ordnung! Ist Dr. Goldmann zu sprechen?«, beruhige ich sie.
»Ähm ... er hat noch einen Patienten, aber wenn Sie sich einen Moment gedulden, können Sie warten, bis er fertig ist.« Ich nicke dankend und lasse mich in das tiefe, weiche Ledersofa fallen.
»Darf ich Ihnen einen Kaffee anbieten?« Ich merke, dass sie durch meine außerplanmäßige Anwesenheit nervös wird.
»Ja, danke.« Sie verlässt ihren Platz und kommt ein paar Minuten später mit einer Tasse Kaffee.
»Bitteschön ...« Sie reicht ihn mir und ich nehme ihn zitternd entgegen. Das Porzellan klappert in meinen Händen.
»Alles in Ordnung, Frau Ames?« Linda ist eine etwas ältere, bodenständige Frau. Zwischen den Terminen von Dr. Goldmann kramt sie meistens Wolle und Sticknadeln hervor, um die Zeit totzuschlagen. Sie dürfte im gleichen Alter wie Dr. Goldmann sein. Ich schätze sie beide auf sechzig.
»Ja, danke, ich bin nur etwas angespannt. Sie wissen schon, die Nerven.« Mir ist mein Auftreten äußerst peinlich, doch meine Gefühle gehorchen mir mal wieder nicht.
Sie lächelt mich kurz mitfühlend an, nimmt wieder an ihrem Schreibtisch Platz und widmet sich ihrer Handarbeit.

Ungestüm schütte ich den Kaffee hinunter und verbrenne mich dabei. *Mist!* Als die Tür von Dr. Goldmanns Praxis aufgeht, schnelle ich in die Höhe. Es dauert nicht lange, bis er mich erblickt hat.

»Frau Ames ... was verschafft mir die Ehre, Sie heute schon das zweite Mal begrüßen zu dürfen?« Er verabschiedet sich von dem Herrn, der gerade aus seinem Zimmer gekommen ist, und fordert mich auf, einzutreten. Ich folge ihm wortlos. Erst als er die Türe hinter sich schließt, beginne ich zu reden.

»Dr. Goldmann, bitte fangen Sie unser Gespräch wie immer an. Ich bin sowieso schon verwirrt. Ich brauche etwas Gewohntes.« Anscheinend habe ich in meinem Chaos die guten Manieren vergessen, denn ich begrüße ihn nicht einmal.

»Also gut, Frau Ames, setzen Sie sich bitte erst einmal.« Ich folge seiner Aufforderung. »Wie geht es Ihnen heute?« *Danke, danke, danke!*

»Ich bin durcheinander und weiß nicht, was ich machen soll«, platzt es aus mir heraus.

»Warum ist das so? Wollen Sie mir erzählen, was passiert ist?« Seine sanfte, ruhige Stimme beruhigt mich.

»Er will sich mit mir treffen. Täglich, bis jeder von uns alles gesagt hat, was uns beiden wichtig ist.« Ich merke, wie er meine Worte erst ordnen muss, bevor er mir antwortet.

»Das hört sich gut an!« Er nickt begeistert.

»Tut es das?« Ich schaue ihn fragend an. *Das kann doch nicht sein Ernst sein.*

Dr. Goldmann atmet tief durch.

»Frau Ames, darf ich ehrlich zu Ihnen sein?«

Ich nicke heftig. »Ich bitte darum!«

»Sie waren sechs Monate bei mir in Therapie und Sie haben alles Erdenkliche daran gesetzt, mir nichts von Ihren Gefühlen zu erzählen. Kaum taucht dieser Mann auf, öffnen Sie sich. Bitte gehen Sie zu ihm. Reden Sie mit ihm, und ich werde Ihnen garantieren, dass es mehr bewirken wird, als wenn Sie wöchentlich zu mir kommen!«

»Wollen Sie mich loswerden?« *Gehe ich ihm auf die Nerven?*

»Nein, auf keinen Fall. Bitte kommen Sie weiter zu mir.

Aber nicht, weil Sie Hilfe von mir brauchen, sondern weil Sie mir davon erzählen wollen.« Er beugt sich zu mir vor und tätschelt meine Hand. »Doch bitte vergessen Sie in dieser ganzen Euphorie nicht, dass Sie sich Ihrem Mann auch so öffnen sollten. Es wird Ihnen ungewohnte Möglichkeiten eröffnen. Ihr Mann hat auch Vertrauen verdient.«
Die Worte von Dr. Goldmann kreisen die ganze Zeit in meinem Kopf. Er hat recht. Ich sollte Christian mein Herz mehr öffnen und ich sollte mich mit Paul treffen. Als hätte ich auf seine Erlaubnis gewartet, mache ich mich, sobald ich wieder in meinem Büro ankomme, daran, Paul eine E-Mail zu schreiben.
An: paul.franke@innerstaedtisches-kh-wien.com
Von: lena.ames@ela.com
Betreff: Okay ich mach's ...

An: lena.ames@ela.com
Von: paul.franke@innerstaedtisches-kh-wien.com
Betreff: Morgen, zwölf Uhr, der gleiche Park wie heute? Ich habe eine Stunde Zeit.

An: paul.franke@innerstaedtisches-kh-wien.com
Von: lena.ames@ela.com
Betreff: Ich werde da sein ...
An: lena.ames@ela.com
Von: paul.franke@innerstaedtisches-kh-wien.com
Betreff: Ich bin froh, dass du dich dazu entschieden hast ...

Neun

Um fünf vor zwölf stehe ich mit meinem schwarzen Designer Kleid, einem eleganten Umhängemantel, einer Hochsteckfrisur und abgetretenen Chucks am Rand des Parks und warte auf Paul. Als ich ihn sehe, bemerke ich, wie er zu lächeln beginnt. Kopfschüttelnd kommt er mir entgegen.

»Was ist?« Ich versuche sein Grinsen zu deuten.

»Schöne Schuhe ...« Ich blicke an mir hinunter und erwidere sein Lächeln.

»Ich weiß ja nicht, wie tief du mich in den Park zerren willst. Da erschienen mir diese alten Dinger die beste Wahl zu sein.«

»Lass uns gehen.« Er trägt diesmal eine wärmere beige Jacke, eine dunkle Hose und lässige weit geöffnete Boots. Auf dem Kopf hat er eine schwarze Haube auf, die nur einen Teil seiner Haare verdeckt. Man würde ihn so gar nicht für einen Arzt halten. Wir gehen ein paar Schritte, bevor er aus seiner dunkelgrauen abgetragenen Lederumhängetasche zwei Sandwiches holt.

»Hier ...« Er reicht mir eines davon.

»Danke, ich habe keinen Hunger.«

»Iss.« Seine Worte klingen belehrend. Ich verdrehe die Augen und nehme ihm das Sandwich aus der Hand. Wieder bekomme ich das Gefühl, wie ein Kind behandelt zu werden.

»Wenn das hier klappen soll, musst du aufhören, mich wie ein kleines Mädchen zu behandeln.

Ich bin nicht mehr siebzehn.« Meine Worte hören sich an wie die eines beleidigten Teenagers.

»Dann verhalte dich nicht immer wie eine kleine Diva.«

Ich schnaufe genervt aus und verdrehe meine Augen theatralisch.
»Du musst auf dich achten. So wie du ausschaust, das ist nicht mehr gesund.«
»Das Thema hatten wir schon. Außerdem geht es dich nichts an. Mir geht es gut.«
»Steht dein Mann auf so ein Knochengerüst?«, meint er zynisch.
»Halte Christian aus der Sache raus«, blaffe ich ihn an. Ich ärgere mich, dass er schon zu Beginn des Gesprächs auf meinen Mann zu sprechen kommt. *Ich habe schon jetzt ein schlechtes Gewissen.* »Ich meine ja nur, als Arzt muss ich dir sagen, dass dein Gewicht besorgniserregend ist.«
»Du bist nicht mein Arzt.« Er beißt in sein Sandwich und nickt mir auffordernd zu. Ich seufze, breche ein kleines Stück ab und beginne ohne Appetit darauf zu kauen.
»Und das wirst du jetzt jeden Tag machen, bist du wieder mehr auf den Rippen hast ...« *Sicher nicht. Das kann er vergessen.*
»Willst du mit mir reden oder mich zum Essen zwingen?« Ich werfe ihm einen anklagenden Blick zu.
»Beides.« Er schenkt mir ein gewinnendes Lächeln, sodass seine weißen Zähne zum Vorschein kommen.
Wir gehen einige Schritte, ohne ein Wort zu sprechen. Das Sandwich schmeckt ausgesprochen gut.
Erst jetzt merke ich, wie sich mein Magen darüber freut, und vernehme ein angenehmes, dankbares Knurren in meinem Bauch. Doch das würde ich ihm nie sagen.
»Leni, wo sollen wir nur beginnen?«, unterbricht er meine Gedanken.
»Ich heiße Lena, das wäre schon einmal ein toller Beginn ... oder soll ich dich Pauli nennen?«
»Nein, sollst du nicht. Hast du auch nie. Ich hingegen habe dich immer Leni genannt. Wenn ich jetzt beginne dich *LENA* zu nennen, fühlt sich das sehr komisch an.« Ich kann mir nicht verkneifen, mit den Augen zu rollen.
»Ich bin zehn Jahre älter, also akzeptiere, dass ich keine Verniedlichung meines Namens haben will«, kontere ich gereizt.

Er grinst erheitert. »Selbst wenn du achtzig bist und graue Haare haben wirst, einen runden Rücken und eine Brille, werde ich dich noch Leni nennen.« Ich resigniere.
»Wer weiß, ob du da noch dazukommen wirst …« *Okay, damit habe ich die unbeschwerte Stimmung wieder ruiniert. Es ist mir einfach so herausgerutscht – ohne wirklich darüber nachgedacht zu haben.* Bedrückt schaue ich den Kindern am Spielplatz zu. Sie spielen Fangen und lachen vergnügt. Normalerweise meide ich jeden Park, jedes Eisgeschäft, jeden Ort, wo Eltern mit ihren Kindern Ausflüge machen, um nicht sentimental oder wehmütig zu werden.
Wir gehen ein paar Schritte. »Also gut, wenn es dir so wichtig ist.« Er nickt dankend.
»Lass uns vielleicht zuerst wieder etwas besser kennenlernen. Wir haben uns zehn Jahre nicht gesehen. Ich weiß nicht, was in der Zwischenzeit alles passiert ist. Es wäre sonst, als würde ich mit einem Fremden sprechen …« *Das ist gelogen. Ich habe mich ihm sofort wieder so nahe gefühlt wie keinem anderen.*
»Find ich gut!«, meint er entschlossen. Ich sehne mich danach, mich bei ihm einzuhängen und an seine Seite zu lehnen. Es fühlt sich nichts an ihm fremd an.
»Was hast du die letzten zehn Jahre so getrieben?«, beginne ich zögerlich. Er atmet hörbar tief ein.
»Ich habe viel Zeit in das Studium gesteckt. Das war auch gut so. Ich habe mich mit Arbeit zugeschüttet. Habe Ablenkung in allem gesucht.«
Ich kann es nicht vermeiden, ihn zu beobachten. So einen getrimmten Bart hatte er damals noch nicht. Genauso wie die Falten, die sich immer um seine Augen bilden, wenn er mir zulächelt. Sie blicken mich freundlich und wach an. Ich sehe das Funkeln in seinen Augen, das mich damals schon vollkommen eingenommen hat.
Paul! Trotz der aufgezwungenen Selbstbeherrschung seufze ich merkbar aus.
Ich wickle das Sandwich wieder ein und hole meine Zigaretten aus der Tasche. In seiner Gegenwart bin ich ein Nervenbündel.
»Stört es dich, wenn ich rauche?« Er betrachtet mich mit abschätzendem Blick. »Seit wann rauchst du?«

Es ist wie ein Déjà-vu vom Klassentreffen. Mit genau diesen Worten hat alles begonnen. Ich lächle sanft.
»Ich weiß nicht mehr ... seit Langem.« Ich ertappe mich dabei, dass ich mir wirklich Gedanken darüber mache, wann ich begonnen habe, obwohl es für mich absolut unwichtig ist.
»Es schadet dir!«, sinniert er.
»Ich weiß, doch ich habe einen sehr stressigen Job, der mich nervlich belastet.« Nervös führe ich den Glimmstängel an meinen Mund, zittere so stark, dass ich mich bemühen muss, meine Hand stillzuhalten, während ich ihn anzünde und kräftig daran ziehe. Unentwegt mustert er mich.
»Warum hast du überhaupt Medizin studiert?«, versuche ich abzulenken.
»Ich wollte etwas Sinnvolles mit meinem Leben machen.« Eine ganze Weile spricht keiner ein Wort, während ich den blauen Rauch in die Luft über meinem Kopf ausatme.
»Hat dich dein Vater dazu gedrängt?«, probiere ich einen neuen Anlauf, um ein Gespräch aufzubauen.
»Nein. Aber du weißt, wie er mir ein Medizinstudium ans Herz gelegt hat. Seit letztem Jahr arbeite ich in seiner Praxis.« Etwas Wehmut klingt in seiner Stimme.
»Du arbeitest in seiner Praxis?« Ich bin überrascht. Das, was er mir gerade erzählt, hätte ich niemals angenommen. Der Paul von damals hatte andere Pläne.
»Ja, ich musste, ob ich wollte oder nicht.« Heimlich studiere ich seinen leeren Blick. »Du weißt, wie herrschsüchtig er ist. Es ist nicht immer leicht, neben ihm den eigenen Weg zu gehen. Doch ich habe es irgendwie geschafft, dass sich meine Träume auch mit seinen decken.«
Ich nicke wissend.
»Wie geht es ihm heute?«
»Seine Depressionen haben ihn noch immer fest im Griff. Die Mischung Arzt und Depressionen ist nie gut ...«, gedankenverloren geht er neben mir. »Sie haben sich vor acht Jahren scheiden lassen.«
»Deine Eltern?«
»Mmmh«, nickt er traurig.
»Das tut mir leid.« Die Gedanken an seine streitenden Eltern, Paul, der zeitweise deshalb seine Wut nicht bändigen

konnte, und die heftigen Auseinandersetzungen mit seinem Vater schießen mir durch den Kopf und lösen ein bedrückendes Gefühl aus.
»Muss es nicht ...« Er fährt sich mit der Hand an seinen Nacken und streift ein paar Mal darüber. »Sie haben sich sowieso nur gestritten.« Er zieht die Schultern in die Höhe und lächelt mich mit traurigen Augen gezwungen an.
»Es war eine Erleichterung – für die ganze Familie«, deutet er meinen mitfühlenden Blick richtig und versucht die Situation schönzureden.
»Ich verstehe ... und jetzt hast du dich um die Praxis zu kümmern?«
»Ja, ich arbeite im Innerstädtischen Krankenhaus. Drei Mal die Woche bin ich in der Praxis. Es bleibt wenig Zeit für etwas anderes ...«
»Das kann ich mir vorstellen.« *Warum bin ich in seiner Gegenwart so wortkarg?* Sonst habe ich keine Probleme, eine Unterhaltung mit Leuten zu führen. Ganz im Gegenteil.
»Was macht Marlene?«, versuche ich interessiert zu wirken. *Was macht Marlene? Ich war auch schon einmal einfallsreicher.*
Seine Mundwinkel heben sich leicht.
»Sie studiert Psychologie.« Sein Lächeln in Verbindung mit ihr zu sehen krampft mein Herz zusammen.
»Das klingt spannend ... zwei Ärzte ... wow!« Meine gespielte Begeisterung entlockt ihm nur ein weiteres bezauberndes Lächeln. Wovon ich sonst nicht genug bekommen kann, löst jetzt gerade in mir nur neiderfüllte Gedanken aus.
»Es ist nicht schlecht. So weiß man wenigstens, wie viel der andere zu arbeiten hat und macht einander keine Vorwürfe.« Da kann ich ihm nur recht geben. Bei mir und Christian ist es nicht anders.
»Das stimmt!« Ein gequältes Schmunzeln entkommt mir. »Spielst du noch Fußball?«
Nun beginnt er zu grinsen, und ich merke, wie sich die spürbar angespannte Situation löst.
»Ja, aber nur bei den Amateuren. Nach der Schule hat mich ein Fußballscout angesprochen, doch ich hatte keinen Kopf für diese Dinge.« *Hoffentlich nicht meinetwegen!*

Ich weiß, wie er den Fußballplatz geliebt hat, und ich erinnere mich genau, wie ich ihn immer vom Rand des Fußballfeldes aus angehimmelt habe. »Ich spiele einmal die Woche in einem Hobbyverein und dann trainiere ich noch die Mannschaft von Emmas Sohn.«
»Echt?« Er nickt vergnügt und ich merke, wie ihm dieses Thema zusagt. Wir gehen nebeneinander, ich genieße seine Gegenwart und das vertraute Gefühl, das es in mir auslöst.
»Was hast du die ganze Zeit getrieben?« Er gibt mir einen kleinen, liebevollen Stoß.
Bevor ich seine Frage beantworten kann, unterbricht uns das Läuten meines Handys, das sich in den Tiefen meiner Handtasche bemerkbar macht. Frau Streisand singt schon wieder herzzerreißend mein Lieblingslied.
»Entschuldigung, da muss ich rangehen.« Bevor ich das Telefon gefunden habe, wendet er sich ab und setzt sich auf die nächstgelegene Bank.
»Was gibt's, Mia?«, frage ich genervt, drehe mich um und entferne mich einige Schritte von ihm. »Das ist mir egal. Ich will die Kollektion von ihr in der nächsten Ausgabe haben … dann beschaffen Sie mir Michael … das kann nicht sein … und wenn ich diese Fotos selbst machen muss, sie kommt in die nächste Ausgabe … schauen Sie, dass Sie jemanden auftreiben … ich habe jetzt keine Zeit mehr und ich möchte in der nächsten halben Stunde auch nicht gestört werden«, ich lege auf und drehe mich suchend nach Paul um.
»Tut mir leid«, sofort verändere ich meine Stimme.
»Alles in Ordnung?« Ich lächle ihm kurz zu und nicke. Er kommt ein paar Schritte auf mich zu. Nervös wie ein kleines Mädchen beiße ich mir dabei auf die Unterlippe.
»Es vergeht kein Tag ohne irgendwelche Troubles«, versuche ich meinen forschen Umgangston mit Mia zu entschuldigen. Nebeneinander – gerade so weit, dass wir einander nicht berühren, aber so nahe, dass ich seinen Duft riechen kann – gehen wir weiter. »Wo sind wir stehengeblieben?«
»Was hast du in den letzten Jahren gemacht?«
»Ach ja!«, ich atme tief ein und aus. »Ich bin nach New York zu meiner Tante gezogen. Dort habe ich Modedesign an der Academy of Art studiert.

Es war eine sehr anstrengende Zeit. Es gibt so viele gute Leute und der Durchbruch ist in New York wahnsinnig schwer. Neben meinem Studium habe ich bei einem Modedesigner und einem Fotografen gejobbt. Ich war auf vielen Partys und habe viele schräge Menschen aus dieser Branche kennengelernt und nächtelang mit den Models und Designern durchgefeiert. Am Anfang war es echt toll, und es hat mich auch auf andere Gedanken gebracht, doch irgendwann wurde mir alles zu viel und ich wollte wieder nach Hause. Mein exzessiver Lebensstil hat mir nicht gutgetan. Ich habe eine Herausforderung gesucht, die mich erfüllt. Die Schnelllebigkeit in New York hält man als Europäer auf Dauer nicht aus. Dennoch haben mir meine guten New Yorker Kontakte genützt und ich bekam ein Jobangebot als Praktikantin bei Ela. Da habe ich nicht lange überlegt ...« Er lächelt mich an, und ich erwidere sein Lächeln, da es diesmal nur mir gilt. »... obwohl ich das Leben in New York manchmal vermisse.« Er richtet sich seine Mütze und folgt jedem meiner Worte aufmerksam. »Als ich hier zu arbeiten begonnen habe, war ich das Mädchen für alle niedrigen Tätigkeiten. Zeitungen besorgen, Kaffee kochen. Ich habe mich damals oft gefragt, ob es das Richtige war, zurückzukommen, doch meine Chefin hat mein Potenzial entdeckt und mich sehr gefördert. Ich durfte sie überallhin begleiten.
Bin um die Welt gejettet. Paris, Mailand, New York, Berlin. Als sie in Karenz ging, hat sie mir das Ruder überlassen.«
Wir passieren einen kleinen Teich. Die Blätter färben sich in den schönsten Rot-, Braun- und Gelbtönen und spiegeln sich im Wasser.
»Ich arbeite schon so lange hier und habe es nicht einmal geschafft, in diesen Park zu gehen.« Wehmütig betrachte ich ein Schwanenpaar im Wasser. *Wie kitschig.*
»Es ist toll, was du geschafft hast«, meint er und reißt mich aus meinen Gedanken.
»Danke. Ich bin auch stolz darauf und ich genieße die Arbeit. Ich kann um die ganze Welt reisen, zu den schönsten Modeschauen gehen, die neueste Mode sehen und bin immer auf der Suche nach den angesagtesten Trends.

Der Job ist wahnsinnig anstrengend und raubt mir oft den letzten Nerv. Doch wem sage ich das? Manchmal ist Arbeit das Einzige, was einen davon abhält, sich Gedanken über den Rest seines Lebens zu machen, also beschwere ich mich nicht.« Ich lächle ihm zu, doch er blickt zu Boden und erwidert mein Lächeln nicht. Wir gehen an dem Teich entlang. Große Blätterhaufen liegen vor mir auf dem Weg, um die ich normalerweise einen großen Bogen mache, damit ich mir die Schuhe nicht beschmutze. Doch heute nicht. Als ich durchmarschiere, das Rascheln unter meinen Füßen höre und die Blätterhaufen durch meine dünne Strumpfhose spüren kann, fühle ich mich glücklich und um Jahre zurückversetzt.

Ich drehe mich vergnügt im Kreis, strecke die Arme weit von mir und wirble ein paar Mal um meine eigene Achse.

»Das Laub ist so schön bunt!« Mit meinen hochhackigen Schuhen könnte ich das nie machen, doch die flachen, alten Schuhe schaffen mir eine Freiheit, wie ich sie schon lange nicht mehr gespürt habe. Ein wunderbares, viel zu lang vermisstes Gefühl entlockt mir ein leises, vergnügtes Lachen.

»Das habe ich schon so lange nicht mehr gemacht …« Paul beobachtet mich aus einer gewissen Distanz und in seinem Gesicht sehe ich zum ersten Mal seit unserem Wiedersehen ein gelöstes Lächeln. Als ein Paar an uns vorübergeht, hüstle ich und schäme mich für mein kindliches Verhalten, obwohl mir die beiden auch zulachen. Wir gehen wieder ein Stück weiter. Ich sammle mich und beginne ihm weiter von mir zu erzählen.

»Kurz, nachdem ich wieder hier war, habe ich Christian kennengelernt. Es war schön, wieder jemanden an meiner Seite zu haben, wenn ich am Abend nach Hause kam.

In New York war alles so verrückt, wild, bunt und schnelllebig, doch gleichzeitig auch ermüdend, kräfteraubend und extrem, sodass ich froh war, als Christian etwas Normalität und Bodenständigkeit in mein Leben brachte. Er ist sehr erfolgreich und hat es beruflich weit geschafft. Er arbeitet als Anwalt.« Ich überlege kurz, was ich ihm noch über ihn erzählen kann, damit keine unangenehme Situation entsteht.

»Er ist wahnsinnig ehrgeizig. Nach einem Jahr hat er mich gefragt, ob ich ihn heiraten will und ich habe Ja gesagt.«
»Und jetzt wollt ihr Kinder?« Seine Frage kommt so unvorbereitet, dass ich kurz überlegen muss, was ich ihm darauf antworte.
»Mmh ...«, mehr fällt mir dazu nicht ein. *Soll ich ihm sagen, dass wir es schon fünf Jahr probieren? Nein, es würde sich komisch anfühlen.*
»Und du und Marlene?« Obwohl mir vermutlich seine Antwort die Luft rauben wird, kann ich meine Gedanken nicht für mich behalten.
Um seinen Mund zeichnet sich ein sanftes, gelöstes und zufriedenes Grinsen ab. Schon wieder dieses neue Lächeln, das gerade nicht mir gilt. Er scheint glücklich zu sein, was ich ihm zwar von Herzen wünsche, doch es tut zugleich so fürchterlich weh.
»Ich habe Marlene letzten Sommer einen Antrag gemacht ...«
Ich versuche dabei meine Mundwinkel zu heben, scheitere kläglich und schlucke stattdessen nur den dicken Kloß hinunter.
»Das ist schön! Sie scheint sehr nett zu sein.« Mit gespielt erfreuter und lockerer Stimme antworte ich, ohne etwas von dem, was in mir vorgeht, preiszugeben.
»Mmmh ...« Wir gehen eine Zeit lang wortlos nebeneinander. »Sie ist klug und bringt mich zum Lachen.« Seine Worte klingen so, als müsste er sich verteidigen.
»Das ist gut, Paul.« Er nickt, lächelt kurz, doch der Ausdruck in seinem Gesicht verrät anderes.
»Wie alt ist sie?«, frage ich gespannt. Ich wollte es eigentlich gar nicht aussprechen, doch so neugierig, wie ich bin, habe ich es nicht geschafft, mir dieser Frage zu verkneifen.
»Ich weiß, sie wirkt etwas jung«, er beginnt in sich hineinzugrinsen. *Da ist es schon wieder.* Dieses verdammte Lächeln, sobald er von ihr redet. »Sie ist es ja auch! Gerade einmal einundzwanzig.«
»Hey, sieh es mal so. Sie ist auf der ganzen Welt volljährig«, ist das Einzige, was mir dazu einfällt, während ich ihn mit dem Ellbogen anstoße und er es mit einem schallenden Lachen bestätigt. *Was soll ich sagen?*

Was ist schon einundzwanzig? Kein Alter, in dem man heiraten sollte. Ihn mir mit einer anderen Frau vorzustellen ist für mich die Hölle.
»Wo wohnt ihr?«, stelle ich ihm schnell die nächste Frage, um keine unangenehme Stimmung aufkommen zu lassen. Meine masochistische Ader treibt mich bald in den Wahnsinn.
»Wir haben eine sehr schöne Wohnung draußen bei uns, in der Nähe der Praxis.«
»Also pendelst du in die Stadt?«
»Nicht jeden Tag. Ich arbeite ja nur drei Tage im Krankenhaus. Den Rest der Woche bin ich in der Praxis. Du weißt, ich wollte nie wirklich in der Stadt leben ...«
»Hast du noch Kontakt zu deiner Mutter?« Eigentlich will ich ihm so gerne viele Fragen stellen, doch alles was ich mich traue, sind Oberflächlichkeiten.
»Ja, sie lebt ganz in meiner Nähe. Sie hat einen neuen Mann an ihrer Seite und es geht ihr ganz gut. Er ist sehr nett, behandelt sie so, wie sie es verdient ... weißt du, was ich meine?« Ich nicke ihm zu. »Sie hat nun endlich ihren Seelenfrieden gefunden. Ich freue mich für sie, und wie du dir vorstellen kannst, kann sie es kaum noch erwarten, dass ich heiraten werde.«
»Das kann ich mir denken. Richte ihr liebe Grüße von mir aus.« Ich habe seine Mutter immer sehr gern gemocht, doch es war nicht immer einfach für sie, mit dem Zorn und den Stimmungsschwankungen ihres Mannes klarzukommen. Paul erzählte mir oft, wie er ihnen das Leben teilweise zur Hölle gemacht hat, und ich habe es sogar selbst erlebt. Pauls Beziehung zu ihm war schon damals sehr angespannt. Sie haben einander nie wirklich verstanden.
Desto mehr wundert es mich, dass Paul nun Arzt geworden ist, obwohl er sich damals immer geschworen hat, nie in die Fußstapfen seines Vaters zu treten.
»Das mache ich, wenn ich sie das nächste Mal sehe.« Ich lächle kurz auf und nicke gedankenverloren.
»Und wie geht es deinem Bruder?«, führe ich unsere Unterhaltung weiter.
»Niclas geht es gut. Er hat mit Laura zwei Buben bekommen.«

»Wirklich?«, ziehe ich erstaunt meine Augenbrauen in die Höhe.
»Ja, ich habe schon zwei Neffen! Kannst du dir das vorstellen? Ich bin schon Onkel!«
»Wahnsinn ... das ist toll!« Ich versuche mich an die beiden zu erinnern, doch es ist schon wirklich lange her, dass ich sie gesehen habe.
»Siehst du deine Eltern oft?«, fragt mich Paul.
»Nein, ich sehe sie selten. Zu Weihnachten und wenn Geburtstage anstehen. Doch wenn ich ehrlich bin, meide ich die Treffen.« Ich hätte gerne ein besseres Verhältnis zu ihnen, doch die Erlebnisse von damals haben unsere Beziehung geprägt und es kam sicherlich aufgrund meiner Vergangenheit nie zu einer Aussprache.
»Warum?«
Ich zucke mit den Schultern, da ich mir nicht sicher bin, ob ich dieses Thema aufrollen will. Mit niemandem habe ich bisher darüber gesprochen. Anscheinend fällt ihm das in dem Moment auf und er pocht nicht mehr auf die Antwort.
»Ist das auch der Grund, warum ich dich nie in der Stadt bei uns gesehen habe?«
»Mmmh ...« Ich nicke und ziehe meine Lippen schmal zusammen.
»Ich habe eine Konfrontation vermieden.« Ich spüre die explosionsartige Spannung in der Luft, doch Paul lenkt schnell das Gespräch wieder zu einem neutralen Thema.
»Und wie geht es Lukas? Siehst du ihn oft?«
Lukas ist mein geliebter großer Bruder, den ich so gut wie nie sehe.
»Nein, leider nicht. Er reist um die ganze Welt und hilft bei Sozialprojekten mit.
Er ist noch immer der gleiche verträumte Weltverbesserer. Ich wünschte, wir würden uns öfter sehen.«
Als wir nebeneinander gehen, streift meine Hand unabsichtlich an seiner. Erschrocken ziehe ich sie zurück. Ein flüchtiges Lächeln umspielt seine Lippen und erzeugt ein kleines Grübchen in seiner Wange. Ich muss zwei Mal hinschauen, damit ich es mir wieder einpräge und nie wieder vergessen kann.

»Ist schon okay«, reagiert er auf mein auffallend rotes Gesicht. *Nein, ist es nicht.* Ich meide jeden Hautkontakt mit ihm, weil ich mich sonst nach so viel mehr sehne. Er ist wie das Feuer, dem ich zu nahe komme und mich jedes Mal daran verbrenne, er ist wie ein kalter See, der die Gänsehaut in meinem Körper auslöst, er ist das Licht in meiner dunklen Welt. Diese Erkenntnis treibt mir den Puls in die Höhe, schnürt mir die Kehle zu und löst ein Kribbeln in meinem Magen aus, das bis zum Hals hinaufwandert.
»Paul ...«, kommt es gequält aus mir.
»Mmmh ...«
»Ich glaube, wir sollten das hier für heute beenden.« Kaum ausgesprochen, wage ich es nicht, ihn dabei anzuschauen, um zu sehen, was er denkt. Seine Reaktion abwartend, schaue ich zu Boden.
»Okay, lass uns zurückgehen.« Erleichtert atme ich aus. Schweigend spazieren wir nebeneinander den Parkweg entlang.
»Sei mir nicht böse. Ich fand es sehr schön, und ich glaube, es tut mir gut, dich zu sehen, doch es fällt mir nicht leicht, mich zu öffnen und dir Sachen zu erzählen, die ich tief in mir vergraben habe.«
»Es ist okay, Leni. Wir haben alle Zeit der Welt.« *Haben wir das? Nein, die haben wir nicht.*
»Ich fand es auch sehr schön ...« Ich schaue in seine grünblauen Augen, aber in diesem Moment bringt es mich nur noch mehr aus dem Gleichgewicht. Wie gerne würde ich seine Hand ergreifen und die Nähe zu ihm suchen. Als wir uns verabschieden, werde ich wehmütig. Ich möchte ihn nicht loslassen, als er mich zum Abschied kurz und flüchtig umarmt.
Ihn nur noch ein paar Minuten länger an meiner Brust spüren, um den berauschenden Paul-Duft zu genießen.
Ich rieche ihn noch Stunden, nachdem wir uns getrennt haben, und schaffe es nicht, mich auf die Arbeit zu konzentrieren. *Paul, was machst du nur mit mir? Was machst du mit meinem Kopf, meinen Gedanken und vor allem mit meinem Herzen?*

Zehn

Der Tag will einfach nicht vergehen. Die Termine reihen sich aneinander, und mein fünfter Kaffee ist das Einzige, was mich vom Einschlafen abhält.
Zu Hause knalle ich die Eingangstür mit großer Wucht zu. Die teure Porzellanfigur auf der Anrichte gerät dabei stark ins Schwanken. Trotz meiner Versuche, sie noch zu retten, fällt sie klirrend zu Boden. Mein schlechtes Gewissen, damit Frau Ludwig, meine Nachbarin, aufgeweckt zu haben, hält sich in Grenzen. Wie immer komme ich in eine riesige, verlassene Wohnung, die sich über zwei Stockwerke erstreckt. Alles hypermodern und ziemlich kühl eingerichtet. Die einzigen Farben, die man hier findet, sind Schwarz, Weiß und vielleicht noch etwas Grau. Nichts Altes, nichts Farbiges, nichts Freundliches. Wie es Christian am liebsten hat – steril –, sodass man vom Boden essen könnte. Hier konnte ich meine Vorlieben für alte Möbelstücke und Kunstwerke nicht verwirklichen, da *ich* zu ihm gezogen bin. Er hat sich immer über meine Art, zu leben, lustig gemacht und mir schon damals zu verstehen gegeben, dass dieser Stil für ihn nicht infrage kommt. Er nannte es eine Mischung aus alt, uralt, verspielt, verrückt und komplett durchgeknallt. Ich habe seine vier Wände nie als meine eigenen angesehen. Nicht einmal, als ich Christian geheiratet habe.
Davor lebte ich in einer kleinen Zweizimmerwohnung direkt neben einem der schönsten Parks in Wien.
Sie war winzig, verwinkelt, und man konnte sich kaum umdrehen, ohne an etwas anzustoßen.

Doch ich habe mich dort wohlgefühlt. Überfüllt mit Möbelstücken, die Geschichten erzählten, Fundstücken, die ich am Flohmarkt gekauft habe und Andenken an meine Zeit in New York. Es war meine kleine Oase. Mein Ruhepol – in meiner hektischen und kräfteraubenden Welt.
Vorsichtig beginne ich die Scherben vom weißen, auf Hochglanz polierten Fliesenboden aufzukehren.
Ich habe mir vorgenommen, mit Christian über meine Vergangenheit zu sprechen. *Ich werde es versuchen!* So wie es mir Dr. Goldmann geraten hat. Ich stelle mich unter die Dusche, wiege mich wie jeden Tag ab, um sicherzugehen, dass das heutige Mittagessen nichts an meinem Gewicht verändert hat. Ich spüre Genugtuung, als mir die Zahlen auf der Waage verraten, dass ich sogar abgenommen habe.
Danach decke ich den Tisch mit meinem teuren Geschirr, das mir Christian zu unserem ersten Hochzeitstag geschenkt hat, stelle die Kerzenleuchter darauf und schenke den guten Rotwein aus der Toskana ein. Kurz vor acht Uhr läutet der Bote und bringt ein paar Nudelgerichte vom Italiener vorbei.
Um neun Uhr abends ist Christian noch immer nicht zu Hause. Verärgert lasse ich das Essen stehen, nehme mir die Rotweinflasche mit ins Zimmer und gehe schlafen.
Um ein Uhr morgens wache ich plötzlich auf und kann ihn neben mir noch immer nicht spüren. Ich rapple mich auf und greife nach meinem Handy. Kein Anruf, keine Kurzmitteilung. Mein Magen knurrt fürchterlich. Vor lauter Wut auf diesen miserablen Abend und meinen Mann, der es nicht einmal der Mühe Wert gefunden hat, Bescheid zu geben, dass er später kommt, habe ich keinen Bissen angerührt.
Um vier Uhr morgens werde ich wach, als ich bemerke, dass er unter die Bettdecke kriecht.
Der Geruch von Whiskey, Zigarren und Schweiß dringt in meine Nase, und seine lüsternen Hände, die mich betatschen, widern mich an.
»Lena, meine süße Leni ...« Er ist betrunken und zieht mich an sich.
Erschrocken wirble ich herum.

»Was ist mit dir los?« Er grinst mich belustigt an und beginnt an meinem Körper herumzufummeln. Ich stemme mich gegen seine Berührungen und seinen Körper, der über mich kommt.
»Hör auf damit!«, schreie ich ihn an.
»Leni, darf ich dich auch so nennen oder dürfen das nur deine alten Freunde?« Er versucht mich zu küssen – seine Lippen auf meine zu pressen –, doch er ekelt mich an. Wutschnaubend nutze ich seine alkoholbedingte Trägheit und stoße ihn von mir, packe meine Decke und flüchte aus dem Zimmer. *Hoffentlich kommt er mir nicht nach.*
»Schlaf deinen Rausch aus. Morgen können wir darüber reden ...«
»Leni, bleib hier ... ich möchte ...« Ich achte nicht auf seine Worte und ziehe mich in das nächstgelegene Zimmer zurück. Es fühlt sich nicht richtig an, die Verniedlichung meines Namens aus seinem Mund zu hören. Wenn einer das darf, dann ist es Paul.
Meine Glieder fühlen sich schwer an, die Augenlider sind verklebt und öffnen sich nur schwer. Mein Körper verlangt nach Ruhe, dennoch rapple ich mich auf, um meinen Pflichten nachzukommen. Der Anblick meines auf dem Bauch quer über das Bett liegenden Ehemannes widert mich derart an, dass ich mich nicht imstande fühle, ihn aufzuwecken. Die Vorhänge sind zugezogen und es stinkt nach Restalkohol. Grunzend dreht er sich auf den Rücken und gibt stöhnend ein paar undefinierbare Worte von sich. Ich rufe in seinem Büro an und melde ihn krank.
Dann bringe ich ihm eine Kopfschmerztablette und Orangensaft ans Bett. Meine hausmütterlichen Pflichten sind damit getan. Von den anderen bin ich durch seinen komaähnlichen Zustand befreit.
Ich ziehe mir eine enge beige Hose, eine weiße Bluse und meine neue braune Weste an.
Dazu kombiniere ich eine herbstlich mokkafarbene Ledertasche, die eine gewisse nötige Größe aufweist, um meine Dinge darin zu verstauen. Wenn ich eines nicht leiden kann, dann sind es diese neu erfundenen Mikrotaschen, in denen nicht einmal mein Handy Platz findet.

Trend hin oder her, da spiele ich nicht mit. Bei aller Liebe zur Mode finden diese Accessoires – denn das Wort Tasche wäre in diesem Zusammenhang maßlos übertrieben – selten Gebrauch.
Eigentlich mochte ich noch nie Designerkleidung. Doch meine Mutter hat mir schon als junges Mädchen vorgelebt, niemals in einem gewöhnlichen Outfit in die Stadt zu gehen. Früh habe ich versucht mich dem zu widersetzen. Ich hatte schon immer meinen eigenen Kopf und es war für mich nie ein Kriterium, nur dann gut gekleidet zu sein, wenn man etwas Teures trägt. Doch so, wie sich vieles in meinem Leben verändert hat, hat mich auch mein Job und das Umfeld, in dem ich heute lebe, zu dem gemacht, was ich nun nach außen zu mimen versuche. Meine Mutter hingegen ist zu einer wandelnden Mischung aus Hippie und Indianerin geworden. Wir haben die Rollen getauscht. Während sie mit ihrem Hang zur Esoterik in anderen Sphären schwebt, setze ich keinen Fuß vor die Türe ohne strahlendem Make-up, trendigem neuen Outfit und Schuhen, die mich um zehn Zentimeter größer erscheinen lassen. Ich will auf keinen Fall klein, zerbrechlich und schwach wirken.
Trotz alledem wage ich mich seit über fünf Jahren das erste Mal ohne High Heels in die Arbeit und trage meine schwarzen Ballerinas. Ein ungewohntes Gefühl. Doch der Weg ins Büro ist auf einmal schmerzfrei. Ich verbessere sogar die Zeit, die ich normal für diesen Weg brauche, um geschlagene fünf Minuten.
Als ich dort ankomme, erwarten mich verstohlene Blicke, und die Mitarbeiter beginnen zu tuscheln. *Sollen sie doch! Ich habe einen Termin zu Mittag, bei dem flache Schuhe von Vorteil sind.*
Um elf Uhr beginne ich nervös auf meinem Stuhl herumzuzappeln. Alle paar Sekunden blicke ich auf die Uhr, doch der Zeiger bleibt wie angeklebt stehen. Gott sei Dank habe ich noch eine wichtige Telefonkonferenz, die mich davon abhält, komplett hysterisch durchs Büro zu laufen. Nachdem ich mit meinem Chef und den Vorständen über die nächste Kampagne unserer Zeitung und die anstehenden Pressetermine, zu denen ich erscheinen muss, gesprochen habe, packe ich so schnell wie möglich meine Sachen

zusammen, rase an Mia vorbei, die mich skeptisch mustert und begebe mich zum Ausgang, als das Handy in meiner Tasche heftig zu vibrieren beginnt. Christians Gesicht erscheint mir freudestrahlend am Display. Ich überlege für einen kurzen Moment, ob ich das Gespräch annehmen soll.
»Hallo Christian ...«
»Guten Morgen, Liebling. Es tut mir so leid. Ich habe gestern zu tief ins Weinglas geschaut.« *Guten Morgen? Es ist fast Mittag!*
»Wie geht es dir? Hast du wenigstens einen ordentlichen Kater?« Abgehetzt springe ich in den Aufzug, der gerade die Türen schließt und ernte von den Fahrgästen genervte Blicke, als ich mich in die letzte Ecke drücke und in mein Handy zu flüstern beginne.
»Und wie ...«, er stöhnt, doch mein Mitleid hält sich in Grenzen.
»Du tust mir überhaupt nicht leid«, erwidere ich leise und versuche die neugierigen Blicke der anderen zu ignorieren.
»Ich habe gesehen, dass du gestern Essen bestellt hast. Es tut mir leid, dass ich dich versetzt habe. Wenn ich es gewusst hätte ...«
Die Aufzugtüren öffnen sich. Sofort bleibt mein Blick bei ihm hängen. Mit den Füßen an den Knöcheln überkreuzt, lehnt er lässig am Empfangspult. Wir betrachten einander, was meinen sowieso schon schnellen Herzschlag nochmals in die Höhe treibt. Sanft umspielt ein Lächeln seine Lippen, während sich seine Augen liebevoll verengen.
Um ein Haar hätte ich das Handy bei seinem Anblick zu Boden fallen lassen. Während mir Christian noch versucht eine Erklärung für sein Handeln zu geben, habe ich aufgehört, seinen Worten zu folgen. Ich sehe nur, wie Paul auf mich zukommt und mir einen flüchtigen Kuss auf meine Wange haucht. Die Stelle kribbelt augenblicklich. Automatisch reiße ich meine Augen verunsichert auf. In meinem Kopf dreht sich alles.
Im Hintergrund höre ich die Stimme meines Mannes, die mich ohne Punkt und Komma bequasselt, und vor mir sehe ich Paul, dessen Anblick meine Knie weich werden lässt.
Ich betrachte ihn verstohlen.

Er trägt eine braune, ausgewaschene Jacke, darunter ein lässiges graues T-Shirt, eine dunkle Hose und seine Lederboots. Sein Anblick ist einfach nur umwerfend, vermischt mit seinem Duft, der sich sofort an mich heftet, muss ich achtgeben, mein genüssliches Augenrollen vor ihm zu verbergen. Ich deute ihm, dass ich noch eine Minute brauche. Er nickt verständnisvoll.
»Ist schon gut …«, unterbreche ich Christians Erklärungsversuche. »Kann ich dich nachher zurückrufen? Ich habe jetzt einen Termin«, antworte ich abgehackt und hoffe, dass er meine Unsicherheit nicht bemerkt.
»Oh, ja natürlich. Ich wollte dich nicht stören«, meint er verständnisvoll.
»Schon gut. Ich melde mich dann.« Ich lege ohne schlechtes Gewissen auf. Paul grinst mir spitzbübisch zu. *Wie ich dieses Lachen liebe.*
»Ich bin ein ›Termin‹?«, fragt er skeptisch.
»Ja, bist du. Du stehst in meinem Terminkalender … hier, siehst du?« Ich tippe ein paar Mal auf mein Handy, bis ich seinen Namen in meinem Kalender finde.
»Unter was?«
Nun beginne ich zu lachen. »Unter Abarbeitung!«
»O-k-a-y …« Er zieht das Wort endlos in die Länge und grinst dabei. Wir verlassen das Bürogebäude.
»Warum sagst du ihm nicht, dass du dich mit mir triffst?«, will er wissen, während wir nebeneinander den Weg zum Park entlangspazieren.
»Weil er nicht weiß, wer du bist!«, gerate ich in Erklärungsnot.
»Du hast ihm nie etwas von uns erzählt?«, argwöhnisch kneift er die Augen zusammen.
»Nein!«, stoße ich echauffiert aus.
»Warum nicht?«
»Weil niemand etwas davon weiß …« Ich seufze tief. »Niemand aus meinem jetzigen Leben«, korrigiere ich mich selbst. Mit gesenktem Kopf und weicher Stimme spreche ich weiter. »Paul, ich habe ein neues Leben begonnen, als ich wieder zurück war. Ich wollte alles hinter mir lassen.«
»Verstehe, dann bin ich halt ein Termin, mit dem du dich triffst.«

Er zuckt mit den Schultern und versucht mir weiszumachen, dass ihn das nicht stört, doch ich kenne ihn einfach zu gut. Wenn ihn etwas ärgert, bekommt er immer eine Falte über seiner rechten Augenbraue.
»Bitte mach keine große Sache daraus«, versuche ich ihn zu besänftigen.
»Keine Sorge.« Er klingt missmutig und das Lächeln ist von seinen Lippen verschwunden.
»Hast du Marlene davon erzählt?«, kontere ich.
»Sie weiß, dass ich mich mit einer ehemaligen Schulkollegin treffe.«
»Siehst du, du hast ihr auch nicht die ganze Wahrheit gesagt.«
Er zuckt mit der rechten Schulter. »Nicht alles.«
»Warum?«
»Weil ich sie nicht kränken will.«
»Bei mir ist es genauso«, versuche ich mein Verhalten zu rechtfertigen.
»Und was sagt sie dazu, dass du dich mit einer Schulkollegin triffst?«
»Sie vertraut mir«, meint er schulterzuckend.
»Das ist gut.« Ich sollte Christian auch die Wahrheit sagen. Doch er würde mir nie vertrauen.
Plötzlich werde ich eifersüchtig, denn ich muss neidvoll erkennen, dass sie eine andere Vertrauensbasis haben. Wenn ich jemanden diesbezüglich einen Vorwurf machen kann, dann nur mir selbst, denn ich habe immer eine tiefgehende, offene und emotionale Beziehung zu Christian vermieden. Natürlich verlangt es dazu auch den richtigen Partner. Er hat mit dieser ganzen Gefühlsduselei auch nichts am Hut. Deshalb haben wir eine andere Beziehung als die meisten Menschen.
»Hast du gewusst, dass Tim mit Jana eine Affäre hat?«, reißt er mich aus meinen Gedanken. *Tim und Jana? Niemals!*
»Das kann ich nicht glauben«, lache ich belustigt auf.
»Doch, er hat es mir beim Klassentreffen verraten, dass sie sich einmal in der Woche für einen ›Booty Call‹ treffen.«
Ich schüttle den Kopf und kann mein Grinsen nicht unterdrücken. »Die zwei ...« Sofort bekomme ich Bilder in meinem Kopf, auf die ich lieber verzichtet hätte.

»Ja, Wahnsinn, oder? Ich kann mich noch erinnern, wie er in der Unterstufe immer Späße auf ihre Kosten gemacht hat.«
»Ja, wegen der Hasenschnute, die sie immer mit ihren Lippen gemacht hat.« Ich ahme sie nach und wir beginnen beide herzhaft und gelöst zu lachen. Ein seltenes Geräusch betäubt meine Ohren und ich schrecke auf. Stille. Fassungslosigkeit. Entsetzt, mit weit aufgerissenen Augen, greife ich an meine Lippen. Paul entgeht meine Reaktion nicht. Ich kann mich nicht mehr erinnern, wann ich das letzte Mal so aufgekratzt und zwanglos gelacht habe.
»Hey …« Er kommt auf mich zu und zieht meine Hand sanft vom Mund weg. »Es ist in Ordnung …«
Ich schüttle vehement den Kopf und schaue zu Boden. Ganz plötzlich legt sich wieder dieser Ring um mein Herz, und ich merke die Tränen, die ich durch heftiges Schlucken zu unterdrücken versuche. *Ich sollte nicht hier sein – das darf nicht schon wieder alles passieren.* Ich beginne zu frösteln.
»Ich glaube, ich sollte besser gehen«, stoße ich aufgebracht hervor und will flüchten. Doch Paul lässt mich nicht. Er hält mich fest, hebt mein Kinn an und zwingt mich, ihn anzuschauen.
»Leni, du *darfst* lachen!«
Ich schüttle energisch den Kopf.
»Nein, Paul, darf ich nicht.« Dieses unbrauchbare, nasse Etwas liefert sich einen erbitterten Kampf mit meinen Augen, die verzweifelt versuchen, es wegzublinzeln.
»Hör auf, immer diese toughe Geschäftsfrau sein zu wollen. Das bist *DU* einfach nicht. Mir machst du nichts vor. Du brauchst dich vor mir nicht zu verstellen.«
»Doch, das bin ich! Ich bin nicht mehr das Mädchen von damals«, versuche ich ihm leicht hysterisch klarzumachen.
Er grinst mich schief an und streicht eine Haarsträhne, die sich über mein rechtes Auge gelegt hat, zur Seite. *Warum nimmt er mich nie ernst?* Das Kribbeln nimmt wie automatisch meinen ganzen Körper in Beschlag. Es beginnt in meinem Magen, wandert hinauf zu meinen Händen, die ich zu Fäusten balle, um das Zittern zu unterdrücken, bis hin zu meinem Herzen, wo es zu einem heftigen Knall kommt. *Wie macht er das nur?*

»Doch, das bist du. Du hast es dir nur verboten zu sein.« Während er in meine Augen schaut, rinnen mir die Tränen, die ich bisher gut unterdrücken konnte, still und leise die Wangen hinunter. Ich versinke in seinem Blick. Langsam legt sich ein Schleier über sein Gesicht, ausgelöst von dem Schwall an Wasser, der sich zwischen meinen Lidern bildet. Er wischt die Tränen sanft mit seinem Daumen weg. Wieder überkommt mich dieses Gefühl, das mich ein paar Zentimeter über dem Erdboden schweben lässt und mich in eine andere Welt zaubert. In unsere Welt. *Pauls und Lenis Welt.* Ich weiß, dass sie nicht real ist – eine Traumwelt, in die nur er mich entführen kann –, doch es fühlt sich so gut an, und ich weiß, er spürt es in diesem Augenblick genauso. Unsere Herzen sehnen sich nach einander, doch die Realität verbietet es.
»Ja, du hast recht. Ich habe es mir verboten. An dem Tag, an dem ich unser Kind umgebracht habe, habe ich mir vieles untersagt … nicht nur das Lachen«, quittiere ich kühl und emotionslos.
Die Wahrheit trifft mich wie ein Schlag ins Gesicht. Nach seinem Blick zu urteilen, geht es ihm nicht anders.
Als ich mich von allem, was mich ausmachte, entfernte, als ich Paul verließ, als ich unser Kind verabschiedete, schwor ich mir selbst, nie wieder glücklich zu sein. Keine Freude, keine Liebe, keine Lebenslust. Mein Herz ausgebrannt, leer, unfähig irgendetwas zu fühlen. Abschied zu nehmen von allem, was das Leben ausmacht. Mich selbst zu bestrafen, für das, was ich getan habe, war der einzige Weg, mit der Trauer umzugehen.
Ich beginne stockend zu atmen. Der Ring wird enger. Er zieht sich schmerzhaft zusammen. Ich stehe neben mir, perplex über meine eigene klare Erkenntnis.
Seine Augen weiten sich und seine Hautfarbe gleicht mehr einer weißen Wand. Die Stille zwischen uns ist erdrückend.
Angewidert von mir selbst und der ganzen Welt um mich, wende ich den Kopf ab. Ich greife mir ans Herz, um den Schmerz zu unterdrücken, und fasse nach seinem Unterarm, um mein Gleichgewicht zu halten.
»Leni …« Ich atme schnell und unregelmäßig, während die Tränen ohne Unterbrechung fließen und ich verzweifelte,

undefinierbare Töne von mir gebe. *Ich mutiere in seiner Gegenwart zu einem heulenden Etwas. Widerlich!* Plötzlich spüre ich diese hässliche Panikattacke in mir hochkommen, die mich wie eine Dampfwalze zu überfahren droht.
»Sshhh ... Leni, beruhige dich, ich bin hier.« Er zieht mich mit einem Ruck an seinen Körper und umarmt mich stürmisch. Auch er ist überwältigt von der Macht, die diese Gefühle anscheinend bei ihm auslösen. Verzweifelt und intensiv umarmen mich seine Hände, legen sich schützend um mich und lösen nur noch heftigere Emotionen aus. Es ist beängstigend, wie schwach ich mir an seiner Brust vorkomme.
Ich bin nicht schwach. Ich will es nicht sein. Ich habe mir so vieles verboten – diese Gefühle eingeschlossen. Minutenlang stehen wir da. Keiner wagt es, zu sprechen, geschweige denn sich zu bewegen. Erst als ein gedrücktes Seufzen meiner Kehle entfährt und ich meine Hand auf seine Brust lege, um mich zu lösen, zieht er sich zurück.
Ich löse mich, um Abstand zu gewinnen und meine Lungen wieder mit Sauerstoff zu füllen. *Er nimmt mir die Luft zum Atmen.*
»Ich weiß, es ist lange her ... es ist unfassbar, dass es mir erst jetzt bewusst wird«, stoße ich abgehackt hervor, sobald ich mich wieder gefangen habe. Selbstverleugnung ist anscheinend der beste Weg für mein erbärmliches Dasein.
»Leni, es tut mir so leid, was ich damals zu dir gesagt habe. Wenn ich es rückgängig machen könnte, würde ich es tun.« Ich höre zwar seine Worte, doch sie erreichen mich nicht.
»Paul, ich glaube ... ich kann das nicht ... ich komme gerade mit dem, was in mir passiert, kaum klar.« Entsetzt starre ich geradeaus. Er nickt nur und wir gehen stumm nebeneinander. Er will mir Halt geben und legt seine flache Hand auf mein Kreuz, wie bei einem Menschen, den man bemitleidet. Ich will kein Mitleid und löse mich sofort davon. Er akzeptiert meinen Rückzug. Als wir bei meinem Büro angekommen sind, streicht er mir mit einer freundschaftlichen Geste über meinen Oberarm. Automatisch schließen sich meine Augen. Ich beiße mir auf die Lippen, um das Zittern zu unterdrücken, und will in

diesem Moment nur noch weg. Weg von Paul, weg von diesen Gefühlen, weg von den Erinnerungen.
»Es tut mir leid ...«, flüstere ich leise.
Er schüttelt energisch den Kopf.
»Ist schon gut ...« Einige Minuten stehen wir einander gegenüber, ohne ein Wort zu sprechen. »Wirst du morgen da sein?«
»Ich glaube schon.«
»Ich werde auf dich warten.«
Nickend drehe ich mich um und gehe in das Bürogebäude, ohne mich von ihm zu verabschieden. Kurz bevor ich die Glastür passiere, drehe ich mich um, sehe wie seine Hände in den Hosentaschen verschwinden und er mir gedankenverloren nachschaut.

Zu Hause angekommen, erwartet mich Christian mit einem großen Blumenstrauß und einer roten Schmuckschachtel. Ich versuche Freude über die Ohrringe zu zeigen. Doch Schmuck ist gerade das Letzte, wonach ich mich sehne.
»Wie war dein Tag, mein Schatz?« Er wirkt entspannt, was in der letzten Zeit selten vorgekommen ist. Vielleicht ist jetzt genau der richtige Zeitpunkt, um einen weiteren Schritt in unserer Beziehung zu wagen und mich ihm mehr zu öffnen.
»Viel Arbeit, wie immer.« Wenigstens lüge ich nicht.
»Hast du schon zu Abend gegessen?«
»Ich hatte einen Snack«, versuche ich dieses leidige Thema so schnell wie möglich zu beenden.
»Komm, ich habe für uns gekocht«, er zieht mich in die Küche und küsst mich, während er mich an die Küchenzeile lehnt und meinen Nacken zu massieren beginnt. Seine Lippen wandern an meiner nackten Schulter entlang. Es fühlt sich gut an, ihm wieder nahe zu sein, doch nichts von dem, was er tut, ist nur ansatzweise mit dem vergleichbar, was passiert, wenn Paul mich berührt.
Beim Abendessen sitzen wir einander gegenüber, und ich mache mir Gedanken darüber, was er an mir lieben könnte, während ich in meinem Essen herumstochere.
»Warum liebst du mich?«, kommt es plötzlich aus mir heraus, und ich bin mir anfangs nicht sicher, ob ich diesen

Gedanken laut ausgesprochen habe. Christian scheint über diese Frage verwundert zu sein. Überrumpelt fängt er zu stottern an. Ich nippe an meinem Chardonnay und beobachte ihn.
Seitdem wir zusammen sind, hat er mir öfter gesagt, dass er mich liebt, doch nie weshalb.
Da er nichts erwidert, formuliere ich meine Frage anders, um ihm die Antwort zu erleichtern. »Was magst du an mir?«
»Ich liebe dich ... w-w-weil ... du wunderschön bist...«, er schüttelt genervt den Kopf. »Was soll die Frage?«
»Du liebst mich, weil ich schön bin?« Ich runzle pikiert die Stirn. »Warum liebst du mich noch?« Damit gebe ich mich nicht zufrieden. Ich tippe mit dem Zeigefinger auf das Glas.
»Weil du einen tollen Körper hast und ich mich sehr zu dir hingezogen fühle.« *Pah!*
Ich hebe fragend die Augenbrauen. Mit meinem Blick will ich ihm zu verstehen geben, dass es noch immer nicht die Antwort ist, auf die ich gewartet habe.
»Schön, was willst du von mir hören? Ich liebe es, mit dir zu schlafen, ich liebe es, mit dir zu essen, und ich liebe unser gemeinsames Leben ...« *Vergiss es einfach.*
»Was?«, schnauzt er mich an. Entnervt entkommt meiner Kehle ein sarkastisches Lachen.
»Du bist dir schon bewusst, dass du alle Äußerlichkeiten an mir liebst.« Ich kann den Ärger in meiner Stimme nicht unterdrücken.
»Schön, dann drehen wir die Sache doch einmal um. Was liebst du an mir? Dann kann ich mir vielleicht besser vorstellen, was du genau von mir hören willst.« Ich habe mit dieser Frage gerechnet.
»Was ich von dir hören will?« Für einen kurzen Moment halte ich inne. »Weißt du was, Christian, vergiss es einfach!« Ich knalle die Stoffserviette auf den Tisch und erhebe mich.
»Du kannst mir nicht einmal einen vernünftigen Grund nennen ... und erwartest von mir unzählige?« Sein Blick verfinstert sich und seine Stimme klingt wütend.
»Ich habe keine Lust mehr, dir zu sagen, was ich an dir mag, nur damit du vielleicht eine Ahnung bekommst, was ich von dir hören will.« Ich schnappe mir meinen Teller und verschwinde in die Küche.

Wie immer folgt er mir wortlos, obwohl ich mir wünschen würde, dass zwischen uns die Fetzen fliegen und wir zu streiten beginnen. Ich will ihn provozieren, ich will Emotionen, doch Christian ist die Ruhe selbst.
Ich bin mir dessen bewusst, wie Christian reagieren *kann*, wenn er wirklich wütend ist. Normalerweise gehe ich diesen heiklen Themen absichtlich aus dem Weg, um diese Seite an ihm nicht heraufzubeschwören, doch sein Desinteresse und seine Oberflächlichkeit verärgern mich gerade mehr als die bevorstehenden Konsequenzen.
Deshalb habe ich bisher auch jeden Streit mit ihm vermieden. Er ist nicht der Typ, mit dem man sich ein stundenlanges Wortgefecht liefern kann, um sich danach besser zu fühlen.
Doch alles in meiner verkorksten Welt sehnt sich nach Gefühlen, welcher Art auch immer.
Ich bin ausgehungert und durfte von dieser für mich verbotenen Frucht wieder kosten. Lechzend versuche ich mehr zu bekommen, doch Christian weigert sich, diese Art von Beziehung mit mir zu führen.
»Vielleicht sollten wir Dr. Goldmann gemeinsam besuchen …« Ich bin fassungslos und vor den Kopf gestoßen. Er will mit mir zum Therapeuten?
»Es ist auch an mir nicht spurlos vorübergegangen, dass unsere Beziehung nicht mehr das ist, was sie einmal war«, meint er hart.
»Wir sollen eine Paartherapie machen?«, frage ich verwirrt.
»Wir streiten uns permanent.« *Meint er das jetzt ernst?* Er weckt bei mir nur ein zynisches Lächeln.
»Das nennst du streiten? Du hebst nicht einmal deine Stimme, wenn wir miteinander reden«, versuche ich ihn zu provozieren und bin mir bewusst, auf welches gefährliche Spiel ich mich hier einlasse.
»Wir können uns doch normal unterhalten«, meint er unterkühlt, zieht sich seine Anzugjacke aus und legt sie fein säuberlich auf den Stuhl.
»Ich will von dir Emotionen. Ich will unsere Liebe spüren …«, gebe ich verbittert von mir und knalle mit der Hand auf die kalte Arbeitsplatte.

»Und das spürst du, wenn wir streiten?« Er lacht sarkastisch und amüsiert sich scheinbar über meine Worte.
»Nein!« Verzweifelt fahre ich mir durch mein Haar, verschränke die Hände trotzig vor der Brust und starre an ihm vorbei. Höhnisch stößt er ein abgehacktes Lachen hervor.
»Ich glaube, es wäre besser, wenn ich morgen Dr. Goldmann anrufe und einen Termin bei ihm vereinbare.« *Warum braucht er einen Psychiater, um mit mir zu sprechen?*
»Gib mir nicht immer das Gefühl, verrückt zu sein«, zische ich ihn an.
»Du verhältst dich aber gerade so«, bemerkt er herablassend.
»Nur weil ich will, dass mein Mann mehr Gefühle in unserer Beziehung zeigt?«, schreie ich ihn verzweifelt an.
»Woher kommt dieser plötzliche Sinneswandel? Hast du Probleme im Büro? Dann lass uns darüber reden.« Er versucht die Situation sachlich herunterzuspielen.
»Ich habe keine Probleme in der Arbeit. Ich habe sie mit *DIR*!«, schreie ich ihn wütend an.
Er tritt einen Schritt näher zu mir. Dabei verfinstern sich seine Augen bedrohlich.
»Ich glaube, wir waren uns einig, dass wir beide nicht diese Art von emotionalen Menschen sind«, meint er zornig. »Ich habe mich nicht in ein kleines quirliges, durchgeknalltes Mädchen verliebt. Ich habe dich zu meiner Frau gewählt, weil du kühn, mysteriös und geheimnisvoll bist und du immer überlegt handelst. Du lässt dich nicht von diesem Rosaroten-Brillen-Gequatsche beeinflussen, genauso wenig wie ich. Also warum jetzt? Außerdem weißt du, dass du mich lieber nicht reizen solltest«, warnt er mich, während eine Ader an seinem Hals zum Vorschein kommt. *Verdammt, was tue ich da?*
Ich nicke und senke meinen Kopf. Er droht mir und ich beginne zu begreifen, worauf er damit anspielt.
»Was, wenn ich ein durchgeknalltes, quirliges Mädchen bin und dir immer nur etwas vorgemacht habe?«, gebe ich kleinlaut von mir. Er lacht kurz auf und dreht sich um.
»Sei nicht dumm. So eine gute Schauspielerin, wie du vorgibst zu sein, bist du nicht.«

Er dreht sich um und verlässt den Raum. »Lass uns schlafen gehen. Morgen bist du hoffentlich wieder normal«, meint er verächtlich, bevor er die Tür hinter sich zuknallt. *Bin ich nicht normal?*
Ich habe es vorgezogen, mich in das separate Schlafzimmer zu verziehen. Mal wieder. Christians markante und aufgebrachte Stimme dröhnt dumpf durch die Wände. Wenn ich ganz leise bin, kann ich ihn hören. Er redet mit seiner Mutter. Etwas anderes habe ich nicht erwartet. Ich kann es nicht leiden, wenn er bei jeder Kleinigkeit immer zu ihr rennt. Sie wacht über ihn wie ein Adler über seine Brut. Morgen bekomme ich sicherlich einen Anruf von ihr. Sie wird mir wieder ein schlechtes Gewissen machen. Sosehr ich es auch zu vermeiden versuche, meine Gedanken sind nur bei Paul und unserem heutigen Gespräch. Ich weiß, dass es keine gute Idee ist, ihn zu treffen, ich weiß, dass es mich noch irgendwann um Kopf und Kragen bringen wird, doch etwas in mir kann einfach nicht anders. Er ist wie eine Sucht.
Wenn ich mir vorstelle, ihn morgen nicht zu sehen, will ich nicht mehr aufstehen. Jedes Mal, wenn ich meine Augen schließe, sehe ich nur seine wunderschönen grünblauen Augen. Sie haben sich nicht verändert und strahlen immer noch genauso fröhlich wie früher. Er mag zwar älter geworden sein, doch in seinem Herzen ist er noch der Junge, in den ich mich damals verliebt habe.

Elf

Ich habe es gewusst. Kurz überlege ich, ob ich das Gespräch annehmen soll, als ich den Namen meiner Schwiegermutter auf dem Display sehe. Ich atme ein paar Mal tief durch und hebe ab, während ich meine Wimpern mit Mascara tusche und etwas Rouge auf meine viel zu blassen Wangen auftrage.

»Guten Morgen, Alma ...«, begrüße ich sie unterkühlt.

»Guten Morgen, mein Kind. Wie geht es dir?« Mit ihrem Äußeren erinnert sie mich an Cruella De Vil – aus dem Film mit den vielen Dalmatinern –, die mit ihren auftoupierten weißen Haaren und der herrschsüchtigen Art wie ein Orkan durch unser Leben fegt.

»Danke. Ich bin gerade am Weg zur Arbeit.« Ich hoffe, ich kann sie dadurch abwimmeln, doch ich sollte sie eigentlich besser kennen.

»Ich will dich nicht aufhalten.« *Echt nicht? Warum spricht sie dann weiter?* »Mein Kind, Christian hat mich gestern Abend noch angerufen und er war sehr besorgt«, flötet sie ins Telefon.

»Ist das so?«, stelle ich mich unwissend.

»Ja, er hat mir erzählt, dass ihr das Babythema ... wie soll ich sagen ...« *Vielleicht so, wie es ist?*

»Ja, er hat recht«, unterbreche ich sie. Ich habe keine Lust, mich auf ihr Spiel einzulassen.

»Ich finde das gut. Ihr müsst schauen, dass es euch beiden wieder gut geht. Ihr habt euch in den letzten Jahren nur auf dieses Thema konzentriert und es war sicherlich nicht besonders beziehungsfördernd.

Außerdem ist es für ein Kind wichtig, in einem stabilen Umfeld aufzuwachsen.« *Wie bitte?* Ich könnte in die Luft fahren, doch von mir wird sie nichts erfahren. Christian gibt ihr sowieso schon genug Stoff zum Nachdenken.
»Alma, es ist sehr lieb von dir, und ich danke dir für deine Worte und deine Anteilnahme, aber ich muss jetzt wirklich los.« Selbst wenn ich ihr klarmache, dass sie sich nicht in unsere Beziehung einzumischen hat, würde sie nicht aufhören, mir Ratschläge zu erteilen, also gebe ich klein bei und stimme ihr zu. Die letzten Jahre haben mich gelehrt, dass dies der beste Weg ist, sie mir vom Leib zu halten.
»Jaja, mein Kind. Ich will dich nicht länger aufhalten. Vielleicht hast du Zeit, mich einmal zu besuchen? Dann kann ich dir noch ein paar Ratschläge geben.« Für einen Moment überlege ich, was ich ihr darauf antworten soll. Ich hüstle, denn meine Fassungslosigkeit lässt mich kurzfristig verstummen. Der leise Verdacht überkommt mich, wenn ich jetzt nicht einem Treffen zustimme, wird sie mich heute den ganzen Tag weiterquälen.
»Ich werde sehen, dass ich es einrichte …« Damit habe ich mir noch etwas Zeit verschafft.
»Gut, mein Kind, sei schön lieb zu deinem Ehemann …«, ich beginne belustigt zu grinsen.
»Danke, Alma, bis bald!« Ich lege so schnell wie möglich auf, damit sie nicht auf die Idee kommt, mich weiter zu nerven.
Ich habe heute einen wichtigen Termin mit meinem Chef. Als ich aus der Wohnung laufe, hält mich Christian auf.
»Lena, ich komme heute Mittag in dein Büro, lass uns zusammen essen gehen! Ich möchte, dass wir uns über die Paartherapie unterhalten.«
Woher kommt dieser Sinneswandel? »Meine Mutter meinte …«, also daher weht der Wind.
»Ich kann nicht«, unterbreche ich ihn, »ich habe um zwölf noch einen Termin. Können wir uns vielleicht eine Stunde später treffen?«
»Das wird sich bei mir nicht mehr ausgehen. Kannst du den Termin nicht verschieben?«
Ich möchte ihn nicht anlügen. Ich sehe den Blick in seinen Augen und fühle mich schlecht dabei, ihn wegen Paul zu versetzen.

»Ich versuche es.« Mein Herz pocht wie wild in meiner Brust – als hätte er mich erwischt.
Noch dazu bläst ein kalter Nordwind, der mich frösteln lässt. An manchen Tagen genieße ich das Treiben in der Innenstadt von Wien – die Vielfalt der unterschiedlichen Kulturen –, doch an solchen Tagen wie heute gehen mir die unzähligen Rucksacktouristen mit ihren Fotoapparaten und den ständig gegen den Himmel gerichteten Blicken auf die Nerven.
Als ich ins Büro komme, schreibe ich Paul eine E-Mail. Mein schlechtes Gewissen quält mich schon die ganze Zeit. Ich werde Christian nichts von Paul erzählen, da es im jetzigen Moment für unsere Beziehung nicht sonderlich hilfreich erscheint.
An: paul.franke@innerstaedtisches-kh-wien.com
Von: lena.ames@ela.com
Betreff: Ich schaff es heute nicht!

An: lena.ames@ela.com
Von: paul.franke@innerstaedtisches-kh-wien.com
Betreff: Mach das nicht, Leni!

An: paul.franke@innerstaedtisches-kh-wien.com
Von: lena.ames@ela.com
Betreff: Ich wollte kommen, doch Christian hat mich gefragt, ob ich mit ihm essen gehe … Ich möchte ihn nicht versetzen.

An: lena.ames@ela.com
Von: paul.franke@innerstaedtisches-kh-wien.com
Betreff: Das verstehe ich. So sehr ich auch unser heutiges Treffen vermissen werde, wünsche ich dir einen schönen Tag!

An: paul.franke@innerstaedtisches-kh-wien.com
Von: lena.ames@ela.com
Betreff: Morgen?
An: lena.ames@ela.com
Von: paul.franke@innerstaedtisches-kh-wien.com
Betreff: Ich warte auf dich …

Diese vier Wörter zaubern ein verträumtes Lächeln auf meine Lippen, wenngleich sie sicherlich nicht so gemeint sind. Ich tippe eine Kurzmitteilung an Christian und bestätige ihm unser Treffen. Kurz vor Mittag treffe ich meinen Chef und bin verwundert, als er mir eine Stelle in Paris anbietet. Paris – die Modemetropole, meine Wunschdestination seit Beginn meiner Karriere – rückt in greifbare Nähe. Er ist sehr von meiner Arbeit begeistert und braucht dringend Verstärkung.

Ich habe immer gehofft, den Sprung in diese Traumstadt zu schaffen. Ich sollte mich freuen.

Als Christian mich zum Essen abholt, blicken uns die Frauen aus meinem Büro neidisch hinterher. Keine Frage, er ist ein Augenschmaus. In seinem dunklen Anzug, der akkurat sitzenden Krawatte und seinem ordentlich gepflegten Äußeren, wirkt er mit seiner stattlichen Größe von einsfünfundneunzig und seinem muskulösen Körper wie ein Adonis aus einer Modezeitschrift. Seine gebräunte Haut und die schwarzen, zurückgegelten Haare erwecken immer den Anschein, dass er gerade aus dem Urlaub kommt. Noch dazu kann er es nicht lassen, meinen Kolleginnen immer ein flüchtiges Zwinkern zu schenken. Davon hält ihn nicht einmal meine Anwesenheit ab. Er ist sich seiner Wirkung auf Frauen bewusst, liebt es und fühlt sich in dieser Rolle sehr wohl.

Christan führt mich in mein Lieblingsrestaurant Franks aus. Ich war erst vor ein paar Wochen mit Paul hier. Dass er sich genau dieses Lokal ausgesucht hat, ist hoffentlich nur ein Zufall.

Ich bestelle mir eine Tomatensuppe und ein Olivenbrot – wie üblich. Während wir auf das Essen warten und er immer wieder an seinem Weißwein nippt, versuche ich seine distanzierte Stimmung zu ignorieren und erzähle ihm von meinem Jobangebot.

Wir hatten noch nie ein besonders liebevolles Verhältnis und das wird mir nun von Tag zu Tag bewusster.

Anscheinend war ich die letzten Jahre so sehr mit mir selbst beschäftigt, dass es mir nie aufgefallen ist.

»Mein Chef hat mir heute die Stelle in Paris angeboten.« Christian verschluckt sich an seinem Wein. *Vielleicht hätte ich doch ein anderes Thema wählen sollen?*
Er räuspert sich und stellt das Glas wieder ab, ohne mich eines Blickes zu würdigen.
»Und was hast du ihm gesagt?« Er streicht das Tischtuch glatt und starrt demonstrativ an mir vorbei.
»Dass ich es mir überlege!« Der Kellner bringt unser Essen, schenkt uns Wein nach und wendet sich danach wieder ab. Ich rühre in meiner Suppe und warte darauf, dass sie auskühlt. Dabei suche ich den Augenkontakt zu Christian, doch er verwehrt ihn mir konsequent.
»Was würde das bedeuten?« Er reißt ein Stück von dem Brot ab, steckt es in den Mund, lehnt sich in seinen Sessel zurück und mustert mich argwöhnisch, während sich seine Augen verfinstern.
Ich spitze meine Lippen.
»Dass ich nach Paris ziehen müsste.« Er schaut mich fassungslos an und schüttelt energisch den Kopf.
»Willst du das? *Jetzt?«* Es ist mir klar, dass ich diesbezüglich keine Unterstützung von ihm erwarten kann. Er hat meine Träume immer abgetan und mich nie ernst genommen, wenn ich ihm davon erzählt habe.
»Ich weiß nicht, es wäre ein wahnsinniger Karrieresprung«, versuche ich ihm diese Chance klarzumachen.
»Wie oft würdest du hier sein?« Er ist wie immer kühl und will nur die Fakten wissen. *Fakten, Fakten, Fakten. Es war noch nie anders.*
»Nur am Wochenende. Außer du kommst mit mir ...« Ein kleiner Hoffnungsschimmer schwingt in meiner Stimme mit. Ich weiß, dass er sich nie darauf einlassen würde, mit mir zu kommen. Er müsste meiner Karriere Platz machen, zurückstecken und mir den Vortritt lassen, was sein Ego niemals zuließe.
Eigentlich habe ich ihm schon am Anfang unserer Beziehung von meinen Wünschen und Zielen erzählt, doch wahrscheinlich hat er in dem Bewusstsein gelebt, dass wir dann längst Kinder haben würden und dieser Plan sowieso nicht mehr umsetzbar wäre.

»Lena«, amüsiert und mit einem schiefen Lächeln grinst er mich an, »das geht nicht. Wie stellst du dir das vor?
Sei doch nicht so naiv! Mein Chef hat mir eine Junior-Partnerschaft bereits zugesagt.«
»Ich weiß, ich weiß«, ich koste von meiner Suppe, »ich habe mir das auch alles anders vorgestellt.« *Wie habe ich es mir vorgestellt, als ich auf diesen Job gehofft habe?* Es war klar, Christian würde niemals mit mir weggehen, geschweige denn etwas mir zuliebe machen. Er ist hier verwurzelt. Seine Mutter wohnt nur ein paar Straßen von uns entfernt und er hat eine tolle Karriere vor sich. *Also, was mache ich mir hier vor?*
»Das ist deine Entscheidung. Doch du weißt, was ich von dieser ganzen lächerlichen Modebranche halte. Dein Platz ist hier – neben mir – und nicht in Paris. Du bist *meine* Frau, was dich wahrscheinlich in der letzten Zeit nicht wirklich interessiert hat. Außerdem scheinst du mit deinem Kopf komplett woanders zu sein. Wir sollten an unserer Beziehung arbeiten und dann kommst du mit so einem Scheiß!« Er lacht zynisch auf und schüttelt erneut verächtlich den Kopf. »Du bist weder fokussiert, noch denkst du die Dinge ernsthaft durch. Wie sonst kannst du dir deine lächerlichen Gedanken erklären!«, knurrt er mir leise entgegen. Meine einzige Reaktion ist ein abwesendes Nicken. Wir beenden unser Mittagessen, als er dem Kellner ein Zeichen gibt, um uns die Rechnung zu bringen, und ich kann meine Enttäuschung und Frustration nicht verstecken, was durch die Worte, die er beim Abschied für mich übrig hat, nicht besser wird.
»Was ist los mit dir? Seitdem du diese Verletzung am Kopf hattest, versuchst du ein Mensch zu sein, der du einfach nicht bist. Du verlangst Dinge von mir, die dir selbst nie wichtig waren.
Schön langsam glaube ich, eine andere Frau an meiner Seite zu haben, was mir überhaupt nicht gefällt.« Er hilft mir in meinen Mantel. »Ich habe Dr. Goldmann angerufen und einen Termin ausgemacht.«
Er lehnt sich zu mir, küsst mich auf die Wange und fährt mit seiner Hand an meinem Rücken auf und ab.
»Wenn du meinst«, gebe ich ernüchtert von mir.

»Das Gespräch gestern hat mich etwas verunsichert, wie du zu uns stehst. Jetzt das noch mit Paris. Meine Geduld ist auch bald am Ende.« Er greift nach meinem Oberarm und drückt für meine Empfindung etwas zu fest zu. Ich entziehe ihm sofort meinen Arm und schlagartig verfinstert sich seine Miene.
»Wenn du glaubst, dass wir das zu zweit nicht bereden können ... dann soll es so sein«, verdrehe ich meine Augen. »Und jetzt muss ich gehen.«
»Nein, Lena. Es macht den Anschein, dass *du* etwas von mir erwartest, was ich dir nicht geben will oder kann, und ich glaube, dass Dr. Goldmann uns dabei helfen wird, deine wirren Gedanken wieder zurechtzurücken.«
Christian lässt mich mit meinen Gefühlen alleine, doch bis jetzt wollte ich das so. Ich kann ihm keinen Vorwurf über seine Verständnislosigkeit und meinen plötzlichen Sinneswandel machen.
Wir verabschieden uns vor dem Lokal. Kühl und distanziert. Wie es für uns normal ist, doch jetzt lässt es einen kalten Schauer über meinen Körper laufen.
Er dreht sich um, zwinkert mir kurz zu – was vor kurzer Zeit noch charmant war, nervt nur noch –, bevor er in seine Limousine steigt und wegfährt.
Ich hole mein Handy aus der Tasche und tippe eine
E-Mail an Paul.

An: paul.franke@innerstaedtisches-kh-wien.com
Von: lena.ames@ela.com
Betreff: Hast du Zeit zum Reden?

Ich gehe keine zehn Schritte, bevor mich seine Antwort erreicht.

An: lena.ames@ela.com
Von: paul.franke@innerstaedtisches-kh-wien.com
Betreff: Heute noch?

An: paul.franke@innerstaedtisches-kh-wien.com
Von: lena.ames@ela.com

Betreff: Ja. Ich bin noch bis 19 Uhr im Büro. Vielleicht hast du danach Zeit?

An: lena.ames@ela.com
Von: paul.franke@innerstaedtisches-kh-wien.com
Betreff: Ist etwas passiert?

An: paul.franke@innerstaedtisches-kh-wien.com
Von: lena.ames@ela.com
Betreff: Nein. Ich brauche nur jemanden zum Reden ...

An: lena.ames@ela.com
Von: paul.franke@innerstaedtisches-kh-wien.com
Betreff: Ich habe heute Nachtdienst ... was ist passiert?

An: paul.franke@innerstaedtisches-kh-wien.com
Von: lena.ames@ela.com
Betreff: Muss ich mich verletzen, damit ich dich heute noch sehen kann?

An: lena.ames@ela.com
Von: paul.franke@innerstaedtisches-kh-wien.com
Betreff: Das wäre eine Möglichkeit :) Was ist los? Komm vorbei, wenn es dich nicht stört, mich im Krankenhaus zu besuchen. Ich freue mich.

An: paul.franke@innerstaedtisches-kh-wien.com
Von: lena.ames@ela.com
Betreff: Lassen sie mich zu dir, wenn ich unverletzt bin?

An: lena.ames@ela.com
Von: paul.franke@innerstaedtisches-kh-wien.com
Betreff: Sie werden eine Ausnahme machen ... :) Bis dann!
Ich habe Christian gesagt, dass ich noch einen Abendtermin habe. Nach dem heutigen Gespräch zieht es mich nicht nach Hause. Bevor ich mich auf den Weg zu Paul mache, kehre ich noch mit Lucie in einer kleinen netten Bar ein, um noch ein Glas Wein zu trinken. Sie gesteht, dass sie im nächsten Monat kündigen wird, da sie ein Jobangebot von der Konkurrenz bekommen hat.

Eine bessere Bezahlung und tolle Karrierechancen haben ihr die Entscheidung nicht schwer gemacht. Etwas wehmütig blicke ich in die Zukunft. *Ich werde sie vermissen.*

Vor dem Krankenhaus, bin ich mir nicht mehr sicher, ob es richtig war, herzukommen. Wenn auch zögerlich, betrete ich den riesigen Komplex und erkundige mich beim Portier, wo ich Dr. Franke finde. Plötzlich beginnen die Schmetterlinge heftig in meinem Bauch zu flattern.
»Dr. Franke ist heute in der Notaufnahme. Gehen Sie den Gang entlang, beim Kaffeeautomaten rechts und dort finden Sie die Aufnahme.« Ich schenke ihm ein höfliches, gut geübtes Lächeln, gehe mit einem lauten Klacken, bedingt durch die hohen Absätze, den Gang entlang und bemerke, wie mir der Alkohol etwas zu Kopf steigt.
Dr. Franke, das hört sich ungewohnt an. Ich muss kichern. *Reiß dich zusammen, Lena. Du wirkst wie ein betrunkener Teenager.* Aber genauso fühle ich mich gerade. Ich hätte keinen Alkohol trinken sollen!
Vor zwei Jahren hatte ich eine Blinddarmoperation und musste ein paar Tage hier verbringen. Das Krankenhaus ist freundlich und hell. An den Wänden hängen Fotografien von Tätigkeiten, die man mit einem Arzt oder mit einem Spital verbinden würde. Es macht die Räumlichkeiten, die sowieso schon sehr steril wirken, etwas freundlicher. Ich begegne einer Frau, die von ihrem Mann im Rollstuhl geschoben wird. Ein nettes älteres Ehepaar, das mir freundlich zulächelt.
»Kann ich Ihnen helfen?«, fragt mich eine junge Dame mit Engelslocken, einer kleinen Stupsnase und vielen Sommersprossen, die ein blaues Pflegerinnenoutfit trägt.
Sie zieht dabei ihre Augenbrauen fragend hoch, versucht höflich und freundlich zu wirken, doch sie scheint von meiner Anwesenheit genervt zu sein. Ihre vielen bunten Armreifen erzeugen ein klapperndes Geräusch, jedes Mal wenn sie den Arm etwas hebt.
»Ich suche Paul Franke ...«, piepse ich vor mich her und bin selbst über meinen unterwürfigen Ton überrascht. Diese Krankenhäuser und deren Personal haben irgendwie eine einschüchternde Wirkung.

»Sie meinen *Dr.* Franke?« Etwas Belehrendes schwingt in ihrem Tonfall mit. Sie mustert mich vom Scheitel bis zur Sohle. Ihre Abneigung, mir zu helfen, ist unschwer zu erkennen.

»Ahm, ja, *Dr.* Franke natürlich«, stammle ich, wirke dabei jedoch verlegen und betone genauso wie sie den Doktortitel.

»Er ist in der Notaufnahme. Kann ich ihm etwas ausrichten?« *Wenn Blicke töten könnten ...*

»Können Sie ihm sagen, dass Lena hier ist?«

»Lena wer?« Ihre anfänglich gespielte Freundlichkeit weicht schlagartig ihrem Missfallen. *Was habe ich ihr getan, um ihren Unmut zu wecken?*

»Steinberg«, sage ich schnell, um keinen unnötigen Verdacht zu erwecken. Sie spitzt ihre Lippen, bevor sie sich umdreht und wortlos hinter der Tür verschwindet, die sich automatisch öffnet und wieder schließt. »*Zutritt nur für Personal*«, steht in großen, fett gedruckten Worten darauf. Damit ist klar, dass ich ihr nicht folgen soll. Es wäre mir im Traum nicht eingefallen, ihr zu folgen, schon aus Angst, wieder von ihr zurechtgewiesen zu werden. Ich gehe in den Wartebereich und setze mich auf einen der Stühle. *Was mache ich hier bloß?* Ich fühle mich, als würde ich etwas Verbotenes tun, und die Frau Pflegerin hat mich gerade dabei erwischt. Immer wieder kommen Patienten, die sich bei Frau Missmutig anmelden. Wie eine Klapperschlange ihre Opfer beobachtet, bevor sie blitzartig zubeißt, verfolgt sie jede meiner Bewegungen. *Eine wirklich seltsame Frau.* Die Tür öffnet sich und geht wieder zu. Jedes Mal schaue ich auf und erkenne, dass es sich nicht um Paul handelt. Als ich auf meine Uhr blicke, ist es schon nach neun Uhr.

Ich habe eine ganze geschlagene Stunde hier gewartet. Nun ist es Zeit zum Aufbrechen. Ich wage mich wieder in die Nähe der Klapperschlange. Sie hebt missbilligend ihren Kopf, als ich mich vor dem Empfang aufbaue und ihr meine Anwesenheit durch ein Räuspern bekanntgebe.

»Bitte ...« Ihre Armbänder erzeugen wieder dieses seltsame Geräusch. *Bitte nicht beißen!*

»Können Sie bitte *Dr.* Franke-e ausrichten, dass ich jetzt gehe?« Ich kann es mir nicht verkneifen, sie mit dem Doktortitel aufzuziehen.
»Das mache ich ... auf Wiedersehen.« *Okay, ich habe verstanden. Sie will, dass ich verschwinde.* In dem Moment, als ich mich umdrehe und mich zum Ausgang bewegen will, öffnet sich die Tür der Notaufnahme und Paul tritt heraus.
»Leni«, meint er freudestrahlend. Mein Herz beginnt bei seinem Anblick zu hüpfen.
Er lächelt mir zu und sieht in seinem weißen Mantel und dem erbsengrünen Gewand darunter unwiderstehlich sexy aus. Ich habe noch nie einen Arzt gesehen, der meine Aufmerksamkeit so auf sich ziehen konnte. Um seinen Hals hängt ein Stethoskop. Auf einem Namensschild steht sein Titel – *»Dr. Franke«.*
»Guten Tag, *Dr.* Franke ...« Er beginnt zu lächeln und bemerkt nicht, dass ich seinen Namen deutlich betone. Frau Klapperschlange beobachtet, wie wir uns umarmen.
»Haben Sie ein paar Minuten für mich Zeit? Ich will zwar Ihre kostbare Zeit nicht verschwenden ...«, hake ich laut nach, um sicherzugehen, dass sie mich hören kann.
Über meine distanzierte Art amüsiert, grinst er mich jungenhaft an. Ich könnte bei seinem Anblick seufzen, doch mit Frau Klapperschlange im Nacken unterlasse ich das lieber.
»Was ist los? So förmlich heute?«, fragt er mich augenzwinkernd.
Ich grinse ihm neckisch zu und beuge mich zu ihm, um in sein Ohr zu flüstern.

»Frau Klapperschlange kann mich nicht leiden, nein, besser gesagt sie hasst mich, und sobald sie Wind davon bekommt, dass ich dich persönlich sehr gut kenne, beißt sie sicher zu.« Paul dreht sich zu der Pflegerin um und hebt die Hand. Er ertappt sie dabei, wie sie uns beobachtet, was ihr in diesem Moment so unangenehm ist, dass sie rot anläuft. »Hallo, Lisa.« Sie nickt ihm zu und wendet sich wieder ihrer Arbeit zu. »Komm ...« Er legt seine Hand auf meinen Rücken, führt mich durch die Tür, wo eigentlich nur das Personal Zutritt hat.

Triumphierend drehe ich mich noch mal zu Frau Klapperschlange um, die nur zynisch lächelt. *Blöde Schlange!*
Paul führt mich in eines der Untersuchungszimmer.
»Dr. Franke, es zieht ganz fürchterlich hier. Können Sie sich das einmal anschauen?«, necke ich ihn und deute auf meinen verspannten Rücken. Ein Kollege von ihm lächelt mich freundlich an. Er dürfte im gleichen Alter wie Paul sein. »Wen haben wir denn hier? Zu viel Alkohol?«, meint er belustigt. *Hey! Was soll das?*
»Wie bitte?«, stöhne ich empört auf.
»Felix, das ist Leni Stein ... ähm ... Ames. Eine Freundin von mir.« Er wendet sich mir zu und zieht die Schultern entschuldigend in die Höhe.
»Sorry Leni, wahrscheinlich eine alte Angewohnheit«, ich quittiere es mit einem sanften, verständnisvollen Lächeln.
»Ach so, und ich dachte, wieder so eine aufdringliche Patientin.« Er zwinkert mir zu. Dann reicht er mir die Hand.
»Hallo, ich bin Felix.« Er ist ähnlich groß wie Paul. Schnell streift er sich seine tiefschwarzen Haare, die sein Gesicht umrahmen, zurück, während seine dunkelbraunen Augen mich eingehend mustern und ihm ein schalkhaftes Lächeln über den Mund huscht.
»Hallo Dr. Felix ...« Schmunzelnd reiche ich ihm die Hand.
»Ich bin nicht aufdringlich. Oder, Paul, bin ich aufdringlich?«, hilfesuchend schaue ich ihn an.
»Nein, bist du nicht«, grinst er und bekommt dabei wieder dieses unwahrscheinlich süße Grübchen in seiner Wange. *Oh mein Gott, wie ich es liebe. Bin ich betrunken? Er muss merken, wie ich ihn anschmachte.*
»Wenn Sie nicht schon etwas über Ihren Durst getrunken hätten, würde ich Sie, nachdem meine Schicht jetzt endet, auf ein Glas Wein einladen, doch ich denke, dass Sie davon schon genug hatten, oder?«, meint Felix.
»Sie hatte schon genug«, erwidert Paul, obwohl die Frage an mich gerichtet war. Ich beginne zu lächeln, als ich merke, dass es Paul nicht recht ist, wie ich mich mit seinem Kollegen auf diese Art und Weise unterhalte.
»Ein anderes Mal gerne ... Dr. Felix«, bemerke ich amüsiert.

»Es war schön, Sie kennenzulernen, Frau Ames.« Ich nicke und er klopft Paul auf die Schulter.
»Du kommst alleine zurecht, Paul?«, fragt er und zieht dabei die Mundwinkel belustigt nach oben.
»Danke, Felix, ich schaffe das.« Er verlässt den Raum, in dem wir nun alleine sind.
»Was war das?«, frage ich Paul, als die Tür ins Schloss fällt.
»Felix lässt nichts anbrennen, wenn du verstehst.«
»Oh ...«, überlege ich kurz, »*Oh!*« Er nickt mir zu und seine Miene verfinstert sich »Und das hat dir nicht gefallen, nach deinem Gesicht zu urteilen ...« Er antwortet nicht und schüttelt nur mürrisch den Kopf. »Ach komm schon, mit der Sorte Mann kenne ich mich aus. Du warst früher nicht anders.«
»Anscheinend nicht, wenn ich dich beobachte, aber man kann es ihm nicht übel nehmen«, entgegnet er nachdenklich.
»Du bist eifersüchtig? Ach wie süß!«, quietsche ich entzückt.
»Sei still, Leni.« Er nimmt mich am Handgelenk und zieht mich hinter einen Vorhang.
Ich bin entspannt in seiner Gegenwart. Alles fühlt sich so leicht an. *Oder vielleicht ist es doch dem Alkohol zuzuschreiben?* Stolpernd wanke ich ihm hinterher.
»Was ist nun mit meinen Schmerzen, können Sie mich untersuchen, Dr. Franke?« Ich kichere wie ein kleines Kind, während ich auf meinen Rücken deute.
»Du stehst auf Doktorspiele, oder wie?« Bei seinen Worten werde ich mir erst der pikanten Situation, die ich ausgelöst habe, bewusst. Ich bekomme augenblicklich ein tiefrotes Gesicht und räuspere mich verlegen.
»Also, schieß los, was gibt es so Wichtiges, dass es nicht bis morgen warten kann?«, erwidert er mein Lächeln.
Ich lege meinen Mantel auf die Liege, setze mich darauf und stelle meine Tasche neben mich. Wenn ich daran denke, dass er mich nun wirklich untersuchen könnte, zieht sich mein Unterleib auf eine seltsame Weise zusammen. Es fällt mir schwer, mich in meinem engen Kleid so hinzusetzen, dass es mir nicht zu weit hinaufrutscht. Ich merke, wie Paul verstohlen auf meine Beine blickt.

Eine absurde Situation, die ungeahnte Fantasien in meinem Kopf auslöst. Wünsche, Hirngespinste, Sehnsüchte tauchen wie Bilder in meinem Kopf auf. In seinen Armen zu liegen, ihm über seine Haut zu streichen, ihm die Hand auf die Brust zu legen, um den Rhythmus seines Herzens zu spüren, seine Küsse, die bereits bei dem verwerflichen Gedanken Gänsehaut auslösen. *Stopp! Wo kommen diese Gedanken her. Ich sollte mich schämen!*

»Was ist mit dieser Klapperschlange vom Empfang los?«, versuche ich wieder Herrin meiner Sinne zu werden. »Steht sie auf dich?«

»Lisa?«, er beginnt zu lachen. »Nein! Sie ist eine Freundin von Marlene.«

»Das erklärt einiges …«, bemerke ich süffisant.

»Also, was ist los? Warum wolltest du mich heute noch sehen?« *Warum wollte ich ihn eigentlich sehen? Reicht es nicht, ihn sehen zu wollen, weil mir einfach danach war? Weil ich mich nach seinen wunderschönen Augen gesehnt habe und keinen Tag mehr ohne sein magisches Lächeln aushalten kann!* Obwohl mir der Alkohol immer mehr zu Kopf steigt, versuche ich den Grund meines Kommens in den funktionierenden Gehirnzellen zu finden. *Ach ja, mein Job. Ich wollte ihm von meinem Job erzählen.*

»Ich habe ein tolles Jobangebot in Paris und ich weiß nicht, was ich machen soll.«

»Okay, was ist das für ein Job?« Er lehnt sich mir gegenüber an die andere Untersuchungsliege, überkreuzt die Beine und verschränkt die Arme vor seiner Brust. Sein Anblick macht süchtig. Beschämt stütze ich mich an beiden Seiten auf der Liege ab und senke meinen Kopf zwischen den Schultern, um endlich klare Gedanken zu bekommen.

Konzentriere dich. In seiner Anwesenheit leichter gesagt, als getan. »Im Prinzip das Gleiche, was ich jetzt mache, nur ist Paris die Modemetropole und eine ganz andere Dimension.«

»Reizt dich das Angebot?«

»Eigentlich schon. Doch ich müsste hier alles aufgeben«, seufze ich hörbar aus und verändere meine Position, indem ich aufschaue und mich langsam mit dem Rücken an die Wand lehne, während ich die Hände über meinem Bauch verschränke.

Stillschweigend beobachtet er jede meiner Bewegungen, bevor er sich selbst dabei ertappt und schnell eine unbefangene Frage stellt.
»Was ist mit Christian? Würde er mit dir kommen?«
»Nein.«
Er runzelt die Stirn.
»Willst du alleine gehen?«
»Nein. Ich weiß nicht ... es ist nur so. Ich habe, seitdem ich bei Ela begonnen habe, immer diesen Traum gehabt. Jetzt, wo er Realität werden könnte, beginne ich zu zweifeln.«
»Warum zweifelst du?«
»Weil sich so viel verändert hat.« Nervös beginne ich mit den Trägern meiner Tasche zu spielen.
»Wie meinst du das?« Es war klar, dass er nachbohren würde.
»Ich fürchte, wenn ich nach Paris gehe, hält unsere Ehe das nicht aus. Unsere Jobs beanspruchen in vollem Maß die sowieso schon wenige Zeit und wir würden uns dann nur noch am Wochenende sehen.« Er beginnt zu grinsen.
»Warum lachst du?«
»Leni Steinberg, die Karrierefrau. Wenn man mir das vor zehn Jahren erzählt hätte, hätte ich es nicht geglaubt.«
»So verändert man sich. Ich hätte dich auch nie im Krankenhaus gesucht.«
Abrupt hört er auf zu lächeln und wird ernst.
»Hast du mich jemals gesucht?«, seine Worte klingen leise, doch es liegt so viel Kraft darin und sie kommen so plötzlich aus dem Nichts. Überrascht schnappe ich nach Luft und überlege kurz, bevor ich ihm antworte.
»Um ehrlich zu sein ... nein. Ich habe den Abstand gebraucht, und ich bin froh, von hier weggegangen zu sein. Es hätte damals einfach nicht mehr geklappt.«
»Warum bist du dir da so sicher?«
»Weil ich deine Nähe nicht mehr ertragen hätte. Ich habe mich gehasst, meinen Körper und alles um mich. Ich hätte dich mitgerissen an einen Ort, an dem du nicht hättest sein wollen.«
»Woher weißt du, dass ich nicht auch da war?« Er wartet auf eine Antwort, die ich ihm nicht gebe.

»Du bist, ohne einen Ton zu sagen, einfach verschwunden. Als wärst du ein Traum, eine Fiktion, die reinste Einbildung gewesen.« Er stößt sich von der Liege ab, geht langsam ein paar Schritte auf mich zu und setzt sich neben mich auf das Bett. »Manchmal dachte ich, ich sei verrückt. Deine Eltern haben kein Wort mehr mit mir geredet. Emma wusste nicht, wo du bist, und meine Eltern haben mir gesagt, ich solle dich vergessen.« Er schluckt hörbar. »Es war die Hölle, Leni«, flüstert er leise, aber deutlich und greift nach meiner Faust, die ich langsam zu lösen beginne. Gedankenverloren streicht er darüber und betrachtet unsere Hände.

»Es war vielleicht nicht richtig, ohne ein Wort zu gehen. Doch ich wusste es nicht besser. Ich hätte dir nicht mehr in die Augen schauen können.« Sein gespieltes Lächeln, das mich eigentlich aufmuntern sollte, fällt kläglich aus.

Unerwartet steht er auf und fährt sich durch sein Haar. Er richtet den Blick auf mich und ich sehe seinen tiefen Schmerz und die Sehnsucht, die seine Augen geflutet haben. Sein Atem geht schnell und unregelmäßig, als er einen Schritt auf mich zugeht und vor mir stehen bleibt. Ich kann seine Beine an meinen Knien spüren.

Zögernd hebt er die Hand und streicht mir eine Haarsträhne zur Seite. Mein Atmen geht flach, und das Gefühl, ihm nahe sein zu wollen, wird immer stärker.

Bei seiner Berührung schließe ich die Augen, spüre das Verlangen, ihn an mich zu ziehen und den Rest der Welt einfach auszublenden. Um mich ist alles in Sorge, verbunden mit Angst und dem schlechten Gewissen, das mich ständig begleitet, doch in seiner Nähe finde ich Ruhe und beginne zu vergessen.

»Leni ...«, raunt er, bevor er seine Hand auf mein Knie legt und noch leiser zu flüstern beginnt, sodass mir die Gänsehaut über den Rücken läuft. In diesem Moment wünsche ich mir nichts sehnlicher, als ihn zu küssen, bis alle Ängste und Befürchtungen von mir abfallen. Ihn an meiner Haut zu fühlen, die Muskeln unter meinen Händen zu spüren und das heftig klopfende Herz in seiner Brust zu hören. Ich schließe die Augen und atme unüberhörbar aus. Wenn er sich seiner Anziehung auf mich noch nicht bewusst war, so weiß er es jetzt.

Als ich seine warme Hand in meinem Nacken fühle, beginnt mein Herz zu galoppieren. Sanft streicht er über meinen Hals hinab und ertastet meine Haut, als würde er es das erste Mal tun. Seine Berührung fühlt sich unglaublich gut an. Ich bringe es nicht fertig, ihn davon abzuhalten. Ich öffne wieder meine Augen, sehe, wie er seinen Kopf seitlich legt, mich studiert und auf eine Reaktion wartet. Langsam beugt er sich zu mir hinunter. Ich kann die Wärme, die von seinen Lippen ausgeht, spüren und muss mich selbst beherrschen, ihn nicht einfach an mich zu ziehen, um der Quälerei und dem Verlangen endlich ein Ende zu bereiten. Wie automatisch öffnen sich meine Lippen, während er sie fixiert. Er ist nur noch einen Hauch von mir entfernt, bevor er innehält.
»Dr. Franke, sind Sie hier drinnen? Wir haben eine kleine Patientin, die Sie bräuchte ...« Die Stimme der Klapperschlange erklingt hinter dem Vorhang. Erschrocken entferne ich mich von ihm. *Oh mein Gott, was mache ich hier nur?* »Ich komme sofort!« In dieser Situation ertappt zu werden, die für uns beide verfänglich gewesen wäre, lässt mich zu Boden blicken. Paul tut es mir gleich.
Für einen Moment herrscht betretenes Schweigen. »Ich werde jetzt gehen«, sage ich mit tonloser Stimme und schenke ihm ein kurzes, gezwungenes Lächeln, als ich aufschaue und von der Liege rutsche, bis ich den Boden wieder unter den Füßen spüre.
»Bleib noch. Ich will nicht, dass du jetzt gehst.« Seine Augen blicken mich flehentlich an. »Hier, zieh den an. Du bist jetzt meine Assistentin.« Kichernd ziehe ich den Arztkittel über.
In der Notaufnahme sitzt ein kleines, weinendes Mädchen, das sich beim Spielen eine Wunde am Kopf zugezogen hat. Ihre Mutter ist ganz aus dem Häuschen. Paul bittet sie ins Untersuchungszimmer. Er stellt mich als seine Assistentin vor. Die Frau mustert mich kurz und findet anscheinend mein Outfit unter dem Arztkittel mehr als fraglich. *Was soll's.* In Greys Anatomy gibt es auch Ärztinnen mit Designerklamotten, doch ich glaube, was man dort zu sehen bekommt, hat mit der Realität nichts mehr zu tun. Oder vielleicht betrachtet sie mich einfach so kritisch, da ich mich immer wieder an der Tür festhalte, denn der Alkohol

vernebelt noch immer auf eine komische Art und Weise meine Sinne. Zuerst kniet sich Paul neben das kleine Mädchen und stellt sich vor.
»Hallo, ich bin Paul. Wie heißt du?« Obwohl eher dem weinenden Mädchen mit ihrer Verletzung meine Aufmerksamkeit zuteil werden sollte, bin ich fasziniert, wie Paul auf sie eingeht und ihr sofort jegliche Angst nimmt.
In einem Tonfall, den ich von ihm nicht kenne, beschreibt er dem Mädchen jedes kleinste Detail der bevorstehenden Untersuchung. Als sie beginnt ihm Fragen zu stellen, versickern ihre Tränen. Sie vergisst ihren Schmerz und lauscht Pauls Worten. Er strahlt unglaubliche Ruhe und Souveränität aus. Ich erinnere mich an den Abend unseres Klassentreffens. Er war genauso ruhig. Die Wunde des kleinen Mädchens ist schnell verarztet. Wie vorgeschrieben und einstudiert, klärt er die Mutter noch über Risiken bezüglich einer Gehirnerschütterung auf. Als das kleine Mädchen den Untersuchungsraum mit einem Lolly verlässt, strahlt sie übers ganze Gesicht.
»Du machst das toll!« Ich zwicke ihn in seinen durchtrainierten Bauch.
Er zuckt nur mit den Schultern.
»Das ist der nette Teil der Arbeit. Hart wird es, wenn jemand krank ist und du ihm nicht mehr helfen kannst oder jemand stirbt.« Ich konnte mir Paul nie als Arzt vorstellen, doch jetzt, nachdem ich ihn beobachtet habe, wüsste ich nicht, wer diesen Job besser machen könnte als er. »Hast du Lust, mit mir einen Kaffee trinken zu gehen?«
»Kannst du hier weg?« *Was wird die Klapperschlange dazu sagen?*
»Nein, aber es gibt hier im Haus eine Cafeteria. Wenn ein Notfall reinkommt, piepsen sie mich an.«
»Oh ja, gerne.« Er zieht mir den Mantel von den Schultern und sofort stellt sich jedes feine Härchen an meinem Körper auf. Einen Moment streift er an meinem Nacken und berührt mich dabei. Ich weiß nicht, ob es unbeabsichtigt war, doch es hat seine Wirkung nicht verfehlt. Verschämt lächle ich und folge ihm zur Cafeteria.

Wir gehen einen langen, weißen Gang entlang, bis wir in einen orangefarbenen Raum kommen. Dort steht ein kleiner Kaffeeautomat.
»Bitteschön, meine Cafeteria«, er deutet in einen kleinen Aufenthaltsraum. »In den Nachtschichten ist die richtige Cafeteria geschlossen, also muss ich mich hiermit begnügen, obwohl der Kaffee wirklich grauenhaft ist.«
Ich beginne zu grinsen. Er geht zum Automaten und wirft Geld ein, während ich ihm wortlos folge.
»Was wünschen Sie, Frau Ames?«
»Ich nehme das Gleiche, was sie nehmen, Dr. Franke.«
»Schwarz, ohne Zucker?« Ich nicke und das laute Brummen des Geräts beginnt. Nach ein paar Minuten kommt er mit einem braunen Plastikbecher zu mir.
»Danke.«
»Pass auf, dass du dich mit diesem Gebräu nicht verbrennst.« Ich nippe und verziehe das Gesicht. Das ist ekelhaft. Paul lächelt bezaubernd. Das kleine Grübchen auf seiner Wange erscheint wieder und zaubert ein verlegenes Schmunzeln auf meine Lippen.
»Wirst du den Job annehmen?«, fragt er und setzt sich neben mich auf den freien Stuhl.
»Ich weiß es noch nicht.« Ich nippe an dem schwarzen Wasser, das eigentlich nach Koffein schmecken sollte.
»Bis wann musst du dich entscheiden?«
»Das hat mir mein Chef nicht gesagt. Aber ich werde ihm bis nächste Woche Bescheid geben.« Wieder beobachtet er mich eindringlich. Die Röte fährt mir ins Gesicht. Nervös blicke ich auf die Uhr. »Ich sollte mich dann auf den Weg nach Hause machen. Christian wird sicherlich schon auf mich warten.«
»Okay ...« Er nimmt meine Tasche und zieht mein Handy heraus. Dann tippt er eine Nummer ein. Ich schaue ihm dabei zu, ohne zu fragen, was er da macht.
»Jetzt kannst du mich jederzeit anrufen!«, meint er triumphierend.
»Jederzeit? Versprich nichts, was du nicht halten kannst«, dabei verziehe ich spöttisch meinen Mund, stehe auf und richte mir mein Kleid.

»Ich werde es halten.«Lächelnd entziehe ich ihm mein Handy und berühre dabei seine Hand. Unwillkürlich starre ich ihn an. Für einen kurzen Moment genieße ich die Welle der Lust, die mich überkommt. Er grinst und räuspert sich verlegen. *Ich sollte schnell verschwinden, bevor so etwas wie vorher wieder passiert.*
»Danke ...«, flüstere ich ihm ins Ohr, während ich mich zu ihm beuge und ihm einen kleinen Kuss auf die Wange gebe. Dabei merke ich, wie er leicht zusammenzuckt. Eine gewisse Genugtuung macht sich in mir breit, da es mir offenbar gelungen ist, ihn auch einmal aus dem Konzept zu bringen.
»Wofür?« Ich stehe auf und gehe ein paar Schritte, bevor ich mich nochmals umdrehe und ihm zuzwinkere. Dann verlasse ich das Krankenhaus. Schnell tippe ich eine SMS in mein Handy.
Es fällt mir nicht leicht, seine Nummer zu finden, da er sich unter einem anderen Namen eingespeichert hat. Nachdem ich das Wort am Display sehe, drücke ich auf senden.

An: Habdili
... fürs Zuhören ...

Von: Habdili
Schlaf gut, HoneyBee.

Als ich seine Antwort lese, halte ich mein Handy an meine Brust. Plötzlich kommen unzählige verdrängte Erinnerungen zurück, die sich wie Tausende Mosaiksteine zu einem ganzen Bild zusammenfügen. Zwei Worte erwecken Gedanken an längst vergessene Momente, die tief in mir ein Seufzen auslösen – »*HoneyBee*«.

Zwölf

Ich werde vom Piepsen meines Handys geweckt. Es ist Paul.
Von: Habdili
Ich hoffe, ich wecke dich nicht. Meine Schicht ist zu Ende und ich habe heute frei. Marlene liegt mir seit Tagen in den Ohren, dass ich sie zu einer Location für unsere Hochzeitsfeier begleite. Ich fürchte, ich schaffe es heute nicht. Morgen?

Bei dem Gedanken, dass Paul mit meiner jüngeren Version durch irgendwelche alte Schlösser schlendert und sich alles für den Tag der Tage zeigen lässt, wird mir nur schlecht. Ich antworte ihm nicht. Alles, was ich jetzt schreibe, würde nur meine brodelnde Eifersucht zum Ausdruck bringen. Ich sollte mich schämen und ich tue es auch. Christian dreht sich zu mir um und zieht mich an sich.
»Komm zu mir ... ich habe dich schon so lange nicht mehr gespürt«, seufzt er in mein Ohr. Seine Nähe sollte mich wärmen, doch alles, was ich fühle, ist die Kälte und die Sehnsucht, die mich etwas begehren lässt – mich dabei innerlich zerfrisst –, etwas, das ich nicht haben kann. Mein Kopf zerplatzt beinahe. Übervoll mit Gedanken an einen Menschen. In Christians Armen wünschte ich, es wären Pauls. Ich weiß, ich bin verrückt, ich weiß, meine Gefühle sind verwerflich. Ich sollte sie abstellen. Mir zuliebe, Christian zuliebe und vor allem Paul zuliebe.
Es ist abscheulich, was ich hier mache. Ich liebe meinen Mann – auf eine spezielle Art und Weise –, doch ich kann nicht mehr mit ihm schlafen, da meine Gedanken bei Paul sind. *Doch, ich kann das, ich schaffe das!* Wenn ich meine

Augen schließe, wenn ich zu träumen beginne, der Realität entfliehe, eintauche in die heimlichen Sehnsüchte, befinde ich mich an einem anderen Ort. Christians Körper an meinem zu spüren, die Leidenschaft die von ihm ausgeht. Seine Lippen, die lüstern über meinen Nacken wandern, seine Hände, die fordernd nach mir greifen, mich in Beschlag nehmen, mich als Eigentum ansehen. *Ich kann das, ich schaffe das!*
»Ich bin froh, dass du wieder zu dir gekommen bist. Merkst du, wie sehr ich dich begehre?« Ein plötzliches Erwachen – ein Schlag ins Gesicht –, es überkommt mich die Übelkeit. Ich möchte weglaufen, mich aus seiner lufttraubenden Umarmung befreien, mich losreißen.
»Mir ist schlecht …«, ich stoße ihn von mir, hetze ins Badezimmer und übergebe mich vor lauter Ekel über mich selbst.
Stöhnend greife ich nach dem Klopapier und tupfe mir den Mund sauber.
»Na toll, jetzt beginnst du auch noch zu kotzen. Du bist schon schlank genug, lass den Scheiß!« Er lehnt sich an den Türrahmen und betrachtet mich verächtlich.
»Ich habe mir den Magen verdorben«, antworte ich verkrampft, während ich die Spülung betätige und mich mit dem Rücken zur Wand auf den Boden sacken lasse.
»Na toll, noch besser. Gott sei Dank habe ich dich nicht geküsst, sonst würde mir das Gleiche blühen«, faucht er mich verärgert an und verschwindet.
Christian hat recht, ich mache mich hier zum Affen. Als das warme Wasser über meinen Körper läuft, kauere ich mich auf dem Boden der Dusche zusammen und beginne zu weinen. *Was machst du hier?*
Ich sollte den Kontakt zu Paul einstellen und an der Rettung meiner Ehe weiterarbeiten. *Ich sollte nicht – ich muss.*
Ich komme aus dieser Sache nicht so einfach heraus, weil mein Herz es anders will. Wenn ich mit Christian zu der Eheberatung gehe, kann ich lernen, ihn wieder zu lieben. *Ich kann das, ich schaffe das!*
Es ist unvermeidbar – der Besuch bei meinen Eltern steht ins Haus.

Meine Tante feiert ihren Geburtstag und so musste meine Mutter eine Feier organisieren. Der Tag kann eigentlich nach der Absage von Paul, dem morgendlichen Desaster im Ehebett und der Einladung in mein Elternhaus nicht besser werden. Christian ist – wie immer an solchen Tagen – nicht im Lande oder hat einen wichtigen Termin, den er nicht verschieben kann. So bin ich auf mich alleine gestellt. Kurz nachdem wir zusammengekommen sind, hat sich herauskristallisiert, dass weder meine Eltern meinen Mann leiden können noch umgekehrt.

Pünktlich um sieben Uhr stehe ich vor der Schwelle meines Elternhauses. Lukas, mein Bruder, ist in Afrika und hatte somit eine bessere Ausrede als ich. Meine Mutter konnte kein Verständnis für meinen wöchentlichen Pilates-Kurs, der genau zu dieser Zeit stattfindet, aufbringen.
Enthusiastisch werde ich von ihnen begrüßt. Meine Mutter trägt eine weite, flatternde, um vier Nummern zu große blitzblaue Hose, die an ihrer Hüfte von einem breiten Gürtel, der keinen Nutzen aufweist und nur als Accessoire dient, aufgepeppt wird. Um ihren Hals hängen ein paar Ketten und ein bunter Schal, den sie anscheinend von ihrem letzten Urlaub mitgenommen hat. Unzählige Ringe schmücken ihre Finger. Einer größer und bunter als der andere. Ihre kurzen, rot gefärbten Haare stehen wild in die Luft und erwecken den Eindruck, als ob sie gerade versehentlich in die Steckdose gegriffen hätte.
Nach ihrem Aussehen und dem Geruch von Räucherstäbchen, der in der Luft liegt, zu schätzen, glaube ich, dass sie sich wieder mal in einer Selbstfindungsphase befindet.
Mitleidsvoll blicke ich meinen Vater an, der zwar versucht sich ihren Phasen anzupassen, aber noch nie etwas damit anfangen konnte. Er trägt einen dunkelgrauen Pullover und einfache Jeans. Im letzten Jahr ist er unglaublich gealtert. Seine Haare sind nun fast vollständig ergraut und seine Augen wirken müde. Meine Mutter hingegen agiert wie immer aufgekratzt und überdreht.
»Hallo, mein Schatz, schön, dass du gekommen bist ...«

Er umarmt mich, und ich schließe meine Augen, als ich den vertrauten Geruch seines Parfüms einatme. Er war sicherlich der Grund, warum ich einen Faible für gute Düfte entwickelt habe.
»Wie geht es dir?«, fragt er mich und streicht mir dabei über den Rücken.
»Danke, ganz gut ...«, gebe ich kurz angebunden von mir. Seit dieser Geschichte vor zehn Jahren sehe ich keinen Grund mehr, mit ihnen über meinen Gefühlszustand Small Talk zu führen. Sie begnügen sich wie die meisten Leute mit meinen üblichen Worten: »Danke, mir geht's gut.« *Also warum ausführlicher werden?*
Meine Mutter flattert aufgeregt durchs Haus und stellt mich den restlichen Freunden vor, die ich noch nicht kenne. Mein Vater beginnt von mir zu schwärmen und lobt meine Arbeit in den höchsten Tönen. Ich bin sein ganzer Stolz. Karrierefrau, erfolgreich und ein dickes Bankkonto – was will ein Vater mehr?
»Sophia, darf ich dir meine Tochter vorstellen ...« Die kleine Frau neben meinem Vater streckt die Hand aus und lächelt mir mit ihrem gelifteten Gesicht entgegen. Ich kann gar nicht anders, als meine Mundwinkel bei ihrem Anblick zu heben. »Lena hat sich in der Modebranche einen tollen Namen gemacht.
Lena Ames – du hast sicher schon von ihr gehört. Sie reist um die ganze Welt und lernt die besten Designer kennen ... tust du doch mein Schatz, oder?« Mein Vater liebt es, über meine Erfolge zu sprechen. Als würde sich meine Person nur dadurch auszeichnen.
Ich nicke wie ein braves Mädchen und lasse ihm seine Freude. »Sie kennt sogar Karl Lagerfeld, stimmt's, mein Mäuschen?«
Bitte nicht dieser Kosename! Die Dame – deren Interesse an mir sich schlagartig bei dem Namen Lagerfeld gesteigert hat – beginnt mich in ein Gespräch zu verwickeln und versucht mir zu erklären, warum Etuikleider nie aus der Mode kommen. Ich werfe Tante Elisabeth, der Schwägerin meiner Mutter, einen Hilfe suchenden Blick zu, den sie Gott sei Dank versteht. Sie deutet es richtig und befreit mich aus den Fängen der selbst ernannten Modeexpertin.

Wir gehen in die Küche. Während sie beginnt die Brötchen auf einem Teller zu sortieren, lehne ich mich an die Küchenzeile und beobachte sie. Sie scheint plötzlich um Jahre älter, ungeachtet dessen kann man noch immer ihre wunderschönen, feinen Gesichtszüge erkennen. Sie war damals sicherlich die schönste Frau im Ort. Ihre Haare hat sie wie immer zu Locken gedreht und tonnenhaft mit Haarspray eingesprüht, damit nichts verrutscht.

»Wie geht es dir, meine Kleine?« Verschiedene Kosenamen werde ich heute noch öfter zu hören bekommen. Ich ziehe aus meiner Tasche eine Zigarettenschachtel, fische mir eine Zigarette heraus und zünde sie an. »Lena, du weißt, dass es deine Mutter nicht leiden kann, wenn du hier drinnen rauchst.« Ach ja, das hatte ich vergessen.

»Bei dem widerlichen Gestank, den die Räucherstäbchen verbreiten, wird ihr das nicht einmal auffallen«, meine ich desinteressiert.

»Lena, deine Mutter ist nicht dumm.« Gleichgültig ziehe ich ein paar Mal an dem Glimmstängel.

»Wie geht es Christian?«, will Tante Elisabeth wissen. »Schade, dass er nicht mitgekommen ist. Ich habe ihn schon so lange nicht mehr gesehen.«

»Es geht ihm gut. Er hat gute Aufstiegschancen und arbeitet sehr viel. Er ist gerade im Ausland«, sage ich wie aufgezogen meinen Satz auf.

»Und bei euch beiden gibt es nichts Neues?«

»Wie meinst du das?«, frage ich stirnrunzelnd.

Sie lächelt etwas verlegen, und ich merke, wie sie rot um die Wangen wird. »Deine Mutter erwähnte etwas von Babyplänen.«

»Ach so. Nein, da gibt es nichts Neues.« Im Hintergrund ertönt die Musik von Abba.

»Naja, du weißt schon, dass das Rauchen nicht besonders förderlich für eine Schwangerschaft ist, oder?«, versucht sie mich zu maßregeln.

»Das ist mir bekannt.« Demonstrativ ziehe ich lange und genüsslich den Rauch in meine Lungen.

»Hast du etwas von deinem Bruder gehört?« *Lukas ...* Ich seufze und wünschte, er wäre jetzt an meiner Seite, um mir seelischen Beistand zu leisten.

»Wir schreiben uns ab und zu und er schickt mir Bilder von seiner Reise. Jetzt ist er gerade in Kenia, in einem kleinen Dorf, wo er in einem Waisenhaus arbeitet.«
»Es ist schön zu hören, dass ihr Kontakt habt« Sie lächelt, während sie weiter die Brote auflegt.
»Mmmh.« Dann drapiert sie ein paar Oliven und Kapern in die Mitte des Tellers.
»Wie geht es Mum?« Eigentlich ist es ziemlich befremdend, mich bei meiner Tante nach ihr zu erkundigen.
Sie lacht kurz auf. »Wie du sicher schon gemerkt hast, ist sie gerade wieder einer neuen Religion verfallen ...«
»Die Veränderung ist mir aufgefallen.»Wir lächeln uns beide wissend an.
»Du bist sehr dünn, Lena.« *Die Nächste im Bunde.*
»Ich weiß, ich komme nicht so oft zum Essen und habe viel Stress.«
»Hier ... zum Essen solltest du dir Zeit nehmen.« Sie reicht mir ein belegtes Brötchen, und ich beginne im Geiste die Kalorien zu zählen, die ich mir mit jedem Bissen zuführen würde. »Du musst mehr auf dich achtgeben!« Ich nehme es ihr ab, um es in einem unbemerkten Moment wieder auf den Teller zu legen.
»Wie geht es Onkel Jacob?« Ihr Gesicht wird augenblicklich traurig.
»Nicht gut. Er hatte letzten Monat einen Schlaganfall und liegt seitdem im Krankenhaus. Ich wollte meinen Geburtstag gar nicht feiern, aber du weißt ja, dass sich deine Mutter nichts sagen lässt. Es fühlt sich einfach nicht gut an, dass er dort liegt und ich hier feiere.«
»Das kann ich verstehen ...«
Meine Mutter kommt wie eine schwebende Fee auf Pot zu uns in die Küche. »Warum versteckt ihr zwei euch hier? Kommt, wir wollen feiern ...« Nach feiern ist keinem von uns zumute, doch in ihrer übertriebenen Fröhlichkeit merkt sie das nicht. *Ich frage mich, welche Drogen sie nimmt ... die bräuchte ich auch.*
Nach einer gefühlten Stunde, in der mich Leute, die ich zum ersten Mal sehe, über meinen Job ausgefragt haben, verziehe ich mich in mein altes Kinderzimmer.

Meine Mutter hat es zwar zu ihrem Bügelzimmer umgestaltet, doch meine alten Sachen sind alle noch hier. Im Zimmer herrscht diffuses Licht.
Auf den Regalen sitzen meine Lieblingsplüschtiere und alte Porzellanpuppen, die ich gesammelt habe und die mich fröhlich anstrahlen. Ich setze mich auf mein Bett und streiche über die geblümte Tagesdecke. Als ich meinen alten Polster in Form eines Herzes an mich ziehe, kann ich nicht anders und vergrabe meine Nase darin, um den Geruch von damals wahrzunehmen. Gedankenverloren streiche ich einige Male darüber, bevor ich die an der Wand hängenden Bilder von mir und meinen Freunden betrachte. Pauls Fotos und die von uns als Paar hängen nicht mehr dort. Jemand dürfte sie entfernt haben. Ich nehme einen Bilderrahmen von der Wand und starre auf die Fotografie, die Emma, Maggy, Elli und mich an dem kleinen See, zu dem wir immer gefahren sind, zeigt. Paul hat uns genau in dem Moment, als wir unsere Posen einnahmen und mit einem breiten Grinsen auf das Abdrücken des Auslösers gewartet haben, mit einer Spritzpistole beschossen. Das Bild zeigt vier quietschende Mädchen, die sich vor Lachen den Bauch halten und durch den Schreck des kalten Wassers auf der Haut nicht mehr in die Kamera schauen. Ich habe dieses Bild geliebt.
Ich werde die Tage am See mit meinen Freunden nie vergessen, obwohl die Erinnerungen daran immer mehr verblassen. Die Leichtigkeit, die man als junger Mensch hat, verschwindet, sobald man erwachsen wird. Als Kind nimmt man diese unbeschwerte Zeit nicht einmal wahr und auf einmal – von heute auf morgen – ist alles vorbei.
Erschrocken drehe ich mich um, als ich durch das Knacken des Fußbodens hinter mir jemanden wahrnehme. Meine Mutter hat den Raum betreten und kommt auf mich zu. Sie sieht das Bild in meinen Händen und legt den Arm um meine Schultern. Augenblicklich versteife ich mich.
Wehmütig denke ich an die freundschaftliche Beziehung, die wir beide hatten, zurück. Meine Eltern haben meinem Bruder und mir eine wundervolle, harmonische Familie und eine wunderschöne Kindheit geschenkt.

Oft sehne ich mich nach Nähe und der Vertrautheit, die ich in ihrer Gegenwart spürte, zurück, und mit jedem Mal wird mir bewusst, welch großer Teil in meinem Leben fehlt. Trotz der starken Bindung, die ich zu ihnen hatte, haben wir bis heute nicht mehr zusammengefunden, was ohne Frage an meiner distanzierten und kalten Art liegt. Meine Mutter hat einige Versuche gestartet, um aus unserer Familie wieder das zu machen, was sie einmal war, doch es führte bei mir buchstäblich jedes Mal zu einem Wutanfall.
»Hast du noch Kontakt zu den Mädchen?«
Ich lächle das Bild an.
»Emma habe ich bei unserem Klassentreffen gesehen. Maggy war nicht dort und von Elli habe ich nichts mehr gehört, seitdem ...«, verstumme ich.
»Maggy lebt in Amerika. Sie ist jetzt ein Broadwaystar. Dein Vater und ich haben sie schon besucht. Sie hat eine fantastische Stimme.« Meine Mutter legt ihre Hand auf meine Schulter und mein Körper beginnt sich augenblicklich zu verspannen.
Ich versuche den Wunsch, sie endlich wieder in meine Arme schließen zu können, zu ignorieren. *Ich darf diese Gefühle nicht zulassen.*
»Ja, ich weiß, ich freue mich für sie. Maggy hat ihren Traum verwirklicht. Das können nicht viele von sich sagen ...«
Sie beginnt verträumt zu nicken.
»Ihr vier wart unzertrennlich«, meint sie geistesabwesend, als sie das Bild länger betrachtet.
Gedankenverloren streiche ich über den alten Rahmen, bemalt mit vielen unterschiedlichen Motiven, den mir Emma einmal zu Weihnachten geschenkt hat. Automatisch drehe ich ihn um und entdecke die Worte, die Emma dort hingeschrieben hat. »Friends forever«. Trotz der Empfindungslosigkeit, die ich wie einen Schutzmantel über mich gelegt habe, bevor ich hierher gekommen bin, verspüre ich einen Stich im Herzen.
Was ist nur passiert? Was ist mit unserer Freundschaft passiert? Wie konnte ich nur zu dem werden, was ich heute bin?
Mir ist zum Heulen zumute, doch die Anwesenheit meiner Mutter verbietet mir, schwach zu sein.

»Mmmh.«
»Wie geht es Emma?«
»Es geht ihr ganz gut. Sie hat drei Kinder«, stoße ich hervor und hoffe, dass sie die Traurigkeit, die mit jedem Wort mitschwingt, nicht wahrnimmt.
»Emma?«
»Ja! Warum wundert dich das?«
»Weil sie immer sehr tough war und ich mir gedacht habe, dass sie einmal viel Erfolg haben wird.«
»Als wäre das wichtig ... Wie definierst du Erfolg? Wenn man uns beide betrachtet, hat sie es meines Erachtens zu mehr gebracht als ich«, füge ich süffisant hinzu, löse die Hand von meiner Schulter und stelle das Bild wieder zurück.
»Nein, Lena, so meinte ich das nicht ...« Sie greift nach dem Rahmen und reicht ihn mir.
»Nimm das Bild mit, es gehört dir.«
»Ich will es nicht«, zische ich sie an.
»Warum?«
»Weil es mich an eine Zeit erinnert, die ich hinter mir gelassen habe. Hast du das vergessen? Verstehst du das nicht?« Sie nickt und stellt es wieder an seinen Platz zurück. Als sie sich zu mir dreht, seufzt sie tief und streckt die Hände nach mir aus, um mich an meinen Oberarmen festzuhalten.
»Leni, du kannst nicht wegen eines Fehlers deine ganze Kindheit und Jugend verbannen!«
»Das kann ich nicht nur, das habe ich schon getan«, fluche ich in mich hinein.
»Weißt du, ich war in der letzten Zeit viel auf Reisen. Meine letzte Reise hat ...«
Ohne sie aussprechen zu lassen, unterbreche ich ihren Satz und verdrehe genervt die Augen.
»Bitte, belehre mich nicht mit deinen neu entdeckten Weisheiten.«
»Ich will dich gar nicht belehren.« Sie klingt gekränkt und wendet sich ab.
»Was ich nur sagen wollte ...« Erneut lasse ich sie nicht aussprechen.

»Nein, Mutter, du hast mich in meinem Leben genug belehrt. Diese Zeit ist vorbei. Ich will weder mit dir noch mit Paul noch mit jemandem anderen darüber sprechen ...« Es ist zum Aus-der-Haut-Fahren. *Warum können mich die Leute nicht einfach mit diesen grässlichen Gefühlen in Ruhe lassen? Warum muss jeder permanent darauf herumreiten?*
»Mit Paul?« Sie schaut mich mit weit aufgerissenen Augen an.
»Was?«
»Hast du ihn getroffen?« *Warum stört sie das?*
»Ja, beim Klassentreffen und danach auch ein paar Mal, aber ich weiß nicht, was *dich* das angehen sollte«, füge ich schnippisch hinzu.
»Ich finde es gut, wenn du ihn triffst. Was ich vorher sagen wollte – und ich hoffe, ich darf nun ausreden – war, dass es wichtig ist, über alles, was uns passiert ist, zu reden.
Ich wollte auch immer schweigen und einfach vergessen, um nicht alte Wunden aufzureißen, doch ich lag falsch.
Ich habe sicherlich dazu beigetragen, dass du zu so einer kalten und distanzierten Person geworden bist, die nichts mehr an sich heranlässt, sobald Probleme aufkommen, doch ich habe mich auch weiterentwickelt und gemerkt, dass es uns nicht glücklich macht. Das, was ich getan habe, war reine Verdrängung, und ich habe es dir nicht anders beigebracht. Es tut mir sehr leid, dass du auf die gleiche Art und Weise versuchst dein Leben auf die Reihe zu bekommen. Man muss erst älter werden, um zu verstehen, dass dies kein Weg ist, um sein Glück zu finden ...« Ihre Stimme kippt bei den letzten Worten.
»Was genau habt ihr durchgemacht?«
»Lena, bitte hör auf, so abwertend mit mir zu sprechen! Versuche mich doch zu verstehen. Ich habe es nicht besser gewusst.«
»Es tut mir leid, Mutter, doch ich versuche mir die ganze Zeit vorzustellen, was sich in eurem Leben dadurch verändert hat? Ich versuche es zu verstehen, doch am Ende des Tages kapiere ich es einfach nicht – es geht nicht in meinen dummen Kopf hinein –, wie ihr mir das antun konntet.«

»Ich bin mir dessen bewusst, was unser Handeln für Auswirkungen hatte, und glaube mir, wenn ich diesen Tag rückgängig machen könnte ...« Aufgeregt fuchtelt sie mit den Händen.
»Kannst du verdammt noch einmal nicht«, fauche ich hasserfüllt. »Diese Einsicht kommt zu spät.«
»Besser jetzt, als nie«, gibt sie kleinlaut zu.
»Jetzt ist es zu spät.«
»Sag so etwas nicht.«
»Wenn es so ist!« Meine Stimme überschlägt sich dabei.
Ich merke, dass sie zu weinen beginnt, doch es berührt mich nicht.
»Ich finde es gut, dass du mit Paul versuchst die Sache zu bereinigen«, meint sie schniefend.
»Da gibt es nichts zu bereinigen. Wann verstehst du das endlich? Und seit wann liegt dir Paul am Herzen? Damals konnte es dir nicht schnell genug gehen, mich nach Amerika zu verfrachten. Du hast meine Beziehung zu ihm *nie* gut geheißen. Mit keinem einzigen Wort hast du erwähnt, dass er Kontakt zu mir gesucht hat.«
»Du hast mir ausdrücklich gesagt, dass du ihn nie mehr wiedersehen willst«, sie reißt ihre Augen verwundert auf.
»Du hättest es mir wenigstens sagen müssen. Was ist mit den Briefen, wo sind die?«
»Du warst so instabil. Ich hatte keine Ahnung, wie du darauf reagieren würdest. In dieser Zeit wusste ich überhaupt nicht, was ich zu dir sagen soll, um es nicht noch schlimmer zu machen«, versucht sie ihr Handeln zu rechtfertigen.
»Stattdessen hast du es totgeschwiegen. Als wäre es nie passiert?« Sie nickt nachdenklich und spielt mit den Ringen an ihren Fingern.
»Ich kann nichts rückgängig machen, was ich gesagt oder getan habe. Doch ich bin *jetzt* da.«
»Was soll ich damit anfangen?«, blaffe ich sie an.
»Ich will, dass du es weißt. Wenn du so weit bist, bin ich für dich da. Ich weiß, ich hätte vor zehn Jahren da sein sollen. Ich habe damals nach bestem Gewissen gehandelt und es auch nicht infrage gestellt, doch die vergangenen Jahre haben mich an vielem in meinem Leben zweifeln lassen.

Ich habe viel gelernt und ich hoffe, dass du irgendwann dazu bereit bist, dein Herz wieder zu öffnen.«
Ich beginne höhnisch zu lachen und raufe mir die Haare. »Wie soll ich es öffnen, wenn mir alles herausgerissen wurde?«, schreie ich sie an. *Ich muss hier weg. Hier hat alles begonnen.* Allmählich schieben sich die weißen Betonmauern meines ehemaligen Kinderzimmers immer näher an mich und rauben mir die Luft zum Atmen. Die alten Puppen und Teddybären schauen nicht mehr liebevoll von den Regalen, sondern werfen riesige Schatten auf mich.
»Lena!« Ich laufe aus dem Zimmer, die Stufen hinunter und knalle die Haustür hinter mir zu.

Am Weg nach Hause steige ich bei der Oper aus und lasse Marco, Christians Chauffeur, das Auto nach Hause fahren. Manchmal muss ich die Geschehnisse des Tages hinter mir lassen und nutze die Gelegenheit, um, so wie jetzt, durch die abendlichen, wunderschön beleuchteten Straßen zu spazieren. Die Geschäfte sind geschlossen und nichts würde darauf hindeuten, dass hier untertags Tausende von Menschen über die dicht aneinandergereihten Pflastersteine laufen. Ein geschichtsträchtiges Geschäft reiht sich hier an das andere und verleiht diesem Ort noch mehr Flair und Reiz. Ich passiere den Platz vor der Staatsoper, gehe vorbei am nostalgischen Kaffeehaus Sacher mit den besten Nachspeisen, die man sich vorstellen kann, und stöckle weiter in Richtung Graben. Es war zwar sicherlich nicht die beste Idee, mit meinen hochhackigen Schuhen die Kärntnerstraße entlangzulaufen, doch schön langsam haben sich meine Füße an die abnormal hohen Absätze gewöhnt, und es ist nicht mehr ganz so schmerzhaft wie noch vor einigen Stunden.
Ich schlendere durch die beleuchteten Straßen über den Neuen Markt weiter in Richtung unserer Wohnung. Sie liegt nur ein paar Straßen von meinem Arbeitsplatz entfernt, was wunderbar ist, denn so kann ich täglich einen Spaziergang durch die Gassen von Wiens Innenstadt machen.

Um diese Zeit sind zwar noch einige Menschen unterwegs, doch dies ist nicht vergleichbar mit jenen Massen, die sich hier tagsüber tummeln. Die perfekte Zeit, um die Stimmung der märchenhaften Straßen am besten in sich aufzunehmen.
Ich biege in meine Gasse ein und bemerke einen Typen auf der anderen Straßenseite, der eine Gitarre um seine Schultern gehängt hat und in die entgegensetzte Richtung davongeht.
Bevor ich noch meinen Gedanken zu Ende bringe, höre ich mich schon laut seinen Namen sagen.
»Toby?« Er dreht sich in meine Richtung, beginnt erfreut zu lächeln, lässt das vorbeikommende Auto noch passieren und läuft auf mich zu.
»Leni …« Er bleibt vor mir stehen. »Das ist ja schön, dich hier anzutreffen.«
Ich nicke erfreut. »Was machst du um diese Uhrzeit hier?«
»Ich treffe mich mit ein paar Freunden in einer kleinen Bar. Wir spielen etwas Musik«, grinst er mich gewinnend an.
»Das klingt großartig.« Er nickt und strahlt mich an. Sofort ist mir wieder bewusst, warum ich mich damals in ihn verliebt habe. Sein spitzbübisches Lächeln war umwerfend und ist es noch immer. Er entsprach nicht dem Klischee des perfekten Jungen, so wie Paul es in meinen Augen war. Er war weder der typische Mädchenschwarm, noch muskulös oder groß, doch die Art, wie das Lächeln seine Lippen umspielte und wie er mich mit seinen rehbraunen Augen anschauen konnte, war hinreißend und ist es bis heute noch.
»Was treibst *du* zu dieser späten Stunde hier?«, will er wissen.
»Ach, ich habe noch einen kleinen Umweg gemacht, bevor ich nach Hause gehe.«
»Was für ein Zufall … du wohnst hier?« Ich blicke in seine braunen Augen, die mir gerade noch dunkler vorkommen, als ich sie in Erinnerung habe. Seine Haare stehen ihm zerzaust zu Berge und er trägt eine dunkle Jacke, ein olivfarbenes T-Shirt und Jeans, die so tief sitzen, dass man den Ansatz seiner Boxershorts sehen kann. Er beginnt zu lächeln, als er bemerkt, wie ich ihn mustere.

»Willst du mitkommen?«, meint er plötzlich. Ich schaue auf die Uhr, nicht um nachzuprüfen, wie spät es ist, sondern um meine Antwort hinauszuzögern. Ich sollte eigentlich zu Christian nach Hause gehen. Er müsste schon von seinem Aufenthalt in Köln zurück sein.
Ich fühle mich auch nicht danach, noch auszugehen. Nach dem Streit mit meiner Mutter habe ich keine Lust mehr dazu. Er sucht meinen Blick, indem er seinen Kopf neigt.
»Ich sollte eigentlich nach Hause gehen.«
»Nur auf einen Drink … es ist nicht weit von hier.« Er deutet mir mit dem Kopf, ihm zu folgen, und ich überlege nicht mehr lange, sondern schließe mich ihm an. Er scheint sich über meine schnelle Entscheidung zu freuen und bietet mir an, mich bei ihm einzuhängen. So spazieren wir die dunklen Gassen entlang.
»Wie geht es deinem Kopf?«, erkundigt er sich.
Wie automatisch greife ich darauf.
»Danke, es ist schon wieder verheilt. Du hast davon gehört?«
»Naja, es war schwer, es *nicht* mitzubekommen. Ihr wart wieder mal Gesprächsthema Nummer eins«, neckt er mich.
Ich rolle die Augen und schnaufe, um zum Ausdruck zu bringen, wie peinlich mir die Sache ist. »So schlimm war es nicht …« Er grinst verschmitzt und gibt mir einen kleinen Stoß in die Rippen.
»Ha, das sagst *du!*« Ich stoße ihm mit dem Ellbogen in die Taille und er lacht auf. Sein Lachen ist so unbeschwert und jungenhaft, dass er mich ansteckt.
Wir gehen ein paar Gassen weiter, bevor wir vor einem kleinen Lokal stehen bleiben und er mich hineinbittet.
Ich versuche den Namen der Bar zu erkennen, doch ich finde ihn nicht.
Langsam betrete ich die Steinstufen, die in einen alten Keller hinunterführen. Ein winziges Lokal, ein paar Sitzgelegenheiten und eine kleine Bühne sind alles, was es hier gibt. Es ist stickig und verraucht. Ich schaue zu Toby hinauf, der noch ein paar Schritte hinter mir auf den Stufen steht. Er deutet meine Hilflosigkeit richtig, kommt zu mir, greift nach meinem Arm und führt mich zur Bar. Seine Hand fühlt sich kalt, ungewohnt, doch zugleich vertraut an.

Er begrüßt ein paar seiner Freunde und stellt mich ihnen vor. Ich fühle mich fehl am Platz, denn für diese Bar bin ich eindeutig overdressed und ernte dafür nur abwertende Blicke. Mein kleines, schwarzes Kleid und die hohen High Heels könnten nicht unpassender sein. *Doch wie hätte ich wissen sollen, dass ich heute noch in eine Bar gehen werde?* Als wir ein Paar waren, verbrachten wir öfter in solchen Lokalen unsere Zeit und haben gemeinsam Musik gemacht. Toby schubst einen seiner Freunde von dessen Platz an der Bar und deutet mir, mich dort hinzusetzen. Ich muss grinsen, als sich sein Freund furchtbar aufregt. Toby zuckt nur mit den Schultern. Ich nicke ihm dankend zu. Er lehnt sich zu mir und kommt so nahe an mein Ohr, dass ich seinen Atem spüre. »Was willst du trinken, Goldkehlchen?«
»Wodka, bitte!« *Goldkehlchen?* Oh mein Gott, diesen Namen habe ich schon längst verdrängt. Ich weiß nicht, warum ich als junges Mädchen nichts lieber als diesen Namen aus seinem Mund gehört habe. Doch jetzt, nachdem ich älter bin, scheint er nur noch lächerlich. Obwohl, ihn aus Tobys Mund zu hören, hat wieder etwas Nettes an sich.
»Pur?«, schaut er mich fragend an.
»Ja, bitte ...« Er zieht die Augenbrauen hoch und wirft mir einen dieser dunklen Blicke zu, mit denen er mich damals schon aus dem Konzept gebracht hat. Er ist sich dessen bewusst und grinst mich frech an. Ich nicke und er beugt sich über die Bar, um die Drinks zu bestellen.
»Bitteschön, Frau Steinberg ...«
»Ames ...«
»Wie?« Er rümpft die Nase und ich kann ein Lächeln nicht unterdrücken.
»Ich heiße jetzt Ames ...«
»Ach ja, und Lena, oder?«
Ich nicke, doch ich finde jetzt, wo er meinen Namen so streng ausspricht, dass er aus seinem Mund seltsam und lächerlich klingt.
»Also dann, auf dich, Frau Lena Ames ...«
»Auf unser Zusammentreffen ...« Ich hebe das Glas und warte darauf, dass er mit mir anstößt.
»Das klingt auch gut.« Die dicken Wodkagläser klirren dumpf beim Zusammenstoß.

Auf der Bühne spielen eine Frau und ein Mann bekannte Lieder. Ich zünde mir eine Zigarette an. Er beobachtet mich und beginnt in sich hineinzuschmunzeln.
»Seit wann rauchst du? Ich glaube, ich träume ... dass ich dich jemals mit einem Glimmstängel sehen werde!«
»Ich kann dich beruhigen, du träumst nicht.« Er zündet sich ebenfalls eine Zigarette an.
»Wirst du heute noch spielen?« Ich deute auf seinen Gitarrenkoffer.
Er zuckt mit den Schultern.
»Mal schauen ...«
»Warum nicht?«
»Weil der Druck, wenn du im Publikum sitzt, immens steigt ...« Seine Worte bringen mich zum Lächeln und ich schaue beschämt auf mein Glas.
»Blödsinn, ich habe dich schon so oft spielen gehört.«
»Das stimmt. Er nimmt einen großen Schluck.
»Ich überlege es mir noch ...«
Wir sitzen da und lauschen den Klängen der Musik.
»Toby, erzähl mir etwas von dir.«
Er nimmt einen großen Schluck.
»Ich war viel auf Reisen.«
»Wo überall?«
»Unter anderem in Venezuela, Mexiko, Neuseeland und Thailand.«
»Wie lange warst du dort?« Ich beobachte die Veränderung in seinem Gesicht, als er mir davon erzählt.
»Meistens bin ich in der studienfreien Zeit dorthin gereist. Ich habe nicht viel mitgehabt, außer meiner Gitarre und einem Rucksack.
So konnte ich, egal wann und wo, überall bleiben. Es war eine unglaublich tolle Erfahrung.«
»Das kann ich mir vorstellen.« Ich sehe, wie er in Erinnerungen schwelgt.
»Auf einer Reise habe ich Tanja, die Mutter meines kleinen Sohnes kennengelernt.«
»Du hast ein Kind?« Jetzt bin ich sprachlos.
»Ja, er ist zwei Jahre alt!«
»Oh mein Gott, das ... das ist ... toll«, stammle ich, da ich damit nicht gerechnet hätte.

»Ja, ich weiß, ich war auch sehr erstaunt, doch ich habe mich gefreut.«
»Wie heißt dein Sohn?«
»Luca, er ist ein toller Junge ...« Geistesabwesend dreht er sein Glas in der Hand.
»Das kann ich mir vorstellen, bei dem Papa ...« Ich gebe ihm einen liebvollen Stoß und er lächelt.
»Ich wäre gerne mehr für ihn da.« Er beißt sich auf die Lippen.
»Siehst du ihn nicht oft?«
»Nein. Ich verstehe mich mit seiner Mutter nicht mehr wirklich und sie entzieht ihn mir, so gut es geht.« Es entsteht mal wieder einer dieser Momente, wo Worte angebracht wären, die mir aber einfach nicht über die Lippen kommen, und ich stattdessen eine Floskel vor mich herplappere.»Das tut mir sehr leid.«
Er nickt nur und dreht sein leeres Wodkaglas auf der Holzbar weiter.
»Es ist nicht einfach ...« Er fährt sich durchs Haar und während er mich anschaut, verzieht er die Lippen zu einer schmalen Linie. »Ich habe viel falsch gemacht und das tut mir für den Kleinen sehr leid.«
»Vielleicht findet ihr irgendwann wieder zusammen?«, versuche ich ihn aufzumuntern.
»So wie du und Paul?«, meint er belustigt.
»Wie kommst du darauf?«
»Na, wenn du wegen ihm in Ohnmacht fällst, ist da sicherlich noch viel an Gefühlen da, oder?«
»Wie kommst du auf die Idee, dass ich wegen ihm in Ohnmacht gefallen bin?«, runzle ich verständnislos die Stirn.
Er zuckt mit den Schultern.
»Die Rederei der anderen ...«
»So etwas kannst du nicht ernst nehmen«, sage ich genervt und mache eine abwertende Handbewegung.
»Ich weiß, doch so abwegig ist es nicht.« Er bestellt sich ein weiteres Glas und prostet mir zu.
»Ich dachte damals, nachdem du mich abserviert hast, dass das für immer hält ...« Er hebt das Glas. »Paul und Leni, das Traumpaar«, kommen die Worte zynisch aus ihm heraus.

Sofort bekomme ich ein schlechtes Gewissen, da die Sache damals zwischen uns nicht schön zu Ende ging. Paul hat sehr um mich gebuhlt. Toby war davon unbeeindruckt und hat mich durch sein scheinbares Desinteresse quasi in seine Hände getrieben. Ich habe mich kein einziges Mal mit ihm ausgesprochen oder ihn um Verzeihung gebeten.

»Toby, es tut mir leid, wie ich mich dir damals gegenüber verhalten habe ...« Er nickt wissend. »Ich wollte nicht, dass es so endet.« Ich denke an unsere gemeinsame Zeit zurück. »Du warst so gut wie nie greifbar, bist jeden Tag mit deinen Freunden um die Häuser gezogen. Du wolltest nur deinen Freiraum und da war kein Platz für mich.«

»Du musst dich nicht rechtfertigen ...«, schürzt er seine Lippen.

»Doch, Toby. Es ist *mir* ein Bedürfnis. Wir haben danach kein einziges Wort mehr miteinander gewechselt.«

»Das ist schon so lange her, Lena. Ich bin dir nicht mehr böse ...«

»Ich will nur, dass du weißt, wie sehr ich damals in dich verliebt war. Du hast mich mit deiner Musik schnell um den Finger gewickelt.«

Er lacht gelöst auf. »Das wusste ich gar nicht ...«

»Komm schon, ich musste dir nachlaufen, bis du endlich einmal einen Blick auf mich geworfen hast.«

»Lena, das ist doch Blödsinn. Wir waren einfach in zwei unterschiedlichen Welten und verbrachten unsere Zeit mit komplett verschiedenen Leuten.

Ich hätte mir nie gedacht, dass ein kleines, gut behütetes, reiches Goldkehlchen mit einem ›Bad Boy‹, so wie ich es war, ausgehen will.«

»Du warst kein ›Bad Boy‹ ...«, runzle ich die Stirn und schüttle den Kopf.

»In deinen Augen schon.« Er lächelt mir verschmitzt zu. »Doch mir war immer klar, dass ich nur ein Ersatz für Paul war.«

Wir sitzen ein paar Minuten nebeneinander und lassen die Worte auf uns wirken.

»Ich war sehr in dich verliebt ...« Er beginnt spitzbübisch zu lächeln. »... und genau mit diesem Lächeln hast *DU* mich um

den Finger gewickelt.« Ich grinse und verpasse ihm einen leichten Stoß in seine Rippen. *Seine Gegenwart tut so gut.*
»Und jetzt sitzen wir hier, und alles ist ganz anders gekommen, als wir es uns erträumt haben«, unterbricht er mich, »oder hast du dir dein Leben so vorgestellt, wie es heute ist?«
»Nein«, sage ich traurig, schüttle meinen Kopf und seufze tief.
Wir nippen beide an unserem Wodka.
»Bist du glücklich?« Sein Blick in meine Augen und seine Worte treffen mich wie Pfeile.
»Nein«, gebe ich flüsternd von mir, weil mir meine Antwort unangenehm ist.
»Ich auch nicht«, meint er gleichgültig. Anscheinend fällt es ihm leichter, die Wahrheit zu akzeptieren.
Er hält sein Glas in die Höhe und prostet mir zu. »Auf uns!«
Ich proste zurück.
»Toby, es ist schön, endlich jemanden zu haben, dem ich ehrlich sagen kann, wie viel lieber ich hier sitze, als nach Hause zu gehen. Das ist doch beschissen, oder?« Er zuckt mit den Schultern und steht vom Barhocker auf.
»So, das war mein Zeichen, jetzt werde ich für dich singen.«
Er greift nach seiner Gitarre und geht schnellen Schrittes zur Bühne, ohne auf eine Reaktion von mir zu warten. Er spricht mit den Musikern auf der Bühne und nimmt den Platz der Frau, die gerade noch gespielt hat, ein. Ein paar Mal fährt er über die Saiten seiner Gitarre, während er das Plektron zwischen seinen Lippen hält.

»Dieses Lied widme ich heute einem besonderen Menschen, den ich lange Zeit nicht mehr gesehen habe und mit dem ich immer etwas Besonderes verbinden werde. Leni, bitte verzeih mir, dich jetzt gerade so zu nennen, doch alles andere würde sich komisch anfühlen. Ich hoffe, du kannst dich noch erinnern … dies ist für dich.« Noch bevor er die erste Strophe des Liedes gespielt hat, weiß ich, um welches Lied es sich handelt. Diese Melodie ist mir so vertraut, dass ich sie immer wiedererkennen würde. Wir haben sie fast bei jedem Auftritt gespielt. Maggy hat mit ihrer wundervollen rauen Stimme gesungen, Toby hat auf der E-Gitarre gespielt und ich habe mich im Background versucht. Ich lausche dem Klang seiner Stimme. Ihn jetzt auf dieser kleinen Bühne sitzen zu sehen, die Zeilen von »Iris« von Goo Goo Dolls singen zu hören erweckt nicht nur Erinnerungen, sondern lässt mich zum ersten Mal die Wahrheit, die in jedem einzelnen Wort steckt, fühlen.

Ich will nicht, dass die Welt mich sieht, denn ich denke nicht, dass sie mich verstehen würde.
Wenn alles zum Scheitern verurteilt ist, möchte ich, dass du weißt, wer ich bin. Und du kannst nicht gegen die Tränen kämpfen, die nicht fließen, oder gegen den Moment der Wahrheit in deinen Lügen...wenn sich alles wie in Filmen anfühlt und du nur blutest, um zu wissen, dass du lebst.

Mein Lächeln stirbt einen schnellen Tod. So oft habe ich dieses Lied gehört und den Text nachgesungen, doch niemals habe ich so bewusst diese Worte nachempfunden. Fassungslos starre ich in seine Richtung und beobachte ihn, wie er sich in das Lied vertieft, immer wieder die Augen schließt, um die Gefühle noch besser zu vermitteln.
Ich bin gerade so verwirrt, dass ich nicht weiß, ob ich aufstehen soll, um wegzurennen, oder mich der Faszination, die diese Zeilen, seine Stimme und die Töne auf mich haben, hingeben soll.
Erst als die Leute zu klatschen beginnen, reißt es mich aus meinem tranceähnlichen Zustand. Tobi bedankt sich kurz und verlässt die Bühne. Er kommt grinsend auf mich zu, doch er bemerkt schnell meine weit aufgerissenen, verunsicherten Augen.
»Leni, alles okay?«
»Das war sehr schön, Toby ...«, stottere ich so geistesabwesend, dass es mir niemand abnehmen würde. »Ich sollte jetzt gehen.« Fluchtartig packe ich meine Handtasche und laufe die Stufen hinauf ins Freie. Erst hier merke ich, wie sehr ich außer Atem bin. Ich möchte diese Gefühle, die meine ganzen Erinnerungen in mir auslösen, nicht mehr spüren. Wankend laufe ich die Straße entlang und versuche mein verlorenes Gleichgewicht wiederzufinden.

Hinter mir nehme ich Tobys Schritte wahr. Als er neben mir steht, bereue ich meinen schnellen Aufbruch, doch ich hätte es dort keine Sekunde länger ausgehalten.
»Es tut mir leid Toby, es tut mir leid ...«, wiederhole ich mich. »Ich musste einfach weg. Diese Erinnerungen ... mein altes Leben, ich kann damit nicht umgehen«, versuche ich ihm mein seltsames Verhalten zu erklären.
»Ist schon gut.« Er umarmt mich fest, als er merkt, wie ich zu zittern beginne.
»Es tut *mir* leid ...« Meine Stimme vibriert und meine Worte sind nur noch ein leises Flüstern.
»Es ist gut, Leni.« Ich beginne zu weinen, und er hält mich, ohne ein Wort zu sagen. In diesem Moment ist es auch das Einzige, was ich brauche. Ich will nicht darüber reden, wie es in mir aussieht oder was ich fühle. Ich will einfach nur gehalten werden. Wie ein kleines Mädchen schluchze ich an seiner Brust. Seine Nähe und die Hände, die er schützend um mich gelegt hat, fühlen sich richtig an. Wir verharren in dieser Position, bis ich mich langsam fange und ich mich zu lösen beginne. Zerknirscht wische ich mir die Tränen, die meine Wangen hinunterlaufen, ab. Dabei entdecke ich, dass meine Hände schwarz von dem verschmierten Mascara sind. Mein Anblick muss fürchterlich sein, doch das ist mir in dem Moment völlig egal.
»Kann ich dich nach Hause bringen?« Ich nicke, während ich nicht gerade damenhaft meine Nase an meinem Handgelenk abwische, da ich kein Taschentuch zur Hand habe. Er legt den Arm um meine Schulter und wir gehen die dunklen Straßen entlang. Die Gewissheit, ihn an meiner Seite zu haben, beruhigt mich.
»Wenn du einmal reden willst, bin ich für dich da«, flüstert er leise an mein Haar, indem er meinen Kopf nahe an sich zieht.
»Danke, das ist sehr lieb von dir.« Ich merke, wie seine Worte erneut meine Tränen fließen lassen.
Ich habe seine nette Art nicht verdient. Ohne Rückgrat und ohne mit einer Wimper zu zucken, habe ich mich damals von ihm getrennt und nie ein klärendes Gespräch gesucht, obwohl er mir viel bedeutet hat und es noch immer tut.

»Ich kann mir vorstellen, dass es für dich nicht leicht war. Doch so richtig wird es mir erst jetzt bewusst, was damals passiert ist. Es tut mir leid«, sagt er plötzlich. Ich lächle kurz, nicke und merke, wie mir schon die nächste Träne die Wange hinunterläuft.
»Es ist lange her ...«, versuche ich auszusprechen, doch es kommt nur als ein hohes Japsen heraus.
»Trotzdem ... hier ist meine Nummer.« Er zieht meinen Arm an sich, kramt einen Stift aus seiner Tasche und schreibt mir ein paar Zahlen darauf. Er bringt mich trotz meiner am Tiefpunkt angelangten Stimmung zum Lachen.
»Du weißt schon, dass ich in meiner Tasche ein Handy habe, wo ich sie mir einspeichern kann«, bemerke ich nebenbei.
»Das hat aber viel mehr Stil. So erinnerst du dich noch ein paar Tage an unser Treffen ... außerdem haben wir das früher immer so gemacht.« Bevor er meine Hand loslässt, zwinkert er mir zu.
»Ich hätte mich auch erinnert, ohne dass es mein Handgelenk ziert.«
»Da bin ich mir nicht sicher ...« Er grinst mich mit seinem gewinnenden Lächeln an, sodass ich gar nicht anders kann, als ihm auch eines zu schenken.
Mit seinem Finger wischt er mir die Tränen vom Gesicht und ich senke in dem Moment beschämt den Kopf zu Boden. Als wir vor der schweren, hölzernen Eingangstür, die zu Christians Wohnung führt, stehen bleiben, frage ich Toby noch, ob er mit hinaufkommen will. Er schüttelt verneinend den Kopf.
»Ein anderes Mal.«
»Danke für die netten Stunden. Sie haben meinen beschissenen Tag echt noch rausgerissen«, stammle ich.
»Das freut mich.« Er zieht mich nochmals an sich, küsst mich auf die Wange, weicht einen Schritt nach hinten und hebt seine Hand zum Abschied. »Bis bald, Lena.« Er zwinkert mir zu und lächelt dabei schief.
»Bis bald, Toby.«
Ich betrete die Wohnung, die wider Erwarten komplett leer ist. Keine Spur von Christian. Müde streife ich mir die Schuhe von den Füßen und schlendere ins Bad. Langsam schiebe ich die Träger meines Kleides von den Schultern.

Im Spiegel betrachte ich ein Mädchen, das mich verzweifelt um Hilfe bittet. Leere Augen, mit dunklen Halbmonden darunter und verschmiertem Mascara, eingefallene Wangen und eine fahle, blasse Haut. An meinen Schultern und meinem Brustbein erkenne ich Knochen, die nur von einer dünnen Hautschicht bedeckt sind.
Wie oft müssen die Menschen mich noch auf das aufmerksam machen, was ich schon längst begriffen habe, doch einfach nicht wahrhaben will? Ich bin krank, seelisch und körperlich.
Angewidert von dem, was ich sehe, schaue ich an mir hinab und empfinde nur noch Ekel. Ich schäme mich so sehr für das, was ich meinem Körper antue. Wie ein schwarzer Umhang hat sich diese Sucht vor vielen Jahren um mich gelegt und begleitet mich auf meinem Weg.
Ich dachte, durch diese extreme Kontrolle über meinen Körper würde ich stark und unverletzbar werden und bekäme die verlorene Kraft zurück. Stattdessen fühle ich mich krank, elend und komplett energielos.
So ist das kein Leben, doch ich finde keinen Fluchtweg. Da ist niemand, der mir den Weg weisen würde, niemand, der mich an der Hand nimmt und mich hinausführt.
Die Stimmen in meinem Kopf verdammen mich zur Disziplin und befehlen mir zu hungern, damit ich den Schmerz täglich spüre und ihn nie vergessen werde.
Das Schlimme ist, dass ich es erkannt habe, und ich bin mir bewusst, dass ich schon vor langer Zeit die Macht aus der Hand gegeben habe und nun von Zwängen beherrscht werde, die nun über mich entscheiden. Ich kann es nicht mehr rückgängig machen. Ich habe die dunkle Seite in mir bewusst heraufbeschworen. Habe ihr Einlass gewährt. Ich bin am Ende meiner Kräfte – ich will nicht mehr. Ich will dagegen ankämpfen, doch ohne die Macht über meine Gedanken, die ich normalerweise habe, fühle ich mich schwach. Zu schwach, um zu kämpfen. Ein Ende ist nicht in Sicht und die Hoffnung auf Besserung schwindet.
Die Angst, wieder zurückzufallen an den Punkt der absoluten Hilflosigkeit, zwingt mir diesen dunklen, zerstörerischen Mantel auf.

Dreizehn

»Lena, wach auf!« Jemand rüttelt grob an mir. »Womit hast du dich jetzt schon wieder zugedröhnt?« Ich blinzle und nehme ein helles, grelles Licht, das von den geöffneten Fenstern hereinscheint, wahr. Der Nebel löst sich langsam von meinen Augen und ich erkenne die Konturen von Christian, der sich über mich gebeugt hat und unentwegt auf meine Wange klatscht. Reflexartig greife ich auf meinen Kopf und verstecke die Augen hinter meiner Hand.

»Wie spät ist es?«, stöhne ich.

»Es ist nach neun Uhr.« *Scheiße, ich habe verschlafen!* Christian hebt sich vom Bett und flucht. »Ich bin gerade von der Geschäftsreise zurückgekommen und finde dich in diesem Zustand vor. Herrgott nochmal! Was hast du genommen, um dich so aus dem Leben zu schießen?«, schnaubt er wutentbrannt.

»Ich habe nur eine Schlaftablette genommen. Ich weiß auch nicht, warum ich so fest geschlafen habe«, versuche ich mich zu rechtfertigen.

»Das kann nicht nur eine Schlaftablette gewesen sein. Zieh dich an. Ich habe dich bei deiner Assistentin entschuldigt, dass du erst zu Mittag kommen wirst«, meint er kühl. »Wo ist deine Disziplin geblieben? Du enttäuschst mich«, murmelt er vor sich hin, bevor die Tür ins Schloss fällt und mich hochfahren lässt.

Mühsam quäle ich mich aus dem Bett, warte, bis der Schwindel nachlässt und das Rasen in meinem Herz sich normalisiert. *Was würde ich alles gerade dafür geben, um nicht aufstehen zu müssen!*

Mein Körper verlangt nach Ruhe und Schlaf, doch wie immer tue ich alles Mögliche, um ihm das nicht zu gönnen.
Die dunkle Sonnenbrille versteckt meine Augenringe nur, so lange ich sie aufgesetzt habe. Selbst das Make-up hat heute nichts geholfen.
Im Büro angekommen, werde ich mit tausend Sachen gleichzeitig bombardiert. Erst kurz vor zwölf Uhr komme ich dazu, auf mein Handy zu blicken. Paul hat einige Kurzmitteilungen hinterlassen und will wissen, ob es bei unserem Treffen bleibt. Ich habe keine Lust, ihn heute zu sehen. Die Erlebnisse der letzten Tage und der Gedanke, dass Paul sich auf seine Hochzeit mit Marlene vorbereitet, liegen mir schwer im Magen. Kurz vor dem Mittagessen tippe ich schnell ein paar Worte in mein Handy und lege es wieder beiseite.

An: Habdili
Ich habe heute keine Zeit …

Von: Habdili
Bist du sauer, oder warum meldest du dich erst jetzt?

An: Habdili
Nein!

Von: Habdili
Sicher?

An: Habdili
Nein!

Von: Habdili
Also was jetzt?

An: Habdili
Weiß nicht!

Von: Habdili
Ich hole dich gleich ab

An: Habdili
Nein!!

Von: Habdili
Doch, du Zicke!

Sandra vom Empfang ruft mich um 12.15 Uhr an.
»Hier ist ein Paul für Sie, Frau Ames«
Ich stöhne kurz auf, dann drücke ich auf den Knopf der Gegensprechanlage.
»Danke, schicken Sie ihn bitte rauf«, antworte ich kurz und genervt.
Als es an meiner Türe klopft, bitte ich ihn mit einem »Ja« kurz und bündig herein. Ich blicke einen Moment auf und vertiefe mich wieder in meine Arbeit. Wie lange habe ich mich danach gesehnt, ihn wieder in meiner Nähe zu haben, wie oft habe ich mir ausgemalt, sein Gesicht täglich zu sehen, um es zu verinnerlichen und niemals zu vergessen. Doch jetzt verfluche ich meine Wünsche, denn seine Anwesenheit bringt mich schön langsam um den Verstand und stürzt mein Leben in ein komplettes Chaos. Ich deute ihm, auf meiner Couch Platz zu nehmen.
»Ich muss arbeiten. Ich habe dir gesagt, dass ich nicht kann …« Seine Haare sind leicht zerzaust, er lächelt mich schief an. Sein Blick ist frei und ehrlich.
Meiner hingegen trieft vor Berechnung und Abschätzung. Nachdem er mir nicht antwortet, hebe ich den Kopf, lehne mich in den Sessel, verschränke die Arme vor meiner Brust und hefte meinen Blick an ihn. Ich hasse sein breites Grinsen, mit dem er ständig versucht meine Gedanken zu manipulieren und mich in den Wahnsinn zu treiben.
»Heute so freundlich, Frau Ames?« Er schnalzt ein paar Mal mit der Zunge. »Hast du unser Treffen vergessen?« Ich ziehe die Mundwinkel nach unten und schnaufe.
»Nein, das habe ich nicht. Doch nachdem ich gestern einen wirklich schlechten Tag hatte und erst vor einer Stunde hier aufgetaucht bin, kann ich nicht schon wieder in die Mittagspause gehen.«
»Was ist los? Du hast auch schon einmal besser ausgesehen, ganz zu schweigen von deinem Körpergewicht, das sowieso

indiskutabel ist!« Seine Augen funkeln mich provozierend an, doch ich habe keine Kraft, mich auf ein Wortgefecht mit ihm einzulassen.
»Lass mich einfach in Ruhe, Paul!«, seufze ich mürrisch. Ohne Aufforderung wandert er um meinen Tisch, dreht den Sessel, auf dem ich sitze, in seine Richtung, geht vor mir in die Hocke und fängt an, meine Gesichtszüge zu studieren.
Mit unverändert harter Miene und schmalen Augen fixiere ich ihn. Meine Hände verharren noch immer schützend vor meiner Brust.
»Leni, was ist los?«, fragt er sanft nach. Als ich nicht darauf antworte, hebt er mein Kinn und streicht mir liebevoll mit dem Zeigefinger über die Wange.
»Nicht ...« Ich entziehe ihm mein Gesicht und wende es von ihm ab. Ohne meine Reaktion ernst zu nehmen, zieht er mich an sich, sodass meine Stirn auf seiner Schulter ruht, und seufzt tief. Automatisch öffne ich meine Hände und lege sie auf seine festen Oberarme.
Augenblicklich beginnt die Luft zwischen uns zu vibrieren. Für einen kurzen Moment vergrabe ich mein Gesicht an seiner Schulter, um den vertrauten Duft einzuatmen, bevor ich mich wieder besinne und ihn wegschiebe.
»Lass das. Das bringt nichts.«
»Was bringt nichts?« Seine Lippen verziehen sich zu einem törichten Lächeln.
»Wir machen es nur noch schlimmer. Das muss aufhören.«
»Was meinst du damit?« Er verzieht theatralisch die Mundwinkel, als müsste er sich selbst etwas vorspielen.
»Ich kann das nicht, Paul«, seufze ich, bevor ich mich wieder meiner Arbeit zuwende.
Er schafft etwas mehr Abstand zwischen uns, indem er zu der gegenüberliegenden Couch geht, seine Umhängetasche darauf platziert und sich setzt.
»Was kannst du nicht?«, lässt er nicht locker.
»Das hier ...«, deute ich mit meiner Hand wild in der Luft herum, »... was es auch sein mag!«
»Es tut mir leid, ich wollte dir nicht zu nahe treten. Ich wollte nur für dich da sein.« Vielleicht will er wirklich nur freundlich sein und ich bilde mir hier etwas ein.

Plötzlich fühle ich mich unwohl. Ich versuche die Situation zu entschärfen und nicht mehr darauf einzugehen.
»Willst du etwas trinken?«, frage ich ihn freundlich und versuche mir ein Lächeln abzuringen.
»Ein Glas Wasser wäre toll.«
Ich drücke auf die Gegensprechanlage. *»Mia!«* Als keine Reaktion kommt, drücke ich erneut auf die Taste und brülle ihren Namen ins Telefon. Augenblicklich steht sie in meinem Büro.
»Wo zum Teufel bist du? Du könntest unserem Gast ein Glas Wasser bringen.« Genervt deute ich, dass sie den Raum verlassen soll. Sie nickt schüchtern. Paul schenkt ihr ein aufmunterndes Lächeln, das Mia kurz erwidert und mich nur noch wütender macht. *Warum muss er immer so gut gelaunt sein?*
»Du warst auch schon mal besser drauf. Aber jetzt machst du deine Arbeit fertig und danach erzählst du mir, welche Laus dir über die Leber gelaufen ist.«
»Vielleicht bin ich immer so ...«, meine ich schulterzuckend.
»Ich brauche noch eine Stunde. Danach muss ich zur Anprobe von Linkys neuer Kollektion ... also habe ich keine Zeit für dich.«
»Kann ich dich begleiten?« *Meint er das ernst?*
»Als mein schwuler Freund, oder wie hast du dir das vorgestellt?« Er lacht kurz auf.
»Ich dachte mehr als dein Assistent. So wie du im Krankenhaus.« Jetzt kann ich mir mein sarkastisches Lachen nicht unterdrücken.
»Warum willst du mitkommen? Wegen der Models?«, runzle ich gereizt die Stirn.
»Ja, klar!« Er schüttelt resigniert den Kopf. »Mir reicht schon dein dürrer Anblick. Ich möchte sehen, wie du arbeitest. Was ist daran verkehrt?« *Paul ist das erste Mal bei mir und möchte sehen, wie ich arbeite?*
Christian wollte noch nie bei meiner Arbeit zusehen. Stopp! Ich muss mit diesen Vergleichen aufhören.
»Hast du schon gegessen?« Ohne meine Antwort abzuwarten, holt er zwei Boxen von dem Sushi-Laden um die Ecke aus der Tasche und reicht mir eine.

»Nein, ich bin noch nicht dazu gekommen.« Auffordernd ermuntert er mich. »Dann lass uns essen, während du deine Arbeit machst, und ich kann dich dabei in aller Ruhe beobachten.«
Ich lächle gekünstelt, doch der Hunger macht sich beim Anblick der Köstlichkeiten deutlich bemerkbar.
»Du spinnst, weißt du das?« Ich ziehe dabei ein seltsames Gesicht und er beginnt herzlich zu lachen.
»Warum hast du schlecht geschlafen?«, fragt er mich, bevor ein Sushi in seinem Mund verschwindet.
»Ich konnte nicht abschalten. Es sind mir viele Dinge durch den Kopf gegangen.«
»Was meinst du damit?«
»Paul!« Er beginnt sich schon wieder in Sachen einzumischen, die ihn nichts angehen.
»Sag schon, was liegt dir auf dem Herzen?« Doch wie Paul so ist, geht er auf meine abwehrende und distanzierte Art gar nicht ein.
Mia kommt mit einem Glas Wasser herein und reicht es Paul, der es ihr dankend abnimmt. Sie läuft rot an und beginnt sich zu räuspern. Ich beobachte jede ihrer Bewegungen mit Argusaugen. Wie seine eifersüchtige Freundin.
»Mia, bring mir bitte noch einen grünen Tee«, unterbreche ich ihre Flirtversuche.
»Gerne, Lena.« Sie verlässt wieder mein Büro und Paul beginnt mich erneut zu löchern.
»Also, erzähl jetzt!«
Ich kann mir ein Augenrollen nicht verkneifen, doch anscheinend prallt es völlig an ihm ab, denn er schaut mich erwartungsvoll an. Ich versuche einen klaren Kopf über den gestrigen Abend zu bekommen, um ihn so unvoreingenommen wie möglich wiederzugeben. Er merkt, wie meine Gedanken abschweifen.
»Ich war bei meinen Eltern«, beginne ich sachlich und neutral.
Mia unterbricht uns erneut, als sie mit meinem Tee hereinkommt. Sie stellt ihn auf meinen Schreibtisch und dreht sich nochmals zu Paul um.

»Brauchst du noch etwas, Lena?«
»Nein, danke.« *Nur deinen schnellen Abgang!*
»Max hat gerade angerufen und wollte dich erinnern, dass die Anprobe in einer halben Stunde beginnt«, meint sie abschließend.
»War ich schon einmal zu spät?« Sie antwortet mir nicht »Ich werde in zwanzig Minuten losfahren. Bitte sag Marco Bescheid, damit er auf mich wartet.«
»Sicherlich«. Sie verlässt mein Büro und schenkt Paul noch ein liebliches Lächeln. Nachdem ich zwei Stück Lachs fein säuberlich von dem Rest des Reisklumpens geschält habe, wage ich, das Lachsstück zu essen. Paul beobachtet mich dabei kritisch.
Nach dem zweiten Stück schiebe ich den Rest zur Seite.
»Was?«, verdrossen und schlecht gelaunt werfe ich ihm einen Blick zu und hebe dabei fragend die Augenbrauen. Ungläubig schüttelt er den Kopf.
»Und ich bin derjenige, der spinnt? Bist du dir da sicher?«
»Warum? Wenn du dich besser fühlst …« Ich nehme eines der in Reis eingepackten Sushi-Stücke in den Mund und kaue angewidert darauf herum.
»Schon besser«, sagt er triumphierend. *Warum tue ich das?* Nachher werde ich es wieder bereuen.
»Du warst also gestern bei deinen Eltern?«, kommt er wieder auf das Thema zurück.
»Mmmh.« Ich lege mein Gesicht in die aufgestützten Hände und reibe ein paar Mal über meine müden Augen, um sie wach zu bekommen.
»Was ist passiert?« Nippend trinke ich meinen Grüntee, dessen Geruch mich immer an meine Urlaube in Thailand erinnert.
»Ich hatte eine Diskussion mit meiner Mutter.«
»Worum ging es?«, hakt er nach.
Seufzend stelle ich die Teetasse wieder zurück.
»Sie stochert in meinem Leben herum. Beginnt sich neuerdings für mich zu interessieren und will die Vergangenheit wieder aufrollen.«
»Was ist so schlimm daran?«
»Hä? Ich habe keine Lust, mit ihr über irgendetwas zu reden«, schüttle ich aufgebracht den Kopf.

»Du hattest auch keine Lust, mit mir zu reden«, meint er und schenkt mir schon wieder sein zauberhaftes Lächeln.
»Habe ich noch immer nicht.«
»Warum machst du es dann?«
»Was weiß ich … vielleicht, weil du so eine Nervensäge bist und ich müde bin, mich permanent zu wiederholen.« Er grinst vor sich hin.
Ich schaue auf die Uhr.
»Wir müssen gehen. Sonst komme ich zu spät.«
»Dann los …«
Beim Rausgehen bleibe ich bei Mia stehen und reiche ihr ein paar Unterlagen.
»Schau dir bitte den Vertrag, den ich dir gerade gemailt habe, durch und ruf Landmark an, dass sich unser Termin verschiebt. Hier sind noch die Modelreleaseverträge, die unterzeichnet und abgelegt gehören.
Ich will in der nächsten Stunde mit keinem Anruf belästigt werden. Alle Anrufe sind auf dich umgeleitet …« Sie nickt ehrfürchtig.
»Können wir?« Paul hebt seine Augenbrauen, nickt und lässt mir den Vortritt, indem er eine deutende Handbewegung macht.
Als wir das Bürogebäude verlassen, steht Marco mit einer schwarzen Limousine am Straßenrand und wartet auf mich.
»Guten Tag, Frau Ames.« Ich nicke ihm zu, während er mir die Tür aufhält. Paul folgt mir. Er lässt sich neben mich auf die schwarze Lederbank fallen.
Als das Auto leise losfährt, krame ich in meiner Handtasche und beginne die Unterlagen des heutigen Termins durchzuschauen. Minutenlang schweigen wir uns an, während ich mich auf die Zeilen vor mir zu konzentrieren versuche. Das stellt sich in seiner Gegenwart als wirklich schwer heraus.
Ich atme tief aus, versinke in den weichen Ledersitzen und lege den Handrücken auf meine Stirn, während ich aus dem Fenster blicke.
»Alles okay?«, brummt er neben mir. Ich nicke und ringe mir ein Lächeln ab.
»So eine strenge Frau Ames. Ich beginne mich vor dir zu fürchten.« Er gibt mir einen kleinen Stoß in die Rippen.

Paul legt seine Hand auf meine. Ich entziehe sie im augenblicklich.
»Lass das«, zische ich erbost über seine Ignoranz, Abstand zu halten.
»Sorry, ich habe vergessen, dass ich es mit Lena Ames, der toughen Geschäftsfrau zu tun habe.«
»Hör auf, mich zu veräppeln. Ich will von dir nicht berührt werden.«
»Was ist los mit dir? Warum bist du heute so zickig?«
Ich schaue wieder aus dem Fenster.
»Ich glaube, es war ein Fehler«, versuche ich besonnen zu wirken.
»Was meinst du?« Ich antworte ihm nicht und starre die vorbeiziehenden Häuser an.
»Leni, kannst du mich vielleicht einmal anschauen, wenn ich mit dir rede?«, fügt er etwas erbost hinzu.
»Dich wieder in mein Leben zu lassen«, erwidere ich kühn, während ich meinen Kopf zu ihm drehe, um den gewünschten Blickkontakt herzustellen.
»Lena, wir sehen uns jetzt gerade einmal seit einer Woche!«
»Eben, und das reicht!«
»Wofür?«
»Um zu wissen, dass es ein Fehler war.«
Ich spüre einen stechenden Schmerz in meiner Brust.
»Und woher kommt der plötzliche Sinneswandel?« Als sich eine Träne leise den Weg über meine Wange bahnt, streife ich sie ab, bevor sie mein Kleid beschmutzt. Ich spüre seine Hand auf meiner Schulter, lasse mich ohne Gegenwehr zu ihm ziehen und lege mich auf seine Brust, um wieder einmal zu weinen.
Seine Geste öffnet bei mir alle Schleusen. Er streicht mir übers Haar, küsst mich sanft darauf.
Ich hebe meine Hand, lege sie auf seine Brust und drücke ihn von mir weg. Als sich unsere Blicke treffen, sind wir nur einen Hauch voneinander entfernt.
»Merkst du das nicht? Das wird uns noch alles kosten, was uns lieb ist ... und außerdem hast du mich zu einem heulenden Elend gemacht« Behutsam löst er eine Haarsträhne, die auf meiner Wange klebt. Plötzlich sind sie wieder da.

Die Gefühle, die Erinnerungen, die sich versuchen zurückzukämpfen. Mit aufgerissenen Augen sitze ich ihm gegenüber.
So viel Unausgesprochenes trennt uns. Mühsam versuche ich ins Gleichgewicht zu kommen.
»Ich weiß ...« Seine wohlgeformten Lippen ziehen meine Aufmerksamkeit auf sich. Wie gerne würde ich sie einmal küssen. Nur um zu wissen, ob sie noch genauso schmecken wie früher.
»Lass uns versuchen Freunde zu sein ... du heulendes Elend«, flüstert er in mein Ohr, während er sich ganz nah zu mir beugt. *Als ob ich das wollte!* Ich lache kurz auf. Er verflechtet unsere Finger ineinander, streicht verhalten darüber und küsst meinen Handrücken.
»Freunde also?«, ich schaue ihn zweifelnd an.
»Ja!«, gluckst er vergnügt.
Zwei Herzschläge später und mit dem Wunsch nach noch mehr Nähe färbt sich mein Gesicht rot.
»Machst du das mit all deinen Freunden?«
»Wenn ich sie sehr gerne habe«, zwinkert er mir schelmisch zu.
»Gut zu wissen ...«
Als wir bei der Anprobe ankommen, erwartet mich wie üblich das pure Chaos. Die Leute reden unentwegt auf mich ein, wollen Antworten auf ihre Fragen, meine Meinung zu verschiedenen Outfits und kommen mit jedem Problem zu mir, sei es auch noch so trivial. Sobald wir die Räumlichkeiten betreten, sucht sich Paul ein gemütliches Plätzchen in der Sitzecke, die mit Kleidungsstücken übersät ist. Von dort aus beobachtet er jeden meiner Schritte.
Ab und zu blicke ich verstohlen in seine Richtung, fange sein Lächeln auf, spüre meinen schneller werdenden Herzschlag und lächle scheu zurück.
Seine Präsenz verwirrt mich, hemmt mich bei meiner stressigen Arbeit. Ich bin abgelenkt, er raubt mir die Fähigkeit, rationale, kühne und brauchbare Gedanken zu fassen.
Meine Nerven liegen blank. Ich sollte mich zusammenreißen, damit wir hier schnell wieder verschwinden können.

Ich zünde mir eine Zigarette an und der aromatische Rauch beruhigt meine verwirrten Sinne. *Es ist Zeit, sich wieder auf meine Arbeit zu konzentrieren.*
Der Fotograf startet mit den Testaufnahmen und ich bin wieder ganz die Alte. Ich perfektioniere jedes kleinste Detail der Aufnahmen, kombiniere Stoffe miteinander, bringe die Designerin an den Rand der Verzweiflung und bin erst zufrieden, als alle mit den Nerven komplett am Ende sind. *So, jetzt können wir gehen!* Als ich fertig bin, schaue ich mich suchend nach Paul um. Er unterhält sich mit der Jungdesignerin, die verständlicherweise von seinen leuchtenden grünblauen Augen und seinem Lächeln hingerissen ist.
»Paul, wenn du fertig bist, können wir gehen!«, rufe ich ihm zu. Er verabschiedet sich und kommt auf mich zu.
»So, jetzt bin ich fertig! Hast du noch Lust auf einen Absacker?« Während ich meine Tasche zusammenpacke, schaue ich ihn fragend an.
»Sorry, ich muss zurück ins Krankenhaus. Aber die Stunden mit dir waren sehr …«, er überlegt kurz, »… aufschlussreich!«
»Und zu welchem Schluss bist zu gekommen?«
»Dass ich mir dich nicht als Chefin wünsche.«
»Großartig!« Er legt seinen Kopf in den Nacken, lacht schallend auf und umarmt mich plötzlich.
»Du bist so süß … eben meine HoneyBee.«
Ihm auf die Schulter klopfend, erwidere ich so distanziert wie möglich seine Umarmung, doch ich löse mich schnell von ihm, als ich das Geflüster der Leute am Set höre.
»Paul, lass das. Ich habe einen Ruf zu verlieren«, versuche ich mich räuspernd zu entschuldigen.
»Oh, das tut mir jetzt aber leid, wenn ich die unnahbare Chefin in einem anderen Licht dargestellt habe.« Er zwickt mich dabei in die Taille und entlockt mir einen abgehackten, unerwarteten Ton.
»Lass uns gehen«, antworte ich ihm auf dieses kindische Verhalten.

Vierzehn

Frau Ames, wie geht es Ihnen heute?« Es ist eine Woche her, dass ich zweimal hintereinander bei ihm war.

»Ganz okay.« Nach meiner Stimme zu urteilen, könnte man mir das heute wirklich abnehmen.

»Beschreiben Sie Ihre Stimmung?«

»Mein Mann will mit mir zu Ihnen kommen«, meine ich nüchtern.

»Davon habe ich schon gehört. Eine Paartherapie also?« Er rutscht auf seinem Sessel etwas zurück, schlägt ein Bein über das andere und beobachtet mich aufmerksam. Im Hintergrund ist das leise Ticken des Sekundenzeigers zu hören. Obwohl ich normalerweise nie auf solche Dinge achte, löst dieses monotone Geräusch in der Stille, die zwischen unseren Wortwechseln herrscht, ein nervöses, unruhiges Flattern in mir aus. Einmal wahrgenommen, lässt es sich schwer wieder ausblenden.

»ER will«, gebe ich zu.

»Und Sie nicht?« Skeptisch hebt er eine Augenbraue.

»Bitte verstehen Sie mich nicht falsch. Aber Ihre Praxis ist mein Ort. Ich habe gerade begonnen mich zu öffnen und Ihnen meine Gefühle zu offenbaren. Es würde sich nicht gut anfühlen, wenn er neben mir sitzt.«

Diese ehrlichen, von Herzen kommenden Worte überraschen mich selbst. Ticktack, ticktack, höre ich die Uhr im Hintergrund.

»Das verstehe ich sehr gut. Wenn Sie wollen, kann ich Ihnen einen Kollegen empfehlen«, beruhigt er mich.

»Kann ich trotzdem weiterhin alleine zu Ihnen kommen?« Fast schon etwas beunruhigt stelle ich ihm die Frage.
»Sicherlich! Wenn Sie das wollen.« Er lächelt mir aufmunternd zu.
»Ich glaube schon.«
»Was ist mit dem anderen Mann? Haben Sie ihn wiedergetroffen?«, wirft er ein.
Ich nicke betrübt, senke den Kopf und beginne meinen Rock glattzustreifen. Eine vertraute, beruhigende Geste. »Ja, das habe ich, doch unsere Treffen sind mit so viel Angst verbunden.«
»Beschreiben die Ihre Gefühle.« Dr. Goldmann legt seinen Kopf schief und wartet auf meine Reaktion.
»Ich habe Angst, mich wieder zu verlieben?«, formuliere ich fragend meine Antwort.
»Sind Sie verliebt?« Ich beginne mit der Haut an den Nägeln zu spielen und zupfe immer wieder daran herum.
»Ich kann nicht mehr lieben«, nein, ich sollte die Aussage meinem Mann zuliebe revidieren, »ich meine, ich kann nicht mehr so lieben.«
»Wie kommen Sie darauf?« Er ändert seine Sitzposition, indem er sich von der einen Seite auf die andere lehnt und sich danach Notizen macht.
»Ich weiß nicht, warum. Es ist so, als wäre all die Liebe in mir verbraucht. Ich fühle zwar etwas, doch es ist nicht vergleichbar mit dem, wie es einmal war.
Der Zweifel und der Hass auf das, was ich getan habe, sind so allgegenwärtig, dass kein Platz für andere – schöne – Empfindungen ist. Ich habe so viel Wut in mir und bin gefangen in der Welt, die ich mir geschaffen habe. In ihr ist alles unter meiner Kontrolle. Hier ist alles gut. In dieser Welt gibt es so etwas wie Liebe, Vertrauen oder Zuneigung nicht. In der realen Welt werde ich nur wieder enttäuscht.«
»Sie haben Angst davor, enttäuscht zu werden, deshalb lassen Sie diese Gefühle nicht zu?«, fasst er meine Aussage zusammen.
»So ungefähr. Es ist ein Schutz, vor dem, was die Liebe mit sich bringt.«
»Was bringt sie mit sich?«

»Wenn man einen Menschen so sehr liebt, dass man alles für ihn tun würde, und irgendwann begreift, dass dieser Mensch nicht so denkt und dich einfach nicht auf die Art und Weise lieben kann, wie du dir das wünschst, dann tut das verdammt weh. Wenn du liebst, öffnest du dein Herz. Schutzlos, bereit alles zu geben und auch alles zu bekommen. Doch genau hier liegt das Problem. Es gibt keine Garantie, dass in diesem Zustand – dem schutzlosen Ausgeliefertsein – nicht ein Dolchstoß kommt, der sich so tief in dich hineinbohrt, dass jeder Funken der perfekt ausgemalten Liebe erlischt. Du kannst nur darauf vertrauen. Doch sobald dieses Vertrauen zerstört wird, ist es irreparabel.« Die Stille, die mich plötzlich erfüllt, schafft mir Raum zum Nachdenken.
»Ich bin innerlich zerrissen. Alle Empfindungen schwappen über mich. Ich will meine erbauten Mauern einreißen, aber ich habe nicht einmal die Chance, mich daran zu gewöhnen, weil diese Flut an wiederentdeckten Gefühlen in mir mich ungefragt überrennt.«
»Sprechen Sie von Ihrem Mann?«
»Auch.« Dabei lasse ich mir etwas Zeit, denn ich muss erst überlegen, ob meine Worte in Zusammenhang mit Christian passen.
»Wie würden Sie die Beziehung zu Ihrem Mann beschreiben?«
Achselzuckend verziehe ich den Mund und denke kurz nach.
»Teilweise Zuneigung, vermischt mit Hoffnung und dem Gefühl, beschützt zu sein. Kühl und pragmatisch.«
»Was ist mit Liebe?«
»Das ist ein so dehnbarer Begriff. Ich liebe meinen Mann unter anderem dafür, dass er mir einen Rückzugsort gibt und mich nie dazu drängt, mich ihm zu öffnen.«
»Wie ist es mit der sexuellen Anziehung?«
»Ich fühle mich zu ihm hingezogen, doch auf eine andere Art und Weise.«
»Welche Art und Weise meinen Sie?«
Energisch schüttle ich den Kopf.
»Ich fühle mich nicht wohl dabei, es laut auszusprechen.«
»Frau Ames, Sie brauchen sich keine Sorgen zu machen, dass ich Sie verurteile.

Sie befinden sich in einem geschützten Raum, in dem Sie offen über Ihre Gedanken sprechen können.«
Ich verziehe meinen Mund zu einer schmalen Linie.
»Es laut auszusprechen macht es real. Bis jetzt ist es nur in meinem Kopf und dort kann ich es als Unfug bezeichnen.«
»Ich verstehe Ihre Bedenken ...« Er richtet sich auf und nimmt einen Schluck Wasser aus dem Glas, das auf dem Tisch vor uns steht, richtet sich dabei seine Brille, die ihm etwas von seiner Nase hinunterrutscht und lehnt sich dann wieder in seinen Stuhl zurück.
»Versuchen wir es anders. Welche Erinnerungen haben Sie an frühere sexuelle Beziehungen, die, wie Sie meinten, sich auf eine andere Weise angefühlt haben?« Lena, lass dich nicht auf dieses Spiel ein. Nicht an vergangene Zeiten zurückdenken. Zu spät. Paul liegt neben mir, ich kuschle mich an seinen Körper und spüre, wie seine Hand zärtlich über mein Haar streicht. Meine Hand wandert unter sein T-Shirt und ich ertaste seine weiche, vertraute Haut. Die Gänsehaut wird mit jedem Zentimeter, den ich hinauf zu seiner Brust streiche, stärker. Ich fühle seinen schnellen Herzschlag unter meinen Fingern, der sich mit meinem ein rasendes Duell liefert. Mit seinen weichen Lippen fährt er mir über den Hals und löst eine Explosion von aufsteigenden Schmetterlingen aus. Vergessen sind in dem Moment Zeit und Raum. Mit einem Ruck hebt er mich an meiner Hüfte auf seinen Schoß und zieht mich an meiner Bluse zu sich. Neckisch grinst er mir zu, während sich seine Augen verdunkeln. Mein Herz schlägt so schnell, dass sich meine Brust aufgeregt hebt und senkt.
Langsam gleiten seine warmen Lippen über meine ... STOPP! Verdammt noch mal, reiß dich zusammen, Lena. Was tust du hier? Ich sitze bei Dr. Goldmann und lebe gedanklich meine Fantasien aus.
»Ich ... ich ...«, stotternd und mit knallrotem Gesicht blicke ich verlegen zu Boden.
»Erzählen Sie mir von Ihren Gedanken.«
»Das kann ich nicht.«
Ein leises Klopfen an der Tür reißt mich endgültig aus meinen Wunschträumen.

»Dr. Goldmann, Ihr nächster Patient ist da.« Ich blicke fragend auf die Uhr und bemerke, dass wir schon eine halbe Stunde überzogen haben.
»Wir werden das nächste Mal hier anschließen. Was halten Sie davon?«
Nur über meine Leiche! Ich nicke ihm freundlich zu, erhebe mich und reiche ihm zum Abschied die Hand.
Notbremse in letzter Sekunde gezogen!

Morgen fliege ich nach Paris. Ich weiß noch nicht, wie ich es Paul sagen soll, dass ich morgen keine Zeit für unser Treffen habe. Doch ich glaube, dass uns Distanz guttun wird. Es regnet, als Paul zu mir ins Büro kommt. Uns bleibt nichts anderes übrig, als unser Treffen hier ins Büro zu verlegen. Wir sitzen auf meiner Couch und essen diese guten Sandwiches, die er bei unserem ersten Treffen dabeihatte.
»Ich kann dich die nächsten Tage nicht treffen«, werfe ich beiläufig ein.
»Warum das?«, schaut er fragend auf.
»Weil ich in Paris bin.«
»Wegen dem neuen Job?« Ich nicke.
»Ich werde unsere ›Aufarbeitungstermine‹ vermissen. Was mache ich jetzt in meiner Mittagspause?«
Ich lächle und empfinde in diesem Moment genau dasselbe.
»Es ist doch nicht für lange, und außerdem, was hast du davor gemacht?«
»Keine Ahnung. Es fühlt sich an, als ob Jahre dazwischenliegen.«
»Wie kommt ihr mit den Hochzeitsvorbereitungen voran?« Will ich das überhaupt wissen?
Er zuckt mit den Achseln. »Das ist Marlenes Part. Sie geht darin auf. Du weißt, wie lächerlich das ganze Drumherum für mich ist.« Ich nicke und erinnere mich an seine verrückten Träume, wie er heiraten wollte. Als hätte er meine Gedanken gelesen, beginnt er davon zu erzählen.
»Ich brauche kein großes Fest«, meint er beiläufig. »Da es aber Marlenes Traum ist, will ich ihn ihr erfüllen.«
»Ich kann mich noch erinnern …« Ich lächle zögerlich.

»... auf einem Leuchtturm in der Nordsee, auf einer Safari zwischen Giraffen und Elefanten oder am Fuße des Mont Blanc bei Sonnenaufgang. Hauptsache dort, wo vorher noch nie jemand geheiratet hat.« Er beginnt zu lachen und nickt wissend.
»Das habe ich beinahe vergessen!« Er fährt sich durchs Haar und zieht meinen faszinierten Blick auf sein Gesicht. »Du hast es dir wirklich gemerkt!?«
»Deine Auswahlmöglichkeiten waren ja nur auf diese drei begrenzt, also war das nicht so schwer für mich.« Er schüttelt fassungslos den Kopf.
»Warum hätte ich es vergessen sollen?«
Seine Miene verändert sich schlagartig. »Weil du so viel vergessen hast ...«
»Wenn ich nicht daran denke, bedeutet das noch lange nicht, dass ich es vergessen habe.« Das Schweigen und die Gedanken, die wir uns plötzlich machen, lösen Distanz aus.
»Meine Hochzeit war auch ganz anders, als ich es mir vorgestellt habe ...«
»Erzähl mir davon«, fordert er mich auf.
Ich runzle die Stirn und schaue ihn fragend an. Er will etwas von meiner Hochzeit erfahren? Irgendwie fühlt es sich komisch an. »Es war anders ...«, schweife ich ab.
»Anders ... wie meinst du das?«
»Naja, es waren viele Gäste geladen. Christians Vater ist ein ehemaliger Politiker. Ich habe mehr als die Hälfte der Gäste nicht gekannt.«
Sein Blick wandert von meinen Augen zu meinen Lippen, bleibt daran haften, und er lächelt mich bewundernd an. So kann ich mich nicht konzentrieren!
»Du warst eine wunderschöne Braut.«
»Woher ...« Ich erinnere mich an die Fotos, die wegen Christians prominentem Vater in die Zeitungen gekommen sind.
»Danke«, gebe ich leise von mir, löse mich aus der kraftvollen Anziehung seiner Augen und senke den Kopf. »Es ist komisch, mit dir darüber zu sprechen.«
»Ich weiß«, seufzt er leise.

»Es wird sicher eine schöne Hochzeit«, versuche ich das Thema abzuschließen. Mir scheint, als wäre er noch immer in Gedanken verloren, und meine Worte kommen nicht an.
»Darf ich dich etwas fragen?« Ich nicke und lächle ihm aufmunternd zu. »Hast du dich jemals gefragt, was passiert wäre, wenn alles anders gelaufen wäre?«
Ja! Und das nicht nur einmal.
»Wie meinst du das?«, versuche ich mir Zeit zu verschaffen.
»Wären wir heute noch zusammen? Wären wir verheiratet?«, will er wissen.
»Wir waren noch sehr jung. Ich weiß es nicht.« Diesmal nickt er nur. »Ich kann dir nicht sagen, was mit uns passiert wäre. Es ist so viel vorgefallen, doch ich würde lügen, wenn ich sage, dass ich nie diesen Gedanken gehabt habe …«
»Zehn Jahre später ist alles anders«, antwortet er mechanisch.
»Hmm«, füge ich gedankenverloren hinzu. »Es war nicht leicht für mich, zu gehen.« Wie erwartet antwortet er nicht darauf. »Du hast mir gesagt, dass du immer für mich da wärst«, ich versuche meine Stimme so neutral wie möglich wirken zu lassen und meine Tränen hinunterzuschlucken.
»Ich weiß und es tut mir unendlich leid. Ich wollte es dir schon so lange erklären«, er seufzt tief, »warum bist du nur weggelaufen?«
»Du hast keine Ahnung, wie ich mich gefühlt habe. Ich war wie betäubt. Alles in mir hat geschmerzt und keiner kam zu Hilfe.«
»Ich weiß, dass ich nicht für dich da war, wie es richtig gewesen wäre, doch Leni, du warst nicht die Einzige, die diese Sache schwer getroffen hat. Ich war verzweifelt, am Boden zerstört und habe nicht gewusst, wie ich weiterleben soll.«
»Du hast mich dazu getrieben, also hör auf, so etwas zu sagen.« Meine Stimme trieft vor Verachtung.
»Nein, Leni, das ist nicht wahr! Ich habe nur aus dem heraus gehandelt, was mein Umfeld von mir wollte. Ich war jung und dachte, ich sei unbesiegbar und habe das ganze Leben vor mir. Ich habe Pläne geschmiedet und auf einmal brach alles über mir wie ein Kartenhaus zusammen.«

»Ich hatte nie den Eindruck, dass du darunter gelitten hast«, klage ich ihn an.
»Ich wollte dir weismachen, dass mir die Entscheidung nicht schwergefallen ist, um dich nicht noch mehr zu belasten und auch um mich selbst zu schützen …«
Es schmerzt so fürchterlich in meiner Brust, und ich fühle mich dem Ertrinken nahe, da meine Atmung immer schwächer wird. »Kannst du nicht verstehen, dass ich Angst davor hatte und vielleicht deshalb Sachen gesagt habe, die ich bis heute bereue?«
»Mmmh.« Ich atme tief aus. Atme, Leni, atme …
Betretenes Schweigen erfüllt mein Büro, bevor er weiterspricht. »Glaubst du, es ist für zwei Menschen möglich, die so viel durchgemacht haben, zu vergeben und zu vergessen? Ein Neustart sozusagen?«
»Ich bin mir nicht sicher«, flüstere ich, während ich mit dem Ring, der meine Tätowierung am Finger versteckt, spiele.
Er greift nach meiner Hand, zieht den Ring herunter und fährt sanft mit seinem Zeigefinger über das Wort.
»Sagst du mir jetzt, was es heißt?«
Für einen kurzen Moment betrachte ich die Stelle, spüre seine Haut auf meiner, schließe die Augen und genieße seine Berührung.
»Erlösung«, hauche ich so leise, dass ich es selbst kaum höre und nur mit meinem Mund andeute, da meine Stimme keine Kraft mehr dafür aufbringen kann.
Meine Augen sind geschlossen, als die Tränen langsam über meine Wangen laufen und ich spüre, wie er sie mit seinem Daumen vorsichtig wegwischt.
»Weine nicht, HoneyBee, die Welt besteht nicht nur aus Sonnenschein. Erst die Gewitter, Stürme und Überschwemmungen zeigen uns den Wert der Sonnenstrahlen.«
Ich greife nach seiner Hand und verknote unsere Finger ineinander. »Darf ich dir etwas anvertrauen?« Ich suche seinen Blick. Soll ich es wagen, ihm alles zu sagen?
»Du weißt, dass du mir alles sagen kannst«, erwidert er.
»Ich möchte nicht nach Paris fliegen«, unerwartet bricht es aus mir heraus und ich lege schützend meine Hände auf mein Gesicht, um ihm diesen Anblick zu ersparen.

»Um Gottes Willen, Leni, warum? Magst du diesen Job nicht annehmen? Sag ihnen einfach ab!«
»Nein, das ist es nicht«, schüttle ich energisch den Kopf und versuche mich zu fangen, um ihm die Erklärung für mein Verhalten zu geben.
»Warum dann?«
Ich schlucke hörbar den dicken Kloß in meinem Hals hinunter und versuche ihn hinter dem Nebel, der sich vor lauter Weinen gebildet hat, zu erkennen.
»Weil ... weil ich zwei Mal im Jahr das Gefühl habe, dass mich die Überschwemmung mitreißen wird, und ich warte nur darauf, dass es passiert.« Er schaut mich fassungslos an. Ich senke meinen Kopf und erwidere seinen Blick nicht. Die Scham ist zu groß. Er scheint die Bedeutung meines Satzes zu verstehen.
»Wann sind diese Tage?«, meint er sachlich, mit der Stimme eines Arztes.
»Im Februar und übermorgen. Der Tag der Abtreibung und der Tag, an dem wir Eltern geworden wären.« Ich höre, wie er tief ein- und ausatmet. Sein Schmerz und seine Angst sind förmlich spürbar.
»Fahr nicht nach Paris. Ich will an deiner Seite sein. Ich konnte dir die letzten zehn Jahre nicht helfen«, fleht er mich an.
»Nein, Paul. Ich muss.«
»Dann komme ich mit.«
»Wie stellst du dir das vor? Was soll ich meinen Mitarbeitern sagen? Was willst du Marlene sagen? Wie soll ich das Christian erklären?«, sprudelt es angsterfüllt aus mir heraus.
»Das ist mir egal. Ich will dich nicht alleine lassen.«
»Es sind zehn Jahre vergangen, in denen du nicht an meiner Seite warst.«
Ich greife nach seiner Hand und streiche darüber. »Ich werde so viel Arbeit haben, dass ich nicht einmal dazu komme, nachzudenken.«
»Es fühlt sich nicht richtig an.«
»Das tat es noch nie, aber es ist, wie es ist.«

Fünfzehn

Der Tag der Tage. Mein dunkles Kleid, die Strumpfhose und die passenden Schuhe reflektieren die Farbe meiner Seele. Tiefes, dunkles Schwarz. Mein Spiegelbild gleicht mehr einer geschminkten Leiche und offenbart nichts als die grausame Realität. Selbst mein höfliches Lachen ist verschwunden. Schatten umgeben mich, eiskalte berechnende Blicke. Mir graut vor meinem Anblick. Ich bin blass und habe tiefe Augenringe. Meine Wangen sind eingefallen, dennoch fühle ich mich immer noch zu dick. Ich sehe, dass ich krank bin, dass mein Körper am Ende seiner Kräfte ist, doch ich quäle ihn weiter, denn ich habe es nicht anders verdient. Der einzige Weg, Kontrolle über mein Leben zu bekommen. Der Hunger fügt mir auf eine andere Art und Weise Qualen zu und lenkt mich von dem Schmerz in meinem Herzen ab. Ich erlaube es mir nicht, zuzunehmen, erlaube meinem Körper nicht den Hauch einer kleinsten Wölbung. Eine Wölbung, die mich erinnern lässt, und alleine der Gedanke daran bringt mich um. Der müde Blick einer depressiven Frau, die mir entgegenblickt, erreicht mich heute nicht, rüttelt mich nicht wach, sondern bestätigt mich nur in meinem Handeln. Ich habe nicht verdient, glücklich zu sein. Ich habe weder Christian als Mann verdient noch Paul als Freund. Mein Körper hat es nicht verdient, gesund zu sein. Ich streiche meine dünne Taille nach, spüre die Knochen an meinen Hüften und fühle Genugtuung. Je mehr ich mich selbst quäle, desto zufriedener bin ich.

Wenn ich schon nicht die Macht über meine Gedanken besitze, so habe ich sie über meinen Körper, und ich werde ihn so lange schinden, bis er nicht mehr kann, denn dann ist er endlich dort, wo sich mein Herz befindet.

Die letzte Nacht konnte ich nicht schlafen. Paul schreibt mir unentwegt Nachrichten und erkundigt sich nach meinem Wohlbefinden. In der Früh habe ich ihm noch mal geschrieben, damit er aufhört, sich Sorgen zu machen. Ich brauche Abstand und Stille, um endlich einen freien Kopf zu bekommen, denn dort hämmert ein unangenehmer Schmerz, der mich schon seit Tagen begleitet. Ich hasse mich, ich hasse das Bild von der Frau im Spiegel, und ich hasse den Menschen, zu dem ich geworden bin. Ich hasse mich, weil ich mich hassen will. Ich werde mir nie vergeben.
Das Meeting mit meinem Chef bringe ich völlig lethargisch und kalt – so wie ich eigentlich immer bin – hinter mich. Eine klare Antwort konnte ich ihm nicht geben, doch er hofft auf meine Zusage. Seit dem Morgen habe ich Pauls Nachrichten nicht mehr beantwortet. Selbst der Gedanke an ihn schnürt mein Herz ein. Ich flüchte ins Hotel, flüchte in eine Welt, von der ich hoffe, dass sie mich vergessen lässt.
Es ist Nachmittag, als ich an der Bar sitze und meinen fünften Wodka pur trinke. Der alte Mann an der Theke schenkt mir ein Lächeln.
»C´est facile de prendre la vie difficile, mais c´est serieusement difficile de prendre la vie facile.«, nuschelt er auf Französisch. Was so viel heißen soll wie: Das Leben schwer zu nehmen ist leicht, das Leben leicht zu nehmen ist jedoch schwer. Ich liebe diese Sprache. Ich spreche sie fließend. Ich kann mir hier ein Leben vorstellen. *Doch was weiß er schon über mein Leben?*
Ich sollte mich bei Paul melden, denn die fünfte Kurzmitteilung hat mich unmittelbar vor dem Meeting erreicht. Während ich in meiner Tasche krame, mustert mich der alte Mann unentwegt.
Vor ein paar Tagen habe ich Pauls Nummer in die Kurzwahltaste gespeichert, die mir ein schnelles Wählen ermöglicht und mich diesmal nur auf seine Mailbox leitet.

Ein Blick auf die Uhr verrät mir, dass es kurz nach fünf Uhr und mein Alkoholspiegel schon etwas hoch ist, da ich die Ziffern nur noch schwer erkennen kann.
Ich ordere beim Kellner dennoch eine Flasche Wodka und wanke auf mein Zimmer. Er will sie mir anfangs nicht geben, doch als ich ihm drohe, mich bei seinem Chef zu beschweren, reicht er sie mir.

Ich sinke auf mein Bett und streife mir die Schuhe ab. Immer wieder nippe ich an diesem scheußlichen Getränk. Es lindert den brennenden Schmerz in meiner Brust und betäubt mich. Langsam stehe ich auf, wanke ins Badezimmer und stoße dabei mit der Schulter gegen den Türrahmen. *Aua! Warum steht er mir auch genau im Weg?*
Ich ziehe mein Kleid aus, lasse das warme Wasser in die Badewanne laufen, öffne den festen Knoten, der meine Haare zusammenhält, und spüre, wie sie auf die Schultern fallen. Die Berührung erzeugt Gänsehaut. Ich strecke den Kopf in den Nacken und lasse meine Haare über meine Schultern streichen. Wie automatisch schießen mir die Tränen in die Augen. Mein einsames Herz drückt brutal gegen die Brust und verkrampft sich. Der Schmerz betäubt beinahe meine Sinne, doch er löst sich langsam durch das heiße Wasser in der Badewanne.
Mascara verläuft unter meinen Augen. Das gedimmte Licht, die Wärme des Wassers und die leise Musik, die aus meinem Musikplayer im Hintergrund tönt, lassen meinen Körper entspannen. Ich möchte die Stimmen in meinem Kopf zum Schweigen bringen. Gladys Knight singt herzzerreißend »Help me make it through the night«, was meine Tränen unentwegt fließen lässt.

Komm und leg dich neben mich.
Bis zum frühen Morgen.
Alles, was ich nehme, ist deine Zeit.
Hilf mir, es durch die Nacht zu schaffen.
Es ist mir egal, was richtig und was falsch ist.
Und ich werde nicht versuchen es zu verstehen.
Den Morgen soll der Teufel holen.
Gott, heute brauche ich einen Freund.

Meine Glieder werden müde und ich kann kaum noch meine Lider offen halten. Ich atme langsam und ruhig ein und aus. Der Schmerz lässt nach, bis ich ihn kaum noch spüre. Dieses Gefühl ist wunderbar. Ich weiß, dass ich hier nicht schlafen sollte, doch nichts bringt mich in dem Moment aus der Badewanne. Ich nicke ein. Es ist ein herrliches, gelöstes Gefühl. Ich bin frei von all dem, was mich in die Tiefe zieht.

Ich liege auf einer Wiese mit lauter Narzissen, als ich meine Augen wieder öffne. Die Sonne scheint warm vom Himmel. Die Vögel zwitschern und ich kann den Duft von Frühling in meiner Nase wahrnehmen. Das Lachen eines Kindes weckt mein Interesse. Ich setze mich auf und schaue mich suchend um. Etwas weiter von mir entfernt sehe ich ein kleines Mädchen in einem weißen Kleid, barfüßig, mit offenem blonden Haar. Sie singt ein Lied, während sie verträumt die Blumen pflückt. Ich erhebe mich und gehe vorsichtig auf sie zu. Sie bemerkt mich erst, als ich mich neben sie setze. Ihre Augen strahlen mich an, sie legt ihren Kopf in den Nacken und lacht erfrischend.
»Hier ist es so schön«, quietscht sie mit einer bezaubernden Stimme. »Schau dir mal die schönen Blumen an, die es hier gibt.« Ohne Scheu hält sie mir die Narzissen hin, berührt für einen Augenblick meine Hände und läuft anschließend vor mir auf und ab.
Sie dreht sich im Kreis und lacht fröhlich, plappert und freut sich des Lebens, wie es nur ein Kind kann. »Mami, schau nur die vielen schönen Blumen! Ich will eine Blume sein. Nein, doch lieber ein Schmetterling.
Ich will fliegen Mami. Komm, spiel mit mir. Ich will mit dir Schmetterling spielen ....« Sie berührt meine Hände und zieht mich hoch. Bewundernd blicke ich auf die weichen, kleinen Hände, die meine ergreifen. Ich stehe auf und bin von ihren wunderschönen grünblauen Augen fasziniert. Sie lacht, so unbeschwert und glücklich. Ich habe noch nie ein Kind gesehen, das wie ein Engel aussieht. Lachend laufen wir über die Blumenwiese. Immer wieder dreht sie sich im Kreis und freut sich über ihr aufbauschendes Kleid.
Ihre langen blonden Haare wehen leicht im Wind, als sie vorläuft und sich immer wieder nach mir umblickt.

»Fang mich, Mami, fang mich, wenn du kannst!« Ich bin von diesem kleinen Wesen verzaubert. Noch nie habe ich etwas Schöneres gesehen. Sie ist ein kleines Wunder, aufgeweckt und fröhlich. Ein zartes Licht umhüllt ihren Körper. Sie ist so rein, so vollkommen, so perfekt. Ich komme kaum hinterher.

Wie eine kleine Fee bewegt sie sich mühelos vor mir, tanzt, singt und lacht unentwegt. Enttäuscht bleibe ich stehen und bekomme kaum noch Luft. Meine Atmung geht so schnell. Ich werde panisch bei dem Gedanken, nicht schnell genug zu sein, um sie erreichen zu können. Sie dreht sich um und kommt wieder auf mich zu. »Ist schon okay, Mami, du musst mir nicht nachlaufen.« Ich merke, wie Tränen in meine Augen kommen. Ich möchte sie umarmen, ihr sagen, wie sehr ich sie liebe, doch auf einmal blickt sie mich ängstlich an. »Mami, was hast du?« Mein Herz klopft wie wild und ich merke den brennenden Schmerz in meiner Brust. Was passiert mit mir? »Mami, du musst jetzt gehen ...«, verwirrt schaue ich sie an. Ich will nicht gehen! »Mami, du musst gehen ...« Ich will sie nicht verlassen. Möchte noch einen Augenblick ihre Hand halten. Ich möchte sie begleiten, wo immer sie hingeht.

»Nein, ich möchte nicht aufwachen«, schreie ich, doch sie läuft so schnell, dass ich ihr nicht nachkomme.

»Wach auf!« Sie dreht sich im Laufen immer wieder um und ruft mir zu. Das Klopfen in meiner Brust wird immer stärker. Der Gedanke, sie alleine hierzulassen, verbietet mir, meine Augen zu öffnen. Nur noch einen kleinen Moment. Bitte, ich will hier bleiben! Hier bei ihr!

»*Wach auf!!*« Ich werde aus der mich umgebenden Wärme in die Kälte gerissen. »Verdammt noch mal, wach auf!« Jemand schreit mich an und rüttelt so fest an mir, dass mich ein Würgereflex überkommt. Dunkelheit. Ich reiße die Augen auf. *Wo bin ich?* Ich erkenne nur einen Schatten, der sich hektisch um mich bewegt. Mein Magen zieht sich zusammen und ich übergebe mich ein paar Mal hintereinander.

Alles um mich dreht sich. *Ich kenne mich nicht aus. Gerade war ich noch mit meiner Tochter auf einer Wiese.*

Hier ist es schrecklich dunkel und beängstigend. Ich will zurück. Warum bin ich hier? Träume ich jetzt? Wenn ja, dann will ich aufwachen. Alles um mich ist kalt, ich friere, zittere und spüre nur das tiefe, schwarze Loch, in das es mich zurückgerissen hat. »Nein, ich will nicht hier sein. Ich will zurück. Ich will nicht!« Ich weine so bitterlich, da mich erneut ein Schmerz überkommt, der mich lähmt. *Wo bin ich hier? In der Hölle?*

»Leni, shhh ... ich bin hier.« Es ist Pauls Stimme. Ich träume offensichtlich. Doch es fühlt sich so real an.

Er wischt mir mit einem feuchten, kühlen Handtuch über mein Gesicht und zieht mich an sich. Ich kann mein Gesicht an seine Brust legen, atme seinen Duft ein, spüre seine Küsse auf meinem Kopf und genieße seine Nähe. *Nein, ich bin nicht in der Hölle. Ich bin in meinem Himmel.*

Ich lächle ermattet und schließe meine Augen, doch sogleich werde ich wieder wach gerüttelt.

»Leni, mach die Augen auf. Schau mich an!« *Moment mal, warum ist Paul so wütend?*

»Paul?«, kommt sein Name verwirrt über meine Lippen, während ich mich auf meiner Hand aufstütze.

»Ja, ich bin hier. Ich beschütze dich, mein Engel.« Schluchzen, Schreie, immer wieder überkommt mich Weinen und Wimmern, während meine Faust gegen den harten Boden schlägt.

»Mach, dass es aufhört, bitte ...« Ich kann meine Trauer nicht unterdrücken. »Bitte ...« Er zieht meinen zitternden Körper an seinen. Er umarmt mich, hüllt mich mit seiner Liebe ein. »... bitte mach, dass es aufhört«, flehe ich verzweifelt an seiner Brust. Ich merke, wie er an meinem Gesicht weint. Unsere Tränen vermischen sich, als sie zu Boden fallen. Ich fühle mich noch immer, als würde ich schweben, der Schlaf überkommt mich, wie eine betörende Macht. Ein mächtiges Gefühl schließt meine Lider erneut.

»Leni, schau mich an.« Jemand schlägt mir ein paar Mal auf meine Wange. *Aua, das tut weh!* »Mach die Augen auf! Bitte, Leni!« Ich blinzle. Hier ist es so hell.

Jemand wickelt mich in ein wärmendes Etwas und ich spüre, wie der Boden unter mir verschwindet.

Ich fliege. Ich kann es genau spüren, ich bin im Himmel. Doch dieses Gefühl hält nicht lange.
»Leni, Liebling, bitte mach deine Augen auf. Tu mir das nicht an«, höre ich eine verzweifelte Stimme an meinem Ohr. Ich spüre den pochenden Schmerz in meiner Brust und meinen quälenden Weg zurück in die Realität und höre das Weinen einer geliebten Person. Ich bin nicht im Himmel. Im Himmel hat man keine Schmerzen. Zumindest ist es das, was die Leute immer sagen. Doch ich will nur schlafen. Tiefe und gleichmäßige Atemzüge helfen mir dabei. *Endlich darf ich schlafen.*

Als ich die Augen wieder öffne, sehe ich die Umrisse eines Mannes, der in einem Stuhl gegenüber von meinem Bett sitzt. Sein Kopf ist gesenkt und in seine Hände gelegt.
Ich versuche mich an das Licht neben meinem Bett zu gewöhnen. Die Umrisse nehmen Gestalt an.
»Paul!«, stoße ich leise krächzend hervor. Er hebt erstaunt seinen Blick, steht auf, kniet sich neben mich ans Bett und hält meine Hand.
»Es ist alles in Ordnung. Ich bin bei dir.« Er streicht mir eine nasse Haarsträhne hinters Ohr, neigt den Kopf zur Seite und lächelt mir zu.
Ich bemerke seine rot unterlaufenen Augen und die Flecken auf seiner Haut, die er immer bekommen hat, wenn er weinte.
»Was ist passiert?«, flüstere ich kaum hörbar.
»Es ist alles gut.« Seine Stimme bricht beinahe weg und er lächelt mich verzweifelt an. Sein Kummer ist deutlich zu sehen und körperlich zu fühlen.
»Paul?«, ich schaue ihn verstört an.
»Tu so etwas nie wieder, hörst du? Ich kann dich nicht noch einmal verlieren.« Seine Stimme bebt, doch er versucht mir die Worte mit Nachdruck zu sagen, damit ich ihn verstehe.
Wo bin ich? Er zieht mich an sich und umarmt mich heftig. Ich merke, wie er an meinem Hals zu schluchzen beginnt.
»Was ist los? Wo bin ich? Paul, was ist passiert?« Er lässt mich langsam und behutsam wieder los.

»Du bist in Paris, HoneyBee, und in der Badewanne eingeschlafen und beinahe ertrunken.« Langsam kommen meine Erinnerungen zurück.
»Oh ... ich war so müde«, versuche ich mich zu rechtfertigen, »aber was machst du hier?« Er streicht mir unentwegt übers Gesicht.
»Ich wollte nicht, dass du an diesem Tag alleine bist«, gezwungen lächelt er mir zu und senkt seinen Kopf.
»Als du dich nicht gemeldet hast, bin ich ins nächste Flugzeug gestiegen.«
»Das hättest du nicht machen sollen. Was hast du Marlene gesagt?«
»Ssshh, lass das meine Sorge sein.« Er nimmt meine Hand, führt sie zu seinem Mund und küsst jeden Knöchel. Die Liebe in seinen Augen macht mir Angst.
»Wie lange habe ich geschlafen?« Ich versuche meine Stimme wiederzufinden.
»Vier Stunden«, meint er gedankenverloren.
»Oh! Ich fühle mich grauenhaft. Hilfst du mir ins Bad?« Vorsichtig zieht er mich hoch, und ich merke, dass ich unter dem Handtuch, das ich fest an meinen Körper drücke, nackt bin. Er muss mich unverhüllt gesehen haben.
Ich schäme mich, denn mein Anblick ist abstoßend. Während ich ins Bad wanke und er mich dabei stützt, versuche ich ihm beschwichtigend zuzulächeln, aber ich merke, dass es bei ihm nicht ankommt. Er setzt mich auf den geschlossenen Klodeckel, kramt in seiner Tasche, reicht mir einen Riegel und eine Tablette und kniet sich vor mich hin. Ich putze mir die Zähne, um diesen ekelhaften Geschmack loszuwerden. Ohne zu fragen, beginnt er mir die Haare zu föhnen. Mein Kopf hängt zwischen den Schultern schwer hinab, und ich merke, was ich getan habe. Oder was ich vorhatte zu tun.
Ich beginne zu zittern. Er legt einen Bademantel um meinen Körper und trägt mich wortlos ins Bett. Ich schmiege mich an seine Schulter und kann seinen vertrauten Duft riechen. Eng umschlungen liegen wir nebeneinander. Ich will ihn bei mir haben.

Ich will für eine Nacht alles um mich vergessen und ihn so nah bei mir spüren, dass jeder Schmerz verschwindet. Immer wieder beginne ich zu weinen.
Sorgsam legt er die Decke über mich, und ich spüre, wie an seiner Seite die Wärme in meinen Körper zurückkommt und all die Tränen versiegen. Als er aufsteht, halte ich seine Hand fest. »Paul, bitte bleib bei mir.«
»Ich habe nicht vor, zu gehen. Ich ziehe mir nur die Schuhe aus.« Ich lächle und er berührt meine Nase mit seinem Zeigefinger. Eine vertraute Geste. Ich sinke in einen leichten Schlaf. Als ich spüre, wie sich das Bett bewegt, schrecke ich hoch. »Alles okay, ich bin hier«, beruhigt er mich.
Er legt sich neben mich und lehnt sich mit seinem Oberkörper an die Rückwand des Bettes. Ich kuschle mich erneut an seine Brust, während er über meinen Rücken streicht. Mein ganzer Körper fügt sich an seinen, warm umhüllt von seiner unsagbar großen Liebe, die mich verzaubert und beschützt. Ich kann ihn riechen und spüren. Ich will ihn berühren. Diese lang unterdrückte Macht der Gefühle, die ich verzweifelt zu ignorieren versucht habe, erfasst mich wie eine Flutwelle, der ich nicht mehr entkommen kann. An seiner Seite lebe ich, an seiner Seite liebe ich und beginne diese Emotionen wieder zu fühlen. Geborgen in seinen Armen, der Duft seines Körpers, seine streichelnden, beruhigenden Hände lassen die Leere in mir dahinschwinden. Ich habe mich niemals mehr nach seiner Nähe gesehnt als genau in diesem Moment. Mein Herz klopft mir bis zum Hals, während unzählige Schauer meinen Körper durchrieseln und meine Sehnsüchte ins Unermessliche steigern.
Schüchtern streiche ich mit meiner kalten Hand unter sein T-Shirt. Er zieht reflexartig seinen muskulösen Bauch ein und hält die Luft an, überlegt kurz, verharrt wie eingefroren und bestärkt nur noch mehr den Rausch in mir, ihm endlich nach so langer Zeit nahe sein zu wollen. Ich merke, wie seine Muskeln unter meiner Berührung zu zittern beginnen.
»Leni, Stopp!« Er hält meine Hand abrupt fest. »Ich weiß nicht, ob das eine gute Idee ist.« Ich ignoriere ihn und schiebe erneut sein T-Shirt ein Stück hinauf. Er hält mich nochmals davon ab.

»Ich bleibe heute Nacht bei dir. Ich passe auf dich auf, doch …«, er stockt, »… doch ich weiß nicht, ob ich das kann«, raunt er in mein Haar.
Er zieht mich wieder enger an seine Brust und umarmt mich. Sein Duft und sein Herzschlag lösen jegliche Anspannung in meinem Körper. »Mach das nie wieder, hörst du?« Seine Augen glänzen, als er mich aufrichtet, um mir in die Augen zu schauen.
»Paul?«
»Hmmh?«
Für einen Moment schweifen meine Gedanken ab.
»Ich habe sie gesehen. Sie wollte ein kleiner Schmetterling sein.«, lächle ich selbstvergessen.
»Wen hast du gesehen? Wer wollte ein Schmetterling sein?«
»Unsere kleine Tochter. Sie hat mit mir gespielt. Sie hatte deine Augen. Sie war so wunderschön.«
»Das war sie sicher«, lächelt er mir sanft zu.
»Ich wäre so gerne bei ihr geblieben. Doch sie wollte, dass ich aufwache. Und ich habe es getan. Dann warst du hier …«
»Sie wollte, dass du bei mir bleibst.«
Unsere Blicke treffen sich, als ich mein Kinn an seine Brust lege. Die Zeit steht still. Sein Blick ist forschend. Immer schnelleres Herzklopfen. Ich spüre eine so tiefe Sehnsucht nach diesem Gefühl, wie nur er es mir schenken kann. Wenn ich bei ihm bin, fühle ich mich frei, jung, geliebt, schön und angenommen, so wie ich bin. Seine Zärtlichkeit ist mit nichts zu vergleichen.
Einfühlsam und liebevoll streicht er durch mein Haar und wischt eine Träne aus meinem Augenwinkel. Er gibt mir Kraft, diesen Abend durchzustehen. In meinen verbotensten Träumen habe ich mir seine Nähe gewünscht. Ich vertraue ihm wie keinem anderen. Paul, meine erste große Liebe, meine einzige.
»Du wirkst immer so kalt, als könnte dich nichts verletzen, und versuchst mit aller Gewalt die Leni zu verstecken, die hinter dieser ganzen Fassade steckt. Doch jetzt«, er schluckt hörbar und hebt ganz leicht die Mundwinkel an, »sehe ich dich das erste Mal seit Langem ohne Maske. Nur du, so wie du bist. Ohne Wut und Hass, der deine Augen sonst immer in Beschlag nimmt und zu dieser Person macht, die du

versuchst vorzuspielen. Was ich jetzt sehe, ist wunderschön, strahlend und liebevoll. Weißt du, wie wunderschön du gerade bist?«

Ich sehne mich in diesem Moment so sehr nach seiner Nähe. Ich will den Träumen und der nicht ausgelebten Leidenschaft endlich nachgeben.

Ich fühle mich nackt, verwundbar und gleichzeitig so beschützt und geliebt. Seine Blicke liefern mich ihm völlig aus.

Das Blut pumpt durch meine Adern und erzeugt ein Rauschen in meinen Ohren. Ich kann ihn riechen und fühlen. Ich will ihn schmecken. Schnell ziehe ich meinen Körper auf seinen, setze mich auf ihn, um seine Reaktion abzuwarten. Er blickt mich erstaunt an, er macht keine Anstalten, mich davon abzuhalten. Paul legt seine Hände auf meine Taille. Ich lehne mich über ihn und flüstere in die empfindliche Stelle an seinem Ohr.

»Ich will vergessen. Paul, bitte hilf mir zu vergessen. Nur für einen Moment«, hauche ich voller Sehnsucht.

»Leni«, sagt er seufzend, fast schon gequält. Vorsichtig streicht er die Außenseite meiner Oberschenkel entlang.

Ich kann seine Lust spüren. Ich ertaste seine Haut unter dem T-Shirt und frage mich, ob er mir diesmal Einlass gewähren wird. Er hält meine Hand fest. »Leni, hör auf. Morgen wirst du es bereuen …«

»Ich brauche dich so sehr. Bitte, verwehre dich mir nicht«, raune ich, meine Lippen an seiner Wange.

»Ich will nicht, dass du es bereust.«

»Bitte. Ich weiß nicht, was morgen ist, ich weiß nur, dass ich mir gerade nichts sehnlicher wünsche« flehe ich ihn an.

»Was willst du, Leni?«

»Ich will dich spüren. Ich will, dass du mich berührst«, bettle ich.

»Oh mein Gott, Leni …« Er hält seine flache Hand über seine Stirn. »Wenn wir das hier machen, gibt es keinen Weg mehr zurück.« Er wartet auf meine Reaktion.

»Sag jetzt nichts mehr«, flüstere ich ihm in sein anderes Ohr. Es würde den Moment zerstören. Die schützende Dunkelheit umgibt uns.

Ich spüre seinen schneller werdenden Atem und eine wachsende, unbeherrschbare Lust in mir.
Langsam schiebe ich ihm das T-Shirt seine Brust hinauf, betrachte ihn mit Bewunderung und schaue ihm dabei immer wieder fragend in die Augen. Behutsam fahre ich die Muskeln auf seinem Bauch nach und die behaarte Linie, die von seinem Bachnabel bis zum Ansatz seiner Jeans führt.
»Dein Körper hat sich verändert, du bist männlich und wunderschön«, ertaste ich mit zitternden Händen seine Haut. Ein Lächeln umspielt seinen Mund und erzeugt das kleine Grübchen in seiner Wange.
»Liebe mich, wie du es früher getan hast«, versuche ich ihn erneut davon zu überzeugen.
Ich bemerke, wie sich seine Augen verdunkeln, und sehe das Funkeln darin. In Erwartung des Moments, unseren Gefühlen nachzugeben, meinen Traum mit einem Mal zu erfüllen und mit ihm eins zu werden, sehne ich seine Berührungen herbei.
Zögernd greift er nach meinem Bademantel, hält inne, wägt ab und zieht mich mit beiden Händen an sich. Sein Herz klopft schnell unter meiner Hand.
Ich weiß, dass diese Sache einmalig ist, doch ich möchte diesen Augenblick für immer anhalten. Wie lange habe ich darauf gewartet, mich wieder mit ihm zu vereinen. Wie sehr habe ich mich nach seinen Berührungen gesehnt. Unser Atem geht schnell, als wir nur noch einen Hauch voneinander entfernt sind. Die Stille des Raums wird durch unser heftiges Ein- und Ausatmen unterbrochen. Keiner wagt es, den ersten Schritt zu machen. Tiefgründige Blicke, die meine Seele berühren.
Er fährt mit seinem Daumen die Konturen meiner Lippen nach. Ich schließe meine Augen und küsse seinen Finger. Leise stöhnt er.
»Ich werde dich jetzt küssen. Ich werde meine Hand in deinen Nacken legen und dich zu mir ziehen …« Seine Worte sind kaum hörbar, doch so sinnlich, dass sie mir den Verstand rauben. »Ich werde deine bezaubernd weichen Lippen sanft küssen, um dich nicht zu überfordern, doch dann werde ich dich so küssen, wie ich dich die letzten zehn Jahre hätte küssen sollen.« Ich keuche voll Verlangen.

Er zieht mich an sich und beginnt mit seinen warmen Lippen hauchzart meine zu ertasten. Seine Berührungen sind so vorsichtig, zögerlich und zurückhaltend, wie er es versprochen hatte. Es entweicht mir ein leises Seufzen.
Minutenlang berühren sich nur unsere Lippen. Dann öffne ich sie langsam, um ihm Einlass zu gewähren. Er versteht meine Aufforderung und willigt anfangs verhalten, doch mit den vergehenden Sekunden immer vehementer ein.
Als sich unsere Zungen nach so langer Zeit das erste Mal wieder berühren, ist es ein Kuss voller Verzweiflung und doch mit so viel Leidenschaft.
Hart, wild und voller Begierde. Wie ein Blitz durchfährt es meinen Körper und löst ein gewaltiges Erdbeben in mir aus. Seine erfahrenen Hände streichen über meinen Körper, graben sich in mein Haar und ziehen mich noch näher an ihn heran. Er stößt ein lustvolles Geräusch aus. Unsere Blicke begegnen sich.
»Leni, du wirkst so zerbrechlich ...« Seine Worte klingen sanft geflüstert in mein Ohr. »... so verwundbar, dass ich mich kaum traue, dich zu berühren.« Ich senke meine Lippen wieder auf seine und unsere Zungen umschmeicheln einander. In unseren Küssen steckt so viel Sehnsucht.
»Berühre mich Paul, ich will dich spüren ...« Mit einem Ruck hebt er mich an und schiebt seinen Körper über meinen. Behutsam streicht er über mein Haar.
»Ich habe mich die letzten zehn Jahre danach gesehnt, dir wieder nahe sein zu können.«
Ich merke, wie er schluckt. »Du kannst dir nicht vorstellen, was es mir bedeutet.«
Das kann ich. Doch ich will nicht reden, sondern nur vergessen. Mit ihm gemeinsam. Ich beginne seinen muskulösen Oberkörper zu küssen. Seine Figur ist nicht mehr jungenhaft, sondern sie strotzt vor Männlichkeit.
»Hilf mir, zu vergessen. Du bist der einzige Mensch, der das kann. Du bist wunderschön, Paul.« Er öffnet meinen Bademantel und zieht ihn von meinen Schultern. Bei seinen sanften Berührungen spannt mein Körper jeden erdenklichen Muskel an, als er Stück für Stück über meine Brust und meinen Bauch streicht und sich jede Stelle wieder vertraut macht.

Als wollte er jeden Zentimeter neu entdecken, fährt er mit seinen Fingerspitzen meine Haut entlang. Küsst und streichelt mich. Liebkost die Wölbungen meiner Brust mit seinen weichen Lippen und wandert hinauf zu meinem Hals. Er lehnt sich über mich, während er zu meinem Ohr kommt und mir genauso sanft, wie ich es vorher getan habe, hineinflüstert.

»Ich würde alles für dich tun. Du bist dir deiner Anziehung auf mich nicht bewusst. Leni, was machst du nur mit mir?«

Mit seinen heißen Lippen fährt er meinen Hals entlang und verteilt darauf seine leidenschaftlichen Küsse. Ich verliere mich in seinen Berührungen. Seine Hände sind überall, gleiten über mich, erforschen mich.

Liebevoll streiche ich sanft über seine Schulter den Rücken hinab. Als wäre es das Normalste auf der Welt, verschmelzen unsere Körper miteinander, während er unentwegt in meine Augen schaut und sich erst zu entspannen beginnt, als ein zufriedenes Stöhnen meiner Kehle entweicht.

Doch es ist nicht vergleichbar mit dem, was wir *hatten*. Es übertrifft alles, was ich bisher erlebt habe. Intensiv, berauschend und hüllenlos. Ich weiß in diesem Moment, dass es falsch ist, doch nichts könnte mich gerade davon abhalten, ihn wieder zu spüren. Der Ausdruck in seinen Augen, seine weiche Haut, die Hitze und sein Körper machen mich verrückt. Er schließt die Augen. Für ihn ist der Moment genauso vollkommen, wie ich ihn empfinde.

Schwer atmend umschlingt er meinen Körper und vereint sich immer wieder mit mir. Wir geben unserem lang unterdrückten Verlangen nach. Küssend erforscht er meinen Körper. Ich könnte vor Freude und Glück weinen. Nie hätte ich mir vorgestellt, dass ich wieder so empfinden kann. Er erweckt Gefühle wieder zum Leben, die ich tief in mir vergraben habe. Die Erkenntnis, die letzten zehn Jahre in einem tiefen Schlaf verbracht zu haben, erschüttert mich. Weder die Verliebtheit junger Teenager noch die Naivität, auf die ich dieses unbeschreibliche Gefühl immer geschoben habe, ist es. Es ist Paul. Es war immer Paul. Er alleine, der dies bei mir auslöst.

»Ich wünschte, diese Nacht würde niemals enden«, flüstere ich in sein Ohr.
»Du hast deine Mauern so hoch gebaut und all die Schönheit dahinter versteckt. So wie du jetzt bist, bist du schlichtweg atemberaubend.«
Ich weiß nicht, wie lange wir uns zärtlich lieben.
Berauscht und glücklich komme ich wieder zu mir, als er mir zärtlich mit seiner Nasenspitze über meinen Hals entlangfährt und dabei an mir riecht.
»Du riechst genau so wie früher. Nach Vanillepudding ...«
Ich neige meinen Kopf und beginne zu kichern.
»Du kitzelst mich, hör auf.«
»Deine Haut ist auch noch so zart wie früher.«
Immer wieder fährt er mit seinem Mund an meinem Hals entlang und verteilt heiße Küsse. Seine Berührungen wandern zu meinen Lippen. »Deine Lippen sind so sinnlich ...« Federleicht berührt er sie. »... und deine Augen, darin kann man alles lesen, auch wenn du immer versuchst es zu verstecken. In sie zu schauen verrät mir alles, was in deinem Herzen vor sich geht. Oft sind sie so traurig und ängstlich, doch dann gibt es Momente so wie jetzt, wo sie Wärme, Zärtlichkeit und Zuversicht ausstrahlen.« Als er die Tränen auf meiner Wange sieht, hält er inne. »Leni, hab ich etwas Falsches gesagt?« Sofort lässt er von mir ab. Ich lache gelöst und wische mir das nasse Etwas mit meiner Hand weg.
»Nein, um Gottes Willen, nein!«, lache ich, während ich weine. »Ich fühle mich gerade wie eine Blume, die sich nach einem langen Winterschlaf endlich wieder der Sonne öffnen kann. Dieses Gefühl war so lange in mir verborgen, dass ich nicht anders kann, als zu weinen.« Ich merke, wie die Tränen nicht aufhören an meiner Wange hinunterzulaufen, und lache erlöst auf. »Außerdem weine ich unentwegt, seit du mir auf dem Klassentreffen begegnet bist. Du hast meine Schleusen geöffnet, und jetzt kommt es mir so vor, als müsste ich viel nachholen.«
Ich vergrabe mein Gesicht in seinem Körper und atme tief ein. Er streicht mir behutsam über den Kopf, zieht mich zu sich und küsst mich auf den Scheitel.

Als seine Lippen für einen Moment meine berühren, empfinde ich wieder dieses Verlangen, ihn zu spüren. Ich schaue ihn erwartungsvoll an und er ist sich meiner Aufforderung bewusst.
»Du bist so wunderschön, und du hast keine Ahnung, wie bezaubernd ich dich finde.« Sein Kompliment verfehlt seine Wirkung nicht. Ich schenke ihm ein scheues Lächeln, bevor sich unsere Lippen wieder vereinen. Diesmal ist es ein harter und gieriger Kuss. Er ist für heute Nacht meine Droge.
Es ist weit nach Mitternacht, als ich neben Paul aufwache. Er hat die Augen geschlossen und atmet tief und langsam neben mir. Ich stütze mich auf meine Hand und beobachte, wie sich seine Brust regelmäßig hebt und senkt. Ich bin froh, seine Züge in Ruhe betrachten zu können, ohne dabei erwischt zu werden. Seine Lippen sind leicht geöffnet und er atmet leise. Sie sind weder zu schmal noch zu breit. Sie sind genau richtig. Sie sind perfekt. Mit meinem Zeigefinger ziehe ich sie nach. Sie fühlen sich weich und vertraut an. Ich kenne jedes einzelne Detail an seinem Körper und dennoch kommt mir alles komplett verändert vor. Durch meine Berührungen beginnt er sich zu bewegen und wacht auf. Er blinzelt mich an und lächelt verschmitzt. Ich grinse ihn an.
»Du solltest mir wenigstens ein paar Stunden Schlaf gönnen«, meint er verschlafen.
»Es wird bald hell, dann ist diese Nacht vorbei. Ich möchte nicht schlafen.
Ich kann noch mein ganzes Leben schlafen. Jede Minute, die ich jetzt schlafen würde, wäre verschwendet. Selbst wenn ich dich nur anschaue und dem Rhythmus deines Herzens zuhören kann, ist es wert, wach zu bleiben.«
Er zieht kleine Kreise auf meiner Schulter.
»Leni, kann ich dich etwas fragen?«
»Mmmh.« Ich lege meine Hand auf seinen Oberkörper und streiche ihm gedankenverloren darüber.
»Wolltest du dich umbringen?«
»Wann?« Ertappt wende ich mich ab.
»Schau mich an, Leni.« Er zieht mein Kinn zu sich.
»Vorher, als ich dich in der Badewanne gefunden habe.«

»Ich weiß nicht. Ich glaube, ich wollte nicht mehr aufwachen.«
»Also ja.«
»Ich wollte einfach, dass der Schmerz aufhört.«
»Du machst mir Angst«, flüstert er traurig.
»Ich weiß. Ich mache mir selbst Angst.«
»Du musst damit aufhören.«
»Womit?«
»Mit deiner Selbstzerstörung!«
»Paul, ich fühle mich innerlich so leer. Da ist nichts mehr. Das war der erste Moment seit langer Zeit, in dem ich wieder etwas gefühlt habe. Mit *dir.*« Ich stütze mich auf und ziehe meine Beine an meinen Körper. »Ich bin kalt. Eiskalt. Ich habe keine Gefühle mehr in mir und das bringt mich um.«
»Hör auf, so etwas zu sagen und dich selbst so zu quälen ... du bist nicht kalt, das, was gerade hier passiert ist, war alles andere als kalt.«
»Ich kann nicht anders. Meine Gedanken sind dunkel. Du solltest Abstand von mir nehmen oder ich ziehe dich mit mir hinab.«
»Ich werde nicht zulassen, dass du dich selbst zerstörst. Du kannst wieder fühlen und lieben, wenn du es zulässt. Du hast dir so viele Dinge verboten, dass es dir schwerfällt, damit aufzuhören, weil du glaubst, nur so leben zu können.« Er zwingt mich, ihn anzuschauen. »Du glaubst, nur auf diese Weise stark zu sein.«
»Bitte, Paul, hör auf!« Ernüchtert wende ich mich ab.
»Ich versuche seit fünf Jahren schwanger zu werden«, platzt es aus mir heraus. Er lauscht nur. Doch ich habe das Bedürfnis, ihm alles zu erzählen.
»Ich kann anscheinend nicht mehr schwanger werden. Mein Körper kann kein Kind empfangen, weil er es nicht soll.«
»Das ist Unsinn, hast du dich untersuchen lassen?«, kommt sofort der Arzt in ihm hervor.
»Ja, es ist alles in Ordnung. Ich habe alles versucht und zu guter Letzt bin ich deshalb beim Therapeuten gelandet.« Er hebt seinen Kopf und schaut mich verwirrt an.

»Ich glaube, ich kann kein Kind mehr bekommen, weil ich es nicht mehr verdient habe oder weil ich es nicht mehr will.« Schulterzuckend versuche ich es herunterzuspielen.
»Oder weil du einfach Angst davor hast?«
»Was weiß ich … kann schon sein …«
»Dafür kann es viele Gründe geben, aber bitte rede dir nicht ein, dass du keine Kinder verdient hast.« Ich antworte ihm nicht und zupfe nachdenklich an der Bettdecke.
»Mein Therapeut meinte, ich soll mich meiner Vergangenheit stellen und die Sache aufarbeiten. Er war der Grund, warum ich zu dem Klassentreffen gekommen bin.«
»Ein kluger Mann«, grinst er schelmisch.
»Wenn er wüsste, was er damit ausgelöst hat …« Er lächelt mir flüchtig zu. »Lass uns die wenigen Stunden, die uns noch bleiben, genießen. Sobald der neue Tag anbricht, müssen wir uns wieder der Realität stellen.«
»Leni, es muss nicht vorbei sein.« Seine Augen wirken traurig, und ich fühle mich, als müsste ich ihn trösten.
»Paul, wir haben beide Partner, die wir lieben.« Er antwortet nicht und legt seinen Unterarm auf die Stirn. »Liebst du Marlene?«, frage ich nach.
»Ich liebe sie. Doch nicht so …«
»Hör auf, Paul«, unterbreche ich ihn, bevor er etwas ausspricht, das er nicht mehr rückgängig machen könnte. Wie gut ich ihm dieses Gefühl nachempfinden kann. »Ich werde Christian nicht verlassen. Er ist mein Mann.
Er liebt mich und ich werde ihn auch wieder lieben können. Er wünscht sich ein Kind von mir. Er will eine Familie. Außerdem würde ich dir nur schaden. Das kann ich nicht verantworten. Christian ist anders. Er hat sich in die Lena verliebt, die ich heute bin. Du suchst immer nach etwas, das es nicht mehr gibt.«
Er seufzt tief. »Lass uns morgen darüber reden.« Er zieht mich an seinen Körper und atmet hörbar gequält Luft ein, um sie wieder mit einem lauten Stöhnen auszuatmen. »Darf ich dich noch mal berühren. Lass mich dich noch mal berühren«, raunt er in mein Haar.
»Tu es endlich und rede nicht so viel …« Ehe ich mich versehe, liegt sein athletischer Körper über mir, während er sich neben meinem Kopf mit den Händen aufstützt.

Himmlisch grinsend lehnt er sich über mich und fährt mit seinem Daumen über meine Lippen, meinen Hals hinunter zu meiner Brust, die sich wie automatisch anhebt. Während er bei meinem Bauchnabel innehält, seine Berührungen stoppt und die Stirn zu runzeln beginnt, verfinstert sich sein Blick.
»Du bist viel zu dünn, Leni. Ich habe jedes Mal Angst, dass ich dir wehtue.«
»Gefalle ich dir nicht?«
Er schüttelt den Kopf und beginnt zu schmunzeln.
»Das war klar, dass du das denken musst«, meint er, während er seine Berührungen auf meinem Bauch fortsetzt und mir dabei die Gänsehaut über meinen Körper läuft. »Du bist wunderschön. Ich glaube, ich könnte mich tausend Mal wiederholen, und du würdest es mir nicht glauben, doch ein paar Kilo mehr auf den Rippen würden dir nicht schaden.« Er bleibt bei der kleinen Narbe in meiner Leiste stehen. »Blinddarm?«, hebt er fragend die Augenbraue. Ich nicke entzückt.
»Ja, Herr Doktor.«
Nickend mustert er weiter meinen Körper.
»Du musst mehr essen, versprich mir das!«
»Sei still und beginne nicht mit mir zu diskutieren. Du weißt, dass ich sehr stur sein kann«, erwidere ich.
»Wie recht du hast.« Seine Lippen legen sich auf meine. Ich schmecke sein Verlangen. Sein Griff in meinem Haar verstärkt sich.
Seine Hand umfasst fordernd meine Hüfte und zieht mich eng an seinen Körper. Ich fahre mit meinen Nägeln seinen Rücken entlang. Er stöhnt gequält, doch erregt auf.
»Ich begehre dich fast so, wie ich dich brauche …« Seine Stimme an meinem Ohr ist so verführerisch. Mit einem verwegenen Lächeln kreuzen sich unsere Blicke und wir geben uns unserer Lust hin.

Sechzehn

Wir lieben uns in dieser Nacht so lange, bis wir beide völlig erschöpft bei Anbruch der Dämmerung einschlafen.

Das Klingeln meines Handys weckt mich. Als ich auf das Display schaue, sehe ich Christian, der mir entgegenlächelt. Paul schläft neben mir tief und fest. Ich klettere aus dem Bett, ziehe mir Pauls Hemd über und flüchte ins Bad.

»Guten Morgen, Christian«, flüstere ich ins Telefon. Ich fühle mich erbärmlich, wenn ich daran denke, ihn die ganze letzte Nacht betrogen zu haben.

»Bist du noch nicht am Weg zum Flughafen? Warum flüsterst du?« Ich schaue auf die Uhr.

»Scheiße, ich habe verschlafen ... ich ... ich ...« Ich verstärke meine Stimme, räuspere mich, doch mir fällt nichts ein, was ich sagen könnte. Ich habe gestern mit meiner großen Liebe geschlafen. Nicht nur einmal, also kann man es nicht auf den Einfluss des Alkohols schieben oder es einen Ausrutscher nennen. Ich war mir dessen bewusst, was ich mache. Ich wollte es so sehr, dass mir in diesem Moment alles andere egal war. Ich fühle mich so schlecht.

»Ich werde den nächsten Flieger nehmen.«

»Jetzt ist es sowieso schon zu spät. Es zeugt nur wieder von deinen verwirrten Gedanken, die dieses Paris in dir auslöst. Wir sehen uns morgen ...« Er legt ohne Verabschiedung auf und ich höre nur noch das monotone Piepen in der Leitung.

Ich bin eine Betrügerin. Ich bin schlecht. Jetzt hasse ich mich noch mehr. Das hat Christian nicht verdient. Er war mir immer treu. Auch in schwierigen Zeiten. Ich hasse mich. Der Boden des Badezimmers sieht verwüstet aus.

Was habe ich hier gestern nur getrieben? Auf den feuchten Fliesen liegt eine leere Wodkaflasche. Eine viel zu blasse Frau mit dunklen Schatten unter den Augen blickt mir im Spiegel entgegen. Die sonst rosigen, geschwungenen Lippen haben sich meiner Gesichtsfarbe angeglichen.
Ich bin völlig ungeschminkt und meine Haare stehen mir zerzaust in alle Richtungen. Ich besitze nicht einmal mehr eine Maske aus Make-up. Vor mir steht ein verunsichertes Mädchen, dessen Anblick mich einfach nur anwidert. Ich setze mich in das Chaos und beginne zu schluchzen. Als die Tür aufgeht, spricht Paul kein Wort, sondern kniet sich zu mir und umarmt mich. Er streicht mir über den Rücken.
»Lass das!«, versuche ich ihn wegzustoßen, doch er reagiert nicht darauf. »Ich habe deine Liebe nicht verdient. Ich habe die Liebe von niemandem verdient.« Ich stoße ihn von mir und versuche mich aus seinen Händen zu befreien, obwohl ich weiß, dass er der Einzige ist, der mir in diesem Moment helfen kann.
»Leni, das ist Quatsch.« Ich sehe ihn mit tränenunterlaufenen Augen an.
»Was haben wir uns nur dabei gedacht?« Mit der flachen Hand schlage ich mir ein paar Mal auf meine Stirn. Ohne Zögern greift er nach meinem Handgelenk, um mich daran zu hindern, mich weiter zu schlagen.
»Hör auf damit.« Liebevoll verknotet er seine Hand mit meiner.
»Wenn ich weiß, dass du für mich genauso empfindest wie ich für dich, dann werden wir einen Weg finden. Ich werde um dich kämpfen, egal was das bedeutet. Doch ich muss wissen, dass du mich genauso willst.«
»Paul, selbst wenn ich dir sagen würde, was ich fühle, würde es nichts daran ändern, dass ich verheiratet bin und du auch in ein paar Wochen heiratest.«
Sein Blick ist auf den Boden gerichtet. »Wir haben unseren Gefühlen nachgegeben und es war falsch.
Wenn wir uns nur einmal kurz darüber Gedanken gemacht hätten, was wir damit den Menschen, die jahrelang an unserer Seite sind, antun ...«
»Liebst du Christian?«
»Ja«, stoße ich schnell hervor.

»Liebst du ihn so wie mich?«
»Paul, tu das nicht ...«
»Lena, das ist eine ganz einfache Frage.« Er hebt seine Hand und berührt mich kaum spürbar auf meiner Wange. »Liebst du ihn, so wie du mich liebst?«, wiederholt er sich. Genauso wie seine Berührung kaum spürbar ist, sind seine Worte auch nur ein leises Flüstern.
»Nein«, sage ich zögerlich. Es ist die Wahrheit. Ich kann die Liebe, die ich für Paul empfinde, nicht mit jener für Christian vergleichen.
»Okay, dann ist alles gesagt.« Paul versteht das völlig falsch. Er erhebt sich und will das Badezimmer verlassen.
»Warte, Paul ...« Verzweifelt greife ich nach seiner Hand, doch er entreißt sie mir wütend.
»Nein, Lena, wir sehen das gestern einfach als einen großen Fehler an und vergessen es wieder!«, brüllt er wütend, während er versucht sich aus meinem Griff zu befreien.
»Sag das nicht.« Ich folge ihm ins Schlafzimmer. Zornig wirft er sein Gewand in die Tasche und schubst mich zur Seite, als ich nach ihm greife.
»Fass mich nicht an, Lena, das ist das Letzte, was ich gerade brauche«, faucht er mich zornig an.
»Hör auf, mich so zu behandeln.« Meine Augen füllen sich mit Tränen.
»Jetzt weißt du, wie ich mich die letzten zehn Jahre gefühlt habe«, schimpft er in einem herablassenden Tonfall.
»Wie hast du dich denn gefühlt?« Ich merke, wie die Wut in mir hochsteigt. »Wie, verdammt noch einmal, hast du dich gefühlt?« Ich schreie ihn zornig an. Meine Stimmbänder schmerzen. Ich beiße meine Zähne fest zusammen, sodass sie knirschen, balle meine Hände zu Fäusten und stampfe erbost auf.
Er schweigt und hält inne. »Mach verdammt noch einmal deinen Mund auf und sag, wie du dich gefühlt hast!« Er bleibt stumm und neigt den Kopf zu Boden. »Ja, ich bin weggelaufen und habe dich zurückgelassen. Ich habe dich gehasst, für das, was du mir angetan hast. Ich konnte dir nicht mehr in die Augen schauen. Ist es das, was du hören wolltest? Du hast dich einfach aus dieser Sache herausgehalten, mich alleine gelassen mit dieser

Entscheidung, und hast dann erwartet, dass wir dort weitermachen, wo wir aufgehört haben. Du hast keine Ahnung, wie ich mich gefühlt habe.« Mein Gesicht glüht und meine Stimmbänder schmerzen immer mehr. »Warst du da, als sie mir unser Kind aus dem Körper geschält haben? Ein gesundes Kind in die Mülltonne geworfen haben? Ich habe mich vor körperlichen und seelischen Schmerzen gewunden, warst du da?« Er blickt nur zu Boden, was mich noch wütender macht. »Rede, verdammt noch mal, mach deinen Mund auf! Sag mir, wie *DU* dich gefühlt hast. Warst du da, will ich wissen!!«
Doch er schweigt weiter, was mich noch mehr aus der Haut fahren lässt. »Keiner war da, als ich mich auf den kalten Tisch legte und mir mein Kind entfernen ließ. Niemand. Ich war alleine. Hörst du, *alleine!!*« In meinem Kopf hämmert es, während ich laut und hysterisch schreie. »Es war dir zu lästig und du hast dich nicht bereit gefühlt. Hast du eine Ahnung, wie ich mich gefühlt habe? An jedem verdammten 12. Oktober habe ich nur noch den Wunsch, zu sterben.« Schluchzend, schreiend und verzweifelt werfe ich meine Hände in die Höhe und zucke mit den Achseln, als er immer noch nicht reagiert. Ich versuche meine Gedanken und die Wut in meinem Bauch zu ordnen. Mit gedämpfter, tränenerstickter Stimme rede ich weiter. »Und ja, ich wollte nicht mehr. Du hättest mich in dieser beschissenen Badewanne ertrinken lassen sollen.
Dann wäre ich jetzt vielleicht an einem Ort, wo dieser unerträgliche Schmerz in meiner Brust verstummt wäre.« Ich klopfe mir darauf, um ihm zu verdeutlichen, wie sehr es mich quält. »Ich hasse dich, ich hasse meinen Körper, und ich hasse das, was du aus mir gemacht hast.
Ich bin hart und eiskalt geworden, weil es die einzige Möglichkeit ist, mein erbärmliches Dasein zu ertragen. So wie du mich in der Arbeit erlebt hast – das ist ein Hauch davon, wie ich wirklich bin. Ich lasse nichts und niemanden an mich heran, weil ich Angst habe, wieder etwas zu fühlen.« Ich japse verzweifelt nach Luft.
»Du hast mich und unser Kind zerstört.« Erneut japse ich nach Luft, diesmal hysterisch. Er streckt seine Hand nach mir aus. »Fass mich nicht an!«, schreie ich zornig.

»Fass mich nie wieder an!« Ich lasse mich auf die Knie fallen und halte schützend die Hände vor mein Gesicht. Ich weine nicht, ich schluchze tief aus meinem verletzten Herzen. Der ganze aufgestaute Schmerz bricht aus mir heraus. So viele Jahre sind vergangen, und nun überkommen mich meine Gefühle wie ein Tsunami, der alles mitreißt und vernichtet. Jede Mauer, jeden mühsam aufgebauten Schutzwall. Nichts bleibt mehr übrig. *Wie naiv war ich, zu glauben, dass ich beherrsche, und nicht umgekehrt?*

»Du willst wissen, ob ich dich so liebe wie meinen Mann?«, schreie ich verzweifelt. »Ich werde niemals einen Menschen so lieben, wie ich dich liebe. Du hast mich für jegliche Art von Liebe zerstört. Ich gehöre nur dir. Mein Herz gehört nur dir.

Zumindest das, was noch da ist.« Ich sitze mit gesenktem Kopf auf dem Fußboden und schaffe es nicht, ihn anzusehen. »Ich kann nicht einmal mehr mit meinem Mann schlafen, weil ich dabei nur an dich denken muss. Ich kann keine Kinder mehr bekommen. Also Paul, was willst du noch? Mein Herz, meine Seele, meinen Körper, alles gehört dir.« Langsam und leise verstummt mein Schluchzen. Als ich mich wieder gefangen habe, spreche ich in einem so kalten Ton, der sogar mich ängstigt.

»Also strafe mich nicht mit deiner Ablehnung, wenn ich dir nicht sagen kann, wie sehr ich dich liebe.« Stille. Nichts als Stille. Außer meinem Herzen, das so kräftig in meiner Brust schlägt, dass Paul es auch hören muss. Er räuspert sich zaghaft. Wir schweigen, während wir unbeholfen vor uns hinstarren. Keiner weiß, was er tun, geschweige denn sagen soll.

»An dem Tag, als wir uns gegen das Kind entschieden haben, bin ich dir nachgefahren und wollte dir sagen, dass wir einen großen Fehler machen. Auf einmal war mir alles klar, und ich wusste, dass es alles zerstören wird. Ich war dort, ich schwöre es dir, doch sie haben mich nicht zu dir gelassen. Ich war jung und wusste es nicht besser. Ich wusste mich nicht zu wehren und das zu erkämpfen, was mein Herz mir sagte.

Alle haben auf mich eingeredet. Ich war so verwirrt und musste dir eine Antwort geben.

Wenn ich es rückgängig machen könnte, würde ich es sofort tun. Ich habe an diesem Tag alles verloren. Einfach alles.«
Ich merke, wie seine Stimme kippt und er sich neben mich kniet und zu weinen beginnt. Paul weint und es löst in mir ein seltsames, ungewohntes Gefühl aus. Das erste Mal nach all den Jahren kommt mir der Gedanke, dass es auch für ihn nicht leicht gewesen sein muss. Wie automatisch lege ich meine Hände auf seine Schultern, die schlaff herabhängen, als gehörten sie nicht zu seinem Körper.
»Ich hasse mich auch für das, was ich dir angetan habe. Es tut mir so unendlich leid.« Seine Tränen fallen neben mir auf den Boden. Ich strecke meine Hand aus und hebe sein Gesicht, sodass er mich anschauen muss.
Ich betrachte seine traurigen Augen und sehe darin seine Verzweiflung. Ich bin schockiert.
»Paul, ich habe dich jeden Tag meines Lebens geliebt, auch all die Zeit, in der wir uns nicht gesehen haben. Ich werde dich immer lieben. Das Urteil, dich für den Rest meines Lebens zu lieben, wurde vor langer Zeit gefällt. Kein einziger Tag in den letzten zehn Jahren ist vergangen, an dem ich nicht an dich gedacht habe. Niemand außer dir kann diese Höhen und Tiefen an Gefühlen in mir entfachen.
Nur du weißt, wer ich wirklich bin, und liebst mich trotzdem. Du lässt mein Herz in dem Rhythmus schlagen, der gut für mich ist, und willst ihn nicht verändern. In meiner Vergangenheit war es völlig egal, welcher Mann an meiner Seite war, mein Herz hat immer nur geschlagen, um meinen Körper am Leben zu halten. Und so wird es auch immer sein ohne dich.« Ich streiche ihm über seine Wange.
»Wir haben viele Fehler gemacht.
Doch ich hoffe, du weißt, dass auf uns zu Hause Partner warten, die uns brauchen.«
Er lächelt gezwungen, während ihm wieder eine Träne über seine Wange läuft.
»Leni, ich weiß nicht, ob ich das noch kann.«
»Du musst, denn ich werde es auch können. Unsere Zeit ist begrenzt. Wie bei einer Sanduhr, die still und leise irgendwann abläuft und ein Ende findet. Wir haben gegen die Spielregeln verstoßen und die Sanduhr noch mal umgedreht.«

Er nickt, doch er beginnt wieder zu weinen. »Tu es für mich. Paul, hörst du mich, tu es für mich. Ich würde dir nicht guttun.«

»Hör auf, so einen Unsinn zu reden. Es wird nie jemanden geben, der mich so berührt wie du. Du warst diejenige, die mir gezeigt hat, wie es sich anfühlt, wenn man liebt.« Wir knien beide auf dem Fußboden. Meine so gut einstudierte Maske ist nun gefallen – aufgeweicht von den vielen Tränen, die wie ein nicht versiegender Bach fließen, und zurück bleiben eine Leere und die schmerzliche Erkenntnis, dass ich in all den Jahren nur Theater gespielt habe. Ich fühle mich wehrlos ohne meine harte Schale. Beunruhigt und ausgeliefert. Ich möchte schreien, weinen und lachen zugleich, da ich mich plötzlich frei fühle. Dieses Bewusstsein erhellt meine Gedanken wie die Sonnenstrahlen, die nach einem heftigen Gewitter durch die dunkle Wolkendecke brechen. Doch ich weiß, dass dieser klare Moment nur von kurzer Dauer sein wird. Viel zu schnell werde ich wieder verzweifelt nach meinem alten Ich greifen, das mich nicht zwingt, den Tatsachen ins Auge zu schauen und die Realität zu akzeptieren. Ich kann nicht zulassen, dass ich Paul an diesen Ort mitnehme. Ich greife nach seiner Hand, blicke darauf, während ich sie streichle. Ich möchte ihm die Schuld von seinen Schultern nehmen, damit er ohne Reue und seinen selbst auferlegten Verpflichtungen mir gegenüber leben kann.

»Heute wäre unsere Tochter zehn Jahre alt. Lass uns diesen Tag dazu nutzen, Abschied zu nehmen. Von dem, was uns widerfahren ist, und von dem, was jetzt gerade passiert.«

»Woher weißt du, dass es ein Mädchen war?«

»Weil ich so oft von ihr geträumt habe.« Ich atme tief durch. »Sie hat deine Augenfarbe.«

»Leni, hör auf damit. Ich ertrage den Gedanken nicht.«

»Komm.« Ich stehe auf und ziehe ihn an der Hand hoch. »Wir ziehen uns jetzt an und dann verbringen wir einen Tag gemeinsam in Paris. Die Sonne muss gleich aufgehen. Ich möchte mit dir einen Sonnenaufgang an der Seine erleben.«

»Wie stellst du dir das vor? Sollen wir wie ein verliebtes Paar durch die Straßen schlendern und am Abend getrennte Wege gehen?«

»Wir ziehen uns einfach etwas an und gehen los.« Ich lache mit unpassender Euphorie.
»Und danach?«
»Danach …« *Ja, was ist danach? Will ich ihn vergessen? Kann ich das?* »Danach werden wir unser altes Leben weiterleben«, gebe ich mit gespielter Heiterkeit von mir, die ich mir selbst nicht abnehme.
»Das kann ich nicht.«
»Du wirst sehen, es geht.«
»Leni …«, seufzt er.

Siebzehn

Der Himmel ist grau in grau. Weit entfernt von Himmelblau. Weder die aufgehende Sonne ist zu sehen, die uns ein paar wärmende Strahlen schenken könnte, noch die leuchtenden Farben, die sie auf das Wasser des Flusses legen würde. Dennoch ist es für mich der hellste und schönste Tag seit Langem. Wir beobachten das Wasser und die vorbeifahrenden Schiffe. Eingehüllt in seine starken und wärmenden Arme möchte ich die Zeit in diesem Moment für immer anhalten. In diesem Augenblick gehört er nur mir.

»Paul, du weißt, wie sehr ich dich liebe, oder?«

»Mmmh.«

»Warum hast du es dann infrage gestellt?«

»Weil du dich verändert hast und es mir manchmal vorkommt, als würde ich dich nicht mehr kennen.«

Ich drehe mich zu ihm um und blicke voll Bewunderung in seine grünblauen Augen. Seine Lippen umspielt ein angenehmes Lächeln, aber seine Augen bleiben traurig. Zaghaft gebe ich ihm einen flüchtigen Kuss auf seine weichen Lippen. Abrupt bleibe ich stehen und warte, dass er sich mir zuwendet.

»Paul, ich liebe dich. Ich liebe es, wenn du deine Augen schließt, während ich dich küsse, ich liebe es, wie dein Herz schneller zu schlagen beginnt, wenn ich dich berühre, und ich liebe es, dass du mir nur mit deiner Anwesenheit ein Gefühl von Leichtigkeit gibst.« Nun gleicht sein Lächeln dem, das ich von ihm gewohnt bin.

Er küsst meine Nasenspitze, meine Wangen, meinen Hals, bevor er mir einen federleichten, kaum spürbaren Kuss auf

die Lippen gibt. Seine Berührungen, seine Küsse und sein Duft sind so vertraut und seine schmetterlingshafte Berührung auf meinen Lippen weicht auf einmal einem auffordernden und verzehrenden Kuss. Er schiebt seine Hand in meinen Nacken, während er die letzten Zentimeter, die zwischen uns liegen, negiert. Seine Lippen berühren meine, fordern mich auf, ihm Einlass zu gewähren. Nichts würde ich ihm lieber erfüllen und so lasse ich mich auf seine sanften Berührungen ein. Mit der Hand fährt er meinen Rücken entlang. Nach ein paar Minuten völliger Hingabe sieht er mich bedeutungsvoll an.
»Du bist dir schon bewusst, dass ich nicht anders kann, als dich zu küssen, wenn du solche Worte zu mir sagst.«
»Gut zu wissen«, kneife ich ihm in die Seite und grinse frech.
»Aber du machst die Situation auch nicht wirklich einfacher dadurch.« Seine Miene hat sich schlagartig verfinstert.
»Wie bitte?« Ich lache erheitert auf. »Du hast mich gerade geküsst, als ob es kein Morgen gäbe!«
»Nur weil du deinen bezaubernden Mund nicht halten kannst«, wirkt er etwas entspannter.
An seiner Seite zu gehen lässt den Kummer verblassen, mein Herz ruhig in meiner Brust schlagen und die Lebensfreude neu erwachen. Paul ist still. Er hat die Hand um meine Taille gelegt und wir spazieren durch die Gassen von Paris.

Wir schlendern die Seine entlang, gehen unter den Rundbögen der Brücken durch und genießen die Ruhe, die hier um diese Zeit noch herrscht. Er seufzt tieft. Dabei schwingt Wehmut mit. Wir setzen uns in eine kleine Boulangerie, die gerade geöffnet hat. Beim Betreten empfängt uns der Geruch von frisch gebackenen Brötchen und wunderbar riechenden Kaffeebohnen.
»Vous avez choisi?«, fragt mich der Kellner.
»Je voudrais avoir un café noir et pour le monsieur un petit déjeuner à la française, s'il vous plait.«
»Bien sur, mademoiselle.«
Ich bestelle für mich und Paul ein Frühstück. Er schaut mich verwundert an.
»Seit wann sprichst du fließend Französisch?«

»Seitdem ich in Amerika Kurse belegt habe und ein paar Monate in Paris gearbeitet habe ... aber von fließend kann keine Rede sein.«
Er blickt mich an, als ob er nicht schlau aus mir werden könne.
Der Kellner stellt den Frühstücksteller zu Paul und den Kaffee zu mir. Er beginnt zu essen und wird dabei still.
»Warum bist du so still?« Mit genervter Miene schüttelt er den Kopf und lacht sarkastisch.
»Seit wann hast du diese Essstörung?« Sein Blick fährt mir durch Mark und Bein.
Vor den Kopf gestoßen, reiße ich die Augen auf, verschlucke mich fast an meinem Kaffee und blicke ihn verwundert an.
»Wie bitte?«
»Du hast mich schon verstanden. Seit wann leidest du unter dieser Essstörung?«, wiederholt er sich.
»Ich habe keine Essstörung!«, antworte ich pikiert. »Ich esse nur manchmal weniger«, versuche ich mein Verhalten zu rechtfertigen.
»Ja, klar.« Ich laufe rot an. »Sieh dich doch mal an. Du weigerst dich, zu essen, und hast starkes Untergewicht.« In seinen Augen blitzt die pure Wut.
»Du übertreibst maßlos. Sieh her, ich kann etwas essen, wenn ich will.« Ich greife nach seinem Brötchen und stopfe mir demonstrativ die Hälfte in den Mund.
»Das bedeutet gar nichts.«
Ich zucke mit den Schultern. *Was muss ich ihm eigentlich hier beweisen?*
»Ich muss dir nichts beweisen!«, schimpfe ich.
»Das stimmt, doch verkauf mich nicht für dumm. Ich beobachte dein Essverhalten schon eine Weile. Leni, ich bin Arzt, und ich sehe, dass du krank bist.«
»Lass mich in Ruhe.« Ich bin gereizt und ärgere mich über sein belehrendes Gerede.
»Ich will dir helfen.« Augenblicklich nimmt seine Stimme einen liebevollen und besorgten Ton an.
»Das kannst du nicht. Keiner kann das.« *Warum lasse ich mich überhaupt auf diese Diskussion ein?*
»Seit wann hast du diese Essstörung?«
»Sei still«, zische ich ihn an.

»Nein, bin ich nicht … seit wann?« Ich verdrehe genervt die Augen, zünde mir eine Zigarette an und nehme einen tiefen Zug.
»Schön. Seit ein paar Jahren esse ich weniger, mache viel Sport und achte auf meine Figur. Ich bin deshalb aber nicht krank. Bist du jetzt zufrieden?«
»Du achtest auf dich!?«, er zieht die Augenbrauen fragend hoch, schüttelt genervt den Kopf und zischt sarkastisch. »Das ist nicht gesund, was du deinem Körper da antust.«
»Danke, Herr Doktor, aber ich weiß sehr gut, was ich meinem Körper antun kann und was nicht.« Ich blase den Rauch direkt in sein Gesicht, da ich weiß, wie sehr er es hasst. Doch er reagiert nicht darauf.
»Da bin ich anderer Meinung«, meint er trocken und blickt trotz des Rauchs unentwegt in meine Richtung, während er die Hände vor seiner Brust verschränkt und sich zurücklehnt.
»Warum bist du immer so rechthaberisch?« Ich funkle ihn wütend an.
»Warum bist du immer so stur? Und warum wirst du bei dem Thema so aggressiv?«
»Du unterstellst mir etwas, was nicht stimmt. Da würde jeder wütend werden!« Ich rede wie ein trotziges Kind.
»Ich sehe den Tatsachen ins Auge. Wieviel wiegst du?«
»Als ob dich das etwas angehen würde. Hör auf, dich wie mein Arzt zu verhalten.« Ich drücke die Zigarette im Aschenbescher aus.
»Bei welchem Arzt bist du in Behandlung?«
»Bei keinem. Warum sollte ich? Du steigerst dich da in etwas hinein.«
»*Leni!!*«, er knurrt meinen Namen und knallt mit der flachen Hand auf den Tisch, sodass die Kaffeetassen klirren.
»Du brauchst meinen Namen nicht so laut auszusprechen, ich höre dich ganz gut.«
Er klingt verzweifelt. »Ich würde dich am liebsten packen und wachrütteln, doch das traue ich mich nicht, weil ich Angst habe, dass du dann zerbrichst.«
»Komischerweise hattest du keine Angst, wie du mich noch vor ein paar Stunden gevögelt hast.«

Ich beginne bei der Vorstellung zu schmunzeln und schenke ihm ein erheitertes, verheißungsvolles Lächeln.
»Hör auf, so viel Unsinn zu reden. Und versuche nicht immer alles ins Lächerliche zu ziehen.«
»Hör *DU* auf«, kontere ich.
Er deutet dem Kellner, uns noch ein Brötchen zu bringen, das er mir dann reicht. »Hier, iss das. Vorher verlasse ich dieses Lokal nicht«, meint er bestimmt.
»Du kannst mich nicht zwingen«, entgegne ich schnippisch und verschränke die Hände demonstrativ vor meiner Brust.
»Nein, Leni, das kann ich nicht, aber ich appelliere an deine Vernunft.« Für einen kurzen Moment schauen mich seine grünblauen Augen flehentlich an. Ich könnte mal wieder darin versinken.
»Weißbrot macht mich fett.« Er lacht sarkastisch.
»Siehst du, da beginnt es schon. Was willst du auf das Brot haben? Du hast die Wahl ...«
Ich fühle mich beobachtet, als ich die Marmelade hauchdünn auf das Brot streiche und zaghaft abbeiße. Es schmeckt köstlich. Mein Magen dankt ihm jeden Bissen.
»Warum machst du das?« Pauls Stimme klingt traurig, als er mir zusieht, wie ich an meinem Bissen kaue.
»Was?«
»Du weißt genau, was ich meine ... dich zu Tode hungern!«
»Weniger essen, meinst du?«
»Ja, wie auch immer du diesen Irrsinn nennen willst.«
Ich seufze und weiß, dass ich ihm nichts vormachen kann.
»Es ist eine Art Kontrolle, die ich über mich habe.« Er hebt seine Augenbrauen und deutet mir, weiterzureden.
»Ich habe mir nicht mehr erlaubt, dicker zu werden, weil ich dann Rundungen bekomme. Der Anblick schmerzt.«
Er schaut mich abwartend an, als ob er darauf wartet, meine Aussagen zu verstehen. Gefühlte Minuten starrt er mich fassungslos an.
»Es ist nicht so einfach, zu erklären, ich habe mir in meinem Leben viel verboten«, fauche ich genervt und verdrehe die Augen.
»Du hast dir verboten zu essen?«
»Nein, so ist es nicht.« *Doch, genau so ist es.*

»Wie ist es dann? Erkläre es mir so, dass ich diese Dummheit verstehe.«
»Hör auf, so abwertend zu reden. Ich kann es nicht erklären.« Ich versuche die passenden Worte zu finden, damit er mich nicht wieder verurteilt. »Es ist in der Modebranche nicht immer einfach.« An seinem Gesicht sehe ich, dass er mir meine übliche, einstudierte Ansprache zu diesem Thema nicht abkaufen wird. »Schön, es ist eben eine Art Kontrolle, Selbstbeherrschung ...«
»Du willst dich selbst bestrafen, oder? Ist das der Grund?«
»Nein«, ich senke meinen Kopf.
»Leni, schau mich an. Ist das der Grund?«
Ich wage nicht, aufzublicken. »Nein!«
»Dann schau mich verflucht noch einmal an.« Mit beiden Händen krallt er sich meinen Sessel und zieht mich zu sich heran. Das laute Geräusch, das er mit den Beinen des Stuhls erzeugt, weckt neugierige Blicke der anderen Gäste, die anscheinend die angespannte Situation zwischen uns bemerkt haben.
»Hör auf, so mit mir zu reden.« Die Nähe zu ihm mindert meine Wut nicht wirklich.
Er atmet hörbar verzweifelt aus. »Es tut mir leid, doch es ist nicht leicht, zuzusehen, wie du dich selbst zerstörst.«
»Ich zerstöre mich nicht.«
»Was ist dann dein Ziel?« Er legt seinen Arm um die Lehne meines Stuhls und rückt noch näher, sodass ich seinen Atem in meinem Gesicht spüre. Ich schließe die Augen und beginne über die letzten Stunden zu fantasieren. Ein Prickeln erfüllt meinen Körper und ich befinde mich in Gedanken an einem anderen Ort mit ihm. Viel zu schnell entfernt er sich wieder und holt mich zurück in die Realität.
Ich schnaufe laut aus. »Ich weiß es nicht, es ist wie eine Sucht ...«
»Du machst mir Sorgen.« Ich höre, wie er entmutigt stöhnt, seine Nase in meine Haare drückt und dabei tief einatmet. Ich löse mich von seiner Nähe und suche den Blickkontakt.
»Versprich mir, damit aufzuhören, sonst weise ich dich höchstpersönlich in eine Klinik ein, verstehst du?«
»Das würdest du nicht wagen.«

»Oh doch«, lacht er drohend auf. »Bevor ich zuschaue, wie du dich selbst umbringst, ist mir jedes Mittel recht!«
»Hör auf, hier den Wohltäter zu spielen. Morgen ist es wie immer und ich bin wieder auf mich alleine gestellt. Da kannst du mich nicht die ganze Zeit beobachten.
Also akzeptiere es! Außerdem werden wir um unseretwillen den Kontakt einstellen.«
»Unseretwillen? Du meinst deinetwillen!« Sein Blick zeugt von Arglosigkeit.
»Unseretwillen!«
»Was versprichst du dir davon?«
»Frieden!«, pikiert presse ich die Lippen zusammen und werfe meine Hände mit einer ausweglosen Geste in die Höhe.

Wir verlassen das kleine Kaffeehaus. Die Stimmung ist gedrückt. Ich will nicht mit ihm streiten. Schon gar nicht, wenn uns so wenig Zeit bleibt.
»Paul, sprich mit mir.«
»Was soll ich dir sagen?«
»Was denkst du gerade?«
»Ich weiß nicht, ob ich das schaffe, worum du mich bittest. Kennst du das Gefühl, immer auf der Suche zu sein und blind umherzuwandern. Bis man auf einmal den vermissten Part wiedergefunden hat, der einem nur mit seiner Anwesenheit wieder Leben einhaucht. Dann plötzlich hat man das Gefühl, endlich angekommen zu sein. Es war wie ein Traum, sein zu Hause zu finden. Ein einziger Blick von dir, als ich dich nach so langer Zeit beim Klassentreffen gesehen habe, hat mir gereicht, um wieder zu hoffen.
Mein Albtraum hat ein Ende genommen, als du in meinen Armen gelegen bist. Jetzt zwingst du mich in den nächsten.«
Er dreht sich zu mir und umarmt mich. »Ich möchte dich den Rest meines Lebens festhalten und beobachten, wie dir ein paar Mal ein Lächeln übers Gesicht huscht, das du so gut zu verstecken versuchst. Ich will dich im Schlaf beobachten, wie du dich zu einer kleinen Schnecke zusammenrollst und kaum noch etwas von dir zu sehen ist. Ich möchte deinen Duft riechen, wenn du aufwachst.

Ich möchte dir unentwegt über deine Haut streichen und dabei sehen, wie sich Gänsehaut bildet. Ich möchte das Funkeln in deinen wunderschönen Augen sehen, wenn wir uns streiten. Ich würde mich lieber mit dir streiten, als ohne dich zu leben. Außerdem kann ich es kaum erwarten, dich nach einer Auseinandersetzung zu küssen.« Ich löse mich von seiner Umarmung, verflechte meine Finger mit seinen und ziehe ihn auffordernd weiter. Wir passieren einen kleinen Park neben einer alten Kirche.

»Wenn ich zu Hause bin, werde ich mich von Marlene trennen«, kommt es so plötzlich aus ihm heraus, dass ich abrupt stehen bleibe und ihn fassungslos anschaue.

»Nein!«, schreie ich ihn an und reiße die Augen erschrocken auf. »Nein, Paul, bitte tu das nicht«, meine Stimme bricht mir weg. »Bitte nicht«, wiederhole ich mich.

»Warum? Ich kann sie nicht mehr belügen. Das wäre einfach nicht fair. Ich habe sie schon lange genug belogen.«

»Aber du liebst sie doch! Du hast es mir gesagt.« Ich schlucke hörbar. »Du liebst sie, und ich kann nicht verantworten, dass wir das Leben zweier Menschen zerstören, damit wir glücklich sind.«

»Du lebst lieber mit einer Lüge weiter?« Seine Augen verkleinern sich zu schmalen Linien.

»Ich will dich nicht verlieren, aber ... ich tu dir nicht gut, Paul, bitte versuche das endlich zu verstehen.«

Er schüttelt verständnislos den Kopf.

»Ich schaue nicht zu, wie du an seiner Seite stehst ... und dich vielleicht noch zu Tode hungerst, geschweige denn, wenn ich nur daran denke, dass er dich berühren kann, wann er will, seine Hände über deine Haut streichen und deinen Duft unentwegt einatmen kann – da bekomme ich das Kotzen. Der Gedanke macht mich krank, Leni. Ich will das nicht!«, meint er brüskiert.

»Bitte, Paul ...« Wir gehen wieder minutenlang, ohne ein einziges Wort zu sagen.

»Nein, es fühlt sich nicht richtig an«, gibt er forsch von sich. »Ich kann das nicht.«

»Paul, bitte vergiss nicht, dass *ER* mein Mann ist.«

»Es ist falsch, dich an seiner Seite zu wissen. Es ist alles *so* nicht richtig.«

»In einem anderen Leben wäre ich vielleicht deine Frau – aber du hast nun eine andere ...«
»Ich wollte es nie so haben.«
Ich seufze.
»Paul, lass uns nicht schon wieder damit beginnen.«
»All die Stunden, die wir auf dem Dach meiner Eltern verbracht und dabei in die Sterne geschaut haben, um uns unsere Liebe zu schwören ... jedes Mal, wenn du mir gesagt hast, dass niemand jemals zwischen uns kommen wird, war mir nicht klar, dass alles einmal ein Ablaufdatum hat.« Er seufzt tief und verzweifelt aus.
»Hätte das etwas geändert?«
»Ja! Ich hätte jeden Moment noch mehr genossen.«
Wir gehen an einer kleinen Gruppe von Touristen vorbei, die sich abwechselnd vor einer kleinen Brücke mit Blick auf den Eiffelturm ablichten lassen. Normalerweise hasse ich die Touristenfallen, wo einem für ein einziges Bild das Geld aus der Tasche gezogen wird, doch in diesem Fall wünsche ich mir nichts sehnlicher, als ein Bild von Paul und mir machen zu lassen.
»Lass uns ein Foto machen«, versuche ich abzulenken. Der Fotograf deutet uns, die richtige Position einzunehmen. Paul verdreht die Augen. »Tu es für mich.« Ich zwicke ihn in seinen muskulösen Bauch. Er schenkt mir ein »Paul-Lächeln«, was meine Welt schon wieder heller erscheinen lässt.
»Irgendwann wird es mich ins Grab bringen, denn ich weiß nicht, wie lange ich diese Gedanken aushalten werde, dass du dein Bett mit ihm teilst«, flüstert er mir ins Ohr, während der Fotograf abdrückt.
Ich hänge mich bei ihm ein und lege meinen Kopf an seine Schulter.
»Ach Paul!« Ich drehe mich zu ihm und schaue in seine wunderschönen Augen. Wieder drückt der Fotograf ab. Paul blickt abwechselnd in meine Augen und auf meinen Mund, wobei ich versuche mir mein Grinsen zu verkneifen. Auch um seinen Mund beginnt sich ein kleines Lächeln zu bilden, während sich seine Augen verdunkeln und mein Herz heftig zum Schlagen bringen.

Mit einem sanften Griff in meinen Nacken zieht er mich zu sich und legt seine weichen Lippen auf meine. Abwartend, zögernd und so himmlisch vertraut. *Wie könnte ich es ihm jemals verwehren?* Wie im Einklang der schönsten Symphonie küssen wir uns mit all der aufgestauten und zurückgehaltenen Liebe füreinander. Könnte ich die Zeit anhalten, würde ich es genau in diesem Moment tun.
Paul vertieft seinen Kuss, als ob es um uns nichts anderes mehr gäbe. Ich vergrabe meine Hände unter seinem T-Shirt und spüre, wie es ihn erschaudern lässt, als er kurz innehält und die Muskeln an seinem Bauch zu zucken beginnen.
Ich weiß, wie er sich immer furchtbar darüber aufgeregt hat, wenn ich meine eiskalten Finger an seinen warmen Körper gelegt habe, und spüre, wie sein Kuss von einem schelmischen Grinsen unterbrochen wird. Erst als uns der Fotograf mit den Worten »Paris est la ville de l'amour« unterbricht, lehne ich mich noch kurz mit meiner Stirn an seine, genieße diesen einzigartigen Moment, bevor ich mich von ihm löse. Der Fotograf hat unsere Situation schamlos ausgenützt und zeigt uns vier verschiedene Bilder mit unterschiedlichen Posen, in die ich mich auf Anhieb verliebe. Paul kauft sie alle.
Die Ausdrucke sind nicht sehr groß, und ich lasse sie schnell in meiner Tasche verschwinden, damit Paul nicht denkt, dass er auch nur eines davon bekommen wird.
Während wir die Seine über eine Brücke entlangspazieren, blicken wir auf den riesigen Eiffelturm, der sich vor uns auftürmt. Passanten gehen an uns vorbei und unterhalten sich in dieser lieblich klingenden Sprache der Liebe.
»Kannst du dich noch an früher erinnern? Wir wollten immer nach Paris reisen und auf den Eiffelturm gehen«, frage ich vergnügt. Paul hat seinen Arm um meine Schultern gelegt, und ich necke ihn immer wieder, indem ich unter sein T-Shirt streife.
»Ich erinnere mich. Wir wollten an viele Orte auf der Welt reisen und haben es nie gemacht.«
»Lass uns auf den Eiffelturm gehen.« Paul ist mit seinen Gedanken in diesem Moment ganz woanders und ich bekomme nur ein schwaches Lächeln, doch ich bekomme eines.

Achtzehn

Ich stehe am höchsten Punkt, der für Touristen zugänglich ist, und klammere mich an die Wand hinter mir. Alles um mich schwankt. Mein Herz klopft wie wild und ich bekomme kaum noch Luft. Durch den Schweiß auf meinen Händen rutsche ich immer wieder ab und bekomme dabei ein heftiges Kribbeln in meinem Bauch. Ich hasse dieses Gefühl. Ich fürchte mich vor der Höhe. *Warum gehe ich dann auf den Eiffelturm?*

»Bitte lass mich nicht los!«, quietsche ich hysterisch in seine Richtung.

»Ich verstehe nicht, warum du auf den Eiffelturm gehen willst, wenn du dich nur gegen die Wand drückst, um nicht hinunterschauen zu müssen.« Er sieht mich mit seinem süßen Lächeln an, sodass ich für eine Sekunde den Ort vergesse, an dem ich mich gerade befinde. *Wie macht er das nur?*

»Bitte komm wieder her, geh nicht so weit nach vorne.« Er ignoriert mich. »Paul!!« Meine Stimme überschlägt sich.

»Was ist los?« Er geht zur Brüstung und schaut in die Tiefe.

»Nein, Paul, bitte nicht.« Ich zapple wie ein kleines Kind, denn schon beim Gedanken, dass er so nahe am Gerüst steht, dreht sich mir der Magen um.

»Bitte nicht, bitte mach das nicht.« Ich verstecke mein Gesicht hinter der großen Tasche. Ich kann ihn nicht länger beobachten. Nervös tripple ich von einem Bein zum anderen und wage immer wieder nur einen verstohlenen Blick zu ihm.

Er will mich provozieren und geht absichtlich ganz an den Rand. Mir wird schlecht bei dem Gedanken.

»Ich verstehe auch nicht, wie man mit High Heels und Kleid auf den Eiffelturm gehen kann.«
»Ich hätte meine Chucks eingepackt, wenn ich gewusst hätte, dass du mir folgst. Aber anscheinend hast du es nicht einen Tag ausgehalten, mich ohne meine High Heels zu sehen, also beschwere dich nicht.«
»Mach ich nicht, du Zicke.«
»Blödmann.«
»Pass auf, dass nicht der nächste Windstoß dein Kleidchen hebt und dich entblößt.« Hier weht wirklich ein starker Wind. Schützend lege ich die Hände auf mein Kleid und ziehe den Mantel mit dem Gürtel eng um die Taille.
»Das ist kein Kleidchen.«
»Tut mir leid, ich hätte besser sagen sollen ein Hauch von nichts.« Er kommt zu mir und schaut prüfend an meinem Kleid hinunter. »Außerdem gehört es verboten. Alleine bei deinem Anblick ...«
»Sei still und umarme mich lieber, damit mir wieder warm wird.«
»Ich habe eine bessere Idee.« *Eine bessere Idee als eine Umarmung? Ich bin gespannt.*
Nachdem ich mit meinem Handy noch ein Bild von uns vor dem Eiffelturm gemacht habe, winkt Paul ein Taxi heran. Er gibt dem Taxifahrer Anweisungen, uns in das größte Kaufhaus zu bringen.
»Du willst mit mir shoppen gehen?«, klinge ich überrascht.
»Nur notgedrungen. Ich will, dass du anständig gekleidet bist, so kann ich mich nicht neben dir blicken lassen.« Da ist wieder sein jungenhaftes Grinsen, das ich so liebe.

Nach einer Stunde stehe ich vor ihm in Jeans und einem Pullover, der mir um vier Nummern zu groß ist und eher mit einem aus dem Secondhandladen zu verwechseln ist. Dann verpasst er mir noch Laufschuhe.
»Und so gefalle ich dir jetzt besser?« Misstrauisch blicke ich durch den Spiegel in sein Gesicht. Er lehnt lässig in der Tür der Umkleidekabine.

»Es geht nicht darum, mir zu gefallen, Leni. Ich will, dass du dich in dem, was du trägst, wohlfühlst.« Der Schlabbi-Look fühlt sich wirklich angenehm an und die flachen Schuhe sind ein Segen für meine Füße. Als er an der Kassa steht und die Dame mein sündteures Designerkleid und meine High Heels einpackt, lächelt sie mir zu.
»Bist du jetzt zufrieden?«, meckere ich ihn an.
»Mein Engel, ich wäre auch zufrieden, wenn du diesen Papiersack anhättest. Es sind nur Äußerlichkeiten. Lös dich davon.« Er nimmt mir die Einkaufstüte weg und reicht sie der netten Verkäuferin. Sie schaut mich genauso fassungslos an wie ich sie. Doch Paul gibt mir nicht die Möglichkeit, darauf zu reagieren, sondern zieht mich an der Hand fort. Ich blicke meinem Kleid wehmütig hinterher und sehe nur noch den überraschten Blick der Verkäuferin.
»Bist du verrückt? Das war mindestens tausend Euro wert!«
»Sie hat sicherlich Freude damit.«
»Das will ich hoffen. Du hast sie nicht mehr alle!«
Siegessicher lacht er mich mit einem breiten Grinsen an. Wenigstens weiß ich, wofür es das wert war. Dieses Lachen ist ein Traum.
»Und jetzt gehen wir zu den Künstlern.«
»Nach Montmartre?«, lächle ich entzückt.

Er will gerade die Stufen zur Metro mit mir hinuntergehen, als ich ihn stoppe.
»Lass uns ein Taxi nehmen. Ich fahre nicht mit der U-Bahn.«
»Das hier ist nicht die U-Bahn. Das ist die Metro. Das ist ein gewaltiger Unterschied!
Du kannst nicht nach Paris kommen und dich wie ein Tourist durch die Straßen mit einem Taxi kutschieren lassen.«
»Was, glaubst du, habe ich die Dutzenden Male gemacht, wo ich hier war? Ich bin nicht das erste Mal hier!«
»HoneyBee, du bist das erste Mal mit mir hier, und das vorher war eine Ausnahme, damit wir schnell zum Ziel kommen. Entweder steigst du jetzt in diese Metro oder ich lasse dich hier stehen«, antwortet er bestimmt.
»Das wagst du nicht ...«

»Lass es nicht darauf ankommen«, grinst er mir frech zu und hebt auffordernd die Augenbrauen.
Ich kenne diese gespannten Situationen zwischen uns. Jeder will seinen Sturkopf durchsetzen. Ich seufze tief und folge ihm. Er lacht selbstgefällig und zieht mich die Treppen hinter sich hinunter.
Als wir in der Metro stehen, weiß ich wieder, warum er mich hierher geschliffen hat. Um uns reden die Leute nicht Französisch miteinander, sondern es klingt eher wie das Singen einer Liebesballade. Die Sprache ist so wunderschön und fließend, wie man sie eben nur hört, wenn man sich inmitten der Einheimischen befindet. Die Metro ist gesteckt voll.
Selbst wenn hier einer ohnmächtig werden sollte, könnte er wegen der Dichte an Menschen nicht umfallen.
»Im Taxi hätten wir mehr Platz gehabt«, necke ich ihn.
Er lächelt und wandert an meinem Hals mit seiner Nase hinunter. Als er bei meiner Kehle kurz innehält, höre ich wie er einatmet. Immer wieder fährt er auf und ab und löst in mir die pure Lust aus. Hauchzart reiben wir unsere Wangen aneinander. »Da hätte ich dich aber nicht so nah bei mir gehabt ...« Er wiederholt seine intime Geste und beginnt tief einzuatmen. »Mmmh, wie Vanillepudding ... ich liebe Vanillepudding.« Ich schließe die Augen und merke, wie sich mein Herzschlag beschleunigt und sich alles um mich dreht. »Und im Taxi könnte ich auch das nicht machen.« Ich sehe, wie sein Blick zu meinen Lippen schweift und er langsam beginnt sie mit seinen zu umschmeicheln.
Zaghaft und sanft fordert er seine Küsse ein. Seine Lippen fühlen sich so weich und warm an.
»Paul ...« Flehend kommen die Worte aus meinem Mund. »Hör auf damit ...«, japse ich kaum hörbar.
»Das klingt nicht überzeugend.«Ich merke ein leichtes Stöhnen, das aus meiner Kehle hervorstößt. »Hier kannst du mir wenigstens nicht entkommen.«
»Was, wenn ich es gar nicht will?«, seufze ich.
»Gut so.« Mit seinem Daumen streicht er mir die Haarsträhne, die sich über meinen Mund gelegt hat, zur Seite, bevor er sanft und gleichmäßig die Konturen meiner Lippen nachzieht.

Als ich seine Zunge spüre, brenne ich wie Feuer. Ich zucke zusammen, als mich dieses Gefühl wie ein Blitz durchfährt. Ich gebe seiner Forderung nach, suche Halt in seinen Haaren und klammere mich an ihn. Er schlingt die Arme um mich. Wir stehen mitten in einer vollgefüllten Metro und küssen uns wie verliebte Teenager, die ihre Hände nicht mehr voneinander lassen können.
Diesmal ist der Kuss noch intensiver und erfüllt meine kühnsten Vorstellungen von einem perfekten Kuss, wie ihn mir nur Paul geben kann. Ich fühle mich so schwindelig, dass ich jeden Moment umkippen könnte, doch das passiert nicht, weil sich Dutzende Leute an uns pressen. Eine Stimme dröhnt aus den Lautsprechern, und wir merken, dass wir unser Ziel erreicht haben. Paul löst sich von meinen Lippen und legt seine Stirn an meine. Er seufzt so tief, dass ich nicht anders kann, es ihm gleichzutun.
»Ich habe dich so vermisst, HoneyBee.«
»Ich dich auch.«
Wir schlendern die Gassen am Montmartre entlang und bleiben immer wieder bei verschiedenen Läden stehen. Ich schmiege mich an seine Seite und für jeden Außenstehenden müssen wir wie ein Liebespaar aussehen. Ich will nur noch an seiner Seite sein. Ihn riechen, ihn spüren, den Moment genießen. Ich will die Frau an seiner Seite sein. Für immer.
Paul kauft mir bei einer Künstlerin einen Ring, der die Form eines fliegenden Schmetterlings hat.
Mit den Worten: „Der kleine Schmetterling ist immer bei dir“, schiebt er mir den Ring auf meinen Zeigefinger. Seine Geste bringt mich zum Weinen. Sofort denke ich an meinen Traum zurück, in dem meine kleine Tochter ein Schmetterling sein wollte. Es macht den Eindruck, als flattere er über meine Hand, und dabei überdeckt er die Buchstaben meiner Tätowierung.
Dankbar lächle ich Paul an, wische mir die nassen Spuren meiner Tränen weg und betrachte gedankenverloren sein wunderschönes Geschenk.
Händchen haltend folgen wir dem Strom der Touristen, die sich durch die Gassen zwängen und den Weg zu einem der berühmtesten Orte in Paris suchen. Obwohl ich schon

unzählige Male in Paris war, konnte ich diese besonderen Plätze noch nie besuchen.

Es wird langsam dunkel und der Tag weicht allmählich der schwarzen Nacht. Während wir uns auf eine der 500 Stufen der Treppe von Sacré-Coeur – einer Basilika aus dem 19. Jahrhundert, welche die Hügelspitze von Montmartre in einen mystischen Platz verzaubert und uns eine atemberaubende Aussicht auf Paris schenkt – setzen, beobachten wir das Treiben der Touristen um uns herum. Jeder zückt seinen Fotoapparat und schießt Fotos von dieser traumhaften Kulisse. Paul und ich sitzen und saugen jede einzelne, so kostbare Minute unseres Beisammenseins auf. Neben uns spielt eine Gruppe junger Menschen auf Trommeln und Gitarren sanfte rhythmische Klänge. Ich lehne mich mit dem Rücken an seinen Körper. Wie selbstverständlich legt er seine Hände um mich und zieht mich so nahe an seine Brust, dass ich seinen Atem in meinem Nacken spüren kann. Ich spiele mit unseren ineinandergelegten Händen, ziehe Kreise mit meinen in seiner großen Handfläche und streiche seine langen Finger nach, während ich fasziniert davon bin, wie weich sie sich anfühlen und wie perfekt meine Hand in seine passt.
Immer wieder streicht er über meine Tätowierung, die nun von dem Ring versteckt wird, als wolle er sie wegwischen. Ich krame mein Handy aus der Tasche, forme mit unseren Daumen und Zeigefingern ein Herz und fotografiere es mit Paris im Hintergrund. Sanft streicht er meine Haare aus dem Nacken und gibt kleine, liebevolle Küsse darauf. Ich schließe die Augen und genieße seine Nähe. In seiner Gegenwart fühle ich mich angekommen, aufgehoben, leicht und frei von all meinen Zwängen. Ich weiß nicht, wie lange wir hier sitzen, denn Zeit und Raum verschwinden um uns.
»Wir sollten uns langsam auf den Weg zum Flughafen machen. Sonst verpassen wir auch noch diesen Flieger.«
Wie ein Blitz treffen mich seine Worte und befördern mich in eine Realität, die ich zu verdrängen versucht habe.
»Nur noch einen kleinen Moment ...«, sage ich seufzend, während ich den Kopf an seine Schulter lege und zu ihm aufschaue.

Wir blicken uns an, und ich glaube, dass wir uns in diesem Moment beide bewusst sind, wie gut wir einander kennen. Er ist mein Auffangnetz, mein doppelter Boden, der mich beschützt. *Wie soll ich nur jemals wieder ohne ihn sein?*

Als wir einchecken, wirft mir die Dame einen verständnislosen Blick zu, als ich ihr erkläre, dass sie mich von Business Class auf Economy umbuchen soll. Jede Minute, die ich noch an seiner Seite verbringen kann, ist eine gewonnene. Immer wieder finden sich unsere Hände automatisch. Es bleiben uns noch genau eine Stunde und fünfundvierzig Minuten, bis wir wieder den Boden der Tatsachen erreichen. Wie ein junges Liebespaar schlendern wir durch den Flughafen. Paul kauft ein paar Snacks, während ich auf einer Bank sitze und ihn dabei beobachte. Er unterhält sich mit der blonden Verkäuferin an der Kasse, die ihm vielsagende Blicke zuwirft. Ein Lächeln umspielt seine Lippen, er zahlt und verabschiedet sich höflich mit einem Wink.

Er trägt ein weißes T-Shirt und darüber eine schwarze Jacke.

Auf dem Kopf hat er eine graue Haube, die zusammen mit seinem Dreitagebart seine unglaublich schönen Gesichtszüge unterstreicht. Seine abgenutzten Jeans sitzen tief auf seiner Hüfte und versetzen meinem Körper einen kleinen Schauer. Bewundernd beobachte ich diesen schönen Mann. Er ist kein Teenager mehr. Seine Attraktivität und seine Anziehung auf andere Frauen hat das nur noch verstärkt. Als er meine verträumten Blicke wahrnimmt, lächelt er belustigt, und mein Herz macht einen Sprung.

»Was ist los?«, fragt er mich keck.

»Du wagst es, neben mir mit fremden Frauen zu flirten?«

»Wie bitte? Ich flirte?«

»Hast du etwa nicht?«

»Nicht dass ich wüsste ...« Seine Lippen umspielt ein anzügliches Grinsen.

»Du Lügner.« Als er sich neben mich setzt und mir ein Baguette mit Käse reicht, stoße ich ihm in seine Rippen.

»Autsch, ich bin unschuldig ...«, hebt er belustigt seine Hände.
»Wer's glaubt ... du verzauberst jede Frau mit deinem Lächeln. – hast du früher schon, also stell dich nicht so ahnungslos, du Schuft!« Ich schaue ihn mit zugekniffenen Augen gespielt beleidigt an.
Dabei sehe ich, wie das junge Mädchen uns beide beobachtet und mich wütend anfunkelt. »Siehst du, sie beobachtet uns«, deute ich mit dem Kopf auf sie.
»Was du dir immer einbildest ...« Als müsste ich ihr meine Besitzansprüche auf Paul demonstrieren, ziehe ich ihn an seinem Nacken zu mir, lege meine Lippen auf seine wunderschön geformten und schneide ihm seine Worte ab. Ich presse meinen Mund auf seinen und fordere ihn auf, mir widerstandslos zu gehorchen. Er fügt sich meinem besitzergreifenden Kuss. Ein kindisches Verhalten in Anbetracht dessen, nicht einmal ein Recht darauf zu haben, das zu tun.
Ich höre, wie sein Atmen schneller wird, und merke, was er damit in mir auslöst.
Nun erwidert er meinen Kuss und zieht meinen Kopf so nahe zu sich, dass ich einen leichten Geschmack von Blut wahrnehmen kann, als er mir mit seinen Zähnen leicht in meine Unterlippe beißt. Wild, wie verliebte Teenager, küssen wir uns, und um uns beginnt sich alles zu drehen. Als würden wir alleine in der Wartehalle sitzen, lassen wir unseren Gefühlen freien Lauf. Er löst sich von mir. Ein intimes, entwaffnendes Grinsen erreicht mich. Die Haut um seine Augen legt sich leicht in Falten. Verlegen blicke ich auf mein Sandwich und senke den Kopf.
»Tu nicht so, als wärst du ein schüchternes, kleines Mädchen, wenn in dir ein feuriges kleines Luder wohnt. Mir kannst du nichts vormachen.« Ich beginne zu kichern.
»Wenn ich jedes Mal einen Kuss dieser Intensität von dir bekomme, wenn du eifersüchtig bist, werde ich nur noch flirten.«
»Wage es ja nicht.« Wir hören uns wie ein altes Paar an, was unsere Situation nicht wirklich einfacher macht.

»Iss und hör auf, mich so anzuschauen, sonst kann ich für nichts mehr garantieren.« Ich grinse ihn schelmisch an und beiße in das Sandwich.
Als ich die Hälfte hinuntergewürgt habe, schaut er auf den Rest. Ich weiß, was er sich in diesem Moment denkt. Bestimmend reißt er die Hülle der Schokolade auf und steckt sich einen Teil davon in den Mund. Ich beobachte ihn, während er seine Lippen auf meine legt, sie mit seinen öffnet und das Stück Schokolade in meinen Mund schiebt. Ich nehme den Geschmack von Kakao wahr und drücke ihn von meinen Lippen.
»Was machst du da?«, runzle ich die Stirn.
Er wiederholt seine Aktion und zieht mich erneut zu sich. Augenblicklich spüre ich seine heiße Zunge mit der Süße der Schokolade in meinem Mund. Ich kann gar nicht anders und spüre, wie die milchige Süße schmilzt und meinen Gaumen einhüllt.
»Das ist meine Art der Zwangsernährung.« Pikiert presse ich meine Lippen zusammen.
»An meiner Seite hättest du nicht die Möglichkeit, so eine Dummheit zu machen.«
»Du willst mich fett machen?«
»Klar!« Er schüttelt genervt den Kopf. »Selbst wenn du zehn Kilo mehr auf den Hüften hättest, wärst du weit davon entfernt, fett zu sein. Ich liebe es, wenn ich meine Hände auf die Rundungen von dir legen kann. Ich stehe nicht so auf Rippen.«
»Wie selbstlos von dir.«
Er schmunzelt und schiebt sich ein weiteres Stück in den Mund. »Sei still und komm an meine Lippen.«
Als ein neuerlicher süßer Kuss endet, blicke ich auf die Uhr.
»Ab dem Zeitpunkt, wenn wir wieder die Heimat unter den Füßen haben, wirst du nicht mehr dazukommen, mich mit deiner Schokolade zu mästen.«
Als hätte sich eine Wand vor uns hochgezogen, nickt er, steht auf und hebt die Taschen hoch. Wortlos geht er zum Schalter und stellt sich an. Ich folge ihm und bereue meine Worte.
Mit dem Kopf lehne ich mich an seine Schulter.

»Paul, es tut mir leid, das war taktlos«, murmle ich leise. Er stellt die Taschen auf den Boden und legt einen Arm um mich. Ich umgreife seine Taille, spüre seinen Körper und atme seinen Duft ein.
Sein Parfüm und ganz viel Paul. Wie ich es liebe, meine Nase in seinem Gewand zu vergraben. Er wirkt abwesend und in seinen Gedanken gefangen.
Im Flugzeug lege ich mein Bein über seinen Oberschenkel und verkrieche mich in diese himmlisch riechende Jacke. Dieses bequeme Outfit hat durchaus seine Vorteile. Ich kann mich bewegen, ohne Angst haben zu müssen, etwas von mir zu entblößen.
Wir essen nichts, wir trinken nichts, denn wir wissen beide, dass die Zeit begrenzt ist. Langsam realisiere ich, dass das Ende immer näherkommt. Die düsteren Gedanken beginnen in meinem Kopf zu schwirren, jagen mir Angst ein und schnüren das Band um mein Herz verdammt eng. Ich beginne an seiner Brust zu weinen, als ich daran denke, dass sich unsere Wege trennen. Wissend, warum mein Herz so weint, fährt er mir liebevoll über mein Haar.
Es bedarf keiner Worte, um zu fühlen, was in dem anderen vorgeht. Verheult hebe ich den Kopf und wische mir die Tränen ab.
»Bitte, Paul, versprich mir, dass du Marlene *nicht* verlassen wirst.« Er nickt, doch ich merke, wie ihn meine Worte verletzen.
»Werden wir uns wiedersehen?« Ich schüttle den Kopf.
»Ich habe das Angebot in Paris angenommen. Ich werde von hier weggehen. Glaube mir, so ist es besser.« Sein Blick ist leer. Er zieht mich mit einer liebevollen Geste an sich und küsst mich auf die Schläfe.
»Ich liebe dich, HoneyBee.«
»Ich liebe dich auch, Paul.«
Meine Lider werden an seiner Brust schwer, während er mir unentwegt übers Haar streicht.
Das Flugzeug setzt hart auf und rüttelt mich wach. Ich liege auf Pauls Schoß und spüre, wie er noch immer über mein Haar streicht. Seufzend erhebe ich mich. Als die Leute aus dem Flugzeug strömen, bleiben wir auf unseren Sitzen, die Hände ineinandergelegt, die Köpfe zu Boden geneigt.

Wir wissen beide, dass wir nach dem Verlassen des Flugzeugs getrennte Wege gehen müssen. Keiner ist gewillt, auszusteigen. Er entschärft die angespannte Situation, indem er sich zu mir neigt.

»Lass uns weggehen«, flüstert er sanft in mein Ohr, sodass ich wie ein kleines Kind zu kichern beginne. Behutsam fährt er mit seiner Nasenspitze meine Wange entlang, worauf mir die Gänsehaut über den Rücken läuft. Er vergräbt sein Gesicht in meinem Hals und atmet hörbar ein. »Wenn es ein Parfüm von dir gäbe, hätte ich es als Erster.« Ich schmunzle und ziehe seinen Kopf noch näher an meinen Hals. »Wie Vanillepudding ... mmhh.« Als er sich von mir löst, lächle ich ihn an und streiche über seinen Handrücken, der auf meinem Oberschenkel liegt. Ein wehmütiges Seufzen entkommt mir. »Lass uns nach Australien, nach Neuseeland, lass uns irgendwohin gehen, wo uns keiner kennt.«

»Paul, du bist verrückt! Wie stellst du dir das vor? Wir können nicht einfach vor allem davonlaufen.«

»Leni, ich will mit dir verrückt sein. Wir wollten so viel von der Welt sehen. Ich kann überall arbeiten und du findest auch überall einen Job.«

Anfangs nehme ich seine Worte nicht ernst, doch schon bald merke ich, dass er nicht scherzt. Er hat sich anscheinend alles überlegt. Ich versuche es hinunterzuspielen.

»Bei den vielen Orten, die wir bereisen wollten, könnte ich mich nicht entscheiden ...«

»Entscheide dich für mich und ich werde dir die ganze Welt zeigen.« Ich unterdrücke die aufkommende Träne, die sich gerade in meinem Augenwinkel bildet.

Die Stewardess kommt und bittet uns, das Flugzeug zu verlassen. Betrübt steigen wir aus und gehen den schmalen Gang aus dem Flugzeug entlang. Ich hänge mich bei ihm ein und lehne mich an seine breite Schulter. Er legt den Arm um meine Schultern und ich umklammere seine Taille. Sein wärmender Körper gibt mir Schutz und lässt mich das Kommende ertragen. Immer wieder läuft mir eine Träne hinunter, die ich schnell wegwische, damit er sie nicht bemerkt. »Warum hört sich bei dir immer alles so leicht an?«, frage ich, während wir den kahlen, grauen Gang entlanggehen.

»Weil es das ist, wenn du es nur zulässt.«
Je näher wir zum Ausgang kommen, desto distanzierter werden wir.
Ich löse mich nicht nur aus seiner Umarmung, sondern löse mich auch von dem, was die letzten Tage passiert ist. Ich muss einen klaren Kopf bekommen und an seinen Körper geschmiegt gelingt mir das nicht. *Reiß dich zusammen*! Er merkt sofort, dass ich auf Abstand gehe.
Wir holen das Gepäck. Keiner von uns wagt, die bedrückende Stille zu durchbrechen. In seinen Augen stehen unterdrückte Tränen und er neigt den Kopf etwas zur Seite und schenkt mir ein Lächeln. Mein Herz schmerzt fürchterlich in meiner Brust.
Meine Lippen ziehen sich zu schmalen Linien zusammen, während ich mich dazu zwinge, nicht zu weinen. Es würde nur alles verkomplizieren. Der Abschied ist gekommen, doch keiner wagt es auszusprechen.
Ich möchte mich nicht verabschieden. Ich kann mir ein Leben ohne ihn nicht mehr vorstellen. Wir lächeln uns beide aufmunternd zu, wenngleich uns zum Weinen zumute ist.
»Leni, es muss nicht so enden ...« Er zieht mich an meinem um vier Nummern zu großen Pullover zu sich. Tief in mir weiß ich, wie recht er hat. *Doch sollte ich ihm das sagen? Was würde ich damit auslösen?* Meine Ehe wäre beendet und er würde Marlene meinetwegen verlassen. Wir hätten ein paar schöne Momente miteinander, bis ich wieder beginne in dieses tiefe Loch zu fallen. Ich würde ihn dabei mitziehen und für immer mit ihm darin versinken. »*NEIN!*«, schreie ich innerlich.
»Doch, muss es. Du hast etwas Besseres verdient als mich.« Er schüttelt den Kopf und lässt ihn sinken. »Danke, dass du mich für einen kurzen Moment die Leichtigkeit eines Schmetterlings hast spüren lassen. Mit dir fühlt sich alles so unbeschwert, bunter und heller an.« Meine Stimme klingt belegt und ich schlucke den Kloß, der sich in meinem Hals gebildet hat, hinunter. Ich blicke auf den Ring an meiner Hand und lasse ihn spielend zwischen den Fingern gleiten.
»Leni, was du von mir verlangst ...« Er klingt verletzt. Ich hebe meinen Zeigefinger und lege ihn auf seine weichen Lippen und unterbreche ihn.

»Ich lasse dich frei. Du brauchst mir gegenüber keine Schuldgefühle zu haben. Was passiert ist, ist passiert und hat uns zu dem gemacht, was wir heute sind. Du musst mich nicht mehr retten.«
»Was ist, wenn es genau umgekehrt ist?«
»Du bist ein begehrenswerter, starker Mann. Voller Tatendrang und Liebe in deinem Herzen. Du hast so viel zu geben und wirst so viel dafür bekommen. Löse dich von all dem, was dich belastet und dich hinunterzieht. Von deiner Vergangenheit und von mir. Ich tue dir nicht gut, denn ich tue mir selbst nicht gut.«
»Du verlangst von mir, dass ich mich umdrehe und dich einfach vergessen soll?«
»Ja, das verlange ich. Ich will, dass du lebst und glücklich dabei bist. Du hast es verdient. Dich trifft keine Schuld. Weder heute noch damals. *ICH* habe damals die endgültige Entscheidung getroffen. Es war nicht *dein* Fehler.«
»Und noch weniger war es *DEIN* Fehler. Du hast es auch verdient, glücklich zu sein. Hör auf, dich selbst dafür zu bestrafen, und hör auf, die ganze Schuld auf dich zu nehmen.«
Ich lächle gezwungen und streiche ihm durch sein Haar.
»Wir sollten uns nicht nach mehr sehnen, wenn es uns nicht bestimmt ist.«
»Warum sagst du so etwas und warum klingen deine Worte wie ein Abschied?«
»Weil es ein Abschied ist.« Ich lächle ihm gezwungen zu.
»Ich tue das, was ich vor zehn Jahren hätte machen sollen …«
»Tu es nicht.«
»Lebe wohl, Paul.«
»Leni!!«
»Christian wird mich abholen, ich muss gehen.« Er nickt, umarmt mich flüchtig, wie es für einen Fremden üblich wäre. Als er sich wegdreht, greife ich ein letztes Mal nach seiner Hand und ziehe ihn an meinen Körper. Er schlingt verzweifelt die Arme um meine Schultern und drückt mich fest an sich. Ich atme lang und hörbar ein.

Doch nicht, weil ich versuche mich zu entspannen, sondern einzig und alleine, um ihn ein letztes Mal zu riechen. Wie ein Vampir, der sich nach Blut sehnt, sehne ich mich nur nach dem Geruch seiner Haut vermischt mit seinem Parfüm. Ich bin davon besessen.
Wie ein kleines Kind klammere ich mich verzweifelt an ihn. Ich will ihn nicht loslassen. Nicht jetzt, nicht morgen. Niemals.
Doch er hat es verdient, glücklich zu sein. Wenn ich ihn liebe, muss ich ihn freilassen. *GOTT, hilf mir, ihn loszulassen.* Er zieht mich so fest an sich, dass ich kaum atmen kann.
»Ich liebe dich, vergiss das nie«, flüstere ich ihm ins Ohr und küsse ihn sanft und kurz auf seine Wange. Er hält mich an meinem Arm fest, zieht mein Kinn zu sich hinauf, zwingt mich, ihn anzuschauen, und sucht nach meinen Lippen, doch ich verweigere sie ihm, indem ich den Blick zu Boden senke. Mit einem verzweifelten Seufzen drehe ich mich um, greife nach meinem Koffer und gehe davon. Ich spüre, wie sich die Tränen den Weg aus meinen Augen bahnen wollen, doch mit Eiseskälte verbiete ich mir, sie laufen zu lassen.
Mein Modus ist aufs Neue aktiviert. Ich trage wieder die schützende, kalte und grässliche Maske, die mich seit Jahren begleitet. Ich verabscheue sie.
Nichts ist mehr von der Leichtigkeit übrig, als sich die Schiebetür vor mir öffnet. Ich betrete mein altes Leben. Geräuschlos schließt sich die Tür hinter mir.
Christan ist mit seinem Handy beschäftigt, als ich ihn erblicke. Er schaut kurz auf und lächelt mich an.
»Was ist mit dir passiert? Bist du überfallen worden?«
»Warum?« Kein Hallo, kein Kuss, keine Umarmung – nichts.
»Du schaust aus, als hättest du einen Secondhandladen geplündert.«
»Reizend, Christian, willst du mich nicht einmal begrüßen?« Als wäre es ihm unangenehm, dreht er sich um und schaut, ob uns jemand beobachtet.
»Doch, mein Schatz.« Er legt kurz seinen Arm um mich und schenkt mir einen flüchtigen Kuss auf die Stirn. Ich fühle nichts – nur Leere. Mein Herz weint. Ich möchte schreien und toben. Flüchten aus dem Käfig, den ich mir gebaut habe.

Er engt mich ein, nimmt mir die Luft zum Atmen und bereitet mir große Angst vor der Zukunft.
Wie Schuppen fällt es mir von den Augen, als mir klar wird, welche Schlucht sich zwischen uns auftut.
»Warum hast du den Flug verpasst?«
Ja, warum Lena? »Ich war in Gedanken woanders und habe die Zeit vergessen …«
»Das klingt so gar nicht nach dir.«
»Ich weiß, es wird nicht mehr vorkommen.«
»Naja, kann man nichts machen. Lass uns nach Hause fahren.« Ich starre ins Leere und nicke. *Nach Hause?*

Neunzehn

»Frau und Herr Ames, warum haben Sie sich zu einer Ehetherapie entschieden?« Christian und ich sitzen nebeneinander auf der Couch in Dr. Richards Praxis. Seit meinem Rückflug und dem letzten Treffen mit Paul sind zwei Wochen vergangen. Christian und ich haben uns nur angeschwiegen. Es hat ihn nicht wirklich interessiert, ob ich den Job annehme oder nicht. Jeder ging seiner Arbeit auf gewohnte Art und Weise nach. Ein paar Mal habe ich eine Annäherung versucht und ihn um ein Gespräch gebeten, was er mir jedes Mal mit den Worten verwehrte: »Wir besprechen das in der Therapie.« Sexuell war er nicht abgeneigt, doch er hat bald verstanden, dass ich kein Interesse daran habe.

Kein Tag verging, an dem ich nicht sehnsüchtig an die Zeit in Paris dachte. Keine Minute, in der ich nicht hoffte, dass Paul sich endlich wieder bei mir meldet, und keine Sekunde, in der ich die körperlichen Entzugserscheinungen nach ihm nicht spürte. Es war zum Verzweifeln. Ich bat ihn, von mir Abstand zu nehmen, und ich sehne mich nur danach, ihm endlich wieder nahe zu sein.

Nun sitzen wir in der Ehetherapie, und ich bin mir nicht sicher, was wir damit erreichen wollen.

Ein großer, weißer, heller Raum, nicht weit von meinem Büro entfernt, soll ab jetzt die vier Wände darstellen, die unserer Ehe den Halt bieten, den wir zu Hause nicht finden können.

Eine Altbauwohnung mit den charakteristischen hohen Decken, kleinen Erkern, wunderschönen, passenden

Fenstern und einem Holzfußboden, der bei jeder Bewegung knarrt. Dr. Richards ist eine elegant gekleidete Frau mit gräulich-weißem Haar. Um ihren Hals trägt sie eine Perlenkette, die sie ständig zwischen den Fingern hin und her bewegt. Sie ist kaum geschminkt. Das Mascara an ihren Wimpern ist nur erahnbar und ihre Lippen scheinen von Natur aus in einem dezenten Rosaton. Christians Beine sind übereinandergeschlagen, und er versucht eine demonstrativ genervte Haltung einzunehmen, indem er die Hände vor seiner Brust verschränkt. Ich sitze aufrecht am vordersten Rand der Couch neben ihm und merke ein hektisches Flattern in meinem Bauch.

»Weil mein Mann glaubt, dass wir nicht mehr miteinander reden können«, höflich, einstudiert und gespielt lächle ich ihr zu. Sie erwidert es mit der nötigen Therapeutendistanz.

»Liebes, ich fand es wichtig, nach deinem plötzlich veränderten Lebenswandel schnell darauf zu reagieren, um nicht länger deinen undefinierbaren und völlig überzogenen Stimmungsschwankungen ausgesetzt zu sein.« Christian schaut genervt und zieht eine Augenbraue in die Höhe.

Die Aufmerksamkeit Dr. Richards wendet sich von meinem Mann zu mir, indem sie wie ein Chamäleon nur die Augen bewegt und ihr Kinn in meine Richtung dreht.

»Was meint Ihr Mann damit, Frau Ames?« Ich seufze hörbar aus.

»Ich versuche mich Christan mehr zu öffnen, doch er blockt komplett ab.«

»Dich mehr öffnen, so nennst du das?« Er lacht höhnisch auf.

»Du forderst permanent.«

»Wie würden Sie es nennen, Herr Ames?«, will Dr. Richards wissen.

Wütend schüttelt er den Kopf und beginnt leise zu fluchen.

»Sie erwartet von mir Gespräche, Emotionen, die wir niemals in unserer Beziehung hatten. Von heute auf morgen verlangt sie Dinge von mir, die so nie ausgemacht waren.«

Ich merke, wie die Ader auf seiner Stirn sichtbar wird, was immer dann passiert, wenn ihn etwas fürchterlich aufregt. Sie nickt verständnisvoll und wendet sich wieder mir zu.

»Was meinen Sie dazu, Frau Ames?«

»Er hat recht«, antworte ich ihr schulterzuckend. Beide schauen mich fassungslos an, da keiner mit dieser Antwort gerechnet hat. Jede andere würde sich in diesem Moment verteidigen. Normalerweise hätte ich das auch getan. Doch nun sitze ich hier und bin es leid, meine so mühsam abgelegte Maske wieder aufzusetzen.
Betretenes Schweigen, das nur durch die Änderung meiner Sitzposition und dem daraus resultierenden Knarren des Fußbodens unterbrochen wird. *Okay, wenn jetzt nicht gleich einer der beiden zu reden beginnt, wird es peinlich.*
Dr. Richards unterbricht die Stille als Erste.
»Frau Ames, inwiefern haben Sie sich verändert?«
»Ich war nicht ehrlich zu meinem Mann ...«
Als ich ihn anschaue, runzelt er die Stirn. »Ich habe versucht etwas vorzugeben, was ich nicht bin. Ich habe mich jahrelang selbst belogen. Ich verstehe seine Wut auf mich.«
»Was hat dieses Verhalten bei Ihnen ausgelöst?«, hakt sie nach.
So, hier bin ich. Angekommen an der Weggabelung. Der eine Weg führt durch eine flache, geebnete, ziemlich kahle und triste Einöde an der Seite meines Mannes. Es gibt hier kaum Höhen und Tiefen, wenn überhaupt, sind leicht überbrückbare Schwellen in weiter Ferne sichtbar. Er fasziniert mich dennoch durch seine Einfachheit und die kontrollierbaren Gefahrenquellen.
Der andere Weg lockt mich schon alleine durch die Vielfalt, bunten Farben und geheimnisvollen Geräusche. Er ist steinig, teilweise angsteinflößend durch die steilen Abgründe, die sich neben ihm auftun. Es ist mehr ein Pfad, dessen Höhenunterschiede kräfteraubend erscheinen und der nur mit absoluter Umsicht und der nötigen Gelassenheit und Zeit – egal wie schnell man vorankommt – zu begehen ist.
Sein Ziel ist von hier nicht sichtbar, da mir die vielen Kurven und Steigungen die Sicht versperren. Er wirkt beschwerlich und langwierig, doch zugleich auch erlösend und befreiend und lockt mich durch seine Schönheit und die Freiheit, die er bereithält.
»Frau Ames?«, holt sie mich zurück in die Realität. Ich schüttle verlegen den Kopf. *Welchen Weg soll ich gehen*?

Wie automatisch kommen die Wörter aus meinem Mund, ohne dass ich mir darüber Gedanken mache.
»Ich will leben. Ich will frei von allen Zwängen sein. Ich will den Rausch der Liebe spüren, den ich mir so lange verboten habe.« Erschrocken reiße ich die Augen auf und schnelle mit der Hand auf meinen Mund. *Was habe ich getan?*
Christians Miene hat sich verfinstert. Seine Züge sind undefinierbar hart. *Was habe ich nur getan?* Weder Christian noch Dr. Richards antworten auf meine Worte. Während sie mich aufmunternd anlächelt und anscheinend von meinem ehrlichen Geständnis fasziniert ist, schweigt Christian, vergräbt sich immer mehr in die Couch und würdigt mich keines Blickes.
Abwechselnd schwenkt Dr. Richards Kopf von mir zu meinem Mann und erst jetzt merkt sie offenbar die aufgeladene Stimmung.
»Herr Ames, was halten Sie davon? Wollen Sie Ihrer Frau dabei helfen, Ihre Wünsche auszuleben?«
»Dafür bin ich der falsche Mann.« Dabei zieht er die Mundwinkel angewidert nach unten.
»Wie meinen Sie das?«
»Ich habe im Gegensatz zu meiner Frau immer mit offenen Karten gespielt. Ihr plötzlicher Sinneswandel kommt komplett aus dem Nichts. Ich wollte nie eine Frau, die sich von ihren Emotionen bestimmen lässt. Ich weiß nicht, ob ich ihr diesen Rausch, von dem sie spricht, geben kann.«
»Ich finde Ihre Antwort sehr ehrlich. Was denken Sie, Frau Ames?«
»Christian war immer sehr ehrlich. Im Gegensatz zu mir. Ich habe versucht mir selbst etwas vorzumachen, was ich einfach nicht bin. Mit ihm an meiner Seite fiel mir das eine lange Zeit auch nicht schwer.
Er hat nichts gefordert, was ich nicht bereit war, zu geben. Doch jetzt will ich mehr.«
»Warum?«, schreit mich Christian völlig unvorbereitet an, sodass ich zusammenzucke. Diesmal muss ich mir meine Antwort sorgfältig überlegen, da die Worte über meine Zukunft entscheiden könnten.

»Ich habe mich verändert ...« Ich senke den Kopf. »Nein, das ist falsch formuliert – ich bin dabei, mich wieder selbst zu finden.«
»Wovon redest du? Du bist nicht dieses kleine, fröhliche, aufgeweckte Mädchen, das du zu mimen versuchst«, blafft er mich erbost an. »Das bist du nicht, also hör auf, etwas zu wollen, was es einfach nicht gibt.«
Vielleicht hat er recht!
»Frau Ames, was erwarten Sie sich von Ihrem Mann?«
Zögernd hebe ich wieder den Kopf.
»Ich wünsche mir mehr Nähe. Heiterkeit und Unbeschwertheit.«
»Ha! Und das gebe ich dir nicht, oder wie?« Ich antworte ihm nicht darauf.
»Herr Ames, was wünschen Sie sich von Ihrer Frau?«
»Sie soll endlich wieder normal werden.« Erbittert springt er auf und schnellt aus der Praxis. Die Sitzung ist hiermit beendet!

Am Nachmittag habe ich noch einen Termin bei Dr. Goldmann. Zwei Therapeuten an einem Tag sollten mir auch zu denken geben. Doch ich habe mir vorgenommen, mein Leben in den Griff zu bekommen. Seit dem Aufenthalt in Paris achte ich auf regelmäßige Mahlzeiten, die zwar immer noch aus einem Drittel einer Normalportion bestehen, doch es ist immerhin ein Anfang.
In seiner Praxis angekommen, schenkt mir seine Sprechstundenhilfe wie immer ein freundliches Lächeln.
Dr. Goldmann bittet mich herein, nimmt wie üblich mir gegenüber Platz, und ich merke, wie sich meine schweren Schultern augenblicklich leichter anfühlen. Ich habe diesen Ort vermisst. Nur hier fühle ich mich, als könnte ich mir all meine Gedanken, Ängste und Bedenken von der Seele reden.
»Frau Ames, wie geht es Ihnen heute?« *Es ist so viel passiert.*
»Es geht mir gut.« *Ich muss mich dazu zwingen, dass es mir gut geht.*
»Das ist schön zu hören. Beschreiben Sie Ihre Stimmung heute.« Meine Brust hebt sich, als mir ein tiefes Seufzen entkommt.

»Ich bin etwas hin- und hergerissen, doch ich habe mir vorgenommen, mein Leben umzukrempeln.« *Jedenfalls rede ich mir das ein.*
»Was beschäftigt Sie?«
»Ich habe ein Jobangebot bekommen. Dafür müsste ich nach Paris ziehen. Außerdem war ich mit meinem Mann bei Ihrer Kollegin.«
»Wie ist dieses Gespräch verlaufen?«
»Mein Mann hat es vorzeitig abgebrochen.«
»Warum das?«, hakt er nach.
Ich beginne hart auf meine Unterlippe zu beißen.
»Weil er spürt, dass ich mich verändere.«
»Wie verändern Sie sich?«
»Ich kann es nur schwer beschreiben. Ich denke, dass es an der Zeit ist, alte Muster loszulassen und mich für neue Dinge in meinem Leben zu öffnen. Ich will mich nicht mehr von den vielen Zwängen, die ich mir in meinem Leben selbst auferlegt habe, unterdrücken lassen. Ich konnte mich für eine kurze Zeit frei fühlen und ich habe dieses Gefühl genossen.«
»Was hat dieses Gefühl bei Ihnen ausgelöst?«
Ich versuche einen klaren Kopf zu bekommen, bin versucht, ihm den Auslöser zu nennen, und denke unentwegt nur an den Menschen, der dafür verantwortlich ist.
»Ich war mit Paul in Paris.«
»Paul ist der andere Mann? Warum sind Sie mit ihm nach Paris geflogen?«
Ich nehme einen großen Schluck Wasser, um meine trockene Kehle zu befeuchten.
»Eigentlich war es ganz anders …« Ich lächle verschämt und beginne ihm die ganze Geschichte zu erzählen. »Er hat mich aus dieser Badewanne gezogen.«
»Sie hatten den Traum von Ihrem Kind in der Badewanne?«
»Ja, ich bin eingeschlafen, was sicherlich dem Alkohol zuzuschreiben war. Ich konnte mich nicht mehr wach halten. Paul war hier. Er hat mir über diese grauenvolle Nacht hinweggeholfen.«
»Und was ist dann passiert?«
»Ich habe ihm gesagt, dass wir Partner haben, die uns brauchen, und wir uns nicht mehr sehen dürfen!«

»Wie hat er darauf reagiert?«
»Er wollte mich überzeugen, dass dies nicht funktioniert, doch nach meinem Drängen hat er es akzeptiert.«
»Und seitdem haben sie sich nicht mehr getroffen?«
»Nein!«
»Wie ist die Beziehung zu Ihrem Mann jetzt?«
»Noch kälter als sonst. Ich versuche immer wieder ein Gespräch mit ihm zu suchen, doch seitdem ich mich zu verändern beginne, scheint er komplett zuzumachen.
Er meidet jedes Zusammentreffen, um nicht in die Situation zu kommen, sich mit mir zu unterhalten.«
»Haben Sie in Ihrer Ehe nie über Gefühle gesprochen?«
»Nein. Wir haben uns auf eine andere Art und Weise Zuneigung gezeigt.«
»Beschreiben Sie mir das?«
Wie soll ich Zuneigung beschreiben?
»Er war für mich da, ich war für ihn da, wir waren intim ...«
»Beschreiben Sie mir, wie Sie für ihn da waren und wie er für Sie da war.«
»Er hat sich meine Probleme in der Firma angehört ...« *Was noch?* »... er stand immer an meiner Seite, wenn wir zu Veranstaltungen gegangen sind.«
Dr. Goldmann reagiert nicht auf meine Antwort und mustert mich, als würde er auf eine Ergänzung von mir warten, die aber nicht kommt. Wenn ich jetzt darüber nachdenke, hatten wir ein gemeinsames Zusammenleben, doch nicht mehr.
»Frau Ames, Sie können Ihren Mann nicht zwingen, sich in dem Tempo und genau in dem gleichen Moment, wie Sie das tun, zu öffnen. Er ist noch nicht an dem Punkt angekommen, an dem Sie nun stehen.
Vielleicht wird er sich öffnen, doch vielleicht hat er auch nicht das Bedürfnis dazu. Manche Menschen leben gut, niemals über ihre Gefühle zu sprechen, was Sie auch akzeptieren müssen.«
»Ich will doch versuchen ihm die Zeit dazu zu geben. Doch, bitte, verstehen Sie mich. Es ist, als stünde ich am Anfang eines Marathons, und der Startschuss ist schon längst gefallen, doch ich kann einfach nicht loslaufen, weil ich immer zurückgehalten werde.«

»Ich kann mir gut vorstellen, wie die Gefühle Sie überrennen, und das finde ich auch gut. Das trägt zur Heilung enorm bei. Sie können sich entscheiden, ob Sie für Ihren Mann die nötige Zeit und das nötige Verständnis aufbringen.«
»Ich will es versuchen. Ich bin es meinem Mann schuldig. Er ist mir in einer sehr dunklen Zeit meines Lebens beigestanden. Er war immer für mich da. Vielleicht auch nicht so, wie ich es mir gewünscht oder ich es gebraucht hätte. Doch er war da. Ich will versuchen ihn zu lieben.«
»Lieben Sie ihn denn nicht?«
»Ich habe mir lange eingeredet, es zu tun. Es ist eine Art von Liebe, doch nicht jene, die man zu seinem Partner haben sollte ...«
Ich höre den ganzen Tag nichts mehr von Christian, was nicht ungewöhnlich ist, doch aufgrund seines schnellen Aufbruchs heute Morgen beginne ich mir Sorgen zu machen. Müde und ausgelaugt komme ich später als gedacht nach Hause.
Ich öffne die Eingangstüre und der Geruch von Essen kommt mir entgegen.
Christian steht in der Küche und bereitet mein Lieblingsessen zu. Fisch und Gemüse. Ich schätze diese Geste nach unserem heutigen Wortgefecht und merke, wie die Hoffnung wieder steigt, meine Ehe retten zu können.
Ich streife die Schuhe ab, lege meine Tasche auf den runden, großen Marmortisch, den ein wunderschönes Blumenarrangement ziert, und schlendere in die Küche. »Hallo ...«, versuche ich seine abgewandte Haltung zu brechen.
»Du bist spät.«
»Ich musste länger arbeiten«, entschuldige ich mich.
»Mia hat meine Assistentin angerufen und ihr gesagt, dass sich zwei unserer Termine für nächste Woche überschneiden«, meint er kühl.
»Okay ...« Ich greife nach seinem Ellbogen und versuche seine gespielt konzentrierte Aufmerksamkeit von dem Abendessen auf mich zu lenken. Er gibt meinem Zug nach und dreht sich in meine Richtung. »Christian, wir müssen reden.«

»Ich weiß!«, seufzt er.

Wir sitzen beim Essen und schweigen uns an. Keiner wagt es, den Anfang zu machen und das auszusprechen, was wir beide schon die ganze Zeit denken.
»Der Fisch ist gut«, versuche ich es mit einem neutralen Thema.
»Mmmh«, brummt er, während er im Essen stochert.
Weiter vergehen Minuten des Schweigens.
Heimlich habe ich die Bilder von Paris in einer meiner Schuhboxen versteckt und erwische mich immer öfter dabei, wie ich sie hervorkrame, um in den Erinnerungen zu schwelgen. Doch Paul hat sich nicht mehr gemeldet. Er scheint mich vergessen zu wollen. *Was habe ich erwartet? Dass wir unsere Treffen einfach weiterführen können? Dass er um mich kämpft? Sei nicht so naiv und dumm, Lena.* Ich habe ihm klargemacht, dass ich keinen Kontakt mehr haben will, und er respektiert meinen Wunsch.
»Kannst du deine Termine nächste Woche verschieben?«
»Hm? Entschuldige, welche Termine meinst du?«, schaue ich gedankenverloren zu Christian, der mich argwöhnisch betrachtet.
»Ob du deine Termine verschieben kannst, die mit meinen kollidieren?«, wiederholt er sich.
»Ich weiß es nicht. Ich werde es prüfen.«
»Es sind wichtige Termine. Eine Benefizveranstaltung und ein Geschäftsessen mit wichtigen Partnern.«
»Ich werde es prüfen, Christian. Was willst du hören?«, frage ich etwas schnippisch. Ich bin gekränkt, dass wir wieder nur das Gesprächsthema Arbeit finden.
Er mustert mich eindringlich und ich sehe das Blitzen in seinen Augen.
»Was ist dein Problem?«, faucht er zornig.
»Ich habe kein Problem«, wehre ich mich.
Er beginnt zynisch zu lachen und legt seinen Kopf dabei in den Nacken. »Ist das dein Ernst?«
»Was willst du von mir hören, Christian?«
»Die Wahrheit!«
Ich stütze meine Ellbogen auf dem Esstisch ab, verknote meine Hände ineinander und lege meine Nase daran.

Dann schaue ich wieder auf. Für einige Momente betrachte ich seine angewiderte Miene und überlege, welche meiner Wahrheiten die Richtige ist.
»Christian, ich würde dir gerne die Wahrheit sagen, doch ich glaube, egal was ich zu dir sagen werde, die Frau, die du geheiratet hast, wird dadurch nicht mehr zurückkommen.«
»Nenn mir den Grund!«
»Welchen Grund willst du hören?«, seufze ich tief aus.
»Warum plötzlich jetzt?« Schulterzuckend schaue ich zu Boden. »Ist es der Job in Paris? Weht daher der Wind? Du willst ihn annehmen und stellst deine Karriere vor unsere Ehe? Ist es das, du selbstgefälliges Miststück?«
Anscheinend hat er wirklich keine Ahnung, um was es hier geht. »Ich habe mich noch nicht entschieden, aber keine Sorge, *dein* Wohlbefinden, *dein* Erfolg und *dein*e Träume habe ich nie außer Acht gelassen.
Ich kann mir gut vorstellen, dass es bisher ganz angenehm für dich war. Ich habe mich immer passend in dein Leben gefügt. Nie große Fragen gestellt, wenn deine Geschäftsessen bis spät in die Nacht gedauert haben, und ich habe dir den Rücken für alles freigehalten. Und nun, nachdem ich mich das erste Mal in meinem Leben um *mich* zu kümmern beginne, *meine* Wünsche, *meine* Gesundheit und *meinen* Seelenfrieden vorne einreihe, stellst du dich auf die Barrikaden. Jetzt sag mir nicht noch einmal, dass ich hier das selbstgefällige Miststück bin.« Ich schäume vor Wut und spüre mein galoppierendes Herz.
»Schön, was willst du? Meine Zustimmung für deinen Abgang nach Paris? Wenn du dieses Land verlassen musst und du glaubst, dein Glück dort zu finden – dann bitte.« Seine Stimme klingt verärgert. Der Stuhl, auf dem er gerade noch gesessen hat, kippt um und fällt mit einem lauten Knall auf den Boden.
»Ich will nicht deine Erlaubnis, noch brauche ich sie.« Die Worte entkommen mir tadelnd und belehrend, worauf er sofort sarkastisch reagiert.
»Was hält dich dann noch?«, spottet er herablassend und reißt die Arme in die Luft.
»Sag mir, warum ich hierbleiben soll! Warum du mich liebst und warum es wert ist, um unsere Ehe zu kämpfen?«

»Ich bitte dich, lass diesen Scheiß. Du brauchst nicht mir die Schuld zuzuschieben, wenn unsere Ehe in die Brüche geht, nur weil ich nicht das sage, was du hören willst.« Seine Stimme trieft vor Verachtung.
»Wie wäre es mit etwas Einfühlungsvermögen?«, brülle ich ihn an.
»Was ist los mit dir?«, runzelt er die Stirn.
»Gib mir irgendetwas von dir. Nicht viel. Nur irgendetwas. Warum willst du nicht, dass ich gehe. Gib mir einen triftigen Grund und ich werde bleiben ...«
»Auf diese Art und Weise wirst du nicht mit mir reden, noch werde ich das tun! Wir besprechen das morgen, wenn du deine Gefühle wieder unter Kontrolle hast.« Er dreht sich um und geht aus der Küche.
»Bleib hier, wenn ich mit dir sprechen will, du Feigling!«
Er dreht sich zu mir um und mustert mich.
»Wie hast du mich genannt?« Seine Augen sind tief schwarz und haben sich zu engen Linien zusammengezogen.
»Feigling! Das bist du. Ein ganz großer noch dazu.«
»Halt dich in deiner Ausdrucksweise zurück«, knurrt er mich warnend an.
»Halte dich in deiner Ausdruckweise zurück ... blablabla ... sag mir auf der Stelle, warum ich diesen Job nicht annehmen soll! Sag mir, warum du mich an deiner Seite haben willst. Sonst gehe ich zu dieser Türe hinaus.«
»Was ist los mit dir? Hast du etwas genommen?« *Spinnt er jetzt komplett?*
»Nein, ich will, dass du mir sagst, warum ich nicht gehen soll«, fauche ich genauso empört wie er zurück.
Meine Stimme überschlägt sich. Mein Kopf ist knallrot und ich schäume vor Wut.
»Wenn du dich nicht gleich beruhigst, rufe ich einen Arzt!«, droht er mir, hebt dabei den Zeigefinder, deutet missbilligend auf mich und tritt ein paar Schritte an mich heran.
»Der kann dich auch gleich mitbehandeln«, fluche ich und reiße dabei die schöne Vase mit den Blumen um. Klirrend knallt sie zu Boden und zerbricht in tausend Stücke.
»Ich werde morgen Dr. Goldmann anrufen und ihm vorschlagen, dass wir deine Termine auf zwei Mal die

Woche erhöhen sollten ... du spinnst total«, kopfschüttelnd wendet er sich ab. »Und jetzt mach diesen Dreck hier sauber. Du wirst dich bei meiner Mutter dafür entschuldigen, dass du ihre Vase zerschlagen hast, ist das klar?« Ich antworte ihm nicht, was ihn anscheinend noch rasender macht. »Ist das klar?!«, schreit er aus Leibeskräften.
»Du bist derjenige, der verrückt ist. *Nicht ich!* Du bist nicht in der Lage, eine kleine Frage zu beantworten – und die Entschuldigung bei deiner Mutter kannst du ihr gleich selber ausrichten, wenn du jetzt gleich mit ihr telefonierst.«
»Halt deinen Mund!«
»Ich hasse dich!«
»Schön, ich gehe telefonieren.« *Er geht wirklich, um sie anzurufen. Ich könnte vor Wut platzen.*
»Geh und ruf deine Mutter an, du Feigling. Vielleicht kann sie dir sagen, wie man ungezogene Ehefrauen bändigt.« Sein Gesicht zeigt eine beängstigende Veränderung.
Er kommt schnellen Schrittes auf mich zu und bleibt vor mir stehen. Mit aufgerissenen Augen schaue ich ihn an, bevor seine Hand auf mich niedersaust und mir mit voller Wucht aufs Gesicht knallt. Ich falle zu Boden. Erst als ich den Schmerz auf meiner Wange spüre, greife ich mir fassungslos auf mein Gesicht. Er hat mich mit so einer Wucht geschlagen, dass ich Blut auf meiner Lippe schmecke.
Entrüstet hebe ich meine Hände, drehe die Handflächen zu meinem Gesicht und sehe, wie sie stark zu bluten beginnen. Die Scherben der Vase haben sich bei meinem Sturz ins Fleisch gedrückt und tiefe Schnittwunden hinterlassen. Hilfesuchend schaue ich zu ihm auf. In seinen Augen sehe ich pure Verachtung.
»Ich weiß selbst, wie man ungezogene Frauen behandelt. Mir wird schlecht, wenn ich so eine schwache Frau neben mir sehe.« Ich halte meine Hand schützend auf meine Wange, zucke zusammen, als ich unsere Schlafzimmertür zuknallen höre und spüre, wie sich meine Augen mit Tränen füllen. Meine Schuldgefühle, nicht auf den Rat von Dr. Goldmann gehört zu haben, schnüren mir die Kehle zu.

Ich habe ihm keine Zeit gegeben, ich wollte alles, jetzt und sofort. *Sieh an, was du angerichtet hast!* Ich liege im Trümmerhaufen meiner Ehe.
Verzweifelt versuche ich mein Telefon aus der Tasche zu kramen, während ich notdürftig die Wunden mit einem Tuch umwickelt habe, um nichts schmutzig zu machen. In Gedanken gehe ich die Möglichkeiten durch, wen ich anrufen könnte. Emma erscheint mir in meiner Lage die einzig richtige Person.
»Leni?«, höre ich ihre verwunderte, besorgte Stimme am anderen Ende der Leitung.
»Emma, tut mir leid, wenn ich dich geweckt habe.«
»Weißt du, wie spät es ist?
»Es tut mir so leid. Ich wollte dich nicht stören. Es war eine blöde Idee, bitte verzeih mir die Störung.« Ich hätte daran denken können, dass sie Kinder hat und mir nicht helfen kann.
»Was ist passiert? Geht es dir gut?«
Als sie ihre Worte ausspricht, beginne ich zu wimmern.
»Leni, ist alles in Ordnung?«
»Nein, Emma, ich brauche deine Hilfe, kannst du zu mir nach Hause kommen? Mir ist etwas Blödes passiert.«
»Was ist los?«
»Bitte, hol mich ab ...«
»Okay, ich mache mich gleich auf den Weg. Ich organisiere nur noch schnell jemanden für die Kinder. Um Himmels Willen, was ist passiert? Du machst mir Angst.«
»Ich erzähle dir alles später. Bitte komm schnell.«
»Okay, bis gleich.« Das Piepen der toten Leitung bereitet mir Angst. Nun bin ich völlig alleine. *Was, wenn er wieder zu mir kommt?*
Ich greife an meine linke Gesichtshälfte, die fürchterlich brennt und mir angeschwollen erscheint. Langsam setze ich mich auf den kleinen, runden Hocker im Vorzimmer und merke, wie mir schwindelig wird. Mein ganzer Körper zittert, als ich auf meine Hände, die mit weißen, mittlerweile mit Blut durchtränkten Tüchern verbunden sind, blicke. Vorsichtig stehe ich auf, wende mich dem Spiegel im Eingangsbereich zu und sehe den dunkelroten Schleier, der sich über meine linke Hälfte gelegt hat, und die

aufgesprungene Lippe. Ich sollte mir eine gute Geschichte einfallen lassen.

Ich weiß nicht, wie lange ich warte und wie oft mein Herz aussetzt, als ich Christians Stimme hasserfüllt im Obergeschoß schreien höre, doch irgendwann klopft jemand zögerlich und leise an die Eingangstür.
Ich schaue prüfend zur Schlafzimmertür, greife nach meiner Handtasche und flüchte aus der Wohnung.
Ich habe Angst. Emma schaut mich mit weit aufgerissenen Augen fassungslos an.
»Lass uns gehen«, flüstere ich ihr im Vorbeigehen zu und senke beschämt den Kopf.
Als ich im Auto sitze, bricht es aus mir heraus. Ich beginne bitterlich zu weinen.
»Leni, warum hast du nicht die Polizei gerufen?«
»Ich weiß nicht ...«
»Sieh dich doch an. Ich bringe dich jetzt ins Krankenhaus.«
»Nein! Bitte nicht. Die würden nur unangenehme Fragen stellen.«
»Du musst verarztet werden, sieh dich doch einmal an. Deine Lippe ist aufgesprungen und von deinen Händen will ich nicht reden. Was ist passiert?«
»Ich habe die Vase versehentlich hinuntergeschmissen und mich dabei geschnitten.«
»Und dann bist du mit deinem Gesicht nachgeflogen, oder wie? Lena, halte mich nicht für dumm. Sag mir die Wahrheit!«
»Bitte, Emma. Ich möchte nicht darüber reden.«
Ich lehne meinen Kopf an die dunkle Fensterscheibe und kann mein Spiegelbild betrachten. Zehn Minuten später hält sie vor dem Innerstädtischen Krankenhaus, parkt das Auto und zieht mich in die Notaufnahme.
»Warum tust du das? Wenn Paul hier ist, wird er mir tausend Fragen stellen. Das kann ich nicht gebrauchen.«
»Er hat heute keinen Dienst. Du musst deine Wunden verarzten lassen«, sagt Emma mit der resoluten Stimme einer Mutter und verfrachtet mich in die Notaufnahme. Alles hier kommt mir bekannt vor.

Der Wartebereich, die Klapperschlange am Empfang – mit der sich Emma nun auseinandersetzt –, selbst der behandelnde Arzt.
»Lena, was zum Teufel ist mit dir passiert«, fragt mich Felix, der Kollege von Paul.
Anscheinend hat er mich nicht vergessen, wenn er sich sogar an meinen Namen erinnert.
»Ein blödes Missgeschick«, versuche ich ihm mein Erscheinungsbild zu erklären und lächle, soweit es meine Schmerzen im Gesicht zulassen.
»Setz dich hierher.« Er deutet auf die Liege, auf der ich vor ein paar Wochen mit Paul gesessen habe. Der Gedanke an ihn lässt meine Atmung stocken und die Tränen über mein Gesicht laufen.
Emma muss draußen warten, was ich in meinem jetzigen Zustand nur befürworten kann, denn ich möchte sie nicht noch mehr verunsichern.
Felix zieht sich die Handschuhe über und begutachtet meine Wunden. Zuerst tastet er den Knochen unter meinem Auge und meine Schläfen ab, bevor er sich um die aufgesprungene Lippe kümmert. Dann löst er die Tücher von meinen Händen. Ein stechender Schmerz, die aufklaffenden Wunden und das Blut geben mir den Rest. Ich japse hysterisch nach Luft und spüre die mich überrollende Panikattacke. Bevor ich vom Bett plumpse, kommt mir Felix zu Hilfe und legt mich behutsam auf die Liege.
Ein kleiner Stich in meine Ellenbeuge und das schnell wirkende Mittel löst die Verkrampfungen in meinem Körper.
»Ich gebe dir etwas zur Beruhigung, keine Angst«, sagt Felix sanft.
Die heißen Tränen rinnen unentwegt seitlich an meinen Wangen herab. Meine Augen sind verschwollen, und mein Gesicht glüht, als hätte ich mich verbrannt. Er beginnt die Wunden zu säubern. »Die müssen genäht werden«, meint er und betrachtet mich mitleidvoll. *Ich will kein Mitleid!* Ich nicke und fühle mich durch den dicken Kloß im Hals unfähig, ihm darauf zu antworten.
»Ich bin sofort wieder da«, lässt er mich wissen, bevor er das Zimmer verlässt.

Ich lege die Hand auf meine Stirn und versuche mich mal wieder – wie in so einer unangenehmen Situation üblich – wegzublinzeln. Einen Versuch ist es noch wert.
Natürlich passiert nichts, außer dass Felix wieder das Zimmer betritt, was aber sicherlich nicht meinem Blinzeln zuzuschreiben ist.
»Ich werde dir die Wunden an deinen Händen nähen. Ist das in Ordnung?«
»Okay«, krächze ich mit gebrochener Stimme.
Er beginnt die Utensilien herzurichten. Ich kann die vielen Fragen in seinen Augen sehen.
»Wie ist das passiert?« Selbst wenn ich es wollte, ich könnte ihm in diesem Moment nicht antworten, denn meine Kehle ist zugeschnürt und unfähig, ein sinnvolles Wort hervorzubringen.
Schniefend, in der Hoffnung, dass er nicht mehr nachfragt, wische ich mir ein paar Mal mit dem Handrücken über die Augen. »Wenn du mir nicht sagst, wie das passiert ist, muss ich die Polizei verständigen, und glaube mir, das ist unangenehmer ...«
»Ich habe eine Vase zertrümmert und mich daran geschnitten«, bringe ich krächzend hervor. *Nur keine Polizei. Ich kann mir die Schlagzeile schon vorstellen.*
»Und die Verletzung am Kopf?«, hakt er nach.
»Ich bin gegen eine offene Schranktür gerannt.«
Er lacht belustigt auf. »Ja klar, und danach sind die Schlümpfe vorbeigekommen.«
»Was willst du hören?«, kontere ich hysterisch. *Autsch!* Ich zucke zusammen, als er einen Splitter aus der Wunde entfernt.
»Die Wahrheit vielleicht. Du kannst mir viele Geschichten erzählen, doch vergiss nicht, dass ich Arzt bin und schon so einige Sachen gesehen habe. Aber dass eine geplatzte Lippe und ein blaues Auge von einem Zusammenstoß mit einer Schranktür kommen, nehme ich dir nicht ab.«
»Es war eine sehr schwere Schranktür«, versuche ich mich zu verteidigen.
»Mmmh.« Er zieht seine Mundwinkel hinunter, um meine Glaubwürdigkeit zu veranschaulichen.

Bevor er meine Wunden näht, betäubt er die Stellen, und ich spüre nur noch ein leichtes Ziehen.
Das Handy in meiner Tasche beginnt zu läuten und Felix unterbricht seine Arbeit.
»Willst du rangehen?«
»Nein«, sage ich bestimmt.
Ohne ein Wort darauf zu sagen, setzt er seine Stiche in meiner Handfläche fort. Nach einer halben Stunde sind meine Handflächen in weißen Verbänden versteckt und der Sprung an meiner Lippe ist geklebt.
»Willst du mir noch immer nicht sagen, was passiert ist?«, versucht er es erneut.
Ich schüttle den Kopf und setze mich auf. Der Raum beginnt sich zu drehen und die Liege unter mir bewahrt mich davor, umzukippen. »Bei mir kommst du vielleicht so davon, doch nicht bei ...«
Bevor er den Satz zu Ende spricht, stürmt jemand zur Tür herein. *Paul! Was macht er hier? Hat Emma ...?* Erschrocken blicke ich ihn an.
»Was ist passiert?« Er stellt mir die Frage, doch schaut dabei Felix an.
Der zuckt nur mit den Schultern und meint süffisant: »Eine Schranktür.«
»Leni! Was ist passiert?« Seine Atemzüge sind abgehackt und schnell, so als wäre er gerannt. Ich möchte von ihm umarmt werden, seine Nähe nach dieser langen Zeit wieder spüren.
Seine Brust hebt sich schnell auf und ab und er schaut mich erwartungsvoll an. Ich antworte ihm nicht und senke den Kopf.
»Ich lasse euch dann einmal alleine ...« Felix klopft Paul auf die Schulter und verlässt den Raum.
Paul kommt ein paar Schritte auf mich zu. Bevor er mich berührt, hebe ich die Hand, um ihn auf Abstand zu halten. »Nicht ... bitte«, spreche ich leise aus. Seine Nähe versetzt meinen ganzen Körper in Feuer. Kaum auszudenken, was seine Berührung auslösen würde. Doch wie üblich ignoriert er meine Aufforderung, auf Distanz zu bleiben, und streicht mir über meine unverletzte Wange, bevor er mich an seine Brust drückt.

Diese sanfte Berührung löst in mir einen Weinkrampf aus. Völlig erschöpft beginne ich hemmungslos zu schluchzen. Als er mich loslässt, hebe ich den Kopf, um ihn anzuschauen. Ich sehe seine Erschütterung. Sofort wende ich mich ab, um mein Gesicht vor ihm zu verstecken.
»Ich will nicht, dass du mich so siehst«, krächze ich.
»Scheiße, was ist dir passiert?« Stille, denn ich wage es nicht, ihn anzulügen. *Nicht Paul!*
»Lena, hat er das gemacht?« Seine Stimme wird drängender.
»Das geht dich nichts an. Du sollst gehen.«
»Ich bringe ihn um«, flucht Paul, als er mein Gesicht genau betrachtet.
»Lass es gut sein. Du musst dich nicht um mich kümmern. Du weißt – getrennte Wege.«
»Vergiss es.« Er legt seine Hand unter mein Kinn und zwingt mich, ihn erneut anzuschauen. Seine grünblauen Augen, die mich mit so viel Liebe und Bedauern betrachten, sind eine Qual für mich.
»Warum hast du mich nicht angerufen?«
»Getrennte Wege ... was verstehst du daran nicht?« Ich löse mich aus seinem Griff.
»Leni, schau mich an.«
Ein Schüttelfrost überkommt mich.
Die Tränen laufen mir übers Gesicht und brennen auf meiner Haut.
Der salzige Geschmack in meinem Mund wird immer stärker. Schniefend wische ich mir mit dem Handrücken über meine laufende Nase. Die Schwellung in meinem Gesicht brennt und fühlt sich enorm groß an. Immer wieder fahre ich automatisch mit der Zunge über die Stelle an der Lippe, die Felix geklebt hat, und schmecke Blut, vermischt mit Desinfektionsmittel.
Mein Kopf schmerzt und ich schließe die Augen. Ich schäme mich. Ich habe solche Angst. Ich will einfach nur weglaufen.
»Wir müssen das noch röntgen, HoneyBee«, flüstert er an mein Ohr, während seine Hand unentwegt die Linie meiner Wirbelsäule auf und ab fährt. Eine herrlich beruhigende Wirkung. Ich beginne mich zu entspannen und schließe die Augen. Ein wenig von seinem Duft in meiner Nase und die Welt sieht schon ganz anders aus. *Wie habe ich ihn vermisst!*

»Hier«, er reicht mir eine kalte Kompresse, die er mir vorsichtig auf die geschwollene Stelle drückt.
»Hast du es ihm erzählt?«
»Nein«, flüstere ich.
»Warum hat er dich geschlagen?«, fragt er genauso leise.
»Weil ich ihn provoziert habe.« Mein Mund fühlt sich trocken an und meine Stimme ist belegt. Doch das ruhig schlagende Herz in seiner Brust mindert meine Aufregung.
»Was hast du gesagt?« Ich merke, wie meine Augen zufallen, doch ich zwinge mich, sie offen zu halten.
»Ich wollte von ihm wissen, warum ich hier bei ihm bleiben und nicht den Job in Paris annehmen soll.«
»Und dann hat er dich geschlagen?« Seine Stimme klingt verständnislos, als sich seine Stirn zweifelnd in Falten legt.
»Er wollte mir keinen Grund nennen und da bin ich wütend geworden … und er auch. Ich habe ihn ›Feigling‹ geschimpft. Dann hat er mich geohrfeigt. Ich habe es verdient.«
»Leni, was redest du da? Verdient? So wie du aussiehst, war das keine Ohrfeige. Ich bringe diesen Kerl um«, knurrt er wutentbrannt.
»Nein, Paul, tu das nicht. Es macht alles nur noch schlimmer. Außerdem kann er nichts für meine Schnittwunden. Ich bin wirklich unglücklich auf die Scherben der Vase gefallen, die ich vor lauter Wut zerschlagen habe.«
»Trotzdem. Er hat dir eine Verletzung im Gesicht zugefügt. Zeig ihn an. Lass dich scheiden.«
Vehement schüttle ich den Kopf. »Das kann ich nicht.«
»Leni, wenn er dich einmal schlägt …« Er stockt in seinem Satz. »… war es das erste Mal?«
Ich schließe meine Augen. Die Tränen laufen mir über meinen Nasenrücken. Ich kann ihm nicht erzählen, dass es schon einmal passiert ist, aber lange nicht in diesem Ausmaß.
»Leni, schau mich an. Hat er dich das erste Mal geschlagen?«
Ich verneine seine Frage, indem ich den Kopf schüttle.
»Das reicht. Ich gehe jetzt zu ihm.« Er löst sich wutentbrannt von mir.
»Nein!« Ich schnelle in die Höhe und schreie auf, um ihn daran zu hindern, aus dem Zimmer zu rennen. »Bitte nicht, Paul, bleib hier.«

»Leni, was erwartest du von mir? Ich werde nicht mitansehen, wie er dich schlägt.« Zähneknirschend ballt er seine Fäuste, sodass die Knochen weiß hervortreten. Ich versuche ihn zu besänftigen.
»Es war nur eine Ohrfeige«, versuche ich es herunterzuspielen.
»Ha! Das ist eine Lüge!« Nun lacht er sarkastisch und fährt sich verzweifelt durchs Haar. »Verteidige nicht sein schändliches Verhalten.« Immer wieder streicht er sich mit der Hand über den Nacken. »... und sei nicht so naiv. Das sagen sie alle. Du kannst mir glauben, ich habe schon genug Gewaltopfer behandelt. ›*Er wollte es nicht. Es war meine Schuld. Er wird es nicht mehr machen.*‹ Erzähl den Scheiß jemand anderem.« Seine Stimme überschlägt sich vor lauter Aufregung.
»Bitte, Paul, du machst mir Angst.« Ich kenne ihn nicht so aufbrausend.
Erschüttert schaue ich ihm dabei zu, wie er vor mir auf und ab geht.
»Bitte geh nicht«, flehe ich ihn an, »ich könnte den Gedanken nicht ertragen, dass dir etwas passiert. Wenn Christian in Rage gerät, ist er unberechenbar.«
»Du hast mich noch nicht erlebt, wenn dir jemand wehtut«, lächelt er zynisch.
Ich strecke eine Hand nach ihm aus. »Ich brauche dich«, schluchze ich und greife mir mit der anderen auf meinen Mund, um die Töne, die aus meiner Kehle hervordringen, zu unterdrücken.
Er kommt zu mir, nimmt mich in den Arm und zieht mich an sich. Behutsam fährt er meinen Rücken auf und ab und küsst mich aufs Haar. Es ist nicht der Schmerz in meinem Gesicht, der mich zum Weinen bringt, sondern die Sehnsucht nach ihm, die mein Herz verzweifeln lässt.
»Ich weiß nicht, ob ich das kann, was du von mir verlangst. Gerade war ich wild entschlossen, zu ihm zu fahren und ...« Er spricht nicht weiter, sondern zieht mich noch fester an sich und atmet gequält aus. Ich merke, wie sich sein gesamter Körper verkrampft und er seine Fäuste zusammenballt. »Niemand tut meinem Mädchen weh. Verstehst du das? Niemand.

Und wenn er nicht kapiert, was er an dir hat, werde ich ...« Erneut bricht er seinen Satz ab. »Du bist so schwach und zierlich. Nur ein absolutes Arschloch ist zu so etwas fähig.«
»Es wird nicht nochmal passieren. Ich weiß jetzt, wo seine Grenzen sind«, versuche ich es erneut abzuschwächen.
»Leni ...« Er drückt mich von sich, legt seine Hände an mein Gesicht, damit ich ihm in die Augen schauen muss. »Er hat *dich* geschlagen. Kein Mann hat das Recht, eine Frau zu schlagen. Egal, was passiert ist. Ich möchte nicht, dass du zu ihm zurückgehst. Hörst du mich?« Die letzten drei Worte kommen mit Nachdruck.
»Wie stellst du dir das vor?« Seine Augen sind traurig und besorgt. Nichts ist von dem wunderschönen, funkelnden Grünblau, das mir normalerweise entgegenstrahlt, übrig.
»Du kommst mit zu mir«, sinniert er bestimmt.
»Nein!«
»Doch. Keine Widerrede! Sonst werde ich Felix bitten, dich nicht zu entlassen. Du hast die Wahl.«
»Nein, Paul, das geht nicht. Du hast Marlene. Ich würde nur für Aufregung sorgen ...«
»Sie ist nicht hier.«
»Warum?«
»Weil sie zu ihren Eltern nach Salzburg gefahren ist.« Ich schüttle dennoch heftig den Kopf.
»Ich schätze sehr, dass du das machen willst, aber es geht nicht. Wir haben uns für einen Weg entschieden und müssen diesen jetzt gehen. Wenn ich mit zu dir komme, fühle ich mich wie ein Flittchen. Ich bleibe bei Emma, und wenn ich mich mit ihm ausgesprochen habe, dann finde ich sicherlich einen Weg, damit alles wieder in Ordnung kommt.«
»Ich möchte nicht, dass du zu ihm zurückgehst.«
»Das ist nicht deine Entscheidung«, empöre ich mich.
Er streicht über meine unverletzte Gesichtshälfte und seine Hand bleibt bei meiner aufgesprungenen Lippe hängen.
»Sollte es aber sein. Ich ertrage es nicht, wenn dich jemand verletzt. Ich dachte, du liebst ihn und er liebt dich. Doch das kann keine Liebe sein. Diese Erkenntnis ändert einfach alles.« Er senkt seinen Kopf. »Du bleibst bei ihm, weil du Angst vor dem hast, was dich mit mir erwartet.

Doch ich verspreche dir, dich an jedem Tag zu beschützen. Du wirst an meiner Seite glücklich sein. Ich werde dich nie wieder enttäuschen.«
»Ich kann nicht«, flüstere ich kaum hörbar.
»Warum?«
»Ich zerstöre keine Liebe.«
Er antwortet mir nicht und ich fühle mich in meinen Worten bestätigt.
»Ich bringe dich jetzt in ein Hotel, okay?«
»Ich werde mit Emma gehen!«, bleibe ich stur.
»Sie ist nach Hause gefahren, als ich hergekommen bin.« *Okay, er hat gewonnen.* Ein siegessicheres Lächeln umspielt seine Lippen. »Darf ich dich jetzt ins Hotel bringen, du Sturkopf?«
»Okay«, seufze ich tief aus.
Kurz darauf werde ich noch geröntgt. Immer wieder werfe ich Paul verstohlene Blicke zu, als er sich mit Felix meine Aufnahmen anschaut.
Felix unterzeichnet die Entlassungspapiere, die normalerweise zu einer Anzeige führen, und unterhält sich heftig gestikulierend mit Paul. Ich kann nicht hören, was er zu ihm sagt, doch sie scheinen nicht einer Meinung zu sein.
Kurz darauf kommt Paul zu mir und hilft mir sanft auf.
»Lass uns gehen.«

Zwanzig

Ich wache in der Früh fest umschlungen in Pauls Armen auf. Seine Körperwärme, die Nähe zu ihm, vermischt mit dem kühlen Wind, der durch das weit geöffnete Fenster hereinstreicht und Gänsehaut auf meinem Körper erzeugt, machen diesen Moment einzigartig. Ich höre den Regen auf die Dächer prasseln und spüre, wie mich das beruhigt. Pauls Atemzüge sind lang, gleichmäßig, entspannt und deuten darauf hin, dass er noch immer schläft. Ich wage es nicht, mich zu bewegen. Ich spüre seinen Atem in meinem Nacken und genieße seine Berührung. Paul hat anscheinend nicht vergessen, wie sehr ich den Regen bei offenem Fenster, fest in meine Decke gekuschelt, liebe. Ich löse mich vorsichtig von ihm, um ins Bad zu gehen. Dennoch wacht er auf. »Hey … wie geht es dir?« Er streicht sich die Müdigkeit aus dem Gesicht.

»Hey!« ich fahre mit der Zunge über meine Lippe und schmecke eingetrocknetes Blut. Als ich die Stelle mit meiner Hand berühre, zucke ich zusammen. *Autsch, das tut weh.*

»Es geht schon wieder. Mein Kopf schmerzt ziemlich«, stöhne ich.

»Brauchst du eine Tablette?«

»Nein, lieber die Drogen von gestern im Krankenhaus.«

»Das war nur ein Beruhigungsmittel.«

»Nein, ich meine, die Paul-Droge.« Die war das einzig Heilende. Er streicht mir übers Haar und zieht mich an seinen Oberkörper.

Mein Kopf liegt auf seiner nackten Brust. Gedankenverloren streiche ich mit meinen Fingerspitzen, die aus dem Verband herausragen, über seine Haut.

Er fühlt sich so wunderbar an. Mein Blick schweift zum Fenster hinaus und ich lausche dem Regen. »Du hast dir gemerkt, dass ich bei Regen das Fenster öffne?«, frage ich ihn schmunzelnd.
»*Du* öffnest das Fenster bei Regen? Ich glaube, du verwechselst da etwas.« Ich hebe verwundert die Augenbrauen. Leicht dreht er sich zur Seite und stützt sich auf seine Hand. »Du hast mich immer verflucht, als ich bei Gewitter das Fenster aufgemacht habe. Weil du Angst vor dem Donner hattest.«
»Das stimmt, ich habe Angst vor dem Donner ...« Gedankenverloren runzle ich die Stirn. Langsam beginne ich mich wieder zu erinnern.
»Siehst du. Aber ich habe dir keine andere Wahl gelassen, es irgendwann zu lieben.«
»Hm ...«, gebe ich von mir, während ich träumerisch lächle. Liebevoll streicht er über mein Haar und wir lauschen gemeinsam dem Regen.
»Danke.«
»Wofür?«
»Dass du gekommen bist.«
»Ich bin froh, dass mich Felix angerufen hat.« *Felix war also der Verräter.* Stöhnend lege ich die Hand auf meine Stirn.
»Ich weiß nicht, wie mein Leben in kürzester Zeit so aus den Fugen geraten konnte.«
Er brummt abwesend. »Du solltest zur Polizei gehen und ihn anzeigen.« Sein Körper versteift sich dabei.
»Nein, das mache ich nicht.« Er kann nicht von mir erwarten, meinen eigenen Mann anzuzeigen.
Er seufzt und dreht sich zu mir, während er sich mit der Hand aufstützt. Dabei kommt sein angespannter Bizeps zum Vorschein, den ich auf und ab zu streichen beginne.
»HoneyBee, ich kann es kaum ertragen, dich so zu sehen.« Seine Fingerspitzen fahren federleicht über meine Schläfe.
»Soll ich mir einen Müllsack über den Kopf ziehen?« Ich lache verhalten, da es sonst schmerzen würde. Keck zwicke ich ihm in die Seite.
»Das ist nicht lustig, Leni«, rügt er mich.
»Komm schon, sei nicht so ernst.« Er zieht mich zu sich und küsst mich auf die Stirn.

Ich vergrabe mein Gesicht an seiner Schulter und atme tief ein. »Weißt du, dass du verdammt gut riechst.« Er lächelt verschämt und küsst mich erneut auf die Stirn.
»Das kann ich nur zurückgeben.«
»Ich habe mich nur in dich verliebt, weil ich nicht genug von deinem Duft bekommen konnte. Keiner hat so gut gerochen wie du«, versuche ich ihn zu ärgern, während ich übertrieben den Weg von seiner Schulter bis zu seinem Haaransatz mit meiner Nase nachziehe und ganz tief einatme.
»Und ich konnte deinem burschikosen Outfit nicht widerstehen.« Ich stoße mit meinen Ellbogen gegen seine Rippen. Augenblicklich fährt er zusammen und lacht dabei.
»Nein, wirklich«, abwehrend strecke ich die Hände von mir aus und ziehe dabei die Schultern in die Höhe.
»Du spinnst doch«, zwicke ich ihn in seinen Bauch. »Warum hast du dich wirklich in mich verliebt?«
»Wenn ich jetzt beginne aufzuzählen, warum ich mich verliebt habe ...«, ich unterbreche ihn.
»Paul, erzähl es mir, bitte!« Nichts würde ich in diesem Moment lieber hören. Er legt sich auf den Rücken und verschränkt die Arme hinter seinem Kopf. Träumerisch beginnt er zu lächeln.
»Kannst du dich noch erinnern, als du dich im Deutschunterricht neben mich setzen musstest?«
»Ja, als ich neu in die Klasse gekommen bin. Der einzige Platz, der frei war, war der neben dir«, schwelge ich in Erinnerungen.
»Was war ich für ein Glückspilz!« Ich beginne mädchenhaft zu kichern.
»Den Eindruck hatte ich nicht, als Frau Waldmann mich neben dich gesetzt hat.«
Er hebt entschuldigend die Schultern. »Ich musste mein Image bewahren.
Du warst zu dieser Zeit einfach noch so *uncool.*« Er zieht dabei das Wort unnötig in die Länge und betont es übertrieben.
»Ja, klar«, gebe ich mit rollenden Augen zu, »du kannst froh sein, dass meine Hände verbunden sind, sonst könnte ich für nichts mehr garantieren.«

Er grinst belustigt. »Jedenfalls hast du dich in deinem um drei Nummern zu großen Pullover und einer Hose, in die du zwei Mal gepasst hättest, neben mich gesetzt.«
»Das war modern, außerdem warst du doch derjenige, der mich in Paris in solche Klamotten gesteckt hat.« Verärgert schüttle ich den Kopf.
»In deiner Welt war es vielleicht modern. In Paris war ich etwas sentimental und wollte sehen, ob du dich wie früher auf ungeplante Verrücktheiten einlässt.« Sein entwaffnendes, schelmisches Lächeln lässt die Schmetterlinge in meinem Bauch aufgeregt flattern.
»Ha! Du Schuft!«, meine ich empört. Er streicht mir unentwegt übers Gesicht und betrachtet besonnen jeden Zentimeter davon.
»Ich habe das Deutschbuch in die Mitte des Tisches gelegt und von da an war es um mich geschehen. Du warst so schüchtern und zurückhaltend. Wie eine kleine Fee. Der erste Blick in deine Augen hat mich verzaubert. Nie hätte ich erwartet, dass du dich im Nachhinein als kleine Zicke entpuppen würdest.«
»Danke, das ist entzückend von dir.«
Schallend beginnt er zu lachen. »Von da an habe ich dich jede Unterrichtsstunde heimlich beobachtet. Ich war hin und weg. Ich habe mich in die Art, wie du lächelst, verliebt, und wie du dabei diese süßen Backen bekommst, die du jetzt leider nicht mehr hast.« Ich lege mich so hin, dass ich ihn ungestört beobachten kann. »Kein Mädchen hatte dieses Funkeln in den Augen, das einen sofort in den Bann zog. Ich habe mich in deine Natürlichkeit verliebt, dein unbeschwertes Wesen, deine Fröhlichkeit und in deinen Umgang mit uns pubertierenden Jungs. Du warst einerseits so verständnisvoll und hast jeden Spaß mitgemacht, obwohl du dich in Grund und Boden geschämt hast, und andererseits warst du so unglaublich anziehend, dass ein paar Gesten gereicht haben, jeden für dich zu gewinnen. Im Sportunterricht haben alle Burschen darüber philosophiert, welches Mädchen wir abschleppen wollen.« Ich beginne mich zu erinnern, wie die Jungs immer in Grüppchen dagestanden sind und uns beobachtet haben.

»Meine Augen haben nur dich gesehen, während die anderen Jungs sich von scheinbar wichtigen Äußerlichkeiten ablenken haben lassen.« Ich weiß, dass er meine kleine Oberweite damit anspricht und beginne zu grinsen.
»Diese Worte aus deinem Mund. Du hast damals jedem kurzen Rock nachgeschaut.«
»Bis ich dich gesehen habe und du mir die Augen geöffnet hast!« Er lacht abgehackt auf, als ich ihm in die Seite boxe.
»Du Frauenheld!«
»Autsch!«, er wirkt amüsiert. Wir albern kindisch herum, indem wir uns gegenseitig zum Lachen bringen, bis wir wieder ruhig nebeneinander liegen.
»Kannst du dich noch an unseren ersten Kuss erinnern?«, fragt er verunsichert.
»Was ist das für eine Frage? Natürlich!« *Wie könnte ich das jemals vergessen?* »Ich küsse dich nicht, Paul, ...« Das Bild in meinem Kopf, ihn vor meinem Haus, voller Vorfreude und Erwartung auf das Kommende stehen zu sehen, zaubert mir heute noch ein Lächeln ins Gesicht.
»Du warst richtig gemein. Ich dachte, ich hätte nie eine Chance bei dir.«
Ich kichere. »Das nehme ich dir nicht ab. Damals hast du mich nur als eine deiner weiteren Eroberungen betrachtet. Es war viel mehr ein Schlag gegen dein großes Ego. Ich kann mich noch erinnern, wie entgeistert du mich bei diesen Worten angeschaut und sofort die Flucht ergriffen hast.« Ich nicke ihm zu.
»Ja klar, das war echt fies!« Er versucht ein böses Gesicht zu machen, was ihm aber nicht gelingt.
»Du warst von dir selbst so überzeugt – eine kleine Lektion musste ich dir schon verpassen«, versuche ich meine Hintergedanken zu erklären.
»Du hast mir immer schöne Augen gemacht und mir dennoch das Gefühl gegeben, nicht interessiert zu sein. Auf dem Schulball musste ich mir erst einmal Mut antrinken, um einen weiteren Versuch bei dir zu starten.«
»Ich bin froh, dass du den gewagt hast. Du hättest sogar beim ersten Mal schon einen Kuss bekommen, doch du konntest einfach nicht das Ende des Satzes abwarten.«

»Ich küss dich nicht ...«, spricht er gedankenverloren aus.
»... wenn, dann musst du mich küssen«, beende ich seinen angefangenen Satz.
Wir lachen beide. Stille. Gedankenverloren greift er nach meiner verbundenen Hand und hebt sie, um sie zu betrachten. Seine Hände haben genau die richtige Größe, sodass sie meine mit Leichtigkeit umfassen können. Weich und gepflegt. »Ich kann mich nicht erinnern, dass du so weiche Hände gehabt hast ... du hast jetzt Chirurgenhände.« Er spielt mit meinem Ehering, der aus dem Verband hervorblitzt und betrachtet ihn.
»Deine haben sich nicht verändert. So klein und zierlich, wie damals«, er seufzt traurig. »Ohne deine ganze Schminke – ohne diese Maske – siehst du noch immer aus wie siebzehn.«
Ich kichere verstohlen an seiner Brust.
»Und dein Lachen klingt auch noch genauso, falls du es einmal zulässt.« Er mustert mich, während ich ihm ein verliebtes Lächeln schenke.
»Du bist so wunderschön«, sanft streicht er mir eine Strähne aus dem Gesicht, »du weißt gar nicht, wie sehr ich mich damals in dich verliebt habe.«
»Bis zu den Sternen?«
Seine Lippen verziehen sich zu einem verführerischen Lächeln und um seine Augen bilden sich kleine Lachfalten. *Wie ich dieses Lachen liebe.* Wahrscheinlich erinnert er sich nicht mehr an unseren Liebesschwur. Wenn wir wissen wollten, wie sehr wir einander liebten, haben wir immer die Worte *»Bis zu den Sternen....«* gebraucht.
»Bis zu den Sternen und noch weiter...«, gibt er leise flüsternd von sich und küsst mich auf die Stirn, auf die Schläfe und auf die Nasenspitze.
»Ich muss mich in der Arbeit krank melden«, durchbreche ich unsere intime Vertrautheit.
»Ich muss erst am Nachmittag im Krankenhaus sein. Ich habe heute eine wichtige Operation.«
»Oh ...« Ich kann die Enttäuschung in meiner Stimme nicht verbergen. *Wie konnte ich annehmen, dass er sich heute auch freinehmen wird?*
»Ich will dich hier nicht alleine lassen. Begleitest du mich?«

»Das ist keine gute Idee. Wenn mich jemand so sieht, stellen sie nur unangenehme Fragen.«
»Okay«, er versucht nicht enttäuscht zu wirken.
»Ich werde jetzt einmal ins Bad gehen und mich frisch machen.« Ich löse mich aus seiner Umarmung und wanke davon. Dort angekommen, überlege ich, wie ich mein Vorhaben umsetze. Meine Handflächen sind noch immer mit den weißen Verbänden umwickelt. Ohne Hände bin ich aufgeschmissen. Frustriert lasse ich mich zu Boden sacken.

Ich schlüpfe aus meinem T-Shirt und meiner Hose und versuche notdürftig mein Gesicht unter den Wasserstrahl zu halten. *Mist! Das kann ich vergessen.*
Die Tür zum Badezimmer öffnet sich. Ich quietsche mädchenhaft. »Geh weg! Ich bin in Unterwäsche!«
»Und?«, er kommt trotzdem herein »Glaubst du, ich sehe dich das erste Mal so?«, neckt er mich.
»Das ist etwas anderes«, antworte ich pikiert, während ich versuche mein Gesicht abzutrocknen.
Er lehnt sich an die Wand, verschränkt die Arme vor seiner Brust und beobachtet mich amüsiert, wie ich versuche das Handtuch um meinen Körper zu schlingen.
»Kann ich dir zur Hand gehen?«
»Das würdest du wohl gerne!«,
»War nur ein Vorschlag«, zuckt er mit den Schultern und stößt sich von der Wand ab. »Ich könnte dir beim Duschen helfen, ohne dass eine deiner Pfoten nass wird.« Der Gedanke an eine heiße Dusche löst ein sehnsüchtiges Stöhnen aus.
»Und wie willst du das anstellen?« Er lächelt verschmitzt. In meinen Gedanken spielen sich tausend Szenen ab, wie der nächste Moment aussehen könnte.
»Indem du deine Hände nach oben streckst und ich mich um den Rest kümmere.«
Ich reiße die Augen auf und grinse belustigt. »Du!«
Er dreht meinen Rücken zu sich, sodass meine Schultern seine Brust berühren, schiebt meine Haare aus dem Nacken und haucht mir einen Kuss darauf. Aufgeregt erhöht sich mein Puls und ich beginne kurzatmig die Luft einzusaugen.

»Du gehörst in Unterwäsche verboten, HoneyBee. Zwar gefällst du mir mit mehr Kilos auf den Rippen besser ...«
»Aber?«, hauche ich erregt. Seine Unterarme umschlingen meine Taille und wir schwenken leicht hin und her.
»Ich habe Angst, dir wehzutun, wenn ich dich berühre.«
»Ssshhh.« Genüsslich verdrehe ich die Augen, spüre seine Lippen an meiner Haut und die Gänsehaut, die meinen Körper in Beschlag nimmt. Wellen wachsender Lust breiten sich in mir aus. Ich drehe mich zu ihm, schaue zu ihm auf und starre auf seine wunderschön geschwungenen Lippen, die sich zu einem verführerischen Lächeln verziehen. Ich forsche in seinem Gesicht, nehme jede kleine Veränderung wahr und beginne zu schmunzeln, als er seinen Kopf schief legt und mich nachdenklich mustert.
»Ich küsse dich nicht, Paul ...«, er beginnt zu grinsen, »... wenn, musst schon du mich küssen«, beende ich meinen Satz.
»Ich würde nichts lieber tun als das, doch ich will dir keine Schmerzen dabei zufügen.«
»Glaube mir, das wirst du nicht.«
Und er tut es. Es ist kein wilder Kuss, denn er nimmt Rücksicht auf meine aufgesprungene Lippe.
Es ist eher mehr ein Erspüren seiner Zunge auf meiner.
»Verdammt, Leni, seit Paris kann ich nur noch daran denken, dich zu berühren.« Seine Stimme klingt verrucht und sinnlich.
»Dann tu es«, presse ich noch hervor, bevor er meinen Hals zu küssen beginnt, meinen BH öffnet und langsam zu meiner Brust hinunterwandert. Als er sie mit seinen Lippen berührt, überkommt mich ungeahnte Lust.
Mein Unterleib zuckt spürbar zusammen, das Prickeln berauscht meine Sinne, als er die Hände an meine Hüfte legt und mich zu sich zieht.
Tausend Funken springen über. Mir ist heiß und kalt zugleich. Das Kribbeln breitet sich in meinem Körper aus. Sogar meine Fingerspitzen fühlen sich wie elektrisiert an. Zärtlich berührt er meine Brust und wandert mit seinen Fingern über meinen Hals, meine Schulter entlang und meine Wirbelsäule hinab.

»Wenn du mich berührst, vergesse ich alles um mich herum ... wie machst du das nur?«, gebe ich atemlos von mir.
»Das machst alles du, mein Engel«, raunt er verführerisch mit seinen Lippen an meiner Haut.
Ich winde mich vor unterdrückter Erregung. »Paul, bitte berühre mich«, fordere ich. Als hätte er nur auf diese Worte gewartet, hebt er mich mit einem Ruck hoch, während sich seine Oberarme anspannen und ich bewundernd darüberstreiche. Meine Beine umklammern seinen Oberkörper. Mit seinem Mund streicht er über meinen Hals und saugt sich leicht und besitzergreifend fest.
Meine Fingerspitzen fahren über seinen Rücken, hinauf zu seinem Haar. Er stöhnt leise auf. Die kalte Wand in meinem Rücken und sein heißer Körper an mir sind der pure Kontrast und zurück bleibt Gänsehaut, die durch seine Nähe nur noch mehr verstärkt wird.
Unsere Lippen schmiegen sich aneinander, fügen sich zusammen, finden den Rhythmus, als hätten wir nie aufgehört, einander zu küssen.
Als er abrupt unterbricht, hebt sich seine Brust heftig auf und ab. Seine leicht geöffneten Lippen und sein lodernder Blick bringen mich fast um den Verstand.
Mit einem Ruck zieht er mich auf sich, während seine Augen intensiv in meinen forschen.
»Du hast keine Vorstellung, was du mit mir machst.« Ich lausche den Klängen seiner Worte, schließe genüsslich die Augen und lasse mich in die sanfte Hülle fallen, die mich in seiner Nähe umgibt. Stöhnend geben wir unserem Verlangen nach. Seine Hände streichen über die intimsten Stellen meines Körpers, erforschen mich, bereiten mir unsagbar große Lust, und als mich sein hungriger Blick erreicht, lassen wir es geschehen.
Nach einer ausgiebigen Dusche schlüpft Paul in seine Kleidung. Ich beobachte ihn, wie er sich das Hemd zuknöpft, während ich, eingehüllt in den Bademantel, auf dem Bett liege. Er grinst mich an, als er meine Blicke bemerkt und wirft das nasse Handtuch in meine Richtung. »Iiii«, schreie ich und werfe es zurück. Seine Hose sitzt tief auf seiner Hüfte, während er sich durchs nasse Haar fährt und ich dabei einen kurzen Blick auf seinen Bauch erhasche.

Er geht zum Nachttisch und legt sich seine Uhr ums Handgelenk. Ich kichere ausgelassen. Als er tief ausatmet, drehe ich mich zu ihm und sehe, wie er auf sein Telefon starrt.
»Was ist los?«, verfinstert sich schlagartig meine Miene.
»Marlene hat angerufen.« Augenblicklich distanziert er sich.
»Oh«, ist das Einzige, was ich in diesem Moment hervorbringen kann. Er nickt.
»Leni, wo soll das mit uns hinführen? Ich kann sie nicht länger belügen. Das hat sie einfach nicht verdient. Ich werde es beenden«, er sucht meinen Augenkontakt, doch ich wage es nicht, vom Fußboden aufzuschauen.
»Ich weiß, wir können so nicht weiter machen«, stimme ich ihm traurig zu.
Das Bett gibt nach, als er sich zu mir an den Rand setzt.
»Paul, ich will, dass du glücklich bist.« Ich nehme seine Hände. »Du weißt, wie ich dazu stehe. Ich will nicht, dass du Marlene verlässt und dann vielleicht in ein paar Monaten draufkommst, dass das, was du an mir mochtest, einfach nicht mehr da ist.«
»Das wird nicht so sein, Leni.«
»Woher weißt du das? Wie kannst du dir da nur so sicher sein, wenn ich es selbst nicht einmal sein kann?« Ich springe auf und stampfe wütend auf. »Wir hatten seit zehn Jahren keinen Kontakt mehr. Du versuchst an einer Fantasie festzuhalten, die es einfach nicht mehr gibt, und versuchst mich wieder so zu machen, wie ich einmal war.«
»Das stimmt ni…«
»Doch Paul, das stimmt.« Bevor er zu Ende reden kann, unterbreche ich ihn. »Du glaubst, dass wir dort anschließen können, wo wir aufgehört haben. Doch das geht einfach nicht.«
»Leni!«, er steht auf und schaut mich zornig an. »Jetzt hör mir doch mal zu!«
Ich schüttle den Kopf und wende mich ab.
»Ich will dich nicht verändern. So wie ich dich beim Klassentreffen angetroffen habe, war mir schnell klar, dass du allen nur etwas vorspielst, um dich selbst zu schützen. Du lässt niemanden an dich heran und hast Angst, zu vertrauen.« Ich nicke schweigend.

Er reißt die Augen auf und starrt mich schockiert an. »Du vertraust mir nicht mehr, oder?«
Ich antworte ihm nicht und lasse mich auf das Bett fallen. »Das ist es doch, oder? Du glaubst an keine gemeinsame Zukunft mit mir, weil du mir nicht mehr vertraust!«
»Gut, dann vertraue ich dir eben nicht.« Ich zucke mit der Schulter. »Was ändert das jetzt?«
»Was es ändert? Was erwartest du von mir? *Du* bist damals gegangen, nicht ich. Erinnerst du dich? Woher weiß ich, dass du es nicht noch mal tust?«
»Ist das dein Ernst?«, kneife ich die Augen verständnislos zusammen und ziehe dabei die Mundwinkel missbilligend hinunter.
»Ja!« Mich funkeln seine verdunkelten Augen mit einem Zorn an, den ich nicht von ihm kenne. Er schüttelt verständnislos den Kopf.
»Wenn das deine Meinung ist, dann hat das hier alles sowieso keinen Sinn.« Er packt seine restlichen Sachen und geht zur Tür.
»Geh doch, hau ab!« Wütend schmeiße ich ihm den nächsten greifbaren Gegenstand nach – eine Fernbedienung, die, als sie an die Tür knallt, zerbricht und zu Boden fällt.
»Das werde ich tun«, schimpft er in sich hinein.
»Und lass mich endlich in Ruhe!« Meine Stimme überschlägt sich dabei und löst einen sinnesbetäubenden Schmerz in meiner Brust aus.
»Keine Sorge. Ich werde dich nicht mehr belästigen.« Mit einem lauten Knall fliegt die Tür hinter ihm zu.
»Scheiße!« *Scheiße,Scheiße, SCHEISSE!!!!*

Einundzwanzig

Ich hasse die Blicke von meinen Arbeitskollegen. Doch keiner wagt es, mich auf die sichtbaren Blessuren in meinem Gesicht anzusprechen. Ich wollte eigentlich nicht herkommen, doch nun sitze ich hier. Einen Tag länger im Hotel und ich wäre durchgedreht. Emma hat mir frische Kleidung aus meiner Wohnung vorbeigebracht, wobei ich mich vorher bei unserem Portier vergewissert habe, dass Christian sich dort nicht aufhält.

Mia hat alle meine Termine für heute abgesagt. Ich widme mich der Arbeit in meinem Büro, die wie immer das Einzige ist, was mich ablenkt. Paul hat sich verständlicherweise nicht mehr gemeldet. Christian auch nicht.

Mia klopft an die Tür und vergewissert sich, dass ich heute sicher nichts essen will. Ich blicke nicht einmal auf, sondern winke sie wortlos aus meinem Zimmer. Das Hungern hat mal wieder begonnen, denn es ist die einzige Möglichkeit, mich von meinem schmerzenden Herzen abzulenken.

Als sie nach einer Stunde ein weiteres Mal klopft, schreie ich, sie solle verschwinden. Doch die Türe öffnet sich trotzdem.

»Mia, verschwinde, ich möchte niemanden sehen.« Sie kommt gar nicht dazu, mir zu antworten, denn eine Männerstimme beginnt sich zu rechtfertigen.

»Da ist aber jemand schlecht gelaunt«, stellt er fest, während er Mia zu verstehen gibt, zu verschwinden. *Christian!*

Ich lehne mich in meinen Sessel zurück, verschränke abwehrend die Arme vor meiner Brust und warte darauf, dass sich Mia aus der Schussbahn begibt und aus meinem Büro verschwindet. Außerdem will ich ihr nicht noch mehr Klatschthemen bieten. Wenn ich eines überhaupt nicht leiden kann, sind es die Gerüchte über mich. Ich habe ohnehin schon genug Stoff geliefert. »Und dir ist nicht klar, warum das so ist?«, meine ich süffisant.
Er lässt sich ohne Aufforderung auf den Sessel mir gegenüber nieder. Den Strauß roter Rosen legt er auf meinen Schreibtisch. »Willst du dir dein Werk anschauen?«, zische ich ihn an und kneife dabei die Augen wütend zusammen.
Er seufzt hörbar theatralisch aus.
»Schatz, es tut mir so leid.«
Ich ignoriere ihn. »Bitte, Lena, sprich mit mir. Ich ertrage dein Schweigen keine Sekunde länger.«
Abrupt hebe ich den Kopf.
»Es ist dir nicht einmal peinlich, hier aufzukreuzen! Was, glaubst du, denken meine Kollegen? Dass ich die Treppen hinuntergefallen bin?«
»Mach jetzt nicht so eine große Sache daraus. Für deine Wunden an den Händen kann ich nichts«, verteidigt er sich.
»Wie bitte?«, runzle ich entrüstet die Stirn.
»Wir haben uns gestritten, und du weißt, dass ich es nicht leiden kann, mit dir endlos zu diskutieren. Du hast mich herausgefordert. Aber ich habe mich doch entschuldigt. Sei nicht so stur.«
»Ich bin stur?« *Es wird immer besser.*
»Ich habe es nicht so gemeint … können wir jetzt damit aufhören?«
»Wie hast du es denn gemeint?« Verstimmt presse ich die Lippen aufeinander und schmecke etwas Blut von der heilenden Stelle.
»Du hast mich provoziert«, meint er schulterzuckend. Er versucht die Sache komplett unter den Tisch zu kehren.
»Christian, du bist echt das Letzte, hier aufzutauchen und mir die Schuld zu geben, dass ich ein blaues Auge und eine aufgesprungene Lippe habe.«

Für einen kurzen Moment mustert er mich, und ich merke, wie er sich erst jetzt Gedanken über mein Aussehen macht.
»Wie geht es dir?« Er geht überhaupt nicht auf meine Vorwürfe ein, was mich vor Wut kochen lässt.
Ich kann nur fassungslos den Kopf schütteln. Bevor ich zum verbalen Schlag aushole, atme ich tief durch und beginne mit vibrierender Stimme ihm alles an den Kopf zu werfen, was ich mir denke.
»Christian, was ich dir jetzt sage, sage ich dir nur noch ein einziges Mal. Ich bin eine Frau – deine Frau, falls du das vergessen hast – und ich habe so etwas nicht verdient. Ich habe es dir einmal durchgehen lassen und nun ist es wieder passiert. Du hast mir damals geschworen, dass du das nie wieder machen wirst, und du hast dein Versprechen gebrochen. Ich packe heute meine Sachen und ziehe aus.«
»Du willst mich verlassen?« Er starrt mich fassungslos mit offenem Mund an.
»Du bist wirklich schlau, diese Konsequenz daraus zu ziehen. Ich komme nicht wieder zurück, damit du mich weiter schlagen kannst.«
»Ich werde es nicht mehr machen. Ich war nur so aufgebracht. Du kannst mich nicht verlassen.«
»Ich brauche Zeit, um diesen ganzen Mist zu verarbeiten.«
»Bitte, Lena, verlass mich nicht.« Verwirrt springt er vom Sessel auf und kippt dabei die Rosen vom Tisch. Ich weiß nicht, ob ich ihn davor oder in diesem Moment mehr hasse.
»Wie kann ich dir beweisen, dass ich mich ändern werde? Ich mache alles, was du willst, nur, bitte, verlass mich nicht«, fleht er mich an, während er vor mir auf die Knie geht und meine Hände ergreift. Ich habe die Verbände entfernt und mir stattdessen Pflaster darübergeklebt. Christian dreht meine Handflächen nach oben und beäugt die überklebten Stellen. »Es tut mir so leid, mein Schatz!«
»Das ist zu spät, Christian. Ich kann nicht mit einem Mann zusammenbleiben, der mich jedes Mal schlägt, wenn ich ihm Kontra gebe.
Das wirst du doch verstehen, oder?« Er hebt seinen Blick und schaut mich entsetzt an. Es hat ihm anscheinend die Sprache verschlagen.

»Du kannst mir nicht einmal sagen, warum ich bleiben soll. Ich bekomme keine Antwort, nur eine Ohrfeige. Warum sollte ich bei dir bleiben?«
»Weil du meine Frau bist!« reißt er die Augen beschwörend auf.
»Das ist nicht genug«, spreche ich hart und deutlich.
Angewidert stehe ich auf und will das Büro verlassen, um diesem Trauerspiel ein Ende zu setzen. Blitzschnell ist er hinter mir und reißt mich an meiner Hand zurück. Energisch zieht er meinen Körper an seinen und hält meine Handgelenke fest.
Die Kraft, die er dabei aufwendet, bereitet mir Schmerzen. Ich versuche mich zu befreien. Mein Herz beginnt zu rasen und seine Nähe ist angsteinflößend.
»Greif mich nicht an.« Meine Stimme überschlägt sich, während sie mit jedem Wort leiser wird.
»Warum willst du nicht mehr meine Frau sein? Nur wegen dieser Sache?« Ich antworte ihm nicht, blicke ihn nicht einmal an und spüre nur, wie die Tränen aus meinen Augen schießen. »Seitdem wir auf dem Klassentreffen waren, hast du dich verändert. Hat es damit etwas zu tun?«
»Es hat mich nur an mein altes Ich erinnert«, versuche ich ihm stammelnd zu erklären. »Du kennst mich als toughe Geschäftsfrau, mit der du bei deinen Kollegen angeben kannst. Als Frau, die gut bei Verhandlungen ist und sich von niemandem auch nur irgendetwas vormachen lässt. Doch willst du wissen, wie ich wirklich bin?« Ich schaue ihn mit tränenerfüllten Augen an. Während er mich finster taxiert, nehme ich nur noch seine Konturen wahr und wünschte, dass dieses dämliche Wegblinzeln einmal funktionieren würde.
»Ich bin oft wie ein kleines Kind und lache gerne und viel. Ich liebe es, im Sommer voll bekleidet in den See zu hüpfen, mich zu verkriechen, damit mich keiner findet, wenn ich die ganze Nacht ein Buch lese und bis in die Früh wach bleibe, damit ich den Sonnenaufgang sehe. Ich liebe es, auf meinem Bett zu hüpfen, verrückt durch das Haus zu tanzen und laut meine Lieblingslieder zu singen.
Ich kann nicht genug von Schokoladeeis und Zuckerschlangen bekommen.

Ich liebe es, mir romantische Filme anzuschauen und wie ein Schlosshund dabei zu heulen. Ich bin nicht diese toughe Karrierefrau. Ich habe dir etwas vorgespielt und kann das jetzt einfach nicht mehr sein.« Haltlos beginne ich zu weinen. Jeder normale Mensch würde in diesem Moment seinen festen Griff lösen, doch nicht Christian, der mich weiterhin mit finsterem Blick durchbohrt und sogar noch härter zudrückt. Die Schmerzen an meinen Handgelenken spüre ich kaum noch, da ihnen anscheinend jegliches Blut entwichen ist.
»Ich weiß von euch«, knurrt er mich an.
»Was weißt du?« Mein Puls beschleunigt sich nochmals erheblich.
»Ich weiß, dass meine Frau eine Schlampe ist«, zischt er mit triefender Verachtung.
»Wie bitte?« Ich merke, wie mir die Farbe aus dem Gesicht weicht.
»Du hast mich schon richtig verstanden. Du vergnügst dich in deiner Freizeit mit einem anderen.« Plötzlich lässt er mich los, fährt sich wütend durchs Haar und wendet sich ab. Schützend mache ich einen Schritt nach hinten, um ihm nicht länger nahe sein zu müssen.
»Eines Tages wollte ich dich überraschen und bin zu dir ins Büro gekommen. Mia meinte, du hast Besuch und ich konnte eure Unterhaltung mitanhören.«
»Christian, ich ...«
Er dreht sich hastig um, deutet mir, still zu sein, und kneift die Augen zornig zusammen. Sein Blick lässt mir Schauer über den Rücken laufen. *Was, wenn er wieder gewalttätig wird?*
»Als du in Paris warst, konnte ich dich nicht erreichen und habe im Hotel angerufen. Man wollte mich nicht zu dir verbinden. Sie glaubten mir nicht, dass ich dein Mann bin, da dein Mann schon bei dir im Zimmer sei.« *Oh mein Gott, er weiß alles.*
»Christian ...«
»Ich verzeihe dir. Ich war gestern so unglaublich wütend auf dich und dann ist es mit mir durchgegangen. Ich will nur, dass du mich nicht verlässt.«

»Christian, ich …« *Was soll ich darauf sagen? Ich will nicht mehr die Frau an seiner Seite sein.*
»Ich weiß, es war ein einmaliger Ausrutscher. Wir haben in letzter Zeit so viel durchgemacht und so wenig Zeit füreinander gehabt. Ich werde das ändern. Wir arbeiten an unserer Ehe und wir bekommen irgendwann einmal ein Kind. Wir lieben uns. Solche Dinge passieren in den besten Ehen.«
»Christian …« Paul als einen Ausrutscher zu bezeichnen ist nicht korrekt. *Er weiß alles und verzeiht mir? Nein! Ich will keine Vergebung. Ich will frei sein.*
»Shhh …« Er kommt zu mir und nimmt mich in den Arm. Die erste liebevolle Geste seit Langem. Ich fühle mich miserabel. Schuldig im Sinne der Anklage!
»Beende die Sache mit diesem Kerl und wir haben eine Zukunft«, flüstert er mir ins Ohr. Mir ist so übel, ich könnte mich übergeben. Um mein Herz legt sich dieser enge, wohlbekannte Ring, der mich fast jedes Mal in Ohnmacht fallen lässt. Christians Berührungen ekeln mich an. Ich möchte nur weg. Doch er lässt mich nicht los. Er umklammert mich, raubt mir die Luft zum Atmen, engt mich ein. Ich will mich losreißen, fliehen, weglaufen, frei sein. Stattdessen verstumme ich endgültig, füge mich, stehe völlig apathisch da und stimme ihm schweigend zu. Ich fühle mich unfähig, ein Wort zu sagen.
Ich kann mich auch nicht von ihm lösen und so lasse ich mir die Fesseln meiner Ehe widerstandslos umlegen.

Ich funktioniere. Ich stehe in der Früh auf, ich wasche mich, ich frisiere mein Haar, ich lege mir das Make-up auf, ich komme pünktlich zur Arbeit, ich mache meinen Job, ich gehe anschließend nach Hause, ich koche etwas, ich gehe schlafen. Seit einer Woche funktioniere ich. Ferngesteuert. Emotionslos. Kalt. Alles für Christan, der seine Freude gar nicht genug zum Ausdruck bringen kann, »seine« Lena wieder bei sich zu haben. Er beteuert mir seine Liebe, indem er mich jeden Tag mit teuren Geschenken überhäuft.

Ich nehme weder Anrufe von Emma noch von anderen Freunden, die nicht geschäftlich mit mir in Kontakt treten wollen, an.
Das ist kein Leben, ich weiß, doch eine wohlbekannte Schutzhülle, die sich als einzige Flucht aus der Hölle ohne Paul anbietet.
Christian und ich besuchen weiterhin Dr. Richards. Sie bemüht sich, doch ich habe mich erneut in mein Schneckenhaus zurückgezogen.
Meine Fassade ist aufrecht, die Mauer neu erbaut und die Maske sitzt perfekt – als hätte ich sie niemals abgelegt. Christian genießt meine distanzierte Art, geht in meinem Untergang auf, freut sich tagtäglich immer mehr über die herzlose Frau an seiner Seite. Emotionsloser denn je. Er will nicht, dass ich den Job in Paris annehme, mit der Begründung, dass wir so nicht an unserer Ehe arbeiten können. Ich lasse ihn in dem Glauben, abgesagt zu haben, wenngleich ich meinem Chef noch immer eine Antwort schuldig bin.

Spät am Abend klopft jemand wütend an die Wohnungstür. Christian ist bis morgen auf einer Geschäftsreise, also kann er es nicht sein. Manchmal vergisst er den Schlüssel, doch so fordernd hat er sich noch nie bemerkbar gemacht. Ich schnüre den Bademantel um meine Taille und gehe schlaftrunken zur Tür.
»Ich komme ja schon!«, schreie ich dem Ruhestörer entnervt zu. Das Klopfen verstummt.
Vorsichtshalber spähe ich durch den Spion.
Ein paar Sekunden benötige ich, um verdutzt und versteinert meine Gedanken zu ordnen. Ich habe keine andere Wahl. Ich muss aufmachen.
Zögernd öffne ich die Tür und schaue in ein tränenüberströmtes Gesicht.
»Marlene?«, konsterniert blicke ich ihr entgegen. *Was will sie hier? Woher weiß sie, wo ich wohne? Ist Paul etwas passiert?*
»Darf ich reinkommen?« Ihre blauen Kulleraugen, die geschürzten Lippen und ihr Auftreten wirken wie das eines Kindes.

Ich nicke, ziehe die Tür auf und deute einladend herein. Schniefend wischt sie sich über die Nase. Ich bitte sie, ins Wohnzimmer weiterzugehen.
»Möchtest du etwas trinken?«, frage ich höflichkeitshalber.
»Nein. Ich will mit dir reden«, entgegnet sie schnell.
Ich fordere sie auf, sich zu setzen, und tue es ihr gleich, indem ich sicherheitshalber ihr gegenüber Platz nehme.
»Was ist passiert?«, versuche ich den Grund ihres Besuchs ausfindig zu machen.
»*Du* bist passiert«, zischt sie mich wütend an und schnieft geräuschvoll. *Ich befürchte Schlimmes. Paul hat ihr von uns erzählt.* »Paul hat mit mir Schluss gemacht«, kreischt sie hysterisch und wird tiefrot.
»Marlene ...«
»Sei still«, fällt sie mir ins Wort, »ich will die Wahrheit wissen.«
Ich senke den Kopf und blicke auf meinen Ehering, den ich gedankenverloren zum Drehen beginne.
»Was willst du wissen?«, frage ich kühl.
»Wie hast du ihn rumgekriegt? Paul ist der treueste Mensch, den ich kenne. Was hast du ihm versprochen. Was hast du zu ihm gesagt?«
»Marlene, was hat dir Paul erzählt?«, spreche ich so ruhig wie möglich.
»Was geht dich das an? Ich will der Schlampe ins Gesicht schauen, die versucht mir meinen Verlobten abspenstig zu machen!«, brüllt sie mich an.
»Ich habe niemals versucht dir Paul abspenstig zu machen«, versuche ich mich mit klarer Stimme zu verteidigen.
»Was für eine Scheiße geht hier eigentlich ab? Paul verlässt mich von heute auf morgen – wegen dir? Schau dich doch an! Du bist hässlich, alt und ein Klappergerüst. Das kann er doch nicht ernst meinen!« Mechanisch neige ich den Kopf zur Seite und starre sie an.
»Es ist kompliziert«, fällt mir als einzige Antwort ein.
»Was ist kompliziert?«, faucht sie mich erneut herablassend an. »Weil du nicht mehr glücklich in deiner Ehe bist, schmeißt du dich an den nächsten, vergebenen Mann?« Ich schüttle ratlos den Kopf.

Wie soll ich Marlene begreifbar machen, was mich mit Paul verbindet, ohne sie dabei zu verletzen?
»Es ist nicht so, wie du denkst«, versuche ich sie zu beruhigen.
»Dann erklär es mir!«, herrscht sie mich an.
»Paul und ich kennen uns schon sehr lange.«
Sie wirft ihre Hände in die Höhe und stöhnt entnervt. »Bitte verschone mich mit diesem Erste-Liebe-Gequatsche. Das musste ich mir schon von Paul anhören. Fakt ist, dass *wir* nun zusammen sind. Er hat sich für *mich* entschieden.« Echauffiert deutet sie mit den Fingern auf sich. »Verstehst du? Für *mich!* Du warst schon längst abgeschrieben. Er wollte *dich* nicht, also warum lässt du ihm nicht endlich seinen Seelenfrieden?«
»Marlene!«
»Du hast einem Kind schon einmal den Vater entzogen, also wage es diesmal nicht schon wieder«, spuckt sie mir hasserfüllt vor die Füße. *Verdammt! Der Stich ging direkt ins Herz. Wie konnte Paul ihr nur davon erzählen?*

Wie versteinert sitze ich vor ihr, spüre nur diesen stechenden Schmerz in meiner Brust, schaue hinab auf einen Scherbenhaufen an Hoffnungen und Sehnsüchten, die mit voller Wucht zerrissen wurden und nun in tausend kleinen Stücken zerfetzt vor mir liegen. Ich kann nur tatenlos danebensitzen und es über mich ergehen lassen.
»Du bist schwanger?«, flüstere ich kaum hörbar mit einem weinenden Herzen und einem kalten Ausdruck in meinen Augen.
»Ja«, beantwortet sie schnell meine Frage.
Für einen Moment überlege ich mir eine richtige Antwort. Ich möchte schreien, fluchen, alles zu Boden schmeißen, toben und weinen, doch stattdessen sitze ich unverändert ohne jegliche Reaktion ihr gegenüber und stimme ihr emotionslos zu.
»Ich glaube, damit ist alles gesagt.«
»Das denke ich auch.« Sie erhebt sich und rennt fluchtartig zur Eingangstür. »Verschwinde aus unserem Leben!« Das Knallen der Tür reißt mich aus dem tranceartigen Zustand.

Krampfhaft halte ich mich an der Lehne meines Sessels fest, sehe, wie die Knochen an meiner Hand weiß hervortreten, und versuche durch gleichmäßiges Atmen meine abgehackten Luftzüge unter Kontrolle zu bringen. Meine Augen sind von Tränen überflutet und mein Herz schlägt fest und verletzt gegen mein Inneres. *Was passiert hier? Ich kann nur träumen. Paul würde mich nicht so hintergehen!*

Der Klingelton meines Handys reißt mich aus meinen Gedanken.
Wie können ein paar Buchstaben so schmerzen? Ich lasse Barbra Streisand in einem Endloston singen, bevor mich die Wut überkommt und ich den Anrufer einfach wegdrücke.
Er gibt nicht so schnell auf und ruft mehrfach hintereinander an. Beim fünften Mal hat er es anscheinend noch immer nicht kapiert, doch dann klopft wieder jemand an die Tür.
Langsam mache ich mich auf den Weg, sie aufzusperren, doch halte inne, als ich Pauls Stimme höre.
»Leni, bist du da? Mach mir auf!« Ich rutsche an der Wand hinab und kauere am Boden. Heulend lege ich meinen Kopf in den Schoß.
Unentwegt klopft er an der Tür, während ich vor mich her wimmere. »Ich weiß, dass du das bist. Mach mir auf. Ich muss mit dir reden.«
Ich antworte ihm nicht, halte die Hände schützend vors Gesicht und versuche die nassen Wangen immer und immer wieder trocken zu wischen. Was sich schnell als hoffnungslos entpuppt. Seine markdurchdringenden Schläge an die Tür werden leiser, bis sie ganz verstummen.
»Leni, ich kann dich hören, bitte mach mir auf!« Seine Stimme klingt durch die verschlossene Tür leise und dumpf.
Wie konnte er Marlene schwängern und zugleich mit mir schlafen? Ich hasse ihn.
»Hau ab, Paul und ... lass – mich – in – Ruhe«, schluchze ich.
»Bitte, lass mich zu dir.«
»Wa-warum?«, schreie ich schluchzend in seine Richtung.
»Ich muss mit dir reden!« Ich erhebe mich und öffne die Tür einen Spalt. Ungestüm reißt er sie auf, drückt mich fest an sich und seufzt verzweifelt ganz nah an meinem Ohr.

»Leni ...« Einen kurzen Moment schließe ich die Augen, atme seinen Duft tief ein und wünsche mir, endlich aus diesem Albtraum aufzuwachen. *Ich träume nicht. Paul hat Marlene geschwängert. Ich will seine Nähe nicht. Ich hasse ihn dafür.*
»Fass mich nicht an«, versuche ich mich aus seinen Händen zu befreien. Ich schlage wütend auf ihn ein, damit er Abstand nimmt. Er lässt mich los, doch er sucht immer wieder meine Nähe, indem er die Hand nach mir ausstreckt. Widerspenstig stoße ich ihn von mir.
»Fass mich nie wieder an!«, schreie ich voller Verachtung. »Du wirst mich nie wieder berühren, verstehst du. Du wirst mich nie wieder anfassen. Nicht meinen Körper und nicht mein Herz.« Ich sinke kraftlos zu Boden. Wie ein Häufchen Elend sitze ich vor ihm.
»Was ist los mit dir? Warum bist du so wütend?« Seine Worte klingen verständnislos. *Will er mich verarschen?*
»Weil ich dich hasse!«, schreie ich ihn tränenüberströmt an.
»Okay, das ist nichts Neues.« Er setzt sich vor mich hin und berührt dabei sanft meinen Oberarm. »Was ist passiert?« Er runzelt die Stirn und die kleine Falte zwischen seinen Augenbrauen kommt zum Vorschein.
»Du bist ein verdammter Idiot, weißt du das?«, lache ich hysterisch auf.
»Was ist mit dir los?«
»Marlene war gerade bei mir. Du hast sie nur um ein paar Minuten verpasst und wir hätten ein Come-together veranstalten können«, versuche ich lustig zu sein.
»Sie war hier?« Ich zittere am ganzen Körper bei dem Gedanken, dass sie ein Kind von ihm bekommt. *Nein, das darf nicht sein!*
»Ja, war sie«, fauche ich hasserfüllt.
»Was ... was wollte sie?«, stammelt er.
»Sich bei mir auskotzen«, blaffe ich ihn an.
»Was hat sie gesagt?« In seinen Augen liegt ein gequälter Ausdruck.
»Wie konnte ich nur wieder auf deinen Charme hereinfallen? Es war schon immer klar, dass du mit einer Frau nicht genug haben kannst.«
»Was redest du da?«

»Wie kannst du mir das nur antun? Du erzählst Marlene von uns. Erzählst ihr von dem, was ich getan habe, als wäre es eine nette Anekdote, die sie gegen mich verwenden kann.«
»Leni ...«
»Fass mich nicht an. Nie mehr! Du vögelst mich und gibst mir das Gefühl, nur mich zu lieben, doch im gleichen Atemzug schwängerst du eine andere. Du bist ein verdammtes Arschloch!« Ich schlage auf seine Brust ein, während mir die Tränen hinunterlaufen. »Warum tust du mir das an? Warum, Paul?«
»Scheiße, Leni, hör auf mich zu schlagen. Was redest du da?« Er packt mich an meinen Oberarmen und hält mich fest, damit ich nicht mehr weiter auf ihn einschlagen kann.
Deprimiert lasse ich mich fallen, bis die brodelnde Wut mich wieder packt und mir Kraft einflößt, um mich zu wehren.
»Lass es einfach gut sein.« Ich löse angewidert seinen Griff.
»Nichts ist gut. Ich komme hierher, um dir zu erzählen, dass ich mich von Marlene getrennt habe. Du kannst nicht solche Behauptungen aufstellen und dann ...«
»Rede mit deiner Zukünftigen«, unterbreche ich ihn, »sie hat mir die Augen geöffnet.« Ich erhebe mich und verlasse das Vorzimmer.
»Leni, bleib verdammt noch einmal stehen, wenn ich mit dir rede.«
»Als würde reden irgendetwas ändern. Du ekelst mich an. Wie kannst du es nur wagen, mit mir zu schlafen und gleichzeitig mit einer anderen Frau?« Jeder Schritt tut weh, doch ich gehe unbeirrt weiter.
»Wie bitte?«, schreit er mir nach.
»Du hast schon richtig verstanden«, werfe ich ihm zurück.
»Leni, bleib jetzt verflucht noch einmal hier!«
Wütend bleibe ich stehen und stoße einen zornigen Laut aus. »Was willst du noch hier?«
»Du willst, dass ich mich dafür entschuldige, mein Leben so weiterzuleben, wie du es mir angeordnet hast? Ich habe mich an *deine* Wünsche gehalten – und jetzt wirfst du mir das vor?«, versucht er sich zu verteidigen.
Ich schüttle verbittert den Kopf. »Allein der Gedanke daran ... du widerst mich nur noch an!«
»Wie, glaubst du, fühle ich *mich*?«, brüllt er mir ins Gesicht.

Unsere Blicke treffen sich und steigern die enorme Energie in diesem Raum auf ein unerträgliches Maß.
»Im Gegensatz zu *dir* teile ich mein Bett nur mit mir selbst.« Ich habe meine Augen zu schmalen Linien zusammengezogen und funkle ihn wütend an. Schnell und unregelmäßig hebt sich meine Brust auf und ab.
»Was willst du von mir hören? Du stößt mich von dir weg und sagst mir, dass ich bei ihr bleiben soll, und im gleichen Atemzug machst du mir dafür einen Vorwurf? Dein verfluchter Wunsch zwingt mich dazu, mich selbst zu hassen. Du bist die egoistischste Person, die ich kenne.«
»Paul, lass mich endlich in Ruhe.« Ich will mich losreißen, doch er zwingt mich, ihn anzuschauen, indem er mich wütend zurückhält.
»Glaubst du, es gefällt mir, sie zu berühren und dabei an dich zu denken?« Ich schüttle hoffnungslos den Kopf. »Glaubst du, es gefällt mir, meine Augen zu schließen und mir dabei dich vorzustellen? Deine Stimme, deine Haut und deine Haare zu spüren. Es macht mich krank und ist Marlene gegenüber einfach nicht fair.
Ich habe es nicht mehr ausgehalten. Es hat mich verrückt gemacht. Ich sah keinen anderen Weg. Ich musste mich von ihr trennen.«
»Erzähl mir nichts von Fairness.«
»Du musst endlich aufhören, vor allem wegzulaufen. Du bist die sturste und komplizierteste Person auf Gottes Erden. Was hat dir Marlene zum Teufel noch mal gesagt?«
»Sie hat mir genug erzählt, um zu realisieren, dass alles gespielt war. Deine anscheinend so große Liebe zu mir war unecht.«
»Unecht? Was hat sie gesagt?«
»Dass ich mich fernhalten soll – was ich die ganze Zeit versuche, wenn du mich einmal in Ruhe lassen würdest.« Wütend und verzweifelt stampfe ich auf.
Er packt mich am Ellbogen.
»Leni, bitte hör auf, immer wegzulaufen.« Seine Stimme klingt sanft, sodass mein Körper erschaudert.
»Paul, bitte lass es gut sein. Es ist zu Ende. Es war schon vor zehn Jahren zu Ende und ich habe es erst jetzt kapiert. Bitte verzeih mir meine Dummheit.«

»Du redest so viel Müll. Ich weiß nicht, was dir Marlene alles erzählt hat. Ich habe ihr von uns erzählt, weil ich ihr nicht mehr in die Augen schauen konnte. Sie hat mich dennoch gebeten, bei ihr zu bleiben, obwohl ich ihr gesagt habe, was du für eine Rolle in meinem Leben spielst. Du hast mir mehrmals klargemacht, dass du dir keine Zukunft mit mir vorstellen kannst.
Ich habe mich trotzdem von ihr getrennt. Ich habe es einfach nicht mehr ertragen, ihr etwas vorzuspielen.«
Ich wische mir die Tränen von den Wangen. »Christian weiß es auch.« Der Kloß in meinem Hals ermöglicht nur ein abgehacktes Flüstern.
»Hast du es ihm gesagt?«
»Nein, er ist selbst daraufgekommen.«
Er greift nach meiner Hand, streicht darüber, doch ich ertrage seine Nähe nicht und entziehe sie ihm wieder.
»Warum bist du zu ihm zurückgegangen?«
»Weil er mir Sicherheit und Ordnung in meinem chaotischen Leben gibt!«
»Sicherheit in seinem Zusammenhang ist das falsche Wort, meinst du nicht?«, verhöhnt er meine Aussage.
»Ach, halt doch den Mund ...«, zische ich beleidigt zurück.
Erst jetzt komme ich dazu, ihn zu betrachten. Seine Haare stehen ihm zu Berge, als hätte er ein paar Mal darin gewühlt. Das Hemd hängt ihm unordentlich aus der Hose, die wie immer mit einem dunklen Gürtel tief auf seiner Hüfte sitzt.
Sein Dreitagebart lässt ihn verrucht und mysteriös wirken und hat wie üblich eine anziehende Wirkung auf mich. Sein sonst so bezauberndes Lächeln fällt diesmal kläglich aus, obgleich er mich wahrscheinlich damit aufmuntern will.
»... und lass mich in Ruhe! Geh zu deiner zukünftigen Frau!«
»Leni, wir sind getrennt. Ich weiß nicht, wovon du die ganze Zeit redest!«
»Paul, sie ist von *dir* schwanger! Du kannst nicht nochmal eine Frau im Stich lassen. Wir haben uns alles gesagt. Bitte, mach es nicht noch schwerer, als es sowieso schon ist.«
»Das kann nicht sein ...« Die Sorgenfalte zwischen seinen Augen erscheint wieder, sein Blick hält mich fest im Griff, doch er verrät in keinem Moment, was er gerade denkt.

»Es ist zu spät. Es ist zu Ende.« Gleichgültig und abgestumpft vernichte ich mit diesen paar Worten alles, was wir hatten.
Sein Blick verändert sich schlagartig und er lacht zynisch auf. »Willkommen zurück, Frau Ames. Ich dachte mir schon, Sie wären ganz verschwunden«, spielt er auf mein passives, desinteressiertes Verhalten an.
»Fick dich«, fauch ich ihn an.
»So vulgär? Ich habe ein Déjà-vu. Diese Worte kommen mir bekannt vor.«
»Ha!«, lache ich höhnisch auf. »Wie fühlt es sich an, sich in einem Menschen so getäuscht zu haben? Es ist ernüchternd festzustellen, einen komplett anderen Menschen vor sich zu haben, oder? Nichts ist mehr von Leni übrig. Ich habe es dir von Anfang an gesagt, aber du konntest mich einfach nicht in Ruhe lassen.« Seine Mimik verändert sich nicht, als hätte ich etwas völlig Belangloses von mir gegeben.
»Du bist noch immer dieselbe. Du versuchst dich nur hinter einem Berg von Härte, Wut und Angst zu verstecken.«
»Das bin ich nicht mehr!«, schreie ich voller Zorn.
»Ich habe dich in Paris erlebt. Dein Leben, dein Beruf und dein Mann haben dich vielleicht zu dem gemacht, was du jetzt vorgibst zu sein.«
»Ha! Nein, Paul«, ich schüttle den Kopf und lache höhnisch auf, »du hast einen ganz wichtigen Punkt vergessen. *Du* warst es, der begonnen hat mich zu verändern.«
»Leni, ich kann nicht rückgängig machen, was passiert ist. Du weißt, wie leid es mir tut.«
»Ich will das nicht mehr hören. Hör endlich auf, mir weiszumachen, es täte dir leid«, fauche ich wütend.
»Ich dachte, wir hätten das hinter uns gelassen.«
»Das ist der große Unterschied zwischen uns. *Du* hast es schon hinter dir gelassen, als ich in dieser Klinik war, und dachtest, es würde alles so weitergehen wie zuvor. Als ich dann abgehauen bin, hast du gelitten, weil du *MICH* verloren hast.« Ich klopfe mir inbrünstig auf die Brust. »Du wolltest *MICH* zurückhaben.
Das war das Einzige, was dich interessiert hat. Du wolltest die alte, unbeschwerte Leni zurück.

Die mit dir jeden Blödsinn gemacht hat und sich dabei in dumme Situationen gebracht hat. Naiv und so leichtgläubig. Jetzt, wo ich stark bin, wünschst du dir wieder dieses zerbrechliche Mädchen zurück. Du kannst mit meinem jetzigen Ich nicht umgehen. Was uns beide unterscheidet, ist, dass ich mir jeden Tag in den letzten zehn Jahren mein Kind zurückgewünscht habe – unser Kind – und ich mich für mein Handeln, zu dem ich mich überreden habe lassen, hasse. Ich war schwach und zerbrechlich. Ihr alle habt meinen Zustand schamlos ausgenützt. Ich habe mir geschworen, nie wieder dieses Mädchen zu sein, also wage es ja nicht, mich wieder zu dem zu machen. Es war viel Arbeit, Leni-i-i aus meinem Leben zu verbannen, und das lasse ich mir nicht kaputt machen, denn das ist der einzige Weg, wie ich mein verkorkstes Leben meistern kann.« Er spricht kein Wort, sondern schaut mich mit seinem durchdringenden Blick an.
»Indem du dich und deinen Körper zerstörst? Indem du dir vormachst, stark zu sein? Das ist dein Weg?«, provoziert er mich zynisch.
»Ich bin stark«, meine Stimme überschlägt sich, »und wenn ich mich zu Tode hungere, ist es auch meine Entscheidung.
Ich kann mit meinem Körper machen, was ich will, und du wirst mich nicht daran hindern.« Wutschnaubend stampfe ich erneut auf, bevor ich weiterrede. »Ich habe es mir auch anders vorgestellt.
Ich hatte andere Pläne für uns. Doch nicht nur für uns beide, sondern für uns drei. Du hast immer nur an *UNS* – Leni und Paul – gedacht. Da war kein Platz für jemand anderen.
Und das ist auch der Grund, warum ich mich niemals wieder auf dich einlassen werde. Du hast mich vielleicht in einem sehr schwachen Moment um den Finger wickeln können und ich habe diese Nähe zwischen uns zugelassen. Aber glaube mir, das wird nicht mehr passieren.«
Als er mir noch immer nicht antwortet, merke ich, wie sehr ich ihn verletzt habe. Doch das ist der einzige Weg, mich selbst zu schützen.
»Ich liebe dich, Leni, und es tut verdammt weh, was du da sagst.«

»So ein Mist! Erzähl das deiner schwangeren Frau. Du willst mich nicht so, wie ich heute bin. Du willst das Abbild dessen, was ich einmal war. Wir sind keine siebzehn mehr. Wann kapierst du das endlich? Wir haben uns beide ein Leben aufgebaut. Vielleicht sind einfach unsere Hormone mit uns durchgegangen. Fakt ist, dass ich aufgehört habe, dich zu lieben, als du mich zu dieser Abtreibung gedrängt hast.« *Das ist gelogen.* Ich kann es kaum fassen, dass diese Worte aus meinem Mund kommen. Ich reiße die Augen erschrocken auf. Doch es ist zu spät, das Ausgesprochene meines gekränkten Ichs zurückzunehmen.

Er schaut mir mit seinen grünblauen Augen so tief in meine Seele, dass es schmerzt.

»Du lügst«, meint er ohne jegliche Reaktion in seinem Gesicht.

»Nein, Paul. Ich habe mich da in etwas verrannt und geglaubt, wieder etwas zu fühlen, doch ich habe mir selbst etwas vorgemacht. Du hast nun eine Verantwortung. Du bekommst ein Kind.

Laufe nicht schon wieder davon. Wenn du es nicht für dich selbst tust, dann tu es für Marlene. Sie hat nicht das gleiche Schicksal verdient wie ich.«

»Ich glaube dir kein Wort! Ich weiß, wie sich Liebe anfühlt. Ich liebe Marlene nicht. Du hattest recht, sie war immer nur ein Ersatz für dich.

Du bist die einzige Frau, die ich jemals geliebt habe und die ich jemals lieben werde, und ich weiß auch, dass du mich liebst, wenn du es einmal zulassen würdest«, meint er erbost.

»Das hätte dir einfallen sollen, bevor du sie geschwängert hast.« Verärgert rolle ich mit den Augen und spüre, wie sie sich mit Tränen füllen.

»Leni ...«

»Lass es, Paul. Es ist vorbei.« Seine Schultern hängen tief an seinem Körper herab. Er wirkt geknickt.

»Kannst du dich noch erinnern, als du mir am Dach des Hauses meiner Eltern deine Zuneigung gestanden hast und *ich* dir mit Eiseskälte begegnet bin, weil ich Angst hatte, etwas zu fühlen? Es ist, als würde ich alles noch einmal erleben, nur in verdrehten Rollen.«

»Lass es gut sein, Paul«, schüttle ich genervt den Kopf.
»Nein, ich lasse es nicht gut sein!« Er kommt ein paar Schritte auf mich zu, bleibt aber stehen, als ich ihm deute, nicht näherzukommen. »Kannst du dich erinnern?«, fragt er erneut.
Wie könnte ich diese ersten, sehnlichst herbeigewünschten Annäherungen von Paul vergessen? Nach monatelangem Warten nahm er mich endlich wahr, um mir dann klarzumachen, ich solle nicht so viel Gefühl in die ganze Sache stecken, weil er nur Spaß haben wollte. Die darauffolgenden verheulten Nächte, weil er mich einfach nicht so wollte, wie ich mich nach ihm sehnte, und den daraus resultierenden verletzten Stolz werde ich nie vergessen. »Ich hatte damals genauso Angst wie du jetzt. Ich wollte mein Herz nicht öffnen, um mögliche Verletzungen zu vermeiden. *Du* warst es, die mir gesagt hat, dass man so nicht glücklich wird.
Du hast mein Weltbild mit deiner frechen und direkten Art komplett ins Wanken gebracht.«
Ich höre ihm nicht mehr zu, schüttle unentwegt den Kopf und möchte nur noch alleine sein.
»Ich will von alldem nichts mehr hören. Ich bin nicht mehr das Mädchen von damals, wann kapierst du das endlich?«, antworte ich deprimiert.
»Ich war damals auch nicht der Mensch, der ich heute bin, aber du hast mir geholfen, auf den rechten Weg zu kommen. Ich werde dich daran erinnern, wie es sein kann, wenn du mich nur lässt.« Er wagt einen erneuten Versuch, mir näherzukommen, doch ich weiche zurück. »Lass mich dir heute helfen, HoneyBee.«
Schniefend wische ich über meine Nase und trockne die unnützen Tränen von meinen Wangen. »Mir ist nicht zu helfen. Und hör auf, mich so zu nennen.«
»Leni ...«, seufzt er hörbar aus.
»Geh jetzt bitte, Paul! Ich ertrage deine Nähe nicht mehr. Geh zu deiner Frau. Das mit uns war ein großer Fehler.«
Resigniert schüttelt er den Kopf, geht zur Tür, öffnet sie zögerlich und dreht sich ein letztes Mal um.

»Du reißt mir das Herz bei lebendigem Leib heraus, ist dir das bewusst?« Seine Stimme ist gequält und schnürt mir mein Herz ein.

»Es lebt sich auch ganz gut ohne, glaube mir«, hebe ich herablassend mein Kinn, bevor die Türe leise ins Schloss fällt.

Zweiundzwanzig

»Liebling, du siehst toll aus.« Ich habe mir mein langes schwarzes Cocktailkleid angezogen. Meine Haare sind streng zu einer Hochsteckfrisur gekämmt, die Nägel lackiert, die Augen mit dunklem Lidschatten hervorgehoben und das Make-up in einigen Schichten aufgetragen, um die Augenringe zu verstecken. Um den Hals trage ich eine der Ketten, die mir Christian vor ein paar Tagen geschenkt hat. Für ihn ein Symbol seiner Liebe. Für mich ein Zeichen seiner Besitzansprüche.

Er legt viel Wert darauf, bei seinen Abendveranstaltungen eine attraktive Frau an seiner Seite zu haben. Ich muss repräsentativ wirken. Meine Maske sitzt perfekt. Die Brillanten an meinem Hals funkeln atemberaubend schön und lenken von meinen trüben Augen ab.

Als wir in der Limousine sitzen, legt Christian seine Hand auf meine. Er streicht mir sanft und in gleichmäßigen Bewegungen darüber.

»Du bist wunderschön.« Ich stiere freudlos in die dunkle Nacht hinaus. Er lehnt sich zu mir und küsst mich flüchtig auf die Schläfe. »Ich weiß, wir schaffen das«, ermutigt er mich. Innerlich seufze ich tief aus.

Vor einem riesigen Gebäude in der Innenstadt hält der Wagen. Ein langer roter Teppich weist den Weg in das historische Bauwerk.

Viele Journalisten und Fotografen lauern beim Eingang und wollen Bilder von uns machen. Am Empfang steht eine Traube von Menschen, die alle elegant und herausgeputzt mit ihren Kleidern und dem teuren Schmuck um die Wette

glänzen. Exquisite, edel gekleidete Frauen, die als Schmuckstück neben den erfolgreichen Männern fungieren sollen. Im Vorbeigehen sehe ich, worum es bei dieser Benefizveranstaltung geht. Die Ärztekammer sammelt Geld für wohltätige Zwecke. Sofort kommt mir Paul in den Sinn, doch er würde niemals bei dieser Art von Feier erscheinen.
Wehmütig lasse ich den Gedanken meines Herzens fallen, wenngleich mir mein Verstand sowieso die Leviten liest.
Obwohl Christian eingeladen wurde, rufen die Journalisten meinen Namen. Sie erkennen mich aus der Modezeitschrift und wollen Interviews mit mir führen. Ich beantworte geduldig ihre Fragen.
Laute klassische Musik, unzählige, prachtvoll riechende Rosenarrangements und glänzende Kristallleuchter, die von der Decke hängen, lassen den Raum in einem diffusen, romantischen Licht erscheinen.
Lange, eng anliegende schwarze Handschuhe verbergen die Wunden an meinen Händen. Der Sprung an meiner Lippe wurde unter einer deckenden Puderschicht versteckt. Dennoch fühle ich mich beobachtet. Wie Kate Winslet, die die bezaubernde Rose im Film Titanic spielt und beim Dinner am Vorabend des Untergangs präsentiert wird. Wenn ich es mir recht überlege, gleicht Christian in seinem Frack dem zukünftigen Verlobten an Roses Seite. Streng zurückgegelte pechschwarze Haare, dunkle, kalte Augen und ein arroganter Ausdruck im Gesicht lassen ihn in einem erschreckend ähnlichen Licht erscheinen.
Im Moment kann ich nur daran denken, wie sie sich über die Reling ins kalte Wasser stürzen will und Leonardo Di Caprio, alias Jack, ihr zu Hilfe kommt. Auf meinen Jack kann ich vergeblich warten.
In meine Gedanken versunken spüre ich, wie Christian mein Handgelenk ergreift und mich weiterzieht. Hohe Kerzenständer stehen in der Mitte des Tischs. Rundherum ist ein traumhaftes Gesteck aus wunderschönen Blumen drapiert.
Während ich mich setze, begrüßt Christian ein paar seiner Klienten und führt mit ihnen Small Talk.
Bei solchen Events ist mein erster Griff immer zum Programmheft des Abends.

Ich bin schon ganz gut darin, abzuschätzen, wie lange es dauert, bis ich mich still und leise verabschieden kann.

Die Benefizgala beginnt. Ein üppiges Vier-Gänge-Menü und viel Wein sollen die Stimmung lockern und die Gäste erheitern. Wie in einem Film läuft alles vor mir ab. Immer wieder beginne ich mich mit Rose zu vergleichen. Ich kann ihr Desinteresse und ihr apathisches Auftreten nachvollziehen und ich fühle, dass es sich im Moment nicht von meiner Lage unterscheidet. Neben mir unterhalten sich Leute über die neuesten medizinischen Erkenntnisse, über Verträge und Rechtsfragen. Ich langweile mich, tippe auf meinem Handy herum und lächle ab und zu höflich in die Runde. Christian reagiert nicht auf mich, unterhält sich stattdessen angeregt mit seinen Partnern und scheint mit meinem Verhalten zufrieden zu sein.
Erst nach dem Essen streckt er mir die Hand entgegen, steht auf und zwinkert mir auffordernd zu. »Lass uns tanzen gehen.«
Ich nicke und folge ihm. Ich tanze gerne. Christian ist ein wunderbarer Tänzer. Als er mich mit einem Foxtrott über das Parkett führt, löst sich meine Anspannung etwas.
»Du bist heute wunderschön«, flüstert er mir ins Ohr und fährt mit seinen Lippen an meinem Hals entlang.
»Christian. Lass das!«
Er stöhnt genervt auf. »Wann wirst du dich wieder deinen ehelichen Pflichten widmen?«
»Ich erhole mich gerade von einem Unfall, den ich vor Kurzem hatte, wenn du dich erinnerst«, fauche ich ihn an und weise ihn zurück. Minutenlang bewegen wir uns zur Musik, ohne ein Wort zu wechseln.
»Willst du mir nicht etwas sagen?« Ich zucke zusammen.
»Was meinst du damit?«, erwidere ich nichts ahnend.
»Dass deine Affäre heute hier auftauchen würde!« *Paul ist hier? Warum? Was macht er hier?*
Ich drehe mich suchend um und sehe ihn an die Bar gelehnt, uns beobachtend. Neben ihm steht Marlene, die mit ihm redet. Seine Augen funkeln mich an.
»Küss mich«, raunt Christian in mein Ohr.
»Nein!«

»Ich will, dass er sieht, dass du mir gehörst. Nur mir, hörst du!«, lüstern haucht er mir diese Worte an meine Wange.
Ich schüttle den Kopf. »Christian, das ist kindisch.«
»Küss mich sofort.« Seine strenge Stimme verärgert mich.
»Nein«, gebe ich trotzig zurück.
»Wenn du mich nicht küsst, gehe ich zu ihm und stelle ihn zur Rede, was ihm verdammt noch einmal einfällt, mit meiner Frau in die Kiste zu hüpfen.« Mein Herz beginnt bei der Vorstellung zu rasen und der Angstschweiß steht mir auf der Stirn.
»Nein! Christian, bitte mach das nicht.« Ich küsse ihn, merke, wie er siegessicher lacht und mich fester an sich zieht. Sein Kuss vertieft sich und er genießt sichtlich die Show. Ich spüre wie mich Pauls Blicke durchbohren. Christian lässt mich kaum noch atmen. So besitzergreifend hat er mich noch nie geküsst.
Als er von mir ablässt, sind meine Lippen geschwollen und ich schmecke etwas Blut an der noch nicht ganz verheilten Stelle. Prüfend greife ich mir darauf.
»Bist du jetzt zufrieden?«, zische ich ihn wütend an.
»Ja, ich habe erreicht, was ich wollte«, lacht er auf.
Ich schaue mich um und sehe, wie Paul auf uns zukommt. *Nein!* Ich muss sofort weg hier. Doch wenn ich die beiden alleine lasse, würde es in einem Fiasko enden. Einen kurzen Moment erhasche ich, ohne dabei aufzufallen, einen Blick auf ihn. Seine Haare sind elegant zur Seite frisiert. Sein normal lässiges, legeres Auftreten weicht nun dem angepassten, eleganten Stil der Festgesellschaft. Er wirkt verändert. Kühl, distanziert und unnahbar.
Seine Haltung ist reserviert, als er sich zu mir hinunterbeugt und mich knapp und schnell auf die Wange küsst.

»Hallo Lena.« Für einen kurzen Moment spüre ich seine Hand auf meinem Rücken, blicke in seine Augen, die mich fixieren, und spüre ein unbändiges Begehren. Ich rieche seinen herrlichen Duft, bemerke, wie sich alle Härchen auf meinem Körper aufstellen. Adrenalin schießt durch meinen Körper und lässt die Schmetterlinge in meinem Bauch verrückt spielen. *Warum muss er diese Wirkung auf mich*

haben? Ich senke meinen Blick, um mein rot angelaufenes Gesicht zu verstecken.
»Hallo ... hallo ... P-aul.« Mein Blick wandert von seinen Augen zu seinen Lippen und bleibt dort hängen. Eine enorme, plötzlich auftretende Hitze wallt in mir auf und ich fühle mich außerstande, einen zusammenhängenden Satz zu formulieren. Er mustert mich intensiv und bleibt bei dem festen Griff, den Christian um meine Taille gelegt hat, hängen. Pauls Augen verengen sich und seine Kieferknochen beginnen sich anzuspannen. Das ist einer dieser Momente, die einem wie eine Ewigkeit vorkommen und wo man am liebsten in Grund und Boden versinken möchte.
»Willst du mir deinen Freund nicht vorstellen, mein Schatz?«, provozierend zieht Christian mich an sich und hinterlässt eine Brandmarke mit seinen Lippen an meiner Schläfe.
»Entschuldige, das ... das ist Paul. Ihr kennt euch noch vom ... vom Klassentreffen.«
»Nein, ich glaube nicht. Ich könnte mich erinnern.« In diesem Moment hasse ich Paul. *Was will er damit erreichen? Will er Christian provozieren?*
»Hier bist du, mein Schatz«, piepst jemand hinter Paul. Marlene kommt zu uns und küsst ihn auf die Wange, hängt sich bei ihm ein und zieht ihn besitzergreifend auf ihre Seite. Ihr Blick bleibt an mir hängen, und ich sehe darin Hass, den sie mich spüren lassen will.
Die Situation könnte nicht angespannter sein. Das Blut pumpt mir spürbar durch die Venen.
»Schön, Sie kennenzulernen. Ich bin Christian. Unseren Partnern hat es anscheinend die Sprache verschlagen. So stelle ich mich einfach selbst vor.« Er reicht Marlene die Hand und deutet einen Handkuss an.
Sie kichert wie ein kleines Kind. Ich kann es mir nicht verkneifen, mit den Augen zu rollen, was Paul natürlich nicht entgeht und ihm seltsamerweise ein kleines Lächeln auf den Mund zaubert.
»Ich bin Marlene. Wir kennen uns von Pauls Klassentreffen, oder?« Ihre Augen funkeln mich ablehnend und dunkel an.

Ihre Hand liegt auf Pauls Brust und fährt auf und ab, um ihre Besitzansprüche klarzustellen. Wie paralysiert starre ich darauf.
»Genau, schön, dass Sie sich erinnern können. Ihr Mann kann es anscheinend nicht mehr ...« Christian wirft Paul einen bösen Blick zu, der unerwidert abprallt, so als hätte er etwas völlig Belangloses gesagt. »... aber vielleicht war er anderwärtig beschäftigt«, stichelt er nach. Pauls Blick ruht unentwegt auf mir, was nicht sonderlich zu Christians guter Stimmung beiträgt.
»Das ist ja lustig. Paul, wusstest du, dass Lena hier ist?« Sie stellt die Frage etwas süffisant, und ich kann mir denken, dass zwischen den beiden ein Streit vorprogrammiert ist.
Um uns tanzen die Leute einen harmonischen Walzer, während zwischen uns vieren eine explosive Stimmung herrscht.
»Nein«, gibt er ihr kurz zur Antwort und starrt mich, genauso offensichtlich wie ich ihn, weiter an. Die Situation scheint so verfahren zu sein, dass es nicht mehr lange dauern wird, bis es zur Eskalation kommt. Ich senke als Erste den Kopf, da ich seinen Blicken nicht mehr standhalten kann.
»Na, das ist ja ein Zufall. Sind Sie auch Arzt?« Marlene schaut Christian dabei an.
»Nein, Anwalt. Rechtsanwalt«, meint er, und ich merke, wie seine Brust sich dabei stolz hebt.
»Oh, hörst du, Paul, ein Rechtsanwalt. Mit solchen Leuten sollte man sich nie anlegen«, versucht sie lustig zu wirken.
»Jedenfalls habe ich das mal gehört.« Christian lächelt ihr höflich zu.
Ich hebe den Kopf und sehe, dass Paul mich noch immer böse anfunkelt. Zwischen uns findet ein gedankliches Zwiegespräch statt, das keiner außer uns verstehen würde.
Vorwürfe, Sorge, Angst, Verzweiflung, Sehnsucht nach dem anderen, vermischt mit dieser magischen Anziehung, die trotz aller Widrigkeiten noch immer Macht über uns hat.
Christians Druck auf meine Taille verstärkt sich, um mich auf mein unprofessionelles Auftreten aufmerksam zu machen.

»Haben Sie gewusst, dass Paul heute eines seiner Projekte in Afrika vorstellen wird?« Ich schaue ihn verwundert an. *Davon hat er mir nichts erzählt. Warum erzählt er mir so etwas nicht?*
Er engagiert sich für soziale Projekte? »Und nächsten Monat werden wir heiraten. Ich kann es kaum noch erwarten, stimmt's mein Schatz?« Er nickt abwesend, räuspert sich und erwacht wieder aus seinem tranceähnlichen Zustand. Ich beiße mir auf die Lippe, um mein schmerzverzerrtes Gesicht zu verstecken.
»Ja.« Er schenkt ihr einen flüchtigen Kuss auf die Schläfe. Ich könnte ihn anspringen und ihn ohrfeigen. Ihn beschimpfen, dass er sie vor mir küsst. Stattdessen reiße ich mich zusammen und besinne mich. Vor ein paar Minuten habe ich selbst Christian vor seinen Augen geküsst. Doch innerlich koche ich vor Wut.
Sie streicht ihm über den Nacken und durch sein glatt frisiertes Haar.
»Das ist toll, Paul. Ich gratuliere dir«, versuche ich so emotionslos, distanziert und höflich wie möglich zu klingen. Er nickt nur.
»Marlene, es hat mich sehr gefreut. Ich wünsche Ihnen und Ihrem Partner noch einen schönen Abend. Jetzt muss ich mich wieder um meine wunderschöne Frau kümmern, die mir noch einige Tänze versprochen hat.« Christian reicht Marlene die Hand und nickt freundlich. Paul schenkt er einen arroganten Blick, ohne sich bei ihm zu verabschieden. Für einen kurzen Moment drehe ich mich noch um, versuche einen letzten Blick zu erhaschen, bevor mich Christian streng an seinen Körper zieht.
»Oh ja, Paul, lass uns auch tanzen gehen ...«, höre ich noch hinter uns. Ich verdrehe genervt die Augen. *Was will sie damit bezwecken?*
Christian zieht mich so fest an sich, dass ich mich kaum bewegen kann. Brutal umschließt er meine Hand, kommt ganz nah zu meinem Hals und verteilt darauf Küsse, bis er bei meinem Ohr angekommen ist. »Du gehörst mir«, raunt er mir wütend zu.
»Bist du jetzt endlich fertig mit deinem Machtgehabe?«, gebe ich schnippisch zurück.

»Fordere mich nicht heraus. Ich will, dass er weiß, dass du mir gehörst«, knurrt er mich böse an und erhöht den Druck auf meine Taille.
»Ich tanze an deiner Seite, oder? Also was willst du noch?« Im Augenwinkel kann ich Paul sehen, wie er mit Marlene tanzt. Sie hat sich eng an seinen Körper gekuschelt. Seine Hand umfasst ihre Taille. Mit der anderen Hand hält er ihre Hand fest, die auf seiner Brust ruht. Vertraut, innig und die Hölle für mein Herz. Der Anblick raubt mir fast die Luft zum Atmen. Erbost treffen sich unsere Blicke. Marlene entgeht nicht, dass Paul seine Augen auf mich gerichtet hat. Sie zieht sein Kinn zu sich hinunter. Sie beginnen zu diskutieren. Christian schwingt mich gekonnt auf der Tanzfläche im Kreis, und es fällt mir schwer, zu sehen, was sich zwischen den beiden gerade abspielt. Immer schneller dreht er mich im Kreis. »Verdammt, was tust du da?«, belle ich ihn an.
»Ich tanze mit meiner Frau.« Gott sei Dank drosselt er sein Tempo ein wenig, sonst wäre ich mal wieder coram publico umgekippt.
»Versprich mir, ihn nicht mehr zu sehen.«
Dabei drückt er meinen Oberarm so fest zusammen, dass es schmerzt. »Aua, lass das. Hör auf, mich zu behandeln, als wäre ich dein Eigentum.«
»Dann verhalte dich wie meine Frau und nicht wie die Hure eines anderen.« Im Hintergrund sehe ich, wie Marlene und Paul sich eine heiße, widerliche und feuchte Kussszene liefern. Ich weiß nicht, was mich mehr trifft. Ihn küssend zu sehen oder Christian, der mich gerade als Hure beschimpft hat. In diesem Moment ist meine Geduld mit allem, was gerade um mich passiert, zu Ende. Ich möchte hier nur noch weg.
Wütend entreiße ich mich den besitzergreifenden Fängen meines Mannes, stoße ihn von mir und stampfe wutentbrannt zur Bar. Er folgt mir nicht, was ihm in Anbetracht meiner Stimmung nur zugute kommt. Er weiß ganz genau, dass ich ihm jetzt eine Szene machen würde.
Ich könnte mich übergeben. Der Kellner kommt zu mir und bietet mir ein Glas Champagner an. Dankend nehme ich an.
Christian hat sich inzwischen unter die Gäste gemischt, während Paul noch immer am Tanzparkett sein Bestes gibt.

Obwohl er nie der große Tänzer war, schlägt er sich mit Marlene nicht einmal schlecht. Jetzt wäre der richtige Zeitpunkt für eine Zigarette, doch das strenge Rauchverbot untersagt es.
Eine kalte Hand fasst mich am Rücken und ich schrecke hoch.
Noch bevor ich mich umdrehen kann, höre ich eine bekannte Stimme an meinem Ohr.
»Hallo Lili ...« Meine Stimmung verändert sich augenblicklich und ich schlinge die Arme um die Person, die hinter mir steht. Es gibt nur einen Menschen auf der Welt, der mich so nennt. Und das auch nur, weil er meinen Namen als Kind nie richtig aussprechen konnte.
»Lukas«, seufzend drücke ich ihn fest an meine Brust, »was machst du hier?« Ich kann es nicht fassen. Mein geliebter Bruder steht vor mir. Jetzt, wo er hier ist, beginne ich mich wieder zu beruhigen.
»Hallo Schwesterherz, es ist so schön, dich zu sehen.« Ich will ihn nicht mehr loslassen. Er hebt mich ein paar Zentimeter auf und dreht mich im Kreis. Seine Augen strahlen mich voller Freude und Begeisterung an. Ich kann es kaum glauben. Er ist hier. Ich fasse ihn immer wieder an, um mich davon zu überzeugen, dass er wahrhaftig vor mir steht. »Lukas ...«, ich umarme ihn wieder stürmisch.
»Es tut so unglaublich gut, dich zu sehen.« Als ich mich löse, streicht er über mein Gesicht. Mein großer Bruder, mein Fels in der Brandung, mein Seelenverwandter, mein Regenbogen.
Ich beginne zu lächeln, während ich ihn mustere. Er trägt, wie alle hier, einen Frack, der so überhaupt nicht zu ihm passt.
Außerdem ist er um zwei Nummern zu groß und schlackert an seinem dünnen Körper. Seine Haare sind viel zu lang, was darauf schließen lässt, dass er seit geraumer Zeit keinen Friseur mehr gesehen hat. Mit seinen leuchtenden Augen gewinnt er augenblicklich sein Gegenüber. Er ist eine Frohnatur. Immer gut gelaunt, immer freundlich, immer in seiner Mitte.
»Freu dich nicht zu früh, ich bin nur für ein paar Tage hier.«
»Warum hast du mir nichts gesagt?«

»Ich bin erst vor ein paar Stunden angekommen und wollte dich eigentlich nach diesem ganzen Tamtam überraschen. Doch dass ich dich hier antreffe, hätte ich mir denken können. Keine Party vergeht ohne die Chefredakteurin von Ela, oder?«
»Warum bist du hier?« Alleine sein Anblick zaubert mir ein Lächeln ins Gesicht.
»Um ein Projekt in Afrika vorzustellen, an dem wir schon länger arbeiten!«
»Mit wem arbeitest du zusammen?«
»Mit Paul?«, antwortet er mir und lässt es wie eine Frage klingen.
Ich hebe meine Augenbrauen und schaue irritiert. *Warum kränkt es mich zu hören, dass die beiden in Kontakt stehen?*
»Ja! Wir sind uns vor einem Jahr zufällig über den Weg gelaufen und ich habe ihm von meiner Arbeit erzählt. Er meinte, er würde sich melden, sobald er mich unterstützen könne, und jetzt ist es so weit.« Paul hat mit keinem Wort erwähnt, zu Lukas Kontakt zu haben. Er hat mich sogar über ihn ausgefragt und mich im Glauben gelassen, ihn seit unserer Trennung nicht mehr gesehen zu haben.
»Warum hast du mir nie von dem Treffen erzählt und warum hast du dich nicht bei mir gemeldet und mir gesagt, dass du hier sein wirst?« Ich reagiere trotzig und gekränkt.
»Ach Lili, sei nicht verärgert. Ich habe dir nichts davon erzählt, weil ich wusste, wie du zu Paul stehst. Sei nicht böse, nur weil ich dir nicht im Vorfeld von meinem Besuch erzählt habe.« Er umarmt mich und zieht mich an sich, wie er es früher schon immer getan hat, und küsst mich auf mein Haar.
»Wie lange bleibst du hier?«
»Bis übermorgen.«
»So kurz?«
»Mmmh ... Außerdem steht mir noch ein Besuch bei unseren Eltern bevor. Doch erzähl mir lieber, wie es dir geht? Was ist mit deiner Lippe passiert?« Er hebt mein Kinn an und begutachtet die schön verheilte, doch noch sichtbare Stelle.
»Frag nicht!«, entziehe ich ihm mein Gesicht.

Kaum drehe ich mich suchend nach dem Menschen um, der dafür verantwortlich ist, sehe ich, wie Paul auf uns zukommt.
»Lukas, es freut mich, dich wiederzusehen.« Wie alte Freunde klopfen sie sich freundschaftlich auf die Schulter.
»Paul.« Sie mochten einander früher sehr gerne, obwohl es Paul mit Lukas anfangs nicht immer leicht hatte. Er musste sich erst sein Vertrauen erarbeiten, denn Lukas hatte als mein Bruder einen sehr ausgeprägten Beschützerinstinkt. Nur wenige Jungs waren in seinen Augen gut genug für mich.
Ich trete ein Stück zurück, um ihnen Raum für ihre euphorische Umarmung zu geben. Während sich die beiden Männer begrüßen, sehe ich Lukas' besorgten Blick, der mir gilt. Er weiß nichts von Pauls und meinen Treffen, die wir mittlerweile hatten.
»Wie geht es dir? Es freut mich, dass du es überhaupt hierher geschafft hast.« Paul klopft ihm immer noch auf die Schulter, während man echte Freude in seinen Augen erkennt.
»Ich lasse es mir nicht nehmen, den Investoren persönlich von Afrika zu berichten, dann springt sicher noch mehr Geld raus, und außerdem hatte ich Sehnsucht nach der kleinen Lady hier.«
Beide Männer blicken auf mich, beginnen zu schmunzeln und betrachten mich wie das kleine, siebzehnjährige Mädchen von damals.
»Das kann ich gut verstehen«, meint Paul gedankenverloren, doch räuspert sich sofort, als er merkt, dass er die Worte laut ausgesprochen hat.
»Ich hatte ja schon Angst, ihr zerfetzt euch beide in der Luft, wenn ihr euch wiederbegegnet, doch dass ihr so kultiviert miteinander umgeht ... Respekt.« Ich senke meinen Blick vor lauter Verlegenheit und versuche die rote Farbe in meinem Gesicht zu verbergen. Auch Paul wendet sich in dem Moment ab. Lukas blickt uns abwechselnd an und durchschaut die Situation schneller, als mir lieb ist.
»Scheiße!« Sein Mund bleibt offen stehen. »Ich kann es nicht glauben, Lili ... Paul?« Ich wage es nicht, meinen Kopf zu heben.

»Lukas?« Christians Stimme klingt genauso überrascht, wie uns Lukas gerade betrachtet hat.
»Hallo Christian!« Die beiden schütteln sich die Hände. Sie haben einander erst ungefähr drei Mal gesehen. Große Sympathie hatten sie nie füreinander.
»Was machst du hier?« Christian schielt genervt zu Paul.
»Ich suche Sponsoren für ein Projekt in Afrika.«
»Das klingt interessant. Vielleicht kann ich dir dabei helfen. Ich kenne einige wichtige Leute hier«, sinniert er.
»Das ist sehr nett, aber Paul hat bereits alles in die Wege geleitet. Doch hey, ich bin für alles offen, sofern noch mehr Geld für unser Projekt zusammenkommt.«
»Paul ...« Sein Name in Christians Mund lässt mich erschaudern. Er beißt sichtbar die Zähne zusammen und ballt seine Hände zu Fäusten, doch findet augenblicklich wieder seine Contenance. Ich ergreife sein Handgelenk, um ihn zu besänftigen.
In diesem Augenblick kommt Marlene auf uns zu.
»Was habe ich hier verpasst?«, drängt sie sich ins Gespräch.
»Marlene, darf ich dir Lukas vorstellen ...« Sie blickt ihn zuckersüß an und streckt ihm die Hand entgegen.
Schön langsam geht sie mir auf die Nerven.
»Freut mich, ich bin Marlene, Pauls Verlobte«, dabei wirft sie mir einen triumphierenden Blick zu.
»Paul, ich wusste ja nichts davon ...« Mein Bruder klopft ihm gratulierend auf die Schulter und legt seinen Arm um ihn. Ganz zum Ärger von Christian, der die freundschaftlichen Gesten der beiden verächtlich beobachtet.
»Na gut«, Christian meldet sich zu Wort, »nachdem hier alles unter Pauls Kontrolle ist, werde ich wieder verschwinden.« *Was sollte das jetzt?* Jeder in der Runde schaut ihn verständnislos an, doch ich bin mir bewusst, dass er mit Zurückweisung nicht umgehen kann. Er wendet sich ab und geht davon. Ohne nachzudenken, folge ich ihm und greife nach seiner Hand.
»Christian, warte ...«
»Was willst du?« Er entreißt mir seine Hand mit so einer Wucht, dass ich ihn verängstigt anschaue. Seine Augen triefen vor Verachtung und Hass. Im Augenwinkel sehe ich, wie uns die anderen beobachten.

»Beruhige dich bitte«, zische ich leise in seine Richtung.
Er lacht höhnisch auf.
»Ich muss mir nicht von einer kleinen Hure sagen lassen, wie ich mich zu verhalten habe.«
»Christian!« Seine Worte gehen mir durch Mark und Bein. Perplex schaue ich ihn an. »Hör auf, mich so zu nennen«, blaffe ich ihn an.
»Was denn? Jeder hier in dem Raum sieht dir an, dass du nur auf die richtige Gelegenheit wartest, um deine Finger wieder an ihn zu legen.«
»Du bist verrückt.« Ich bemerke, wie Lukas mit Paul spricht und sie uns dabei nicht aus den Augen lassen.
»Du bist die einzig Verrückte hier!« Er fährt sich zornig durchs Haar und streicht es sich dabei zurück. »Mich gegen so einen einzutauschen – das ist doch nur lächerlich«, zischt er in einem sarkastischen und verächtlichen Ton. Als er einen Schritt auf mich zukommt, weiche ich erschrocken zurück, was ihn noch mehr provoziert. Er zieht mich an meinem Oberarm zu sich. »Besorgt er es dir besser oder warum gibst du dich mit ihm ab?«, knurrt er zornig in mein Ohr. Ich versuche mich von seinem festen Griff zu lösen.
»Lass mich los! Dein Verhalten ist lächerlich«, entgegne ich pikiert.
»Erst wenn du mir sagst, was du an ihm findest?« Seine Stimme trieft vor Verachtung.
Lukas tritt plötzlich neben uns und legt seine Hand auf die von Christan, mit der er mich immer fester umklammert.
»Ich glaube, du hast deinen Standpunkt hier klargemacht. Lass sie jetzt los«, Lukas Stimme klingt sanft, doch er erntet von ihm nur ein zynisches Auflachen.
»Halt dich da raus, Lukas, sie ist meine Frau!«
»Und sie ist *meine* Schwester. Du wirst ihr nicht wehtun.« Seine Stimme hat sich verändert. Mit einem strengen und unnachgiebigen Ton weist er Christian zurecht. Mein Blick wechselt schnell zwischen den beiden hin und her. Die geladene Stimmung jagt mir Angst ein.
»Ich habe gesagt, du sollst dich verpissen, Lukas!« Er drückt noch fester zu und zieht mich vom Geschehen weg. Ich versuche mich zu lösen, doch er hat mich fest im Griff.

»Christian!« Lukas stellt sich vor uns, um ihn aufzuhalten, doch er stößt ihn wie eine Dampfwalze beiseite und läuft mit mir Richtung Ausgang.
Das ist nicht fair. Die Tränen schießen mir in die Augen, als ich mich nach Lukas umdrehe und sehe, wie ihm ein paar Leute zu Hilfe kommen. Er ist um einen ganzen Kopf kleiner und dazu nicht gerade der Kräftigste. Ich merke, wie der Ärger über sein Verhalten in mir hochsteigt, und als ich mich mit voller Inbrunst versuche zu lösen, stoppt Christian so plötzlich, dass ich an seinen Körper pralle.
»Lass sie sofort los!« Paul hat sich vor ihn gestellt und bebt vor Wut. Seine Fäuste sind so fest zusammengeballt, sein Kiefer ist deutlich angespannt und der Zorn hat ihn fest im Griff. Die beiden befinden sich auf gleicher Augenhöhe, doch ich habe Angst um Paul, denn wenn Christan in Rage ist, kann er sich nicht mehr beherrschen.
»Sonst passiert was?«, meint Christian herablassend.
»Das willst du nicht wissen«, knurrt Paul in seine Richtung. Die Situation ist kurz davor, zu eskalieren.
»Lass es drauf ankommen«, fordert der eine den anderen heraus.
»Ich sage es dir noch mal, lass – sie – sofort – los« Pauls Worte sind streng und belehrend, was Christian sichtlich nur noch wütender macht.
»Es ist schon in Ordnung. Ich werde mit ihm mitgehen. Macht hier bitte keine Szene«, versuche ich sie zu beschwichtigen.
»Du wirst sicher nicht mit ihm mitgehen«, faucht mich Paul an.
»Ha! Was, glaubst du eigentlich, wer du bist? Nur weil du sie gevögelt hast, glaubst du, dass sie dir gehört?« Ich könnte in den Erdboden versinken. Die Leute beginnen zu tuscheln und ich sehe ein paar Blitzlichter.
»Bitte hört auf«, flüstere ich flehentlich.
»Nur damit du es verstehst. Sie gehört mir. Sie ist *meine* Frau. Verstehst du das? *MEINE!* Sie wollte dich nicht, also hau jetzt ab«, brüllt Christian Paul an.
»Sie gehört niemandem!«, entgegnet ihm dieser hasserfüllt.
»Das kannst du *dir* einreden.«

Wie zwei Kampfhähne stehen sie sich gegenüber, bereit, sich zu schlagen.
»Paul? Was machst du hier?« Marlene hat sich zwischen den Leuten durchgequetscht und schaut ihren Verlobten fassungslos an. Nun stehen wir alle nebeneinander, und keiner weiß so recht, was er sagen soll.
»Ja, Paul, was machst du hier?«, neckt ihn Christian.
»Marlene, bitte nicht jetzt!« Paul ignoriert sie komplett, doch sie lässt sich nicht abschütteln.
»Nein, Paul. Du machst dich hier zum Affen. Lass sie endlich gehen«, bittet ihn Marlene und versucht seinen Blick einzufangen, doch er starrt zornig in unsere Richtung.
»Nein!«
»Bitte Paul, lass mich gehen. Ich möchte hier keine Szene machen ...« Als sich unsere Blicke treffen, geht mein Atem flach, meine Hände fühlen sich nass an und die Gänsehaut läuft mir über den Rücken.
Wie sehr wünsche ich mir, mich von Christian zu lösen, dessen Augen mich dunkel und blindwütig anstarren. Immer wieder wechselt mein Blick zwischen den angriffsbereiten Männern. Selbst in Pauls Augen sehe ich nichts mehr von dem frischen und hellen fröhlichen Grünblau, das mich sonst immer so fasziniert.
»Paul!«, schreit ihn Marlene an und reißt ihn dabei aus seiner Versteinerung. Er geht einen Schritt auf Christian zu, hebt seinen Zeigefinger und deutet wütend auf ihn.
»Wenn du ihr noch einmal nur ein Haar krümmst, schwöre ich, bringe ich dich um.«
»Du solltest keinem Rechtsanwalt drohen, mein Lieber«, lächelt ihn Christian süffisant an. Ich wage es nicht, hinzuschauen, denn beide Geduldsfaden sind sichtlich zum Reißen gespannt.
»Das ist mir scheißegal.« Ich merke, wie mein Körper vor Aufregung so heftig zu zittern beginnt, dass Christian einen abfälligen Blick auf mich wirft, gnädigerweise seine Hand um meine Schultern legt, um mich an Paul vorbeizuschieben. Ich will nicht mit ihm gehen. Ich will *nicht!*
Sehnsüchtig blicke ich Paul noch ein letztes Mal in die Augen, spüre die aufkommende Wehmut meines

gebrochenen Herzens, als ich Marlene wahrnehme, die sich neben ihn stellt und den Platz an seiner Seite einnimmt. Ich möchte alles vergessen, möchte ihn loslassen können, meine Gefühle für ihn ausblenden.
Ich entferne mich mit jedem Schritt mehr von ihm.
Ich lerne wieder einmal zu schweigen, wenn eigentlich schreien das Richtige wäre. Ich muss erneut stille, einsame Wege einschlagen, obwohl es sich an seiner Seite einzig wahrhaftig anfühlen würde. Auch meine Sehnsucht in mir zu verbannen, um der Einsamkeit Platz zu machen, anstatt die Stimme meines Herzens zu hören.
Ich füge mich. Verwehre Christian nicht den groben Umgang mit mir, gehe mit ihm weg, wenn auch widerspenstig. Unter einem Mantel aus Tränen erkenne ich Paul nicht mehr. Er ist so schnell verschwunden, wie er wieder in mein Leben getreten ist.
Christian öffnet die Tür des Taxis und verpasst mir einen Schubs, der mich unsanft auf die Rücksitzbank befördert.
Er würdigt mich keines Blickes, selbst nicht, als wir zu Hause ankommen. Wütend knallt er die Türen in der Wohnung zu und beginnt zu schreien. Er beschimpft mich wüst, schmeißt Dinge zu Boden und kommt schließlich mit hochrotem Kopf zu mir. Apathisch stehe ich da, bemerke seinen Zorn, doch ich empfinde nichts dabei.
Ich habe versucht mich zu ändern, doch an Christians Seite ist das nicht möglich. Ich habe den Schatten in meinem Herzen den Kampf angesagt, wollte mich befreien, loslösen, doch sie beherrschen mich und zwingen mich neben ihm in die Knie.
Doch eine Kraft in mir will glücklich sein, sträubt sich gegen die Ketten, die er mir anlegen will, möchte leben und gibt nicht so kampflos auf, wirkt ihm entgegen, bäumt sich auf und sehnt sich nach Freiheit. *Ich kann nicht mehr bei ihm bleiben. Ich will nicht bei ihm bleiben. Ich muss hier weg.*
»Und wage es ja nicht, in einem anderen Zimmer zu schlafen, du bist meine Frau und wirst an meiner Seite schlafen.«
Stumm schweige ich ihn an.
Stille.
Ein ruhig schlagendes Herz in meiner Brust.

Ein Entschluss.
Ein Abschied, den es schon viel früher hätte geben sollen.
»Christian, es ist vorbei.« Völlig vor den Kopf gestoßen, reißt er die Augen auf und schaut mich entgeistert an.
»Es ist dann vorbei, wenn ich das sage, hörst du mich?« Energisch packt er mich an meinem Haar und zieht mich wutentbrannt an seinen Körper. Emotionslos starre ich in seine dunklen, hasserfüllten Augen. Ich bin in diesem Moment stark – obgleich ich mich nicht wehre, fühlt er es genauso und lässt von mir ab. Als hätte er realisiert, mich verloren zu haben.
»Ich werde jetzt aus dieser Tür gehen und nicht mehr zurückkommen. Es ist vorbei.«
»Wenn du mich verlässt, ziehe ich dich bis auf dein letztes Hemd aus. Ich werde dir alles wegnehmen, das schwöre ich dir. Du wirst danach nichts mehr haben ...«, faucht er mich hasserfüllt an.
Er kann mir alles wegnehmen, wenn ich mich dafür selbst wiederfinde. Erhobenen Hauptes drehe ich mich um, greife nach meiner Tasche und verlasse seine Wohnung. Ich wende meinem Leben mit Christian und unserer Ehe den Rücken zu und löse mich von jedem Zwang, jeder Angst und jeder Sorge.
Doch mein erster Schritt in die ersehnte Freiheit scheint schwerer zu sein, als ich es vermutet habe. Plötzlich beginne ich zu zittern. Mit Herzrasen und völlig aufgelöst renne ich aus dem Haus. Ich atme tief ein und aus. Versuche mich selbst zu beruhigen und mir Mut zuzusprechen. *Ich schaffe das. Ich kann das. Ich schaffe das. Immer weiter atmen ...*

Die quietschenden Reifen eines Autos, die schnellen Schritte, die Arme, die sich vertraut und richtig anfühlen und mich auffangen, sind das Einzige, was ich mitbekomme, bevor ich sanft in ein Taxi gesetzt werde.
Dankend nehme ich seine Hilfe an. Fühle mich bei ihm geborgen, möchte weinen, lachen und schreien zugleich.
Lukas streicht mir unentwegt über mein Haar, lässt meine Tränen laufen, ohne ein Wort zu sagen, und steht mir bei, während wir in eine ungewisse dunkle, schwarze Nacht fahren.

Epilog

Die metallische, nasal klingende Stimme aus dem Lautsprecher weist mich darauf hin, dass der Flug nach Paris-Charles de Gaulle in einer halben Stunde startet. »Die Passagiere Ames und Mayer werden gebeten, zum Gate zu kommen, das Boarding ist bereits abgeschlossen.« Um einen pünktlichen Abflug zu ermöglichen, bitten sie uns, unverzüglich zum Flugzeug zu kommen. Mein Entschluss, den Job in Paris anzunehmen, um alles hinter mir zu lassen, war für mich die einzig richtige Entscheidung. Mit den wenigen Habseligkeiten, die mir Christian gnädigerweise überlassen hat, mach ich mich auf den Weg und breche alle Zelte hinter mir ab. Eine Woche ist es her, seitdem ich ihn verlassen habe.

Selbst meinen Ruf hat er zerstören wollen, indem er verlogene Geschichten bei Interviews gestreut hat. Ich habe mit niemandem darüber gesprochen und seine Hassmails und Anrufe ignoriert. Ich bin ihm nicht einmal böse wegen seines gekränkten Verhaltens.

Tim übernimmt ab jetzt den Rechtsstreit über unser Vermögen. Doch selbst wenn er seine Drohung wahr macht und ich nichts bekomme, wirkt die neue Freiheit heilend und ist mit nichts, was er mir geben könnte, aufzuwiegen.

In Paris werde ich bei null beginnen, werde meinen Namen, der mich noch als Einziges an ihn bindet, ablegen und die ersten Schritte wagen. Ich bin bereit für einen Neuanfang.

Ich esse, wenn ich Hunger habe, ich beginne immer häufiger zu lächeln, selbst wenn es nicht von mir erwartet wird, ich habe mein

Make-up auf das Nötigste minimiert, trage die Haare offen und ziehe neuerdings nur noch flache Schuhe an! Für die meisten Menschen ist es nichts Besonderes, doch für mich der Beginn auf dem von mir eingeschlagenen steilen Weg.

Meine Hände zittern, die Angst ist allgegenwärtig und das Band um mein Herz zieht sich trotz aller abgelegten Zwänge wieder fest zusammen. Ich lehne im Inneren einer Toilette, schließe die Augen und rede selbst auf mich ein. Die längst tot geglaubten und verschämten Gefühle kommen wieder hoch und befördern mich in eine andere Zeit zurück. *Atme Leni, atme ...* sage ich mir wie ein Mantra immer wieder vor. Die Sekunden vergehen wie Stunden, die Frau im Lautsprecher macht das Warten nicht besser, indem sie mich im Minutentakt darauf aufmerksam macht, beim Flugzeug zu erscheinen. *Das hier passiert nicht. Das kann nicht schon wieder passieren!* Ich wage nicht, auf das kleine Stäbchen in meiner Hand zu schauen, um Gewissheit zu erlangen. *Paul hat sich entschieden. Er bleibt bei Marlene. Marlene bekommt ein Kind von ihm. Sie sind glücklich. Er bleibt bei ihr. Warum sollte er sie verlassen? Sie bekommen ein Kind. Sie sind glücklich. Er will mich nicht. Er würde sich niemals für mich entscheiden. Alles würde wieder von vorne beginnen. Ich würde ihn wieder vor die Wahl stellen. Das kann ich ihm nicht antun.*

Die Spülung der Nachbartoilette reißt mich aus den Gedanken und erschreckt mich dermaßen, dass ich das Stäbchen in der Papiertüte verschwinden lasse, mich kurz räuspere, die Tränen auf meinen Wangen wegwische und aus dem beengenden Zweiquadratmeterraum fliehe.

Ein paar Mal atme ich tief durch und versuche mich zu sammeln, bevor ich meinem angsterfüllten Spiegelbild entgegenschaue.

Wenn ich daran denke, was ich hier zurücklasse, werde ich traurig, und mein Herz krampft sich zusammen.

Die Erinnerungen haben mich geprägt und zu dem gemacht, was ich heute bin, und haben Einfluss auf das, was ich sein werde. *Ich kann das nicht noch einmal durchmachen. Das kann nicht schon wieder passieren.*

Eine junge Frau, vielleicht in meinem Alter, öffnet die Tür der Toilette und tritt neben mir ans Waschbecken. Sie hat hellblondes Haar, welches zu einem strengen Pferdeschwanz zurückgebunden ist, blaue Augen und einen wunderschönen Teint. Durch ihre stattliche Größe und den durchtrainierten Körper wirkt sie neben mir wie eine Amazone, die Lebensfreude und Zufriedenheit ausstrahlt. Ihr Trainingsanzug mit der Aufschrift eines Vereins verrät mir, dass sie wahrscheinlich zu einem Sportteam gehört. Ihre Augen schenken mir freundlichen Zuspruch und ihr gewinnendes Lächeln steckt mich sofort an.

»Willst du nicht in das Flugzeug steigen?«, fragt sie mich auf eine direkte und ehrliche Art, wie ich sie sonst nicht gewöhnt bin, während sie sich die Hände wäscht.

Ich sehe sie verwirrt an, blicke hinter mich, um zu prüfen, ob sie mit mir spricht. »Du schaust genauso unschlüssig aus wie ich«, meint sie grinsend.

Erst jetzt verstehe ich, dass sie anscheinend die andere abgängige Person ist. »Willst du auch nach Paris?«, versucht sie es erneut.

Ich nicke und drehe die Papiertüte beschützend in meinen Händen. »Was hält dich auf?«, lässt sie nicht locker, obwohl sie genau sieht, dass ich mich nicht mit ihr unterhalten will. Ich zucke mit den Schultern, während sich unsere Blicke im Spiegel treffen. Sie hat etwas Vertrauenswürdiges an sich, doch die anerzogenen Verhaltensregeln, nie einer fremden Person zu vertrauen, halten mich davon ab, mich ihr zu öffnen. Was aber, wenn sie der einzige Mensch ist, der gerade neben mir steht und mitbekommt, wie alles um mich einzustürzen droht, und dennoch Interesse an mir zeigt? Wehre ich mich weiterhin gegen diese Vorurteile und ignoriere sie, so lange bis sie aufgibt, oder beginne ich ein Gespräch mit ihr?

»Ich habe Angst«, flüstere ich leise.

Sie trocknet sich die Hände ab und schaut mich dabei unentwegt im Spiegel an. »Vor dem, was dich dort erwartet?« Ich schüttle den Kopf.
»Vor dem, was mich überhaupt erwartet!«
»Was erwartet dich denn?«, fragt sie neugierig und erinnert mich dabei an Dr. Goldmann mit seinem endlosen Frage-Antwort-Spiel.
Ich überlege kurz. »Das weiß ich selbst nicht.«
»Hm …« Sie verzieht ihre Lippen zu schmalen Linien und betrachtet mich, ohne dabei ihr sanftes Lächeln zu verlieren. »Es ist weder gut, sich Gedanken über die Zukunft zu machen, noch der Vergangenheit hinterherzulaufen. Ich lebe nach dem Prinzip: „Jeder Tag ein neuer Anfang" – ein ›Restart‹ sozusagen. Man muss es nur wollen«, zwinkert sie mir zu. »Wir sehen uns dann im Flieger«, meint sie, bevor sie sich umdreht und den Raum verlässt. Ich weiß nicht, ob sie eine Einbildung war, eine Erscheinung oder ein Hirngespinst meines verrückten Kopfs. So schnell, wie sie aufgetaucht ist, ist sie auch wieder verschwunden.
Zögernd, mit zitternden Händen und mit einem Herzschlag, der bis zu meinen Schläfen pocht, greife ich wieder nach der Papiertüte, schaue auf die Uhr und wage es, einen prüfenden Blick hineinzuwerfen.

Die Menschen sagen, dass jeder Schmerz einmal aufhört und die Zeit alle Wunden heilt. Vielleicht mag es stimmen, dass irgendwann der Zeitpunkt erreicht ist und man sich einfach abfindet. Bis heute habe ich auf diesen Tag gewartet, doch erst jetzt weiß ich, dass ich jegliche Erinnerungen und Emotionen niemals vergessen werde. Mein Körper hat sich diesen Moment bis ins kleinste Detail gemerkt. Obwohl ich um zehn Jahre älter bin, fühle ich mich gerade wieder wie siebzehn. Es kommen Gefühle hoch, die ich hoffte, niemals wieder durchleben zu müssen.

»Letzter Aufruf für Passagier Ames. Bitte melden Sie sich dringend am Gate B36. Sie verzögern den Abflug.« Die aufgeregte Stimme aus den Lautsprechern weckt mich aus meinem tranceähnlichen Zustand.

Wie ferngesteuert gehe ich durch die Drehtüre.

Verfolgt Lenis und Pauls Geschichte weiter auf:
www.restart-story.com
www.facebook.at/restartstory

Fortsetzungen
sind für 2014 geplant

Danke

DANKE an alle LESERINNEN und LESER...

...die mir das Vertrauen geschenkt haben und sich darauf eingelassen haben, mein Buch "RESTART-Die Begegnung", zu lesen.
Ich hoffe, ich konnte Euch mit der Geschichte berühren.

Als selbstständige Autorin bin ich auf jeden einzelnen Leser angewiesen.
Bitte schreibt mir Rezensionen auf Amazon, Facebook, der Restart-Homepage und in diversen Blogs.
Wenn Euch Lenis & Pauls Geschichte gefallen hat, erzählt Euren Freunden davon und empfehlt mein Buch bitte weiter.

Danke an meine Familie und Freunde:

Es gibt ein paar ganz besondere Menschen, die ich hier hervorheben möchte.
Allen voran möchte ich meinem *Mann* danken, der mich durch alle Höhen und Tiefen meiner Gefühle begleitet und mir dadurch das Schreiben dieses Buches erst ermöglichte. Danke für deine unbändige Geduld und den Glauben an mich, vor allem aber, danke für deine Liebe.
Weiters möchte ich meinen *Eltern* danken, die mir die Welt der Bücher öffneten und lernten, Gefühle zu Papier zu bringen. Außerdem haben sie mich bei der Verwirklichung meines Buchprojektes tatkräftig unterstützt. Danke für jede Minute. Ich weiß, wieviel Zeit ihr investiert habt.
Danke auch dir liebe *Nina*, meiner ersten Testleserin ;) Du warst unerbittlich, wenn es um die Vollendung meines Buches ging. Deine Ungeduld war oft der einzige Antrieb, wenn das Koffein um drei Uhr morgens nicht mehr wirken wollte. Danke für deine motivierenden Worte, die immer zum richtigen Zeitpunkt kamen.
Danke *Andi* für deine spürbare Begeisterung, die darauffolgenden langen Telefonate und deine Freundschaft.
Danke *Toni* für deine unzähligen
schönen Nachrichten aus dem Nachbarland.:)
Danke *Christa*, die mir Mut zusprach an meinem verrückten Traum festzuhalten, Autorin zu werden und die von
Anfang an mit Leni und Paul mitfieberte.
Danke *Sandi,* dass du mich nie vergessen lässt,
auf die Stimme meines Herzens zu hören.
Danke *Johannes* für die Bilder und das wunderschöne Cover.
Danke *Tom* für die stimmungsvollen
Bilder zum Buch.
Danke *Marianne* für den Booktrailer.
Danke an meine *Leni und Paul Doubles* - auch Handmodels ;)
- für ihre tolle Performance.
Ihr wart großartig!!
Danke an meine *Freundinnen* und Eure wunderschönen Worte.

3096049R00230

Printed in Germany
by Amazon Distribution
GmbH, Leipzig